MADITA WINTER

MORD
LICHTER

rütten & loening

MADITA WINTER
MORDLICHTER

KRIMINALROMAN

rütten & loening

ISBN 978-3-352-00967-9

Rütten & Loening ist eine Marke
der Aufbau Verlage GmbH & Co. KG

1. Auflage 2021
© Aufbau Verlage GmbH & Co. KG, Berlin 2021
Copyright © 2021 by Madita Winter
Gesetzt durch Greiner & Reichel, Köln
Druck und Binden CPI books GmbH, Leck, Germany
Printed in Germany

www.aufbau-verlage.de

*Der arktische Mittwinter ist nicht die Zeit der ewigen Dunkelheit,
sondern der magischen Nordlichter, der Aurora Borealis,
benannt nach Aurora, der Göttin der Morgenröte, und Boreas,
dem Gott des Winters und der Nordwinde.
Viele Mythen wurden um die Nordlichter gewoben.
So glaubten die Menschen im hohen Norden,
dass die Seelen ihrer Verstorbenen in den Nordlichtern weiterleben
und nach ihrem Tod am Himmel tanzen.*

1

Er steckt fest bis zum Hals, eingeschnürt wie in eine Zwangsjacke. Wütend schüttelt er sich einem nassen Hund gleich, bis sein Oberkörper frei ist. Sein Schneemobil hat sich in den Tiefschnee eingegraben und ist von diesem komplett einverleibt worden, fast so als wäre es kein Schnee, sondern Treibsand. Von dem riesigen Fahrzeug ist kaum noch etwas zu sehen; sein Fahrer ragt wie ein Mann ohne Unterleib aus dem weißen Teppich hervor. Mit einem Ruck schwingt er sich von seinem Gefährt und sucht nach der Schaufel, die seitlich am Sitz mit einem Gurt befestigt ist. Bis er sie unter den Schneemassen findet, beginnt er schon leicht zu schwitzen.

Schneeschaufeln ist eigentlich keine große Sache, aber unter diesen Umständen hier sieht es völlig anders aus. Der Schnee ist federleicht wegen der trockenen Kälte, was die Arbeit keineswegs leichter macht. Von der Schaufel fliegt der Schnee wie ein aufgescheuchter Vogelschwarm in alle Richtungen, um langsam wieder herunterzurieseln. Über eine Stunde hat er gebraucht, um zwei Meter hinter seinem Schneemobil und an den Seiten den meisten Schnee beiseitezuräumen. Verschwitzt verstaut er die Schaufel wieder, setzt sich auf seinen Skooter, startet den Motor und fährt ihn vorsichtig zwei Meter zurück.

Mach nur keinen Fehler jetzt, ermahnt er sich selbst. Langsam verlagert er sein Gewicht nach hinten, um sich dann mit Vollgas wie über eine Schanze aus dem Schneeloch herauszukatapultieren. Das Manöver gelingt, doch jeglicher Vortrieb am Schneemobil endet schlagartig nach der Landung, und sein Gefährt versinkt erneut im tiefen Schnee. Er ahnt den Grund.

»Fuck!«, schreit er aus vollem Halse.

Durch die abrupte Beschleunigung muss der Zahnriemen der Raupe gerissen sein, eine lästige Panne, die vorkommen kann. Ausgerechnet jetzt, denkt er beunruhigt. Er flucht leise weiter darüber, dass er sich selbst in diese verzwickte Situation gebracht und keinen Ersatzzahnriemen dabeihat, wie es eigentlich üblich ist. Ein Wegkommen mit dem Schneemobil ist nun unmöglich.

Ich habe mich ziemlich in die Scheiße geritten mit dieser verdammten Abkürzung, ärgert er sich über seine eigene Dummheit. Ohne fremde Hilfe wird er hier nicht mehr herauskommen. Er fischt sein Mobiltelefon aus der Innentasche seiner Jacke und tippt mit klammen Fingern eine kurze Nachricht: *Stecke mit Schneemobil fest. Weiß nicht, bis wann ich da sein kann. Melde mich asap.*

Schnell packt er das Telefon wieder weg. Allein diese kurze Nachricht in der Kälte hat ihm zwanzig Prozent seines Akkus weggefressen. Er muss sehr vorsichtig sein, er braucht es noch, um im schlimmsten Fall Hilfe zu holen.

Er wirft einen prüfenden Blick zum Himmel. In der Ferne sieht er die weißgraue Front, die bedenklich schnell näher kommt. Dieses Wolkenphänomen kennt er gut genug, um zu wissen, dass sich da etwas ganz Übles zusammenbraut. Der Wetterbericht hat zwar einen Schneesturm vorhergesagt, aber eigentlich erst für den kommenden Tag. Nur hält sich der Polarkreis leider nicht an derartige Vorhersagen, er hat seine eigenen Regeln in puncto Wetter, die keiner wirklich durchschaut. Hier oben wirken andere gewaltige Kräfte, und jetzt befindet er sich schlagartig in einer lebensbedrohlichen Situation.

Er muss schleunigst weg, sonst ist er in der Wildnis verloren. Aber zu den anderen kann er nicht zurück. Der Weg ist viel zu weit, und wie sollte er das alles auch erklären? Suchend schaut er sich um. Er weiß, dass es hier irgendwo einen Unterschlupf oder eine Schutzhütte gibt, er muss diesen Ort nur finden. Er weiß aber auch, dass er zehn Kilometer in jede Richtung gehen könnte, ohne auf jemanden in dieser Wildnis zu treffen. Für einen Kilometer braucht man hier zu Fuß unter diesen Bedingungen abseits der Wege durch den tiefen Schnee locker eine Stunde. Er darf jetzt keine weiteren Fehler mehr machen.

Die beste Option, die ihm bleibt, ist, auf seiner eigenen Spur so schnell wie möglich, solange es noch hell ist, zurück zu dem Winterweg zu finden, den er für eine vermeintliche Abkürzung verlassen hat. Zum Glück hat er die Schneeschuhe mitgenommen. Sie sind auf dem Gepäckträger des Schneemobils befestigt. Er legt die Schneeschuhe auf den freigeschaufelten Boden, schlüpft hinein, zieht die Handschuhe aus und zurrt die Riemen fest, während er darauf achtet, mit der blanken Haut kein Metall zu berühren. Seine Haut würde sofort daran kleben bleiben, was unangenehme Verletzungen zur Folge hätte. Schnell zieht er die Handschuhe wieder an und packt seine Stirnlampe ein; ohne sie ist er in der Dunkelheit verloren. Hoffentlich reicht die Batterie noch, denkt er mit einem flauen Gefühl im Bauch und stapft los.

Ohne die großen ovalen Teller unter seinen Füßen würde er bis über beide Knie trotz seiner eigenen Schneemobilspur im Schnee versinken. Ein Zusammenpressen des Schnees durch ein einziges Darüberfahren mit dem Schneemobil erzeugt noch keinen festen Untergrund, ist aber hundertmal angenehmer als abseits im wirklich tiefen Schnee. So kommt er wenigstens einigermaßen voran, wenngleich ihn sein Tempo an Zeitlupe erinnert. Er arbeitet sich auf seiner eigenen Spur quälend langsam zum Winterweg zurück. Trotz der Kälte schwitzt er stark. Da er nicht mit einem schweißtreibenden Fußmarsch gerechnet hat, trägt er nicht das bewährte Zwiebelprinzip. Wenn er nun stehen bleibt, wird er durch die feuchte Unterkleidung zu frieren beginnen, ein Teufelskreis. Deswegen darf er keine Pause einlegen, er muss ohne Unterlass weitergehen.

Während er sich Schritt für Schritt durch den Wald kämpft, ärgert er sich über sich selbst. Warum ist er nur auf diese Schnapsidee gekommen, den vorgespurten Winterweg zu verlassen, um querfeldein zu fahren und eine Abkürzung zu nehmen? Wegen dieser unüberlegten Entscheidung steckt er jetzt in diesem Schlamassel und liegt nicht in ihren Armen, wie eigentlich geplant. Er weiß nicht, worüber er sich mehr ärgert, über diese fatale Fehlentscheidung oder über das verpasste Rendezvous. Die Wut hat einen Vorteil, sie lenkt ihn ab von der Angst, die unaufhörlich in ihm aufsteigt.

Äste peitschen ihm ins Gesicht, Schnee fällt von den überladenen Ästen auf ihn herunter, sein Puls hämmert in seinem Hals. Er hat das Gefühl, dass seine Ader unter dem Druck platzen müsste. Er stolpert, stürzt, taucht unter im tiefen Schnee. Mühsam rappelt er sich wieder auf, schüttelt den Schnee ab und setzt seinen Weg fort. Er weiß, wenn er jetzt nachlässt oder hier zurückbleibt, ist er in ernster Gefahr. Er hat nicht vor, zur Eismumie zu erstarren.

Zweieinhalb Stunden später erreicht er den vorgespurten Winterweg. Die Musher, die Schlittenhundeführer, spuren diese Wege mit ihren Schneemobilen mit Beginn jedes Winters, indem sie mehrfach darüber fahren, den Schnee verdichten und so ihren Hunden einen idealen Laufuntergrund für ihre langen Schlittentouren verschaffen.

Die Dunkelheit bricht herein, obwohl es erst früher Nachmittag ist. Der Schnee schenkt ihm noch für einige Zeit eine milchige Helligkeit. Er hat jedoch gerade gar keine Augen für die Schönheit dieser winterlichen Zauberwelt, die ihn so schmeichelnd umgibt. Er nimmt das Glitzern der Eiskristalle nicht wahr, die wie silberne Weihnachtskugeln an den Bäumen hängen. Er sieht nicht die bizarr verformten Kiefern, die Schnee und Eis in futuristische Skulpturen verwandelt haben. Er übersieht den puderweichen Schneeteppich, der sich zwischen die Bäume wie eine weiße Düne gelegt hat und deren Stämme sanft hüllt. Er kennt diesen Anblick nicht nur zur Genüge, er ist auch viel zu erschöpft, durchgefroren, durstig und hungrig, als dass er auch nur einen Blick an diese magische Winterwelt verschenken könnte.

Unbeirrt setzt er einen Fuß vor den anderen, er muss einfach nur weitergehen in Richtung Straße. Suchend lässt er seinen Blick schweifen. Plötzlich entdeckt er etwas in der Ferne, es sieht aus wie ein Licht, das zwischen den Bäumen hervorschimmert. Er reibt sich die Augen und starrt erneut in diese Richtung. Er war hier schon in dieser Gegend unterwegs gewesen, kann sich aber nicht erinnern, eine Hütte gesehen zu haben. Kein Zweifel, dort gibt es Licht, was auf Menschen schließen lässt. Ein Seufzer der Erleichterung entweicht seiner trockenen Kehle. Jetzt ist er sicher, er muss es nur noch bis dorthin schaffen.

Für einen Moment glaubt er, einen Schatten zwischen den Bäumen gesehen zu haben. Ich sehe schon Gespenster. Wahrscheinlich nur ein Tier, redet er sich Mut zu. Der Wald ist immer voller Leben, bei Tag und bei Nacht. Er spürt das Klopfen seines Herzens, hört seinen rasselnden Atem. Das Licht, das ist sein Ziel, alles andere hat keine Bedeutung. Zielstrebig läuft er darauf zu und bemerkt nicht die Gestalt, die ihn seit einiger Zeit heimlich beobachtet wie ein lauerndes Tier.

2

Die Espressomaschine faucht wie ein kleiner silberner Drache. Während ich damit beschäftigt bin, diesem dampfenden Ding einen kohlrabenschwarzen Espresso mit einer wunderbaren Crema abzuringen, schlurft Daniel in die Küche. Ich drehe mich um, sein stahlblauer Blick trifft mich wie ein Blitz. Ich spüre augenblicklich dieses warme Kribbeln in meinem Bauch. Eine angenehme Ruhe breitet sich in mir aus, als ich ihn so verschlafen in der Küche stehen sehe. Mein Blick folgt ihm. Daniel lässt sich schwer auf einen Stuhl am Küchentisch fallen und gähnt herzhaft. Er ist gestern Abend erst sehr spät aus Kiruna zurückgekommen und noch müde von einer anstrengenden Arbeitswoche, die hinter ihm liegt.

Ich gebe ihm meine Tasse mit dem duftenden Espresso. »Ein Doppelter, der weckt Tote«, locke ich ihn.

»Danke, du rettest damit mein Leben.« Genussvoll leert er die Tasse in einem Zug. »Kann ich noch einen haben? Und einen Kuss?«

Ich wende mich der Espressomaschine zu und wiederhole die gleiche Prozedur, die ich blind und im Schlaf beherrsche. Ich reiche ihm seine zweite Tasse, küsse ihn und setze mich zu ihm an den Küchentisch.

»Übrigens hast du im Schlaf geredet und laut gelacht.«

»Echt?« Er schiebt die Unterlippe vor und streicht sich eine Haarsträhne aus dem Gesicht. »Kann mich überhaupt nicht erinnern, was ich geträumt habe.«

»Ich bin davon aufgewacht«, seufze ich. »Und dann habe ich ewig gebraucht, um wieder einzuschlafen.«

»Tut mir leid.«

»Deinen Schlaf möchte ich haben. Dich könnte man nachts wegtragen, du würdest es nicht merken.«

Darum beneide ich ihn. Mein Job hat mir schon vor vielen Jahren Schlafstörungen beschert, mit denen ich mich bis heute herumschlage. Häufig liege ich nachts wach und versuche, meinen Kopf auszuschalten, der ratternd wie ein lautes Getriebe einen Gedanken nach dem anderen ausspuckt. Nicht immer gelingt es mir. Dann brauche ich mehrere Espressi am nächsten Morgen, um in Gang zu kommen. Jetzt schlürfe ich das schwarze Gebräu, genieße für den Augenblick mit geschlossenen Augen den wunderbaren Geschmack und Geruch. Dann stelle ich die Tasse in die Spülmaschine.

»Ich muss los.« Ich küsse Daniel auf die Nasenspitze und will gehen.

Er hält mich zurück und zieht mich auf seinen Schoß. »Wollen wir zusammen mittagessen? Danach fahre ich zum Flughafen und hole Liv ab.«

»Wieso nimmt sie sich denn keinen Leihwagen wie sonst?«

»Sie musste ihren Führerschein für einen Monat abgeben, weil sie zu schnell gefahren ist.«

»Na so was.« Ich kuschle mich an ihn. »Wie lange will deine Schwester diesmal bleiben?«

»Wer weiß das schon«, sagt Daniel. »Also mittagessen?«

Ich löse mich von ihm und stehe auf. »Um eins im Restaurants des Museums.«

»Ich werde da sein.« Er lächelt. »Du auch?«

Im Job vergesse ich nie etwas. Warum nur?, denke ich ertappt. Ich ignoriere seine schnippische Bemerkung, die auf meine Vergesslichkeit und Unpünktlichkeit bei privaten Verabredungen abzielt.

Dann wappne ich mich für die arktische Kälte, die mich draußen erwartet. Über meiner Uniform, die ich hier leider tragen muss, ziehe ich eine wattierte Hose und schlüpfe in den Daunenanorak. Dann folgt ein Overall und zu guter Letzt die gefütterten Winterstiefel, Mütze, Schal, Handschuhe. Dieses Ritual, das sich mehrmals am Tag während der langen Wintermonate wiederholen wird, ist mir so selbstverständlich geworden wie das tägliche Zähneputzen. In diesem Outfit fühle ich mich warm eingepackt, jetzt kann nichts mehr schiefgehen.

»Ich nehme den Volvo, dann kannst du mit dem Jeep zum Flughafen fahren.« Ich winke Daniel zum Abschied. »Bis später, mein Schatz.« Ich schnappe mir meinen Helm, der im Flur auf dem Boden neben dem Schuhregal liegt, öffne die Tür und trete nach draußen.

Die Kälte trifft mich wie ein hinterhältiger Faustschlag. Ich schnappe nach Luft, die sofort auf meinen Schleimhäuten brennt. Das Thermometer, das draußen neben der Tür an der Wand hängt, zeigt minus 31 Grad Celsius. Noch ist es dunkel, Sterne funkeln am Himmel, es verspricht ein sonniger Tag zu werden, sobald die Sonne gegen halb zehn Uhr am Horizont auftauchen wird.

Ich schwinge mich auf mein Schneemobil und drücke den Startknopf. Mein *Lynx Commander* springt augenblicklich an, obwohl er die Nacht im Freien bei eisigsten Temperaturen gestanden hat. Dieses Gefährt ist genügsam und verlässlich, denke ich zufrieden und klopfe anerkennend mit einer Hand auf den Lenker, während ich bei laufendem Motor darauf warte, dass die Armaturenanzeige mir ein *warm up finished* anzeigt. Ich schiebe den Schal über die Nase, setze den Helm auf, und als das Cockpit mir grünes Licht gibt, gebe ich Gas und fahre los. Ich liebe diese Fahrten auf dem Schneemobil. Ich spüre den eisigen Fahrtwind, aber er macht mir schon lange nichts mehr aus.

Ich gleite von unserer Halbinsel, auf der unser großes Blockhaus, das Gästehaus sowie mehrere Nebengebäude stehen, hinunter ans Ufer, weiter über den zugefrorenen See und fliege auf der bereits vor Monaten von uns vorbereiteten Spur übers Eis, auch wenn diese jetzt kaum noch zu sehen ist. Im Sommer fahren wir mit dem Auto über einen langen Feldweg zu unserem Haus, aber im Winter, wenn die Seen zugefroren sind, ist das der direktere und bessere Weg auf die Halbinsel. Der letzte Schneesturm, der Samstagnacht unsere Region getroffen hat, hat neue Schneemassen aufgetürmt und unsere Bemühungen, Wege freizuräumen und anzulegen, mit einem Schlag weggefegt. Diese Sisyphusarbeit gehört hier zum jahreszeitlichen Spiel.

Die Winterkälte hat das ganze Land im Griff. Der erstarrte See mutet wie eine Mondlandschaft an und ich wie der dazugehörige Astronaut auf seinem Raumfahrzeug für einen Außeneinsatz. Nur die dunklen Baumstämme sorgen für einen Kontrast in dieser bizarr schönen Winterlandschaft, die unter einem weichen Schneeteppich versunken liegt. Trotz all ihrer Tücken liebe ich diese Jahreszeit. Sie verwandelt den arktischen Norden vollends in einen magischen Ort. In Lappland gibt es nicht vier, sondern acht Jahreszeiten, der eigentliche Winter ist die längste und dauert von Dezember bis März, in meinen Augen ist es die schönste Phase hier oben.

Nach wenigen Minuten Fahrt erreiche ich das andere Ufer, wo der Volvo parkt. Er hängt an einem Stromkabel, das aus einem Stromkasten auf unserem Parkplatz kommt. Dieses Kabel ist mit dem Ölkreislauf des Motorblocks verbunden und heizt über eine Art Tauchsieder alles vor, damit der Motor bei dieser extremen Kälte gewärmt wird und leichter starten kann.

Ich parke das Schneemobil neben dem Volvo und ziehe den Schlüssel ab. Dann befreie ich die Windschutzscheibe und die Heckscheibe von den Schutzüberzügen und lege sie in den Kofferraum. Ich schäle mich aus dem Overall und werfe ihn zusammen mit dem Helm auf die Rückbank. Auch der Volvo springt ohne Murren an, obwohl er die ganze Nacht draußen gestanden hat und die Temperaturen zwischendurch sicher auf minus 40 Grad gesunken waren. Hier muss einfach alles funktionieren, sonst bist du verloren. Damit alles funktioniert, investiert Daniel sehr viel Zeit und Geld in unser Equipment und unseren Gerätepark. Das nächste Haus liegt zwei Kilometer weit entfernt, das nächste Dorf namens Randijaur acht Kilometer.

Langsam fahre ich von unserem Parkplatz auf die Hauptstraße. Links und rechts der Fahrbahn türmen sich die Schneemassen als weiße Dünen auf, die die Räumfahrzeuge im Lauf des Winters regelmäßig an den Rand geschoben haben. Ich konzentriere mich auf die Fahrt, denn Rentiere oder Elche springen häufig unvermittelt aus dem angrenzenden Wald auf die Fahrbahn oder stehen bereits auf der Straße. Bei diesem diffusen Licht sind die Tiere sehr schlecht zu sehen, vor allem Rentiere mit hellem Fell, die keinerlei Anstalten machen, die Straße zu räumen. So niedlich diese Tiere aussehen, so dumm sind sie leider auch. Sie wollen einfach nicht lernen, welche Gefahren auf der Straße lauern, was sie nur allzu oft mit ihrem Leben bezahlen.

In der Ferne entdecke ich ein Schneeräumfahrzeug, das ich bald eingeholt haben werde. Na prima, denke ich, das wird heute mal wieder ewig dauern, wenn ich im Schritttempo hinter dem Ungetüm bis ins vierzig Kilometer entfernte Jokkmokk her zockeln muss, wo sich die einzige Polizeistation in einem Umkreis von 120 Kilometern befindet.

Ich lehne den Kopf gegen die Kopfstütze und versuche, die Fahrt zu genießen. Eigentlich ist es egal, ob ich eine halbe Stunde früher oder später dort ankomme. Außer ein bisschen Papierkram gibt es derzeit nichts zu tun. Der jährliche Wintermarkt, der immer am ersten Februarwochenende stattfindet, wird mir mehr polizeiliche Arbeit bescheren, wegen der vielen Touristen, genauso wie das spektakuläre *Red Bull Nordenskiöldsloppet* Ende März. Aber noch ist in Jokkmokk nichts von dem bevorstehenden Trubel zu spüren.

Das Dreitausend-Seelen-Örtchen liegt in der Mitte der nordschwedischen Provinz Norrbotten im Polarkreis und gilt als das Zentrum der Samen, der schwedischen Urbevölkerung, die hier im Norden noch immer der Rentierzucht nachgeht. Der jährlich stattfindende Wintermarkt, den es seit über 400 Jahren gibt, ist ein typischer Sami-Markt, auf dem die Rentierzüchter Messer, Felle, Trockenfleisch, Trachten und sonstige Produkte anbieten und der Jahr für Jahr Tausende von Touristen aus aller Welt anlockt. Wer nicht schon im Vorjahr ein Quartier reserviert hat, steht auf verlorenem Posten. Jedes freie Bett ist für die Zeit des Wintermarkts belegt, ob in den wenigen Hotels oder den privaten Unterkünften. Aber bis dahin ist noch Zeit, und es herrscht die gemütliche Ruhe vor dem bevorstehenden Ansturm.

Da ich keinen Zeitdruck habe, verzichte ich auf den waghalsigen Versuch, das große Schneeräumfahrzeug vor mir zu überholen, und zockle geduldig hinter dem monströsen Gefährt her. Ich suche im Radio nach einem Sender, entscheide mich dann anders und schalte das Radio aus, um meinen Gedanken nachzuhängen.

Etwas bereitet mir seit einiger Zeit ziemliche Sorgen und kostet mich Schlaf, weil ich nachts darüber nachdenke und keine Lösung finde. Wegen der wenigen Vergehen in der Gegend hier oben hat das Polizeipräsidium in Lulea bereits konkrete Überlegungen angestellt, die kleine Polizeistation in Jokkmokk aufzugeben. Ich müsste dann in Lulea arbeiten, was eine Katastrophe für mich wäre.

Der tägliche Weg nach Jokkmokk ist nicht ohne Tücken, vor allem im Winter. Aber wie alle Nordschweden bin ich inzwischen längst daran gewöhnt, lange Strecken unter widrigsten Bedingungen zurückzulegen. Hier gibt es die sogenannten nordschwedischen Meilen, eine Meile gleich zehn Kilometer. Am Anfang hatte es bei mir für Verwirrung gesorgt, wenn Daniel mir sagte, unser Ziel sei sechs Meilen entfernt und wir 60 Kilometer weit fahren mussten.

Für die rund 40 Kilometer von zu Hause in die Polizeistation brauche ich zwischen 30 und 50 Minuten je nach Wetterlage und Jahreszeit. Die Fahrt nach Lulea würde mich jedoch einfach zweieinhalb bis drei Stunden Autofahrt kosten, zu weit, um dorthin täglich zur Arbeit hin- und am selben Tag wieder zurückzufahren. Dann müsste ich mir ein Zimmer in Lulea nehmen und könnte nur noch an den freien Tagen oder am Wochenenden nach Hause fahren. Vor dieser Vorstellung graut es mir.

Daniel arbeitet als leitender Ingenieur in einer Mine im 230 Kilometer entfernten Kiruna. Dort bleibt er eine ganze Woche, sieben Tage am Stück, um im Anschluss die nächsten sieben Tage freizuhaben. So sieht die normale Arbeitswoche in einer Mine aus. Müsste ich in Lulea arbeiten und er in Kiruna, würde das lange Trennungsphasen nach sich ziehen. Undenkbar ein solches Leben. Ich bin nicht von Stockholm hierhergezogen, um eine Fernbeziehung zu führen. Wie ich es auch drehe und wende, Lulea ist nicht machbar für mich. Hoffentlich überlegen die es sich noch einmal, denke ich unglücklich, denn sonst wäre ich bald meinen Job los. Ich habe nichts anderes gelernt. Was sonst sollte ich im Polarkreis tun?

Daniel ist der Grund, warum ich vor drei Jahren von Stockholm nach Lappland gezogen bin. Ich habe damals meine Position als leitende Kriminalkommissarin gegen die Leitung einer kleinen, unbedeutenden Polizeidienststelle getauscht und damit das turbulente Leben in einer modernen Metropole gegen die Abgeschiedenheit in der rauen Wildnis. Alles der Liebe wegen. Ich habe es nie bereut. Es war meine freie Entscheidung, und ich habe die richtige Wahl getroffen, auch wenn das viele anders sehen mögen. So beschaulich die Arbeit hier in dieser kleinen Polizeistation ist, so wichtig ist sie mir. Ich bin gerne Polizistin. Nur dass ich hier eine Uniform tragen muss, nervt mich. Aber das ist mein kleinstes Problem.

Wenn ich meinen Job behalten will, würde ein echter Fall, zum Beispiel ein Mord, auf einen Schlag alles verändern. Dann würden die in Lulea verstehen, wie wichtig dieser abgelegene Außerposten ist, und eine Schließung wäre wahrscheinlich vom Tisch. Eine Mordermittlung, das wär's, denke ich und ahne nicht, wie schnell mein Wunsch in Erfüllung gehen soll.

3

Auf meinem Schreibtisch liegt eine Vermisstenanzeige. Im Stehen überfliege ich die Meldung. Ein Siebzehnjähriger aus Mattisudden wird seit heute Morgen vermisst. Die Mutter hat bei unserem zentralen Notruf angerufen, und dieser hat es nach Luleå weitergeleitet.

Von dort ging die Anzeige per E-Mail an uns. Ich lege die Meldung aus der Hand, um mich aus meiner Winterhaut zu schälen. Hier drinnen herrscht eine Bullenhitze; meine Kleidung ist für das genaue Gegenteil ausgelegt. Meine Daunenjacke und meine Schuhe entwickeln bei derartigen Plusgraden die Qualitäten eines Backofens.

Ich schäle mich aus meiner warmen Hülle, bis ich in meiner ungeliebten Uniform dastehe, und werfe alles auf einen Stuhl, der an meinem kleinen Besprechungstisch in der Ecke steht. In meinem spartanisch eingerichteten Büro gibt es zwar ein paar Kleiderhaken, aber ich habe jetzt keine Lust, alles ordentlich aufzuhängen. Ich erwarte keinen Besuch. Deswegen ziehe ich auch die Uniformjacke aus, unter der ich ein T-Shirt trage. So fühle ich mich schon besser.

Dann gehe ich nach nebenan. Arne, mein älterer Kollege, steht wie gewohnt in seinem Büro am Fenster in einer Wolke aus Zigarettenqualm und starrt hinaus in die Dunkelheit. Er dreht sich nicht um, als er mich eintreten hört. Ich schiebe mich an ihm vorbei und reiße das Fenster auf. Sofort schlägt er es wieder zu.

»Hey, willst du mich umbringen?«, raunzt er mürrisch. »Hast du schon mal aufs Thermometer geschaut?«

»Frische Luft hat noch niemandem geschadet. Dieser Qualm hier drinnen ist ja nicht auszuhalten.«

In der spiegelnden Fensterscheibe sehe ich, dass meine Wangen gerötet sind von der Kälte oder der Hitze. Gegen mich wirkt Arne weiß wie der Schnee vor dem Fenster. Ich unternehme einen zweiten Versuch, das Fenster zu öffnen, um durchzulüften, aber Arne hält mich davon ab.

»Ich muss nicht auch noch krank werden.«

»Dann erstickst du lieber, oder?«

»Wir sind nicht verheiratet, schon vergessen«, schimpft er.

»Zum Glück«, knalle ich ihm an den Kopf.

»Bald bist du mich eh los«, raunzt er.

Ich beiße mir auf die Zunge und verdränge den Gedanken daran, dass Arne in einigen Monaten in Pension gehen wird. Wir streiten wie ein altes Ehepaar jeden Morgen frotzelnd. Ich kenne Arne inzwischen gut genug, um zu wissen, dass er ein notorischer Morgenmuffel ist. Deswegen lässt mich seine schlechte Laune am Morgen eigentlich kalt, ich verspüre nur eine diebische Freude, ihn gelegentlich zu ärgern. Auch wenn er mich morgens bisweilen nervt, kann ich gut damit leben. Denn spätestens in einer Stunde ist er wie ausgewechselt. Sein Humor, der dann die Überhand gewinnt, ist unschlagbar.

Arne deutet auf die Mappe in meiner Hand. »Hast du die Meldung schon gelesen?«

»Was ist davon zu halten?«

»Was schon?« Er winkt ab. »Wie immer wird auch dieser Kerl wieder auftauchen, wenn er seinen Rausch ausgeschlafen hat.

Und falls er im Freien rumliegt, ist er höchstwahrscheinlich längst erfroren.« Er grinst schief.

»Das wollen wir mal nicht hoffen. Ich werde mich trotzdem sofort darum kümmern.«

»Brauchst du mich?«, will er wissen.

Diesmal winke ich ab. Er ist noch zu schlecht gelaunt.

Arne zündet sich eine neue Zigarette an, während er die andere im Aschenbecher ausdrückt. »Umso besser. Ich muss nachher zum Sami-Treffen wegen des bevorstehenden Wintermarktes.«

»Ernährst du dich eigentlich davon?«, frage ich stichelnd mit Blick auf die Kippe.

Er rollt mit den Augen. Bevor er noch etwas sagen kann, suche ich das Weite. Ich verziehe mich in mein rauchfreies Büro und vertiefe mich in die Meldung aus Lulea. Tyra Berg hat ihren Sohn Stellan als vermisst gemeldet. Er wollte übers Wochenende mit Freunden in die Berge fahren und war von diesem Trip nicht zurückgekommen. Die Mutter hat es erst am heutigen Montagmorgen bemerkt, als sie ihren Sohn für die Schule wecken wollte. Da sein Handy ausgeschaltet ist, konnte sie ihn nicht erreichen. Ich telefoniere kurz mit ihr und kündige mein Kommen an. Was wir zu besprechen haben, lässt sich besser Auge in Auge klären als durchs Telefon. Dann breche ich auf.

Mattisudden liegt neun Kilometer östlich von Jokkmokk entfernt. Nach einer kurzen Autofahrt erreiche ich das Haus. Die Frau, die mir die Tür öffnet, hat dunkle Ränder unter den Augen, in denen sich pure Angst spiegelt. Ich stelle mich vor und zücke meinen Dienstausweis. Tyra Berg nickt unmerklich, tritt zur Seite und lässt mich herein. Tropische Hitze schlägt mir entgegen.

In Rekordtempo schlüpfe ich aus meinen warmen Sachen und aus meinen Stiefeln, wie hier vorausgesetzt wird. Dann folge ich der Frau ins Haus bis in die Wohnküche, wo Tyra mir mit einer Handbewegung andeutet, dass ich auf der Eckbank Platz nehmen soll.

»Seit wann genau vermisst du deinen Sohn?«, frage ich sie. Wie in Schweden üblich, duze ich sie und spreche sie mit dem Vornamen an.

»Ich habe es erst heute Morgen gemerkt.«

Ich sehe, dass sie sich dafür schämt.

»Was hatte Stellan denn vor?«

Tyra schenkt zwei Tassen Kaffee ein. »Er war übers Wochenende mit seinen Freunden aus der Schule unterwegs. Sie sind am Samstagmorgen aufgebrochen und wollten zu einem Blockhaus in den Bergen. Gestern Abend wollte er zurück sein. Da mein Mann und ich auf einen Geburtstag eingeladen waren, haben wir nicht gemerkt, dass er nicht zurückgekommen ist. Erst heute Morgen ist es mir aufgefallen. Sein Bett war unbenutzt, sein Schneemobil ist auch nicht da. Ich habe seine Freunde angerufen …« Sie bricht ab und kämpft mit den Tränen.

»Was sagen seine Freunde dazu?«

Tyra fängt sich wieder. »Sie verstehen es nicht. Sie haben mir erzählt, dass Stellan das ganze Wochenende bei ihnen gewesen sei«, sagt sie mit leiser Stimme, »und dann alleine zurückgefahren sei.«

»Was ist mit seinem Handy?«

»Da läuft nur die Mailbox.«

Tyra kann nun die Tränen nicht mehr aufhalten, aber ich kann ihr keine große Verschnaufpause gönnen. Sie darf weinen, wenn ich fort bin, jetzt brauche ich so viele Informationen wie möglich.

»Kannst du mir Stellans Telefonnummer aufschreiben?«, bitte ich sie. »Und hast du ein aktuelles Foto von ihm?«

Tyra putzt sich die Nase, öffnet ihre Handtasche, zieht ein Foto von Stellan heraus und gibt es mir.

Wow, was für ein attraktiver Bursche!, denke ich. Stellan hat lange blonde Haare, die er zu einem Pferdeschwanz zusammengebunden hat. Nur die Schläfen sind ausrasiert. *Ein hübscher Wikinger.* Ich drehe das Foto um und notiere Stellans Handynummer auf die Rückseite, die Tyra mir diktiert.

»Ich werde sofort eine Ortung von Stellans Telefon beantragen, um festzustellen, wann und wo es das letzte Mal eingeschaltet war und mit wem Stellan zuletzt telefoniert hat«, informiere ich sie. »Ist das schon öfter vorgekommen?«

Tyra schaut mich ratlos an.

»Ich meine, hat Stellan zum Beispiel schon einmal etwas anderes gemacht, als er dir erzählt hat? Ist er früher mal von zu Hause weggelaufen? Wie ist denn eure Beziehung?«, bombardiere ich sie mit meinen Fragen.

Sie schüttelt heftig den Kopf. »Nein, nie. Er lügt mich nicht an. Stellan hat alle Freiheiten, er muss nichts heimlich tun.«

»Hat er eine Freundin? Oder äh … einen Freund?«, korrigiere ich mich.

»Stellan ist nicht schwul«, antwortet Tyra entrüstet. »Im Gegenteil, die Mädchen stellen ihm nach.«

Das wundert mich nicht. »Tyra, das beantwortet aber nicht meine Frage.«

»Nein, er hat im Moment keine feste Freundin.«

Ich kann spüren, dass sie lügt oder zumindest nicht die ganze Wahrheit sagt. Lügner können ihre Mimik nicht komplett kontrollieren. Dieses leichte Zucken um die Augen ist ein verräterisches Indiz.

»Stellan ist sehr attraktiv«, hake ich nach. »Das kann ich gar nicht glauben, dass er zurzeit keine Freunde hat. Oder hat er es dir nur nicht erzählt?«

Sie schweigt.

»Tyra?«

»Emil, mein Mann ...«, hebt sie stockend an, »er will nicht, dass Stellan jetzt schon was Festes hat. Er soll nach der Schule studieren, und dazu muss er weg von hier.«

»Hat er nie eine Freundin mit nach Hause gebracht?«

»Doch schon.« Tyra rückt zögerlich mit der Wahrheit heraus.

»Aber nur wenn dein Mann nicht zu Hause war?«

»Ja.«

»Darf ich Stellans Zimmer sehen?«, frage ich.

Tyra nickt und geht voraus. Die Schlafzimmer befinden sich im oberen Stockwerk. Alle Türen stehen offen.

Ich werfe einen schnellen Blick in die Räume. »Hat Stellan Geschwister?«

»Ja, Greta und Leo. Die Zwillinge sind zehn Jahre alt. Ich bin das zweite Mal verheiratet. Stellan stammt aus meiner ersten Ehe. Deswegen trägt er auch den Nachnamen seines leiblichen Vaters. Hier ist sein Zimmer.« Tyra bleibt an der Tür stehen und lässt mich eintreten.

»Darf ich?«, frage ich und deute auf den Kleiderschrank. Tyra nickt, und ich öffne den Schrank.

Darin befinden sich die für einen Teenager typischen Kleidungsstücke, ein paar Jeans, Hemden, Hoodies, T-Shirts. Ich schließe die Schranktüren und widme mich dem Schreibtisch. Hier steht ein Laptop, daneben liegen ein paar Mappen, Bücher, Krimskrams.

»Was hat Stellan denn für seinen Ausflug mitgenommen?«

»Seinen Schlafsack, Schneeschuhe, Sachen zum Wechseln, etwas zu essen und zu trinken, was man halt für einen solchen Trip braucht.«

»Mmh ... den Laptop ... den würde ich gerne mitnehmen. Vielleicht finden wir ja ein paar Mails, die uns mehr verraten.«

Tyra nickt. Sie wirkt wie in Trance und würde vermutlich zu allem »Ja« und »Amen« sagen, was ihr Stellan zurückbringt.

»Wie heißt Stellans Vater?«, frage ich weiter.

»Oscar Lund. Er ist Däne und lebt in Kopenhagen.«

Ich horche auf. »Könnte Stellan zu seinem Vater gefahren sein?«

Tyra schüttelt den Kopf. »Ich habe Oscar schon angerufen. Dort ist er nicht.«

Ich packe den Laptop unter den Arm und gehe hinaus. Tyra begleitet mich nach unten zur Haustür, die in diesem Moment aufgeht. Ein Mann tritt ein.

»Das ist Anelie, die Polizistin unserer Polizeistation. Wegen Stellan«, sagt Tyra zu ihm und dann an mich gerichtet: »Das ist Emil, mein Mann.«

Schon aus professioneller Gewohnheit mustere ich ihn von Kopf bis Fuß. Der Mann ist untersetzt, sehr muskulös, mit einem markanten Gesicht. Die Nase ist platt und breit, vermutlich mehrfach gebrochen. Vielleicht hat er früher einmal geboxt.

»Hey, Emil«, begrüße ich ihn. Ich verzichte darauf, ihm meine Hand zu geben; wer weiß, ob er sie mit einem Schraubstockgriff zerquetscht.

»Weißt du schon etwas von Stellan?«, fragt er.

»Leider nein«, antworte ich ehrlich. »Welche Schule besucht er?«

»Das Gymnasium in Jokkmokk«, antwortete Emil.

»Dann fahre ich jetzt dorthin und höre mich um.« Ich gebe Tyra meine Visitenkarte. »Und falls Stellan sich melden sollte oder auftaucht, ruft mich bitte sofort an.«

»Das werden wir«, ruft mir Emil hinterher.

Auf der Fahrt nach Jokkmokk lasse ich die letzten Minuten Revue passieren. Tyra hat Geheimnisse vor ihrem Mann, Stellans Stiefvater, und sie macht sich sehr große Sorgen um ihren Sohn. Den Instinkt einer Mutter sollte man nie unterschätzen. Mich überkommt ein komisches Gefühl, das ich lange nicht mehr gespürt habe. Irgendetwas sagt mir, dass mein schändlicher Wunsch von heute Morgen auf dem besten Weg ist, in Erfüllung zu gehen. Ich fühle mich schrecklich. Ob ich mich eines Verbrechens schuldig gemacht habe mit meinem egoistischen Wunsch?

4

Quälend langsam kommt er zu sich und richtet sich mit einem Stöhnen auf. Sein Kopf dröhnt, wie er es noch nie erlebt hat. An der Rückseite seines Kopfes kann er mit seinen Händen eine große Beule ertasten. Verdammt, denkt er verstört und wütend, was ist denn hier los? Er schlägt die Augen auf, es ist stockdunkel, und er ist blind wie ein Maulwurf. Seine Hände greifen trotz ausgestreckter Arme ins Leere. Das Einzige, was er mit seinen steif gefrorenen Fingern ertasten kann, ist der eiskalte Boden unter ihm, auf dem er sitzt. Die Luft riecht modrig nach Erde.

So benommen wie er ist, kann er sich auf nichts hier einen Reim machen, und dass er überhaupt nichts sehen kann, macht die Lage nicht besser. Denk nach, für all das hier muss es ja schließlich eine Erklärung geben. Was ist geschehen?, grübelt er und sucht in seinem Gehirn nach Antworten, um die letzten Stunden zu rekapitulieren. Nach und nach tauchen erste Erinnerungsfetzen auf. Als Erstes fällt ihm wieder ein, wie er mit seinem Schneemobil im Tiefschnee stecken geblieben und zu Fuß weitergelaufen ist, bis er in der Ferne im Wald ein Licht entdeckt hat. Dorthin ist er gegangen und war zu einer kleinen Holzhütte gekommen. Er hat durch das einzige Fenster gesehen, drinnen brannte zwar Licht, aber er konnte niemanden entdecken.

Dann endet dieser Film abrupt. Er fühlt erneut die Beule an seinem Hinterkopf und erinnert sich an den Schlag, der ihn am Kopf getroffen hat. Dieser Augenblick, als ein gewaltiger Schmerz ihn durchzuckte und ihm schwarz vor den Augen wurde, ist das Letzte, woran er sich erinnern kann. Jetzt liegt er hier in völliger Dunkelheit und hat nicht den Hauch einer Ahnung, was inzwischen geschehen ist, geschweige denn wie lange er hier schon ist. Er hat jegliches Zeitgefühl verloren.

Seine Kehle ist wie ausgedorrt, sein Mund strohtrocken, und sein Gehirn produziert wirre Bilder. Dazu friert er erbärmlich, die eisige Kälte kriecht in jede Faser seines Körpers. Er tastet sich ab, so gut es geht. Kein Wunder, dass ihm so kalt ist, seine Schuhe, Socken und Handschuhe sind verschwunden. *Wo zur Hölle sind meine Sachen geblieben?* Ohne Schuhe ist er verloren, so kann er nicht weg, und ohne Handschuhe kann er seine Hände kaum noch bewegen. Der Schmerz, den die Kälte verursacht, ist unerträglich. Mit eiskalten Fingern versucht er, seine Füße warm zu rubbeln. Er zieht die lange Unterhose so weit wie möglich aus seiner Hose nach unten heraus und steckt die nackten Füße hinein.

Eine große Hoffnungslosigkeit überflutet ihn, und er beginnt schlagartig zu weinen. Das passiert ihm nie, aber jetzt lässt er seinen Tränen freien Lauf. Warum soll er sich zusammenreißen, hier sieht ihn keine Menschenseele. Noch nie in seinem Leben hat er sich so einsam, elend, verloren und verlassen gefühlt wie in diesem Moment. Eingerollt wie ein Embryo liegt er auf dem kalten Untergrund und zieht seine Beine so eng wie möglich an seinen Körper.

Er weiß nicht, wie lange er in dieser Position verharrt hat, aber irgendwann versiegen seine Tränen. Er richtet sich auf und reibt sich die Augen. Fragen über Fragen wirbeln wie

Schneeflocken durch seinen Kopf. Wo ist er? Warum ist er hier? Und wer hat ihm das angetan? Er zermartert sich das Gehirn, findet aber keine logische Erklärung für all das. Immer wieder versucht er die Geschehnisse Revue passieren zu lassen, um zwischen den einzelnen Szenen neue Antworten zu finden.

Wie bei einem Puzzle setzt er Stück für Stück ein Bild zusammen, das er nicht vollenden kann, es fehlen einfach zu viele Teile. Wie er es dreht und wendet, er landet immer wieder bei dieser Hütte. Ob sich jemand dort aufgehalten hat, hat er nicht sehen können, aber es hatte Licht gebrannt, und aus dem Kamin war Rauch aufgestiegen. Dann hatte ihn ein Schlag von hinten getroffen und zu Boden gestreckt. Dieser Schlag war wie aus dem Nichts gekommen, jemand hatte ihn hinterrücks angegriffen. Aber warum? Ob ihr Mann ihm gefolgt ist? Das übersteigt im Moment seine Vorstellung, auch wenn es die einzige logische Erklärung zu sein scheint.

Eine neue Erinnerung taucht schlagartig in ihm auf. Halb bewusstlos hat er mitbekommen, wie jemand sich über ihn gebeugt und dann weggezerrt hat. Ohne zu wissen, was genau passiert ist, begreift er jedoch in diesem Augenblick, dass er Opfer eines heimtückischen Angriffs geworden ist. Jemand muss ihm aufgelauert haben und dann in einem günstigen Moment mit einem Prügel auf seinen Kopf geschlagen haben.

Fassungslos lässt er diese Vorstellung wie eine Filmsequenz vor seinem geistigen Auge immer wieder ablaufen. Alles nimmt allmählich plastische Formen an, ausgenommen der Gestalt, die er hinter sich stehen sieht und die auf ihn eindrischt.

Und nun liegt er hier, wo auch immer. Er vermutet, dass er sich in der Nähe dieser Hütte befindet, denn an eine Fahrt auf einem Schlitten oder Schneemobil kann er sich partout nicht erinnern. Er versucht, ein Bild von der Umgebung in seinem Kopf zu formen. Er sieht gut versteckt hinter großen, eng stehenden Tannen eine kleine, tiefgeduckte Hütte mit einem kleinen Anbau fürs Brennholz, und er erinnert sich an Rentierfelle, die dort auf dem Holzstapel gelegen haben. Mehr fällt ihm nicht ein. Irgendwo hätte doch ein Schneemobil stehen müssen, vielleicht hinter dem Haus, überlegt er. Bei seiner Ankunft hat er nicht darauf geachtet. Er war nur so erleichtert gewesen, endlich eine menschliche Behausung gefunden zu haben und hatte sich in Sicherheit gewogen. *Welch ein Irrtum!*, wird ihm in dieser Sekunde bewusst.

Seine Augen gewöhnen sich allmählich an die Dunkelheit. Er beginnt, mit seinen Händen die Wände um sich herum abzutasten. Er spürt harten Lehmboden, auch die Wände sind aus Lehm, durchsetzt von Felsen, über seinem Kopf ertastet er Holzbohlen. Nach und nach entsteht ein Bild in seinem Kopf. Er muss in einem Erdloch liegen, das etwa zwei Meter lang und eineinhalb Meter breit sein muss. Er kann nicht stehen, die Höhe schätzt er auf ein Meter fünfzig. Über seinem Kopf gibt es eine Holzklappe, die verschlossen ist. Er drückt mit seinem Rücken dagegen, aber sie bewegt sich nur einen Spalt. Solche Erdlöcher sind nichts Ungewöhnliches. Sie dienen als Lager und Kühlschrank, wobei dieses ungewöhnlich groß ist. *Warum bin ich hier eingesperrt?*

Er kriecht vorsichtig weiter, bis er an einem Rand auf einen Erdhaufen stößt. Er gräbt darin und stößt auf etwas. Als er es in der Hand hält, begreift er, dass es sich dabei um einen Knochen handelt. Der Größe nach müsste es ein Oberschenkel sein, vermutet er. Sein Stiefvater nimmt ihn oft mit auf die Jagd, er selbst hat sogar schon einen Elch geschossen, ausgeweidet und zerlegt. Er kennt sich mit Knochen ein wenig aus, aber zu welchem Tier dieser hier gehören muss, kann er in der Dunkelheit nicht feststellen.

Er wühlt weiter. Als er einen Schädel zu fassen bekommt, erstarrt er.

Ein Schrei erstickt in seiner Kehle. Der Schädel gehört zu keinem Tier, er ist von einem Menschen. Ein Gedanke steht glasklar im Raum: es muss sich hier um menschliche Gebeine handeln. Er nimmt all seinen Mut zusammen und tastet den Schädel ab. Er fühlt die ovale Form des Schädels, die beiden Öffnungen für die Augen, dann die der Nase, schließlich den Oberkiefer mit Zähnen. Vorsichtig legt er den Schädel zurück auf den Boden.

Mit seinen Händen tastet und gräbt er weiter, bis er einen Gegenstand zu fassen bekommt. Es ist ein Metallstück, vielleicht ein Teil einer Klinge oder eines alten Sami-Messers. Voller Glück presst er den Fund an seine Brust. Neuer Mut überkommt ihn. Er muss etwas tun, um hier herauszukommen, wenn er sein Leben retten will.

In diesem Moment fasst er einen festen Entschluss. *Ich werde hier nicht sterben.*

5

Zwanzig Minuten später betrete ich das Lapplands-Gymnasium in Jokkmokk, das einzige im Umkreis. Schüler, die nicht in der Nähe wohnen, haben morgens eine lange Anreise mit dem Schulbus. Ich fühle mich augenblicklich in meine eigene Schulzeit zurückversetzt. Irgendwie sehen Schulen alle gleich aus, sie riechen sogar gleich, es ist eine eigentümliche Mischung aus Bohnerwachs, Schweiß und abgestandener Luft. Aber ich bin nicht wegen nostalgischer Erinnerungen hier, sondern wegen Stellan Lund, 17 Jahre jung, der verschwunden ist.

Ich stehe in einem langen, breiten Flur, von dem viele Türen abgehen. Am Ende des Ganges entdecke ich einen Mann, der auf einer Leiter steht und an einer vermutlich defekten Lampe herumschraubt. Ich frage ihn nach dem Weg zum Direktorium.

In diesem Augenblick zerreißt das Läuten der Schulglocke die wohltuende Stille, die bis eben hier noch geherrscht hat. Als würden überall Schleusen geöffnet, werden Türen aufgerissen, und kleine Menschen strömen wie zappelnde Fische aus einem zerborstenen Aquarium in den Flur, überschwemmen die Gänge und erfüllen das Gebäude mit lautem Stimmengewirr und noch lauterem Lachen. Was seit Stunden unterdrückt worden ist, bricht sich nun Bahn. Der Geräuschpegel erreicht schlagartig das Getöse eines startenden Jumbojets. Ich bewege mich durch die lärmende Meute in Richtung Direktorat und finde das Vorzimmer von Klas Bergman, der die Schule leitet.

»Ich möchte bitte den Direktor sprechen. Anelie Andersson.«

Ich zeige der Sekretärin meinen Ausweis. Sie deutet auf eine Tür, hinter der sich offenbar das Büro des Direktors befindet. Ich klopfe und öffne die Tür. Dort sitzen zwei Männer an einem kleinen Besprechungstisch und sehen überrascht zu mir auf.

»Was kann ich für dich tun?«, fragt der ältere der beiden.

»Anelie Andersson. Ich bin von der Polizei, und ich bin dienstlich hier.«

»Aha«, sagt der Mann etwas verdutzt und wendet sich dem anderen zu. »Ich denke, wir sind fertig.«

Der andere Mann starrt mich unverhohlen an. »Anelie.« Er springt von seinem Stuhl auf. »Ich bin's, Mads. Erinnerst du dich nicht?«

Als ich den Namen höre, klingelt es sofort bei mir. Mads umarmt mich spontan. Ich bin von dieser Reaktion völlig überrumpelt. Der Direktor räuspert sich.

Mads wendet sich an Klas. »Wir kennen uns aus Stockholm, wir waren dort auf derselben Schule. Ja und nun treffen wir uns hier nach zwanzig Jahren wieder. Krass, oder? Was für ein Zufall.«

»Ja … was für eine Überraschung«, murmle ich perplex.

»Das ist allerdings eine Überraschung«, stimmt der Direktor zu, ohne eine Miene zu verziehen. »Wir sind soweit durch?«

Mads nickte. »Ja.« Er packt seine Unterlagen zusammen. Dann reicht er Klas die Hand. »Du hörst von mir. Spätestens übermorgen.« Er schaut zu mir. »Hast du danach Zeit auf einen Kaffee? Ich warte in der Cafeteria hier auf dich.«

»Kann aber dauern.«

»Macht nichts, ich warte auf dich.« Mads verabschiedet sich und verlässt das Büro.

Wir nehmen Platz.

»Um was geht es denn?«, will Klas wissen.

Ich hole das Foto von Stellan hervor und zeige es ihm. »Das ist Stellan Lund. Er geht hier auf diese Schule. Seine Mutter hat ihn heute Morgen als vermisst gemeldet.«

Klas runzelt die Stirn. »Ich frage mal nach.« Er steht auf, verschwindet kurz im Vorzimmer, um nach wenigen Augenblicken zurückzukehren.

»Ja, Stellan ist heute Morgen tatsächlich nicht zum Unterricht erschienen. Ich befürchte nur, dass ich dir da nicht weiterhelfen kann. Du solltest besser mit seinen Mitschülern und Lehrern reden. Er besucht unsere elfte Klasse. Jetzt ist Pause, und die Kollegen sitzen nebenan im Lehrerzimmer. Fangen wir mit ihnen an.«

Ich folge dem Direktor ins Lehrerzimmer. Um einen langen Tisch herum sitzen vier Frauen und sechs Männer unterschiedlichen Alters. Niemand nimmt Notiz von uns. Die Lehrer unterhalten sich miteinander, lesen oder korrigieren vermutlich Klassenarbeiten. Ich kenne einige Gesichter vom Sehen. In einem kleinen Ort wie Jokkmokk läuft man sich immer irgendwo einmal über den Weg.

»Kolleginnen und Kollegen, darf ich kurz um eure Aufmerksamkeit bitten«, sagt Klas. Alle Blicke richteten sich auf ihn. »Ich möchte euch Anelie Andersson vorstellen. Sie ist von der hiesigen Polizeiinspektion und ermittelt wegen des Verschwindens eines unserer Schüler.« Er nickt mir zu.

»Hey«, begrüße ich die Anwesenden. »Es geht um Stellan

Lund. Seit gestern Abend fehlt jede Spur von ihm. Kann mir hier jemand etwas zu diesem Schüler sagen?«

Niemand reagiert, alle starren mich nur an. Ich blicke in die Runde, bei einer jungen Lehrerin bleibt mein Blick kurz hängen, weil sie auffallend hübsch ist.

Schließlich meldet sich ein Mann. »Ich unterrichte Sport und Mathematik. Stellan ist in meiner Klasse.«

»Gunnar, kümmerst du dich darum?«, bittet Klas den Lehrer und wendet sich mir zu. »Wenn du etwas brauchst, weißt du ja, wo du mich findest.« Damit verabschiedet er sich.

Ich beginne meine Befragung ohne Umschweife. »Hey, Gunnar, hat Stellan Schwierigkeiten in der Schule? Wie sind seine Noten? Gibt es einen Grund, warum er vielleicht weggelaufen sein könnte?«

Gunnar schüttelt nachdenklich den Kopf. »Stellan hat nur gute Noten. Er zählt zu den Besten.« Er scheint kurz nachzudenken. »Und nein, von Problemen weiß ich nichts.«

»Okay, dann muss ich mit seinen Mitschülern reden.«

»Ich habe jetzt eine Stunde in der Elften«, sagt er. »Komm doch mit. Die Pause ist gleich um.«

Während wir durch die langen Flure gehen, auf denen sich noch Schüler tummeln, mustere ich ihn von der Seite. Ich schätze ihn auf Anfang dreißig. Er sieht gut aus, viel attraktiver als die Lehrer aus meiner Schulzeit. Außerdem ist er sehr gut gekleidet, was hier oben im hohen Norden Schwedens auch nicht unbedingt die Regel ist. Er trägt eine moderne Hüftjeans und einen hellblauen Kaschmirpullover, der das Eisblau seiner Augen wirkungsvoll verstärkt. Seine Schuhe wirken gepflegt und teuer. In Stockholm hätte mich das nicht überrascht, aber hier in Lappland, wo fast alle nur praktische Outdoor- oder Winter-Kleidung tragen, ist das ein ziemlich ungewöhnliches Outfit.

»Wie lange unterrichtest du hier schon?«, frage ich ihn.

»Es ist mein erstes Jahr. Ich komme eigentlich aus Malmö.«

»Freiwillig?«

»Nein.« Er lächelt. »Freiwillig bin ich nicht hierhergekommen. Aber es ist nur für ein Jahr. Es fehlt bei euch einfach an Lehrern.«

Die Pausenglocke läutet erneut, und vor uns verschwinden die Schüler in den Klassenzimmern gerade so, als würde ein Film rückwärts laufen. Wie von einer unsichtbaren Energie angesaugt, tauchen die Fischlein wieder ins Aquarium.

»Hat Stellan eine Freundin?«, frage ich weiter.

»Ob er aktuell eine hat, weiß ich nicht. Aber er war mal mit Helena aus seiner Klasse zusammen. Wie lange das her ist ... keine Ahnung. Ich versuche zwar, einen engen Kontakt zu meinen Schülern zu pflegen, aber auch da gibt es natürlich Grenzen.«

»Hat Stellan so was wie einen besten Freund?«

»Meines Wissens verbringt er viel Zeit mit Bjarne. So, da sind wir.« Gunnar öffnet die Tür.

Unser Eintreten ist für die Schüler kein Signal, an ihre Plätze zurückzukehren und Ruhe zu geben. Im Gegenteil, die Jugendlichen ignorieren uns, als wären wir unsichtbar. Ich werfe Gunnar einen fragenden Blick zu, er zuckt nur grinsend mit den Achseln. Dann steckt er zwei Finger in den Mund und lässt einen scharfen Pfiff ertönen.

»An alle Schwerhörigen und Blinden hier im Raum, die Pause ist zu Ende. Hinsetzen!«

Das Kommando wirkt, wenn auch in Zeitlupe. Gunnar wartet gelassen, bis alle Schüler auf ihren Plätzen sitzen.

»Das ist Anelie, sie ist von der Polizeiinspektion Jokkmokk. Es geht um Stellan. Er wird vermisst. Weiß jemand von euch etwas dazu?«

Wie zuvor im Lehrerzimmer bekommen wir auch hier erst einmal keine Reaktion. Stattdessen werde ich wie eine Außerirrdische angestarrt.

»Wo sitzt Stellan denn?«, frage ich.

»Bei mir«, meldet sich ein Junge.

»Das ist Bjarne«, sagt Gunnar.

»Hey, Bjarne. Ich würde mich gerne kurz mit dir unterhalten. Draußen. Begleitest du mich auf den Flur?«

Es folgen ein paar leise Pfiffe und eindeutige Kommentare, die ich überhöre. Dann verlassen wir beide das Klassenzimmer. Bjarne lehnt sich auf dem Flur lässig an den Fenstersims und sieht hinaus. Es ist inzwischen taghell geworden, ein paar Schneeflocken wirbeln verloren durch die Luft.

»Du bist mit Stellan befreundet?«

Bjarne nickt stumm, ohne mich dabei anzusehen.

»Kannst du mir sagen, was Stellan die letzten Tage gemacht hat?«

»Am Freitag nach der Schule waren wir mit dem Schneemobil unterwegs. Danach waren wir noch bei Sten.«

»Sten?«

»Der mit den Schlittenhunden in Mattisudden.« Bjarne sieht weiter aus dem Fenster. »Er hat Welpen, die wir uns ansehen wollten.«

»Und danach?«, frage ich geduldig weiter.

»Sind wir nach Hause. Wir haben uns dann am Samstagmorgen wiedergetroffen, so gegen neun. Dann sind wir mit den Schneemobilen losgefahren.«

»Ihr seid zu einer Hütte und über Nacht geblieben?«

Er nickt.

»Wo ist diese Hütte?«

»In der Nähe von Nautijaur.«

»Wem gehört sie?«

»Meinen Eltern.«

Ich kenne die Gegend ein wenig, es ist alles Sami-Land. Ich bin dort schon mal zum Wandern mit Daniel unterwegs gewesen. »Ich brauche die genauen Koordinaten.«

»Ich maile sie dir«, bietet Bjarne cool an.

Ich krame eine Visitenkarte hervor. »Hier hast du meine Telefonnummer und E-Mail-Adresse. Wer war noch dabei?«

»Ein paar aus der Klasse.«

»Auch Mädchen?«

Er nickt.

»Was habt ihr genau gemacht?«

»Wir sind mit den Skootern im Tiefschnee herumgefahren. Dann haben wir gekocht und gechillt.«

Ich habe eine ziemlich klare Vorstellung davon, wie diese Trips aussehen. Die Teenager haben hier keine Abwechslung wie in den großen Städten. Es gibt keine Bars oder Diskotheken, man feiert privat.

»Stellan war die ganze Zeit dabei?«, frage ich weiter.

Bjarne starrt aus dem Fenster. Ich spüre sofort, dass etwas nicht stimmt.

»Stellan ist verschwunden«, betone ich nachdrücklich. »Seine

Eltern kommen um vor Sorge. Niemand weiß, wo er steckt, ob es ihm gut geht oder ob ihm etwas zugestoßen ist. Ich suche ihn und muss daher alles wissen. Bjarne, du musst mir helfen.«

Ich stupse ihn an der Schulter an, doch er schaut mich immer noch nicht an. Trotzdem kann ich sehen, wie es in dem Jungen arbeitete. Er beißt auf seinen Wangen herum, als würde er auf verschiedenen Antworten herumkauen.

Schließlich gibt er sich einen Ruck, dreht sich zu mir und schaut mir in die Augen. »Stellan ist am Samstag nicht lange bei uns gewesen. Kurz nach Mittag ist er abgehauen.«

»Abgehauen?«, frage ich nach. »Wieso?«

»Er hatte etwas anderes vor. Ich weiß nicht was. Er hat uns nichts gesagt, auch nicht, wo er hinwollte. Er hat ein Geheimnis darum gemacht.«

»Dann hast du Stellan also schon am Samstagmittag das letzte Mal gesehen?«

»Ja.«

»Irgendeine Idee, wo Stellan hinwollte oder wo er jetzt sein könnte?«

Bjarne schüttelt den Kopf. »Nein, verdammt.« Er winkt wütend ab.

Auch wenn Bjarne sich geöffnet hat, lässt mich das unbestimmte Gefühl nicht los, dass er mir nicht alles erzählt.

»Stellan hat seinen Eltern gesagt, dass er das Wochenende mit euch verbringen würde.«

Er zuckt mit den Schultern. Dann fängt er endlich zu reden an, es platzt förmlich aus ihm heraus. »Seit ungefähr einem halben Jahr war er irgendwie anders als sonst, und er hat mir auch nicht mehr erzählt, was er so macht. Wir waren irgendwie nicht mehr so dicke Freunde.«

Ich kann seine Wut förmlich spüren. »Hat Stellan eine Freundin?«

Schulterzucken.

»Was ist mit Helena?«

»Die ist in unserer Klasse.«

»Und?« Ich muss mich am Riemen reißen. Bjarnes erneute Verstocktheit zerrt an meinen Nerven. *Muss ich dir denn jedes Wort aus der Nase ziehen?*

»Das mit Helena ist schon lange vorbei. Stellan hat Schluss gemacht.«

»Wann?«

»Auch vor sechs Monaten, glaube ich.«

»Und wie ist Helena damit umgegangen? Ist ja nicht ganz einfach, sich aus dem Weg zu gehen, wenn man in dieselbe Klasse geht, oder?«

Bjarne zuckt erneut mit den Schultern. »Helena ist cool.«

»Interessiert es dich gar nicht, wo Stellan stecken könnte?«, frage ich ungeduldig. »Vielleicht ist ihm ja etwas passiert.«

»Was soll ihm passiert sein?«, widerspricht er mir heftig. »Er taucht schon wieder auf.«

Ich durchbohre ihn mit meinen Blicken. Entweder weiß er wirklich nichts, oder er lügt gut.

»War's das?«, fragt er und blickt unruhig zur Seite. »Ich muss zurück in die Klasse.«

Ich nicke. »Ruf mich an, wenn du was von Stellan hörst oder dir noch etwas einfällt. Und lass mir so schnell wie möglich die Koordinaten von der Hütte zukommen.«

Bjarne macht auf dem Absatz kehrt.

»Schick mir bitte Helena heraus.«

Bjarne verschwindet. Kurz darauf taucht die Schülerin auf. Ich rede erst gar nicht um den heißen Brei herum, sondern komme sofort zur Sache.

»Hey, Helena. Du warst mal mit Stellan zusammen, dann hat er Schluss gemacht. Wie geht es dir damit?«

Helena sieht mich gelangweilt an. »Kein Problem. Da war eh die Luft raus.«

Teenager können so wunderbar gespielt von oben herab sein. Ich muss an mich halten, um nicht laut loszuprusten. »Du nimmst das alles sehr locker?«

»Alles easy, außerdem ist das eine Ewigkeit her.«

Eine Ewigkeit? Die Trennung liegt gerade mal ein halbes Jahr zurück, doch in diesem Alter bedeuten sechs Monate vielleicht wirklich eine halbe Ewigkeit. Ich muss an meinen damaligen Liebeskummer denken. Das ist eine schlimme Zeit gewesen, die nicht vorbeizugehen schien. Aber wahrscheinlich sind die Kids von heute einfach viel abgebrühter.

»Kann es sein, dass Stellan eine neue Freundin hat?«

»Woher soll ich das denn wissen?« Helena gähnt.

»Aber ihr hattet nach der Trennung noch Kontakt?«

Helena macht mit beiden Armen eine ausladende Bewegung und sieht mich an, als ob ich völlig verblödet wäre. »Hallo, wir gehen in dieselbe Klasse.«

»Und wo könnte er jetzt sein?«

»Bin ich Jesus?« Helena hebt die Hände und zeigt auf ihre Handflächen. »Da sind keine Löcher drin, oder?«

Mein Geduldsfaden ist kurz vor dem Zerreißen. Am liebsten würde ich der frechen Göre eine Ohrfeige verpassen. Aber natürlich unterdrücke ich diesen niederen Instinkt. Meine Frustrationstoleranz ist erschöpft, meine Impulskontrolle funktioniert jedoch einwandfrei. Trotzdem mache ich meiner schlechten Laune Luft.

»Was ist nur mit euch los? Keiner weiß etwas oder will etwas wissen. Und es scheint auch niemanden hier sonderlich zu beschäftigen, dass Stellan verschwunden ist. Ihm könnte etwas zugestoßen sein.«

Sie sieht mir direkt in die Augen; ihr arrogantes Gesicht nimmt eine rote Farbe an. Treffer, denke ich.

»Und?«, bohre ich weiter.

Helena zuckt jedoch nur mit den Schultern und hüllt sich in Schweigen. Genervt drücke ich ihr meine Visitenkarte in die Hand, dann schicke ich das Mädchen zurück in die Klasse. So komme ich nicht weiter. Irgendetwas ist hier megafaul, und ich tappe völlig im Dunklen. Ich muss meine Strategie ändern und herausfinden, was Stellan vorhatte, als er sich am Samstag von der Gruppe verabschiedet hat, um eigene Wege zu gehen. Nur wer könnte eine Ahnung haben, wen hat er in seine Pläne eingeweiht? Vielleicht finde ich etwas auf seinem Laptop.

Ich will die Schule verlassen, als mir einfällt, dass ich ja noch eine Verabredung habe. Die Vergangenheit hat mich eingeholt.

6

Die Schulcafeteria wirkt verwaist, aber ganz hinten entdecke ich eine Gestalt, die an einem Tisch sitzt und mir den Rücken zuwendet. Ich zögere, noch könnte ich umdrehen und einfach gehen. Langsam bewege ich mich in seine Richtung. Mads hört meine Schritte, dreht sich um und springt auf.

»Hey.« Er grinst mich an.

»Hey, Mads.« Ich setze mich.

Er nimmt auch wieder Platz. »Schon irgendwie komisch, dass wir uns genau hier wieder treffen, was? Dich hätte ich hier oben am allerwenigsten erwartet.«

»Ja, ziemlich seltsam«, stimme ich ihm zu.

»Kaffee?«

Mads nimmt die Kanne, die auf dem Tisch steht, und schenkt mir eine Tasse ein.

»Du bist also bei der Polizei?«, fragt er ungläubig. »Gibt's denn hier so viel zu tun?«

Ich schüttle den Kopf. »Ich war lange bei der Kripo in Stockholm, bis ich Daniel, meinen Mann, kennengelernt habe. Er stammt von hier.«

Er runzelt die Stirn. »Und seinetwegen bist du in den Polarkreis gezogen? Wow! Das muss Liebe sein.«

»Ist es.«

»So wie bei uns damals?«

»Mads?« Ich rolle genervt mit den Augen. »Wir waren Teenager.«

»Und warum bist du heute hier in der Schule?«, fragt er neugierig weiter.

»Ein Schüler ist verschwunden. Vermutlich weggelaufen, oder er schläft nach einer Feier seinen Rausch aus. Aber ich muss natürlich trotzdem nach ihm suchen«, spiele ich alles herunter.

»Ein Schüler?«

»Und du?«, frage ich, statt ihm zu antworten.

Das alles geht ihn nichts an. So unbedeutend dieser Fall wahrscheinlich auch sein mag, es ist eine polizeiliche Ermittlung.

»Ich lebe in Göteborg. Ich habe eine Reise- und Event-Agentur. Klas plant eine Reise nach Berlin mit der Abiturklasse. Ich organisiere das. Klas und ich, wir kennen uns schon lange, er war früher auch in Göteborg. Deswegen kümmere ich mich selbst darum und nicht meine Mitarbeiter. Ich bin hin und wieder im Sommer hier oben in meinem Blockhaus, das ich vor ein paar Jahren von meinem Onkel geerbt habe. Daher verstehe ich auch nicht, dass wir uns nicht schon früher über den Weg gelaufen sind.«

Ich zucke mit den Schultern. Ich weiß nicht, was ich von all dem halten soll. Irgendetwas irritiert mich an ihm.

Er lächelt mich an. »Aber dass ich dich hier nach dieser langen Zeit wiedersehe ... das ist verrückt.«

Ich versuche, sein Lächeln zu erwidern, doch ich befürchte, dass es eher gequält wirkt. »Ich kann es auch nicht glauben.«

Ich suche in seinem Gesicht nach Vertrautem, längst Vergessenem. Das Jungenhafte hat Mads inzwischen komplett verloren, aber das schadet ihm nicht. Er wirkt männlicher, markanter, seine früher langen Haare trägt er jetzt kurz. Mads hat sich sehr verändert, und ich muss zugeben, dass ich ihn nicht sofort erkannt habe, auch wenn er meine erste Jugendliebe gewesen ist und ich eigentlich nur gute Erinnerungen an die Zeit mit ihm habe. Ich habe mich einige Male gefragt, was wohl aus uns geworden wäre, wenn seine Familie damals nicht von Stockholm nach Göteborg gezogen wäre, wo sein Vater einen neuen Job angenommen hatte. Das hatte uns auseinandergerissen, und ich hatte meinen ersten Liebeskummer erlebt. Daran erinnere ich mich höchst ungern. Jugendlicher Liebeskummer ist die Hölle. Deswegen kann ich Helenas Reaktion auf die Trennung von Stellan beim besten Willen nicht nachvollziehen. Aber sie sind definitiv anders, cooler oder vernünftiger, als wir es damals gewesen sind, denke ich.

»Du hast dich kein bisschen verändert«, sagt Mads und macht keinen Hehl aus seiner Bewunderung. »Du siehst toll aus ... Du bist noch schöner geworden.«

»Danke für die Komplimente«, sage ich artig. »Aber du übertreibst.« In meinen Augen habe ich mich sehr wohl verändert, auch ich habe Falten bekommen, und mein Aussehen halte ich für guten Durchschnitt. Ich bin zufrieden damit, aber einen Preis als Schönheitskönigin würde ich wohl nicht gewinnen.

»Doch ernsthaft ... Ich bin kurz davor, mich wieder in dich zu verlieben«, schwärmt er unverhohlen weiter.

»Du spinnst.« Ich fühle mich unwohl und versuche, das Gespräch in eine andere Richtung zu lenken. »Wo hast du die vielen Jahre gesteckt? Nur in Göteborg?«

»Nein. Ich habe dort studiert und auch ein Jahr in den USA. Danach bin ich zurück nach Göteborg.«

»Schau mich nicht so an!«, unterbreche ich ihn.

»Ich kann nicht anders.« Mads himmelt mich weiter ungeniert an. »Du hast immer noch deinen Mädchennamen? Also bist du noch nicht verheiratet?«

»Wir wollen aber bald heiraten«, beeile ich mich, ihm ein mögliches Lüftchen aus den Segeln zu nehmen. »Ich bin also in festen Händen. In sehr festen.«

Er versucht erst gar nicht, seine Enttäuschung zu überspielen. »Das freut mich«, lügt er.

»Und du?«

»Geschieden. Keine Kinder.«

Ich werfe einen Blick auf meine Armbanduhr. »Ich muss los.« Das ist noch nicht einmal gelogen. Ich bin schließlich wegen einer Ermittlung hier und nicht zum Kaffeetrinken verabredet.

»Sehen wir uns wieder?«, fragt er. »Hier ist meine Karte. Ich bin noch ein paar Tage in der Gegend.«

Ich zucke mit den Schultern. »Nein, das ist keine gute Idee.« Ich stecke seine Visitenkarten in die Jackentasche, stehe auf und eile davon.

Ich fahre auf direktem Weg zurück in die Polizeistation, die sich am ersten Kreisverkehr, am Europaweg 45 in Jokkmokk befindet. Arnes Büro ist verwaist. Ich verziehe mich in meins und stelle als Erstes einen Antrag auf Handyortung und Einsicht in Stellans letzte Mobilfunkverbindungen. Ich muss wissen, wo sein Handy das letzte Mail eingeloggt gewesen ist und mit wem er Kontakt gehabt hat.

Dann klappe ich Stellans Laptop auf und drücke den Startknopf. Der Zugang ist mit einem Password gesichert. Super, denke ich und tippe Stellans Geburtstag und einige Namen ein, die ich aus seinem Umfeld kenne, aber natürlich gelingt es mir nicht, den Laptop zu knacken. *Wäre auch zu schön gewesen.* Ich schalte den Laptop wieder aus und klappe ihn zu. Da muss ein Fachmann ran. Nur wo finde ich einen? Hier in Jokkmokk gibt es keine Spezialisten dafür. Vielleicht könnte mir Daniels Schwester helfen, die heute ankommt. Für Liv wäre das bestimmt ein Kinderspiel, vermute ich.

Ich setze ich mich an meinen Computer und schreibe einen ersten Bericht über die bisherigen Ermittlungsergebnisse. Ich erledige diese Arbeit konzentriert, weil sie mir dabei hilft, Ordnung in die Sache zu bekommen. Das habe ich in Stockholm gelernt. Bei großen, verwickelten Mordfällen, in denen es viele Zeugenaussagen und Indizien gibt, ist die Gefahr groß, den Faden zu verlieren oder wichtige Details zu übersehen oder zu vergessen, was verhängnisvolle Folgen haben kann. Hier ist das natürlich nicht der Fall, trotzdem achte ich selbst bei Minimaldelikten darauf, alles ordentlich zu dokumentieren.

Ich bin rasch fertig mit meinem Bericht, die Informationen, die ich bis jetzt zusammengetragen habe, sind äußerst dürftig. Stellan hatte seinen Eltern gesagt, dass er das Wochenende mit Freunden in den Bergen verbringen würde. Er hat sich aber am Samstagmittag von der Gruppe entfernt, ohne den anderen zu verraten, wohin er fahren wollte. Seitdem fehlt jede Spur von ihm.

Ich nehme den Hörer meines Telefons ab, um meine Chefin in Lulea anzurufen. Wenn es nach mir ginge, würde ich sofort eine große Suchaktion starten. Stellan wird aber laut Vermisstenanzeige noch nicht einmal 24 Stunden vermisst, ich weiß aber, dass er seit Samstagmittag nicht mehr gesehen wurde. Ich werde also jetzt noch keine Genehmigung oder die Mittel dafür bekommen, ich lege den Hörer wieder zurück.

Eigentlich kann ich nur abwarten und darauf hoffen, dass Stellan von selbst wieder auftaucht, was vermutlich auch der Fall sein wird. Ich weiß schon, warum ich in Stockholm nie bei den Vermissten arbeiten wollte. Dieses Stochern im Nebel ist nichts für mich. Bei Mord sieht die Sache ganz anders aus. Da liegen oft die Fakten auf dem Tisch, und ich muss nur die losen Fäden irgendwie zusammenbringen, die zum Täter führen. Ein Mordfall ist wie ein dreidimensionales Bilderrätsel, bei dem jedes neue Indiz, jede neue Spur den Würfel vervollständigen kann. Aber das hier? Jemand verschwindet, und niemand kann sich das erklären. Bei Vermisstenfällen gibt es nur Fragen, kaum Antworten.

Ich nehme mir die Post vor, die Arne auf meinen Schreibtisch gelegt hat, und lese den ersten Brief. Leyla Hivju, eine engagierte Sami und Vermieterin des Gebäudes, in dem sich das Polizeibüro befindet, kündigt eine satte Mieterhöhung wegen gestiegener Steuern und Energiekosten an. Verdammt, auch das noch!, denke ich bestürzt. Das wird den Bürokraten in Lulea noch mehr Argumente liefern, um hier alles dichtzumachen. Ich muss mit Leyla reden, auch wenn mein Ansinnen vermutlich kaum Gehör finden wird. Ich kenne sie nicht besonders gut, habe sie nur wenige Male gesehen und noch seltener gesprochen. Diese wenigen Begegnungen haben aber ausgereicht, um meine Meinung über sie zu zementieren: Ich mag sie nicht.

Leyla ist eine sehr traditionelle Sami, die keinen Hehl aus ihrer Abneigung gegen Einheimische, Ausländer oder Touristen macht. Dazu zähle natürlich auch ich, weil ich nicht aus Lappland stamme, sondern aus Stockholm und keine Sami bin. Diese Haltung, die sich immer mehr ausbreitet, bereitet mir Sorge. Vor allem bei den Jüngeren zeigen sich verstärkt abweisende Tendenzen gegenüber allen Nicht-Samis, und sie tragen ihre Geringschätzung immer offener zur Schau.

Ich selbst bin schon Zeuge derartiger Zusammenstöße geworden, einmal als Arne und ich bei einer Rentierscheidung zusehen wollten. Dort sind wir rüde mit wüsten Beschimpfungen von den Rentierzüchtern vertrieben worden. Wir sollten uns verpissen, hatte uns einer der jungen Männer an den Kopf geworfen, wir hätten hier auf ihrem Land nichts verloren. Dabei hatten wir nur als Zaungäste dabei zusehen wollen, wie die Sami ihre Rentierherden zusammentreiben, um sie zu zählen, zu markieren und zu sortieren. Wir hätten niemanden dabei gestört. Auch Leyla pflegt unverhohlen diese Abneigung gegen uns. Mir ist bekannt, dass sie von ihren Eltern Häuser in Jokkmokk und Land geerbt hat und weiß Gott keinen Grund hat, die Miete zu erhöhen. Das ist reine Schikane, befürchte ich. Mein Handy klingelt und reißt mich aus den trüben Gedanken.

»Wo bleibst du denn?«, fragt Daniel.

»Äh, ich bin im Büro. Wieso?«

»Du hast es schon wieder vergessen, oder?« Er macht ein komisches Geräusch, das wie ein Knurren klingt.

»Was denn?« Ich habe augenblicklich ein schlechtes Gewissen, ohne zu wissen warum.

»Wir wollten doch zusammen mittagessen, und nun sitze ich hier seit zwanzig Minuten blöd herum«, schimpft er. »Ich bin kurz vorm Verhungern.«

»Äh, ich ...« Verzweifelt suche ich nach einer Ausrede.

»Bitte lass es!«, fällt Daniel mir ins Wort. »Kommst du nun, oder muss ich mich nach einer anderen Begleitung umsehen?«

»Ich bin in drei Minuten da«, verspreche ich, lege auf und stürme aus dem Büro, als wäre der Leibhaftige höchstpersönlich hinter mir her.

7

Seine Hände bluten, die Haut an seinen Finger hat sich abgelöst. Er ignoriert den Schmerz, die Kälte tut ihr Übriges, er spürt seine Gliedmaßen kaum noch. Aber er ist weit davon entfernt, aufzugeben. Seit Stunden bearbeitet er mit dem Metallstück das Holz über seinem Kopf, das ihn von seiner Freiheit und seinem Leben trennt. Inzwischen ist es ihm gelungen, eine faustgroße Öffnung hineinzubohren, durch die Schnee und Licht hereinfällt. Er hat jegliches Zeitgefühl verloren, aber draußen ist es definitiv hell. So kann er sein Gefängnis endlich sehen. Er fühlt sich in diesem Erdloch wie lebendig begraben.

Immer wieder unterbricht er seine Arbeit, um zu lauschen, aber es ist totenstill, außer seinem Atem ist nichts hören. Niemand scheint da zu sein. Er hört auf zu atmen und spitzt die Ohren. Die Luft müsste rein sein, jetzt könnte er es wagen. Vorsichtig schiebt er seine steif gefrorene Hand durch das Loch, das er in das Holz über seinen Kopf gebohrt hat, und wartet. Wenn sein Peiniger dies sehen oder mitbekommen würde, wäre seine einzige Chance verspielt, diesem Grab lebendig zu entkommen.

Seine gefühllosen Finger bekommen ein kaltes Metallstück zu fassen, und sofort klebt seine Haut wegen der Kälte daran fest. Er spürt es kaum, presst sein Handgelenk durch die Öffnung, bis er den Riegel besser greifen kann, und beginnt daran zu zerren. Das Metallstück bewegt sich nicht, es ist festgefroren. Er ballt eine Faust und schlägt gegen das Metall, immer wieder, so fest er kann. Endlich bricht der Widerstand, und der Riegel beginnt, sich zu bewegen. Millimeter um Millimeter rückt er zur Seite.

Ein Geräusch lässt ihn zusammenzucken. Blitzartig zieht er seine Hand zurück. Er schickt ein Stoßgebet gen Himmel, dass sein Peiniger nicht merkt, was er hier unten treibt. Er kann hören, dass ein Schneemobil gestartet wird. Regungslos verharrt er in seinem Gefängnis, bis er den Motor aufheulen und das Schneemobil davonfahren hört.

Er steckt seine erfrorenen Hände unter seine Achseln, um sie zu wärmen, und wartet. Hoffentlich gibt es nicht mehr als diesen einen Peiniger. Wenn es zwei sein sollten, könnte der andere immer noch hier in der Nähe sein, überlegt er. Ich muss auf der Hut sein.

Wieder schiebt er seine Hand durch die Öffnung und rüttelt an dem Riegel, bis er ihn endlich ganz beiseitegeschoben hat. Auch wenn alles in ihm danach drängt, die Klappe aufzustoßen und ins Freie zu klettern, bändigt er seinen Wunsch und verharrt, um zu lauschen. Er muss vollkommen sicher sein, dass niemand da draußen etwas von seinem Fluchtversuch mitbekommt, sonst wäre alles umsonst gewesen. Sein Leben hängt an einem seidenen Faden, er darf kein Risiko eingehen.

Nach bangem Warten drückt er schließlich mit seinem Rücken gegen die Holzklappe. Sie bewegt sich nach oben, und er riskiert einen Blick durch den Spalt. Er kann weder die Hütte noch sonst etwas sehen außer Schnee. Er wagt sich ein Stück weiter und streckt den Kopf ins Freie. Die Luft scheint rein zu sein. Langsam richtet er sich ganz auf und hält die Klappe fest, damit sie nicht umschlägt und er durch die Geräusche jemanden auf sich aufmerksam macht.

Er schaut sich um, es scheint keine Menschenseele weit und breit da zu sein. Vorsichtig, als wäre sie aus Glas, legt er die Holzklappe um. Nun hat er einen Rundumblick und entdeckt das Haus in etwa fünfzig Meter Entfernung. Mit letzter Kraft wuchtet er sich aus seinem Grab und landet bäuchlings im tiefen Schnee. Gierig stopft er ihn in seinen trocknen Mund, schlingt ihn hinunter, hustet, spuckt ihn aus, leckt daran. Seine Zunge fühlt sich an, als wäre sie so dick wie ein Karpfen.

Als er genug neue Kraft geschöpft hat, rappelt er sich auf. Mit nackten Füßen steht er im Schnee und friert entsetzlich. Seine Füße brennen wie Feuer; die Farbe seiner Zehen lässt das Schlimmste befürchten. Er muss weiter, darf nicht stehen bleiben, wenn er nicht erfrieren will. Er schließt die Klappe und den Riegel wieder, dann schleicht er barfuß in gebückter Haltung in Richtung Hütte. Er nimmt dafür nicht den direkten Weg, sondern nähert sich dem Haus vorsichtig in einem großen Bogen. Er erreicht die Hütte und wagt einen Blick durch dasselbe Fenster wie beim ersten Mal. Diesmal brennt kein Licht. Er schleicht zur Tür und drückt vorsichtig die Klinke hinunter. Sie ist abgeschlossen. Er tastet über dem Türstock nach einem Schlüssel, er weiß, dass die Besitzer ihn dort normalerweise hinterlegen. Er findet den Schlüssel, schließt damit mit beiden Händen auf und öffnet beherzt die knarzende Tür.

Er betritt die dunkle Hütte und stolpert über etwas. Es sind Schuhe, nicht seine, aber sie könnten ihm vielleicht passen. Überglücklich schlüpft er hinein. Die Schuhe sind etwas zu klein und eiskalt, was er jedoch wegen der Erfrierungen an seinen Füßen kaum mehr spürt. Von seinen Handschuhen fehlt jede Spur. Er weiß, dass er seinen Körper warm halten muss. Auf einer Pritsche liegen ein paar Rentierfelle und Schnüre. Er nimmt ein Fell, wickelt es um seine Schultern und bindet es mit einem Stück Schnur an seinen Körper. Weitere Felle folgen, und nach und nach umhüllt er so seinen ganzen Körper mit Rentierfellen und legt ein letztes um seinen Kopf. Die Felle werden ihn warm halten, er kann es jetzt schon spüren.

Noch einmal sieht er sich um. Dann verlässt er die Hütte, verschließt die Tür, legt den Schlüssel zurück und macht sich auf den Weg. Er folgt der Spur, die das Schneemobil in den Schnee gegraben hat. Sie wird ihn von diesem grausigen Ort wegführen. Er hat es fast geschafft. Jetzt muss er nur noch die Straße erreichen, dann ist er gerettet.

8

Das Restaurant, das sich in einem Anbau des Sami-Museums namens Ajtte befindet, liegt nur fünf Blocks von der Polizeistation entfernt. Ich schaffe es in Rekordzeit dorthin und finde sofort einen Parkplatz direkt vor dem Museum, was um diese Uhrzeit nicht selbstverständlich ist, weil viele Arbeiter und Angestellte aus den umliegenden Firmen hierher zum Essen kommen.

Es gibt einige Lokale in dem kleinen Ort, aber eigentlich nur zwei wirklich gute. Die Alternative ist das Hotel Akerlund, wo ebenfalls ein Mittagsbüfett angeboten wird, was in meinen Augen besser als das im Museum ist. Außerdem finde ich es im Akerlund gemütlicher als anderswo. Aus unerfindlichen Gründen beschränkt sich in den meisten Lokalen die Einrichtung auf das äußerst Notwendige; von einer angenehmen Atmosphäre wie ich es aus Stockholmer Restaurants kenne, fehlt hier jede Spur. Viele Besitzer lassen jegliches Gefühl für Behaglichkeit oder Dekoration vermissen. Inzwischen habe ich mich daran gewöhnt. Im prall gefüllten Ajtte steuere ich direkt auf Daniel zu, der an einem kleinen Ecktisch sitzt und bereits mit dem Essen begonnen hat.

»Tut mir leid, aber ich …«, stottere ich.

»Ich will's nicht hören«, unterbricht er mich mit einem Lächeln. »Das nächste Mal warte ich einfach darauf, dass mich andere Frauen ansprechen. Diese Stadt ist ja voll von hübschen Frauen, also sei auf der Hut.«

Ich lasse ein tiefes Knurren verlauten und setze mich zu ihm.

»Willst du nichts essen?«, fragt er mich, als ich neben ihm sitze.

»Doch.« Mein Magen knurrt unüberhörbar.

Ich stehe also wieder auf, schnappe mir einen Teller und gehe damit ans Büfett, das in der Mitte des Lokals in Warmhalteboxen aufgebaut ist. Ich wähle Salat, Gemüse, Kartoffeln und Rentiergulasch und balanciere meinen gut gefüllten Teller zurück zum Tisch. Während des Essens erzähle ich Daniel von dem vermissten Schüler, der mich heute Morgen auf Trab gehalten hat, und dass meine Suche nach ihm noch erfolglos geblieben ist.

»Hoffentlich ist er nicht erfroren«, meint Daniel nachdenklich.

Das ist auch meine Sorge. »Das Risiko ist hoch, oder?«

»Absolut, aber er ist ein Einheimischer, er weiß, wie er sich zu verhalten hat. Vermutlich schläft er nur irgendwo seinen Rausch aus und versucht, den Kater zu überleben«, versucht Daniel mich zu beruhigen.

»Vermutlich.«

»Vielleicht hatte er ein Date«, überlegt Daniel. »Du solltest mal checken, wer in dieser Region noch ein Blockhaus oder eine Hütte hat, wo der Junge hätte hinfahren können.«

»Genau das habe ich vor«, sage ich mit vollem Mund.

Mein Mobiltelefon klingelt. Ich angle es aus der Tasche und schaue aufs Display. Die Nummer ist mir unbekannt. Ich nehme das Gespräch an. Es ist Mads. Ich würge ihn unfreundlich ab und frage mich, woher er meine Nummer hat. Ich habe sie ihm nicht gegeben.

»Wer war das denn?«, will Daniel neugierig wissen.

»Ach, nur ein alter Schulfreund, den ich zufällig getroffen habe.«

»So, so, das wird ja immer interessanter. Erzähl mir von diesem Schulfreund.«

Ich versuche, das Thema zu wechseln, aber Daniel bleibt hartnäckig, und so beginne ich, ein wenig von früher zu plaudern. Es gibt immer noch einiges, was Daniel nicht oder noch nicht von mir weiß. Umgekehrt verhält es sich vermutlich genauso. Ich bin keine Vertreterin der völligen Offenheit, ich bin nicht der Meinung, man müsse alle Karten auf den Tisch legen in einer Beziehung. Nicht, um den anderen im Unklaren zu lassen, sondern um Vergangenes dort zu lassen, wo es hingehört, in der Vergangenheit. Nicht alles, was wir erlebt und erfahren haben, sollte in die Gegenwart zurückgeholt werden, wenn es keinerlei Bedeutung für die gegenwärtige Situation hat. Das betrifft vor allem vergangene Liebschaften. Wer zu viel von sich preisgibt, weckt damit nur Eifersucht und Phantasien, was nicht von Vorteil sein kann. Warum für Unruhe sorgen, wenn das Vergangene heute keine Rolle mehr spielt? Aber um meine Geschichte mit Mads komme ich nun nicht mehr herum. Also verrate ich Daniel die wichtigsten Details. Er lauscht mir aufmerksam. Daniel kann gut zuhören, er unterbricht den anderen nie, sondern richtet stets seine ganze Aufmerksamkeit auf den Erzähler.

Er sieht mich mit einem Schmunzeln an, als ich geendet habe »Mads war also deine Jugendliebe? Davon hast du mir nie etwas erzählt.«

Genau das meine ich, jetzt tauchen womöglich überflüssige und falsche Phantasien auf. »Wozu? Wir waren fast noch Kinder, und außerdem ist das Schnee von vorvorgestern. Wäre er mir heute nicht zufällig über den Weg gelaufen, hätte ich nicht mehr an ihn gedacht.«

Daniel mustert mich. »Hast du mich vielleicht heute seinetwegen vergessen und versetzt?«

»Quatsch!«, widerspreche ich entrüstet. »Du weißt, dass das nicht stimmt.«

»Ja«, seufzt Daniel, »aus leidvoller Erfahrung.«

Ich bedenke ihn mit einem Blick des gespielten Missfallens. Ich weiß um meine Fehler, ich vergesse häufig private Verabredungen und komme notorisch zu spät.

»Wann landet Liv eigentlich?«, versuche ich, das Thema zu wechseln.

Aber Daniel lässt mich nicht vom Haken. »Wie sieht er denn aus?«

»Wer?«

»Dieser Mads.«

Na gut, denke ich boshaft, wenn du es unbedingt wissen willst, dann eben das volle Programm. »Er ist ziemlich groß, hat eine sportliche Figur, dunkelbraunes Haar, das er sehr kurz geschnitten trägt, und einen Dreitagebart. Er hat damals sogar gemodelt.«

Daniel lacht laut auf. »Wow, das klingt irgendwie nach einem gut aussehenden Kerl. Muss ich mir doch Sorgen machen?«

»Ist das eine Vernehmung?«, ziehe ich ihn auf.

»Wieso? Hast du etwas zu verbergen?«

Jetzt muss ich grinsen. »Mads? Geschenkt.« Ich winke ab

und schmachte Daniel übertrieben an. »Ich habe doch das große Los gezogen.«

»Dann ist es ja gut, aber ich habe ein Auge auf dich. Ich weiß, dass du Männer verrückt machen kannst.« Er nimmt meine Hand und küsst jede Fingerspitze. »Und wer weiß, so oft, wie du mich schon versetzt hast, muss ich immer damit rechnen, dass du mich einmal ganz vergisst.«

»Das ist gemein«, verteidige ich mich. »Aber wenn dich Mads so brennend interessiert, dann kann ich ihn ja mal zu uns einladen.«

»Das fehlt noch ... oder willst du ihn wiedersehen?«

Ich lege den Kopf zu Seite. »Hmm ... wenn du mich so fragst ... nein!«, sage ich betont langsam, beuge mich hinüber zu Daniel und küsse ihn. »Wozu?«

Aber irgendetwas in meinem Innern sagt mir, das Mads mir wieder über den Weg laufen wird, und darauf freue ich mich überhaupt nicht. Er hat in meinem heutigen Leben keinen Platz mehr. Warum nur musste uns das Schicksal nach so langer Zeit wieder zusammenführen?, frage ich mich beklommen und erhalte natürlich keine Antwort. Ich weiß, dass es Vertreter der Ansicht gibt, es gäbe keine Zufälle. Ich teile diese Meinung nicht. Ich bin eher eine Vertreterin der These von Ursache und Wirkung oder Saat und Ernte. Am liebsten würde ich die Angelegenheit mit Mads wie ein längst vergessenes Souvenir zurück in die Krimskramsschublade stopfen.

9

Tyra sitzt auf Stellans Bett und vergräbt ihr Gesicht in das Kopfkissen ihres Sohnes. Sie fühlt sich leer, vom Leben abgeschnitten, wie abgestorben. Stellan ist spurlos verschwunden, und die Angst, dass sie ihren Sohn nie mehr sehen wird, lässt sie nicht mehr los. Wenn sie die Augen schließt, sieht sie seinen Körper auf der Erde liegen, vollkommen von Schnee bedeckt. Sie hat ihrem Mann nichts von diesem Bild erzählt, sie hat es für sich behalten und verdrängt. Aber sobald sie die Augen schließt, ist es da, so echt, so intensiv, zum Greifen nah. Wann nur wird dieser Albtraum ein Ende haben?

Emil und sie haben die ganze Nacht wach gelegen und immer wieder nach Erklärungen für Stellans Verschwinden gesucht. Emil hat sich darin erfindungsreicher erwiesen als sie. Trotzdem traut sie seinen Erklärungsversuchen nicht. Warum sollte Stellan einfach verschwinden, ohne ein Wort? Das würde ihr Sohn ihr nie antun. Stellan hat keinen Grund, ihr so viel Kummer zu bereiten. Er ist ein guter Junge.

Emil ist wie jeden Morgen zur Arbeit gefahren. Ihm gehört der Baumarkt in Jokkmokk. Als Chef müsse er präsent sein, hat er wie als Entschuldigung gesagt. Was hätte er auch hier zu Hause bei ihr tun können? Sie weiß, dass er vor ihrem Kummer und ihrer Angst flieht, weil er die eigene Hilflosigkeit kaum aushalten kann. Er hat heute auch die Zwillinge zur Schule gebracht. Normalerweise ist das ihre Aufgabe, aber sie hatte nicht die Kraft gehabt, das Haus zu verlassen. Sie hat den beiden nichts von ihrer Sorge um Stellan erzählt. Vielleicht ist ja alles heute Abend schon wieder vergessen, vielleicht ist Stellan dann wieder zu Hause, einfach so, als wäre nichts geschehen.

Nachdem Emil und die Zwillinge weg waren, hatte sie sich überwunden und noch einmal Stellans Vater in Dänemark angerufen. Er pflegt seit Jahren keinen Kontakt zu ihr oder seinem Sohn, er hat jetzt eine neue Familie. Der Anruf führte zu nichts, außer das Stellans Vater zum ersten Mal seit Langem eine Reaktion zeigte. Das Verschwinden seines Sohnes ging offensichtlich auch an ihm nicht spurlos vorbei. Er hat sie sogar gebeten, ihn über alle neuen Entwicklungen sofort zu informieren.

Tyra geht ans Fenster und sieht hinaus mit der Hoffnung, Stellan würde in dem Schneegestöber auftauchen und nach Hause kommen. Der Schnee, der draußen ohne Unterlass vom Himmel fällt, macht diese Hoffnung unwirklich. An einem verschneiten Tag in den Bergen hatten Oscar und sie Stellan gezeugt, an einem verschneiten Tag hatte sie das Kind zur Welt gebracht. Bald wollen sie Stellans 18. Geburtstag feiern. Hat sie ihren Sohn an einem verschneiten Tag verloren? Diese Frage brennt sich mit teuflischer Glut in ihre Haut, in ihre Nerven, in ihr Herz. Der Schmerz ist überwältigend. Am liebsten hätte sie sich in eine Bewusstlosigkeit geflüchtet und wäre erst wieder aus dem Dornröschenschlaf erwacht, wenn Stellan zurückgekehrt wäre.

Sie fühlt sich wie in Trance, als sie aufsteht und nach der Schere greift. Das Geschenkpapier und die passende Schleife hat sie schon bereitgelegt. Auf Stellans Schreibtisch rollt sie das Geschenkpapier aus. Sie holt den Karton mit dem neuen MacBook, das er sich schon seit Langem gewünscht hatte, aus dem Schlafzimmer. Mit Bedacht verpackt sie den Karton, wickelt das Seidenband herum und bindet eine Schleife. Eigentlich soll Stellan dieses Geschenk erst zu seinem Geburtstag bekommen. Aber sie will es ihm sofort geben, sobald er wieder daheim ist.

Emil wird damit nicht einverstanden sein. Er hat damit gedroht, Stellan nach dessen Rückkehr hart zu bestrafen für dieses Verhalten, genauso wie er es getan hat, als Stellan sich ein Tattoo hatte stechen lassen, ohne sie um Erlaubnis zu fragen. Ihr ist damals fast das Herz stehen geblieben, als sie diesen großen schwarzen Adler zufällig auf seinem Rücken entdeckt hat. Emil hat getobt, aber die Sache war nicht mehr rückgängig zu machen. Wenigstens trägt Stellan das Tattoo auf dem Rücken, so dass es nicht jedem sofort ins Auge sticht wie bei vielen anderen, die sich Arme, Hals oder Brust hatten tätowieren lassen.

Trotzdem ist das Verhältnis zwischen Emil und Stellan ziemlich in Ordnung. Emil ist ein liebevoller Mann und guter Vater, für alle drei Kinder. Sie weiß, dass Emil große Stücke auf Stellan hält und Strafen nur ausspricht, wenn er überzeugt ist, dass dies für Stellan in diesem Moment das Beste ist. Emil würde nie Hand an Stellan legen, und sie kann spüren, dass er sich genauso sehr sorgt wie sie selbst. Auch er will seinen großen Sohn wohlbehalten zurück. Sie schickt ein Stoßgebet an Freyr, dass er ihr Stellan zurückbringen soll. Ob dieser Gott ihr Flehen erhört?

10

Die Spikes der Winterräder graben sich tief in das Eis, das unter der Schneeschicht verborgen liegt und die Fahrbahn überzieht. Magnus kennt diese Verhältnisse bestens. Er hätte nicht sagen können, wie oft er diese Strecke von Lulea über Kvikkjokk und zurück schon gefahren ist. Er kennt hier jeden Baum, jeden Busch, jeden Elch und jedes Rentier genauso wie das tückische Eis, das unter der immer dicker werdenden Schneeschicht auf der Fahrbahn lauert. Im Zehnminutentakt wechseln sich starker und leichter Schneefall ab.

Von seinem Sitzplatz im Führerhaus hat er trotzdem einen guten Überblick, wenngleich es kaum etwas Besonderes zu sehen gibt in dieser Wildnis. Das Einzige, was sich während seiner zahllosen Fahrten mit seinem Holzlaster ändert, ist die Jahreszeit mit ihren verschiedenen Facetten und das Tageslicht, je nachdem, wann er in Lulea oder Kvikkjokk gestartet ist. Er kann nicht sagen, welche Jahreszeit ihm die liebste ist. Jede hat ihre Vorteile und Schattenseiten. So kann der Januar mit grausamen Stürmen überraschen, aber auch mit grandiosen Nordlichtern. Im April kann er bei strahlendem Sonnenschein oftmals schon im T-Shirt seine Arbeiten verrichten, obwohl die Seen noch zugefroren sind und die gewaltigen Schneemengen noch lange nicht daran denken, zu verschwinden. Der Juli besticht durch seine vierundzwanzigstündige Helligkeit, aber die vielen Wohnwagen der Touristen, die im Schneckentempo über die Straße zockeln, nerven, weil sie ihn zu gefährlichen Überholmanövern zwingen. Im September und Oktober, wenn sich die Blätter verfärben und die Natur zum Künstler wird, muss er jederzeit mit verrückten Elchen rechnen, die im Liebeswahn auf die Straße springen. Im Februar und März hingegen tummeln sich Rentiere in selbstmörderischer Manier auf der Fahrbahn. Wie er es auch dreht und wendet, er hatte keinen monatlichen Favoriten für seine Fahrten. Er liebt und fürchtet sie alle auf ihre Art.

Jetzt fährt er mutterseelenallein seinen noch leeren Holztransportlaster durch die schlagartig eingebrochene Dunkelheit. Die Sonne lässt sich in diesem Monat kaum blicken, aber ihm ist es egal, er steuert seinen Truck sicher durch die Finsternis. Es macht ihm nichts aus, dass ihm in den vergangenen drei Stunden nur fünf Autos entgegengekommen sind. Magnus liebt diese Einsamkeit, das ungestörte Vorankommen, bei dem sich niemand in seinen Weg stellt, abgesehen von den Tieren.

In seinen Augen hat er es tausendmal besser getroffen als viele seiner Kollegen, die auf ihren langen Touren quer durch ganz Europa oftmals stundenlang in Staus stehen müssen. Allein die Strecken durch Deutschland oder über den Brenner müssen ein Alptraum sein, wie er gehört hat. Stundenlanges Warten, das würde ihn umbringen. Staus gibt es hier nicht, die Straßen sind immer leer.

Natürlich kann ihm das Wetter ungeahnte Probleme bereiten, das hat er oft genug erlebt. Deswegen checkt er akribisch vor jeder Fahrt den Wetterbericht. In einem Schneesturm stecken zu bleiben, das muss und will er nicht erleben. Aus diesem Grund ist er am Wochenende auch zu Hause geblieben und hat darauf gewartet, dass der Sturm abflaut. Dieser

Schneesturm ist nun längst Geschichte, die Straßen sind wieder geräumt. Lediglich die Schneemassen, die sich links und rechts der Fahrbahn auftürmen, lassen ahnen, welche Mengen Schnee der Sturm im Gepäck hatte. Die Räumfahrzeuge haben die stürmische Hinterlassenschaft beiseitegeschoben, der Straßendienst funktioniert perfekt hier oben. Die Räumfahrzeuge sind rund um die Uhr auf Achse, um stets für freie Fahrt zu sorgen. Magnus ist äußerst zufrieden mit ihrer Arbeit, er wird überpünktlich in Kvikkjokk ankommen.

Entspannt lehnt er sich zurück und sieht hinaus in die Dunkelheit. Nur noch vereinzelt fliegen ihm Schneeflocken wie ein blendender Funkenregen entgegen. Zwischendurch nippt er an seinem schwarzen Kaffee, der immer griffbereit neben ihm steht und den er so stark gebraut hat, dass ein Löffel darin stehen könnte. Damit hält er sich wach, um nicht während der eintönigen Fahrt versehentlich einzunicken. Das war ihm ein einziges Mal passiert. In letzter Sekunde war er zu sich gekommen und hatte den Lkw gerade noch abfangen können, bevor er im Graben gelandet wäre. An den Schrecken kann er sich noch gut erinnern.

Nicht nur um wach zu bleiben, sondern auch um seine kleinen grauen Zellen zu beleben, hört er auf seinen stundenlangen Fahrten Musik und Hörbücher oder hängt einfach nur seinen Gedanken nach. Er ist kein Grübler, aber er malt sich gerne aus, was er in seinem Leben noch alles erfahren möchte. Es stört ihn nicht, dass diese Gedanken reine Phantasieprodukte bleiben werden, dass nichts von all dem, was er sich während seiner Fahrten ausmalt, je eintreffen wird. Er vermisst die realen Abenteuer nicht, ihm reicht es völlig, davon zu träumen.

Magnus greift nach der großen Papiertüte, die auf der Ablage neben seinem Sitz liegt, fischt ein Kanelbullar heraus und gräbt die Zähne tief in die von ihm so heiß geliebte Zimtschnecke. Der Zucker klebt an seinen Fingern und rieselt wie Schnee hinab auf seine Hose. Für den Bruchteil einer Sekunde wendet er seinen Blick von der Straße ab, um die kleinen Kristalle mit einer Hand von seinem Schoß zu fegen, als vor ihm ein Schatten auf die Straße huscht und dann im Kegel des Scheinwerferlichts zu tanzen beginnt.

Vermutlich ein Rentier, denkt er erschrocken, hoffentlich kein Elch. Der Blechschaden, den so ein riesiger Elch an seiner Front anrichten kann, ist ungleich größer als der von einem kleinen Rentier. Auch wenn er jetzt eine Vollbremsung hinlegen würde, hätte er keine Chance, das Tier nicht zu überfahren, falls es nicht in letzter Sekunde das Weite sucht. Im Gegenteil, das Risiko, dass er mit seinem Lastwagen ins Schleudern geraten und von der Straße abkommen würde, wäre unkalkulierbar. Deshalb bremst er so vorsichtig wie möglich ab, ohne auszuweichen. Er hält mit seinem Lastwagen geradezu auf das Tier zu, das vor ihm auf der Fahrbahn herumlungert und offensichtlich die Gefahr nicht erkennen will.

»Willst du krepieren?«, flucht er aufgebracht, während seine Hupe laut und schrill durch die Dunkelheit tönt.

Es wäre nicht das erste Rentier, das er überfährt, das Letzte ist ihm erst vor wenigen Tagen unter die Räder gekommen. Bei diesem Zusammenstoß waren seine zusätzlichen Frontschweinwerfer, die die Straße vor ihm normalerweise 250 Meter weit taghell ausleuchten, zertrümmert worden. Durch das zurückliegende Wochenende konnte dieser Schaden noch nicht repariert werden, das könnte sich jetzt rächen. Sein Weg durch Lappland ist mit Rentierleichen gesäumt, was ihm sehr leid tut. Er möchte weiß Gott kein Tier überfahren, aber er kann es auch nicht ändern, wenn sich diese dummen Viecher wie Selbstmörder direkt vor seinen Truck werfen. Hier gilt gnadenlos das Recht des Stärkeren.

Kurz bevor die Front seines Lasters das Tier berührt, was er nicht spürt, nur ahnt, treffen sich ihre Augen. Ihm ist, als würde sein Herz stehen bleiben. Als der Körper gegen seine Kühlerhaube schlägt, hört er einen dumpfen Schlag. Dieser Moment kommt ihm wie eine Ewigkeit vor, aber es ist nur ein Wimpernschlag. Das Rumpeln und Holpern seine Lastwagens verrät ihm, dass er den Körper mit seinen Rädern überrollt hat. Er umklammert das Steuer und tritt gnadenlos auf die Bremse. Unter Aufbietung seiner ganzen Kraft versucht er, den Lastwagen in der Spur zu halten. Er braucht fast hundert Meter, bis er endlich zum Stehen kommt. Entsetzt bleibt er ein paar Sekunden regungslos sitzen und versucht, wieder zur Besinnung zu kommen. Dann klettert er wie in Trance aus dem Führerhaus und rennt zurück, bis er auf ein blutiges Bündel Fell stößt, das am Rand der Straße liegt. Er beugt sich darüber und dreht es vorsichtig um. Ein Schrei des Entsetzens entweicht seiner Kehle. Der Kanelbullar sucht augenblicklich den Weg seine Kehle hinauf. Magnus dreht sich weg und erbricht sich.

Das, was er hier überfahren hat, ist definitiv kein Rentier, auch wenn es so aussieht. Das hier ist menschlichen Ursprungs, wenngleich nur noch wenig daran erinnert.

11

Nach dem Mittagessen ist Daniel nach Lulea aufgebrochen, um seine Schwester Liv am Flughafen abzuholen. Er wird hin und zurück etwa sechs Stunden brauchen und erst am Abend zurück sein.

Ich bin direkt ins Büro zurückgefahren, wo ich auf Arne treffe und ihm von meinen ersten Ermittlungsergebnissen erzähle. Dann checke ich meine E-Mails und finde eine Nachricht von Bjarne, der mir die Koordinaten von dem Haus geschickt hat, wo sie das Wochenende verbracht hatten. Ich gebe sie bei Google Maps ein und schaue mir die Gegend an. Dann wechsle ich zu Google Earth, um ein besseres Bild zu bekommen. Aber es bringt mich nicht recht weiter.

»Ich muss da hin«, sage ich laut zu mir selbst.

»Aber nicht mehr heute«, meint Arne, der unerwartet hinter mir aufgetaucht ist und mir einen Heidenschrecken beschert.

»Musst du dich so anschleichen?«, schnauze ich ihn an.

»Schwerhörig was?« Er grinst.

Ich erkenne in den hellblauen Augen seinen hintergründigen Humor, der sich mit jeder weiteren Stunde aus seiner schlechten Morgenlaune herausdrängt und bis zum Abend die Oberhand behalten wird, um über Nacht den unterdrückten Morgenmuffel erneut zu gebären, mit dem ich mich dann wieder herumschlagen muss.

»Da kannst du jetzt nicht mehr hin. Es ist ja schon zu spät und zu dunkel.«

Ich seufze, Arne hat recht. Bei Dunkelheit brauche ich den langen Weg in die Berge nicht anzutreten. Um diese Jahreszeit wird es bereits gegen halb drei Uhr mittags dunkel, diese Nachforschung muss bis morgen Vormittag warten. Aber ich schaffe es nicht, einfach die Hände in den Schoß zu legen und zu warten. Worauf? Unschlüssig starre ich auf den Computer, bis mich das Klingeln des Telefons aus meinen Gedanken reißt. Ich stelle auf laut, damit Arne das Gespräch mithören kann.

Der Anrufer ist ein Kollege aus der schwedischen Polizeizentrale, wo alle Notrufe zuerst eingehen, egal, aus welcher Ecke Schwedens sie kommen, um dann von dort aus koordiniert zu werden. In dürren Worten informiert er mich über einen Anrufer, der einen Unfall sieben nordschwedische Meilen, also tatsächlich siebzig Kilometer von Jokkmokk entfernt gemeldet hat. Das ist unser Zuständigkeitsbereich, und ich notiere alle Daten sowie die Koordinaten.

»Aber da müssen wir jetzt hin, egal, wie dunkel es schon ist«, sage ich zu Arne, als ich das Telefonat beendet habe.

Er nickt. Wir packen unsere Sachen für den Einsatz und einen möglicherweise längeren Aufenthalt im Freien bei zweistelligen Minusgraden. Wir nehmen den Dienstwagen, einen alten, jedoch nimmermüden Volvo, der vor der Polizeiinspektion neben dem Hänger mit dem Polizeischneemobil parkt.

Arne fährt wie der Teufel durch die Dunkelheit, aber ich bin seinen Fahrstil gewöhnt und vertraue ihm, da er als Einheimischer und Ortskundiger die Straßenverhältnisse und Risiken bestens kennt. Ich weiß, dass er ein sicherer Fahrer ist. Wir überholen den Krankenwagen, der offensichtlich auch schon zu der Unfallstelle unterwegs ist. Eine Dreiviertelstunde später erreichen wir unser Ziel, das nicht zu verfehlen ist, weil schon von Weitem zu erkennen ist, dass hier ein Lastwagen mitten in der Straße warnblinkend und gut abgesichert steht.

»Langsam«, sage ich zu Arne.

Ich habe in der Ferne etwas auf der rechten Straßenseite entdeckt, das vor uns im Fernlicht der Scheinwerfer aufgetaucht ist. Arne verringert die Geschwindigkeit und fährt nun im Schritttempo weiter.

»Halt bitte an«, sage ich. »Ich steige hier aus. Fahr du weiter zum Lkw.«

Arne stoppt, und ich ziehe alle meine warmen Sachen an, die während unserer Fahrt auf dem Rücksitz gelegen haben. Das dauert seine Zeit, doch für Ungeduld ist hier nicht der richtige Ort. Um mich vor der extremen Kälte zu schützen, wiederhole ich mein Anziehritual, ohne etwas zu vergessen. Ich schnappe mir den Fotoapparat, setze die Stirnlampe auf, schalte sie ein, blende damit Arne, der sich abwendet, steige aus und gehe vorsichtig auf das zu, was hier halb auf der Fahrbahn liegt, während Arne seine Fahrt fortsetzt und nun langsam in Richtung Lastwagen zockelt.

Kaum ist er verschwunden, umfängt mich die unergründliche Dunkelheit, eine Straßenbeleuchtung gibt es hier nicht. Ich sehe nur, was im Lichtkegel meiner Stirnlampe auftaucht. Vorsichtig umrunde ich das, was da auf dem Boden im Schnee liegt. Es hat etwas Menschliches, aber auch etwas von einem Tier, aus dessen Fell Blut sickert. Dieses Fell gehört eindeutig zu einem Rentier, der Rest passt allerdings nicht dazu.

Ich gebe mir einen Ruck und beginne, das blutige Bündel genauer zu untersuchen. Mein Herz stockt, das Entsetzen greift mit unerbittlicher Grausamkeit nach mir. Dieses Wesen zu meinen Füßen ist menschlichen Ursprungs. Leider ist das Gesicht nicht mehr zu erkennen, so dass ich keine Ahnung habe, wie das Opfer aussieht. Was den Hergang betrifft, gibt es keine wirklichen Fragen; der Lkw hat ihn überfahren und danach wahrscheinlich mehrfach mit seinen vielen Achsen überrollt.

Ich blicke auf, trete einen Schritt zur Seite und warte auf die Ankunft des Krankenwagens, dessen Scheinwerfer ich schon herannahen sehe, und stelle mich noch weiter an den Fahrbahnrand, um nicht selbst noch überfahren zu werden. Ich winke mit beiden Armen, um so den Fahrer auf mich aufmerksam zu machen. Als wir Sichtkontakt haben, signalisiere ich ihm, wo er anhalten soll. Der Wagen parkt fünf Meter vor dem Opfer, so dass seine Scheinwerfer alles gut ausleuchten. Per und Stina steigen aus dem Krankenwagen. Ich kenne die beiden aus anderen Einsätzen.

»Was haben wir denn hier?«, fragt Per irritiert.

Stina schüttelt stumm den Kopf und schwenkt dadurch mit ihrer Stirnlampe hin und her, was ein noch unwirkliches Bild erzeugt.

»Auch wenn es auf den ersten Blick danach aussehen mag, handelt es sich definitiv nicht um ein Rentier«, sage ich.

»Das ist … ein Mann«, flüstert Stina mit brüchiger Stimme.

Wir starren auf das blutige Bündel aus Mensch und Fell. Stina beugt sich tief über ihn und dreht ihn vorsichtig zu Seite. Ihre Stirnlampe enthüllt weitere grausige Details. »O Gott, er sieht furchtbar aus«, stöhnt sie leise, »ihm fehlt ja der halbe Kopf. Was ist mit ihm geschehen?«, fragt Stina entsetzt.

Sie beantwortet sich mit Blick auf den Lkw die Frage selbst. Per legt seinen Arm um ihre Schultern, als wolle er sie davor bewahren, umzukippen. Aber Stina steht fest auf beiden Beinen.

»Wo sollen wir mit ihm hin?«, will Per wissen.

»Bringt ihn bitte erst einmal ins Krankenhaus nach Jokkmokk«, sage ich. »Dort sehe ich ihn mir heute noch mit dem diensthabenden Arzt an. Dann werde ich ihn nach Lulea in die Rechtsmedizin überstellen lassen.«

Ich schieße noch ein paar Fotos, um die Situation festzuhalten. Die beiden warten geduldig, bis ich mit meiner Arbeit fertig bin.

»Kann ich bei euch mit zurückfahren?«, frage ich.

»Klar«, sagt Per. »Aber nur hinten bei ihm.«

Ich nicke.

»Dann packen wir ihn mal auf die Trage«, sagt Per.

»Auf die Bahre«, meint Stina leise.

»Gebt mir eine Minute, ich will noch kurz mit Arne und dem Fahrer reden«, sage ich und laufe zu dem Lastwagen.

Arne ist damit beschäftigt, den Fahrer zu befragen, der wie ein Häufchen Elend auf dem Beifahrersitz unseres Dienstwagens sitzt. Er hat mein tiefstes Mitgefühl.

»Brauchst du Hilfe?«, frage ich ihn. »Noch ist der Krankenwagen da.«

Der Fahrer schüttelt den Kopf.

»Sicher?« Ich mustere ihn forschend wie eine Mutter ihr Kind, das über Bauchweh klagt.

Er nickt.

»In Ordnung.« Dann schaue ich zu Arne. »Ich fahre mit den beiden zurück nach Jokkmokk. Ich will mir dort das Unfallopfer erst noch genauer ansehen, bevor es nach Lulea gebracht wird. Kommst du hier alleine zurecht?«

Arne sieht mich an. »Wir sind hier fast fertig. Der Fall scheint klar, ein tragischer Unfall.«

»Ja, sehr tragisch«, stimme ich zu und schaue wieder zu dem Fahrer. »Er kann aber nicht weiterfahren in diesem Zustand.«

»Wir warten auf zwei Bekannte von ihm«, sagt Arne, »die aus Kvikkjokk schon hierher unterwegs sind. Sie holen ihn ab und bringen auch den Lkw nach Kvikkjokk zurück. Dort bleibt er erst einmal stehen, falls wir ihn noch für die Spurensicherung brauchen sollten. In Ordnung?«

Ich nicke. »Und das Protokoll?«

»Ich mache das jetzt gleich«, sagt Arne. »Fahr du zurück, ich habe hier alles im Griff.«

Ich laufe zum Krankenwagen, der bereits gewendet hat und mit laufendem Motor auf mich wartet. Auf der Rückfahrt ins Krankenhaus von Jokkmokk spreche ich über den Bordfunk des Krankenwagens mit der Klinikleitung und organisiere alles für eine Leichenschau.

Da es in Jokkmokk keine Rechtsmedizin gibt, werden Tote, bei denen eine Obduktion notwendig ist, immer nach Lulea gebracht. Das wird auch hier der Fall sein. Aber davor möchte ich unbedingt einen genaueren Blick mit ausreichend Licht und einem Arzt auf das Unfallopfer werfen. Die Auffindesituation und die Begleitumstände sind derart mysteriös, dass ich keine Ruhe finden werde, wenn ich mir nicht selbst ein Bild mache. Ich will wissen, wer das Opfer ist und was ihm, unabhängig von dem Unfall, widerfahren ist. Eine schlimme Ahnung begleitet mich auf der ganzen Fahrt.

12

Die Leiche landet in einem der vielen Kellerräume des Krankenhauses, wo alle Verstorbenen zwischengelagert werden bis zu ihrem Abtransport durch den Bestatter. Dort unten in den Katakomben werde ich bereits vom diensthabenden Arzt erwartet. Es gibt nur drei Ärzte, die hier abwechselnd im Krankenhaus arbeiten. Der Ort Jokkmokk und das Krankenhaus sind viel zu klein für aufwendiges Personal. In Lappland kann man keine Superspezialisten erwarten, weil es kaum Ärzte gibt, die freiwillig in den Polarkreis ziehen, um dort zu arbeiten. So werden ausländische Ärzte angeworben, die nach Schweden immigrieren möchten. Sie müssen sich einem intensiven Sprachkurs unterziehen, um die schwedische Sprache zu lernen, dann wird ihnen die Verantwortung für die Patienten übergeben. Unterstützt werden sie bei ihrer Arbeit von kompetenten Ersthelfern und Sanitätern, die im Rettungsdienst und auch im Krankenhaus Dienst tun.

Heute ist Dr. Haiba Kimbawa der diensthabende Arzt. Er stammt aus Ghana, reicht mir gerade mal bis zur Schulter und schaut mich mit seinen tellergroßen, weißen Augen an, die aus seinem Gesicht hervortreten, das so schwarz ist wie die Nacht im Polarkreis. Wir sind uns schon einmal zuvor persönlich begegnet, als Daniel sich bei einer Reparatur einer fest verschraubten Holzbank auf unserer Terrasse vor dem Blockhaus den Daumen zwischen Bank und Akkuschrauber eingeklemmt und dann fast abgerissen hatte.

Zum Glück hat Daniel Nerven wie aus Stahl. Er hatte damals die ersten, noch schmerzfreien Schrecksekunden genutzt, um den freigelegten Knochen zu inspizieren, der glücklicherweise heil geblieben war. Dann hatte er den fast vollständig abgerissen Teil des Daumens wie einen Handschuh wieder darübergestülpt und fest angedrückt.

Ich hatte ihn in Rekordzeit nach Jokkmokk in die Notaufnahme gefahren. Dummerweise war dieser Unfall an einem Samstag passiert. An den Wochenenden läuft die Klinik nur unter Notbesetzung. Wir mussten fast eine halbe Stunde in der Notaufnahme warten, bis endlich der zuständige Arzt von zu Hause kommend in der Klinik eintraf. Schon damals haben mich Dr. Kimbawas riesige, weißen Augen beeindruckt, die erschrocken auf Daniels Daumen gestarrt hatten. Als er sich von seinem ersten Schock erholt hatte, hatten Daniel und er sich gemeinsam an die Daumenrettung gemacht. Es hatte 26 Stiche gebraucht, um alles wieder anzunähen. Auch wenn wir zu diesem Zeitpunkt nicht so recht daran glauben konnten, dass Daniel seinen Frankensteindaumen behalten würde, war wider Erwarten alles wieder ansehnlich zusammengewachsen.

»Gutes Heilfleisch«, hatte Daniel sich damals lachend selbst attestiert.

Nun stehen Dr. Kimbawa und ich wieder vor einem Unfallopfer, das jedoch keine ärztliche Hilfe mehr benötigt. Ich bin mir nicht sicher, ob er dieser bevorstehenden Aufgabe überhaupt gewachsen ist, ich habe keine Ahnung über seinen Erfahrungshintergrund. Vielleicht hat er in seiner Heimat viel Schlimmeres gesehen, wer weiß das schon. Dr. Kimbawa nickt mir aufmunternd zu, und ich nehme das als ein Zeichen, dass wir anfangen können.

»Wir müssen ihn ausziehen«, stellt er fest.

»Wir machen das zusammen«, sage ich. »Ich brauche nur ein paar Handschuhe und eine Schere, außerdem große Tüten, in die wir Felle und Kleidung für Lulea verpacken können.«

Dr. Kimbawa reicht mir Einweghandschuhe und eine Schere. »Ich suche inzwischen nach ein paar Plastiksäcken.«

Er verschwindet, und ich studiere die Gestalt, die vor mir auf dem Tisch liegt. Bevor ich etwas verändere, schieße ich noch ein paar Fotos mit meiner Kamera. Dann beginne ich damit, die Schnüre durchzuschneiden, die die Felle festhalten. Sie lösen sich problemlos vom Körper. Ich schaue sie mir gründlich an, kann aber keinerlei Brandzeichen oder Markierungen finden, die uns zum Besitzer geführt hätten. *Wäre auch zu einfach gewesen.*

Dr. Kimbawa kehrt mit einer Rolle neuer, schwarzer Plastiktüten zurück. »Gehen die?«

»Ja«, antworte ich, »und ich bräuchte mal deine Hilfe.«

Mit vereinten Kräften heben wir den Körper vorsichtig an und ziehen die Felle darunter hervor. Dann stecken wir sie in die Plastiktüten. Nachdem ich meine Fotos gemacht habe, entkleiden wir mit vereinten Kräften den Toten und verpacken auch die Sachen in die Tüten. Ich werde mich später um die Beschriftung kümmern, damit die Kollegen in Lulea verstehen, worum es sich bei den Sachen handelt. Meine Fotos werden das Bild abrunden. Eine korrekte und detailreiche Dokumentation ist das A und O bei einer Ermittlung. Ich behandle diesen Fall wie eine Mordermittlung, auch wenn der Tote durch einen Zusammenprall mit einem Lkw ums Leben gekommen ist. Auf der Rückfahrt im Krankenwagen hatte ich genug Zeit, mir die Verletzungen an den Händen und den Füßen der Leiche anzusehen. Viele Indizien sprechen dafür, dass dem Unfall ein Verbrechen vorausgegangen sein könnte.

»Wissen wir, um wen es sich hier handelt?«, will Dr. Kimbawa wissen. »Von Kopf und Gesicht ist ja nicht viel übrig geblieben. Das wird eine Identifizierung nicht leichter machen.«

Es ist nicht zu übersehen, wie ihn dieser Anblick schockiert. Mit geht es nicht anders.

»Nein. Noch nicht«, sage ich leise. Ich behalte meinen Verdacht noch für mich.

Sein Blick fällt auf die Hände und die Füße des Opfers. »Das sind schwere Erfrierungen, außerdem ist fast die gesamte Haut an den Händen und Finger abgezogen, und alle Fingernägel sind abgebrochen. Diese Verletzungen können nicht von dem Zusammenstoß mit einem Lkw stammen«, sagt Dr. Kimbawa mit nachdenklichem Blick. »Es könnte sein, dass er irgendwo eingesperrt war und versucht hat, mit bloßen Händen freizukommen.«

Ich sehe Dr. Kimbawa in die Augen.

»Die Erfrierungen an den Füßen deuten darauf hin, dass er längere Zeit ohne Strümpfe und Schuhe der Kälte ausgesetzt war«, vermutet er weiter. »Um die inneren Verletzungen und Brüche festzustellen, muss die Leiche geröntgt werden, aber das sollten die Kollegen in Lulea machen.«

»Ja«, sage ich, »aber ich möchte trotzdem erst die Leiche untersuchen, um zu verstehen, was passiert ist.«

Dr. Kimbawa sieht sich den linken Oberschenkel an. »Hier ist etwas hinein geritzt. Soll ich die Stelle reinigen?«

Ich nicke. Dr. Kimbawa reinigt das Bein von Blut und Schmutz. Dann fotografiere ich die Zahlen, die auf dem Oberschenkel zu erkennen sind. Das könnte eine Telefonnummer sein. Wir drehen die Leiche vorsichtig auf die Seite und schließlich auf den Bauch. Auf dem Rücken ist ein großes Tattoo zu sehen. Es zeigte einen schwarzen Adler, der seine Schwingen ausgebreitet hat. Eine schöne Arbeit, schießt mir durch den Kopf. Ich fotografiere den Rücken mit einer Großaufnahme. Allein mit dem Foto sollte eine Identifizierung jetzt doch leichter möglich sein, denn die Leiche selbst werden die Angehörigen nicht zu sehen bekommen. Diesen Anblick werde ich ihnen ersparen, auch wenn ich normalerweise sehr dafür bin, dass die Hinterbliebenen persönlich Abschied nehmen können. Ich weiß, dass ein letzter Blick auf den Verstorbenen bei der Verarbeitung hilft, auch wenn es ein schmerzlicher Anblick ist. Aber in diesem Fall geht das nicht, das Opfer ist zu entstellt, der Schock wäre zu groß. Wir drehen den Körper wieder auf den Rücken.

»Mir ist noch etwas aufgefallen«, meint Dr. Kimbawa nachdenklich.

»Was?«

»Der Körper ist stark dehydriert.« Er nimmt etwas Haut am Bauch zwischen die Finger. »Siehst du das. Es sieht aus, als hätte er vor seinem Tod länger nichts zu trinken bekommen«, sagt er und schüttelt den Kopf. »Der Tote ist jung, nicht älter als zwanzig Jahre, schätze ich, aber seine Haut erinnert fast an einen Greis. Das alles ist sehr seltsam.«

Ich muss ihm zustimmen, ich habe längst denselben Eindruck gewonnen. Hier ist ein junger Mann bei einem Autounfall umgekommen, aber davor muss ihm etwas Furchtbares widerfahren sein, und das werde ich herausfinden.

»Die Leiche kann jetzt nach Lulea überführt werden«, sage ich schließlich.

»Darum kann ich mich kümmern«, bietet Dr. Kimbawa traurig an. »Informierst du mich, wie er heißt, wenn du es herausgefunden hast? Dann stelle ich den Totenschein aus.«

»Mache ich und vielen Dank«, verabschiede ich mich von Dr. Kimbawa. Auf dem Weg nach draußen wähle ich Bjarnes Nummer.

»Anelie Andersson. Tut mir leid, dass ich noch so spät stören muss«, entschuldige ich mich, als ich seine verschlafene Stimme höre. Ich habe ihn offensichtlich geweckt. »Ich habe nur eine Frage: Ist Stellan tätowiert?«

»Ja«, antwortet Bjarne durch das Telefon jetzt mit einer glasklaren Stimme. »Er hat einen großen, schwarzen Adler auf dem Rücken. Wieso?«

»Danke. Schlaf weiter«, sage ich und lege auf.

Es ist ein unerwartet langer Tag geworden und er ist noch nicht zu Ende. Mir steht noch ein sehr schwerer Gang bevor.

13

Es ist nach Mitternacht, als ich endlich zu Hause eintreffe. Trotz der Eiseskälte setze ich mich auf die Terrasse vor unserem Haus und sehe hinauf zum sternenklaren Himmel, wo die Nordlichter wie Irrwische umhertanzen. Wieder einmal hat das Universum sein magisches Licht geschickt und zaubert grün fluoreszierende Schleier und violette Schlieren ins Dunkel. Wie ein synchronisierter Vogelschwarm im Sommer schweben die Nordlichter in ihrer ureigenen Choreographie am Himmel. Für mich sind diese Momente magisch.

Wie können derart schöne Phänomene existieren, die jeden, der sie sieht, wieder zum Kind werden lassen, das staunend und sprachlos in den Himmel blickt, und im selben Augenblick zerbricht ein Leben angesichts eines Schicksalsschlags, der gnadenlos alles unter sich begräbt?

Dieser Kontrast macht mich traurig, Schönheit und Faszination auf der einen Seite, Schrecken und Trauer auf der anderen. Alles geschieht zeitgleich, nur an einem anderen Ort. Ob Stellans Seele dort oben jetzt mitfliegt, frage ich mich und wünsche es mir aus tiefstem Herzen.

Während meiner Zeit in Stockholm habe ich oft diesen schweren Gang machen müssen, Angehörige über den gewaltsamen Tod eines geliebten Menschen zu informieren. Jedes Mal habe ich den Schmerz gespürt und war mit dem Wissen gegangen, dass mein Leben wie gewohnt weitergehen würde, während ich Menschen zurücklasse, für die nie mehr etwas so sein würde wie zuvor. Bei gewaltsamen Todesfällen gibt es immer mehr als nur ein Opfer. Familie und Hinterbliebene, Freunde und Bekannte, Nachbarn und Augenzeugen, alle sind davon betroffen und werden ihr Leben lang mehr oder weniger damit zu kämpfen haben. Manchmal auch die Ermittler.

Ich weiß, wovon ich spreche, ich habe es am eigenen Leib erlebt. Einen Tag nach meinem vierzehnten Geburtstag waren abends zwei Polizisten bei uns zu Hause aufgetaucht, um meiner Mutter und mir mitzuteilen, dass ihr Ehemann und mein Vater tödlich verunglückt sei. Er war mit Freunden in den Bergen zum Jagen unterwegs gewesen, als der Hubschrauber vermutlich wegen eines technischen Defekts abgestürzt und danach explodiert war. Was sich mit so dürren Worten zusammenfassen lässt, entfaltet beim genaueren Hinsehen eine endlose Tragödie. Die Ehefrau verliert ihren Mann, die Tochter den Vater, die Eltern ihren Sohn, neben all den anderen Menschen, die ihn gekannt und gemocht hatten.

Ich erinnere mich noch genau an diesen Abend, als wäre er gestern gewesen. Die beiden jungen Polizisten, die offensichtlich dazu abkommandiert worden waren, die Überbringer der Todesnachricht zu sein, waren mit ihrer Aufgabe völlig überfordert gewesen. Sie hatten in zwei ratlose Augenpaare geblickt, die meiner Mutter und von mir. Meine Mutter, die in der Küche gestanden hatte, als sie vom Tod meines Vaters erfuhr, hatte die Besinnung verloren und war wie ein gefällter Baum nach vorne gekippt, glücklicherweise direkt in die Arme eines Polizisten, der ihren Sturz abfangen und Schlimmeres verhindern konnte. Als sie wieder zu sich gekommen war, waren ihr die Tränen hemmungslos über das Gesicht gelaufen.

Ich selbst hatte die Nachricht zwar gehört, aber ich wollte nicht, dass sie mein Innerstes erreichte. Solange ich die Worte nur vernommen, aber ihren Inhalt nicht verstanden und gefühlt hatte, konnten sie mir nichts antun. Dieser Widerstand hatte fünf Tage gehalten, dann waren auch meine Schleusen geborsten, und ich war in eine monatelange tiefe Trauer gefallen. Meine Mutter und ich hatten fast zwei Jahre gebraucht, um das Unfassbare zu akzeptieren. Mir war es irgendwann leichter gefallen als ihr, ich hatte ja mein ganzes Leben noch vor mir. Mich erwarteten so viele neue Erfahrungen, die mich ablenkten von diesem Verlust. Für meine Mutter war es ungleich schwerer. Als sie vor fünf Jahren noch viel zu jung einfach tot umfiel, wusste ich, dass es ihr gebrochenes Herz gewesen war, das aufgegeben hatte. Sie war nie über den Verlust hinweggekommen.

Ich stehe also auf beiden Seiten, wenn ich den Todesengel geben muss. In Stockholm hatte man mich wegen genau dieser Erfahrung immer wieder zu den Angehörigen geschickt, weil man davon ausging, dass ich mit meiner Erfahrung genau die richtige Person für diese Aufgabe sei. Als ich Stockholm den Rücken kehrte, um zu Daniel in den Polarkreis zu ziehen, war ich sicher, dass ich nicht mehr die Botin von solch desaströsen Nachrichten sein müsste. Wie sehr ich mich getäuscht hatte! Gerade habe ich Tyras Herz gebrochen. Ich konnte die Verwandlung mit eigenen Augen sehen, die in ihr vor sich ging, als ich sagen musste, dass ihr Sohn tot ist. Ein Teil von Tyra ist in diesem Augenblick ebenfalls gestorben und unwiederbringlich gegangen.

Ich sauge die eisige Luft tief in meine Lungen und blase sie aus wie ein Wal, als könnte ich damit die Gedanken an den heutigen Tag einfach in Luft auflösen. Für einige Sekunden gelingt es mir sogar, und beim Anblick der atemberaubend schönen Nordlichter vergesse ich für ein paar Augenblicke alles um mich herum. Mir ist, als schwebte ich selbst da oben am Himmel, inmitten dieser wabernden Gebilde.

Die Haustür geht auf, und Daniel streckt seinen Kopf heraus. »Dachte ich mir doch, dass ich dein Schneemobil gehört habe. Was tust du hier draußen?«

»Zieh dir was an und setz dich zu mir«, bitte ich ihn.

Einen Augenblick später gesellt sich Daniel, warm eingepackt, zu mir und sieht wie ich zum Himmel. Auch wenn wir beide diese Lichterspiele schon oft gesehen haben, können wir uns nicht daran sattsehen. Ich erzähle Daniel von meinem Tag und auch von meinem egoistischen Wunsch nach einem Verbrechen, damit die in Lulea die Polizeistation in Jokkmokk nicht schließen können, und dass ich mich dafür abgrundtief schäme, weil mein Wunsch auf so furchtbare Weise in Erfüllung gegangen ist.

»Ich fühle mich mitschuldig an Stellans Tod«, gestehe ich. Dieser Gedanke lässt mich nicht los.

»Du weißt, dass das nicht stimmt.« Daniel nimmt meine Hand. »Also hör auf, solche Sachen zu denken, die dich von dem ablenken, was deine Aufgabe ist. Konzentriere dich auf deine Ermittlungen. Du muss herausfinden, wer Stellan das angetan hat.«

»Aber ...«

»Du hast keine Schuld an diesem Verbrechen«, unterbricht er mich sanft. »Aber du musst herausfinden, was mit diesem Jungen passiert ist.«

Für eine Weile bleiben wir schweigend nebeneinander sitzen. Ich lege meinen Kopf auf seine Schulter. So lassen wir uns von den Nordlichtern ablenken und in eine andere Welt entführen.

»Wie geht es eigentlich Liv?«, unterbreche ich irgendwann die Stille.

Daniel seufzt. »Du wirst es nicht glauben, was ich dir jetzt sage.«

Ich schaue ihn gespannt an.

»Willst du erst die gute oder die schlechte Nachricht hören?«

»O je, dann zuerst die Gute.«

»Sie will hierbleiben.«

»Bei uns?«

»Liv hat in Stockholm alles aufgegeben so wie du damals und ist mit Sack und Pack zurückgekommen.«

Ich glaube, mich verhört zu haben. »Liv will wieder zurück nach Lappland. Okay. Und was ist die schlechte Nachricht?«

»Liv will hier bei uns bleiben.« Er grinst. »Ich schenke ihr unser Gästehaus.«

Ich versetze ihm spielerisch einen Hieb. Er hat mich wieder einmal auf den Arm genommen.

Daniel lacht leise auf. »Nein, sie wird nur vorübergehend bei uns wohnen, bis sie etwas gefunden hat, wo sie dauerhaft wohnen kann.«

»Und wovon will Liv hier leben?«, frage ich immer noch staunend.

»Liv hat ausgesorgt. Meine kleine Schwester hat einige Computerprogramme oder Algorithmen oder so was geschrieben und ziemlich gut verkauft. Sie hat damit richtig viel Geld gemacht.«

Ich kenne Liv als klassischen Nerd, die ihr Leben mit ihrem Computer teilt und exzessiv Kampfkunst betreibt. Ansonsten führt sie in meinen Augen ein ziemlich einsames Leben in ihrer digitalen Welt. Natürlich kann sie auch am Polarkreis ein derart schräges Leben führen, aber sie müsste auf viele gewohnte Dinge und Annehmlichkeiten verzichten. Hier gibt es keinen Lieferservice, der einem das Essen nach Hause bringt, keine Reinigung, die sich um die Wäsche kümmert. Hier muss sich jeder selbst um die Alltäglichkeiten des Lebens kümmern. Bis zu ihrem Informatikstudium und Umzug nach Stockholm hatten ihre Eltern das für sie erledigt.

»Liv wird sich gewaltig umstellen müssen«, sage ich nachdenklich.

»Aber vielleicht ist da auch eine Chance, sie von Zeit zu Zeit von ihren Computern wegzubringen und ihr wieder die vielen Möglichkeiten zu zeigen, die das Leben und die Natur hier oben zu bieten haben«, meint Daniel. »Aber sie muss wieder lernen, der Kälte zu trotzen. Apropos Kälte, lass uns reingehen. Ich friere, und du zitterst auch schon.«

Bevor ich das Haus betrete, werfe ich einen Blick auf das Thermometer. Es zeigt minus 31 Grad. Das Einzige, was ich heute noch brauche, ist Daniels warme Haut auf meiner. Ich möchte in seinen Armen liegen, einfach nur seine Wärme spüren und diesen quälenden Gedanken vergessen, diesen Tod herbeigewünscht zu haben.

14

Die Luft sticht wie Nadelspitzen auf der Haut und brennt wie Feuer in den Lungen, als ich ins Freie trete. Ich habe schlecht geschlafen und bin früh aufgestanden. Im Schein meiner Stirnlampe sehe ich, dass es über Nacht geschneit und die Landschaft unter einer weiteren dicken Schicht Schlagsahne begraben hat. Ich kann mich über den schönen Anblick dieser Puderzuckerlandschaft gerade überhaupt nicht freuen. Wie soll ich so herausfinden, wo Stellan am Samstag unterwegs gewesen ist, wenn der Neuschnee alle Spuren verschluckt? Aber es ist, wie es ist, und völlig sinnlos, darüber zu lamentieren, ich muss die hiesigen Gegebenheiten nehmen, wie sie sind. Eine gewisse Gelassenheit gehört zur seelischen Grundausrüstung in Lappland, weil die Dinge sich hier ohnehin nicht beschleunigen lassen. Aber heute bin ich weit davon entfernt, mich mit diesen Umständen abzufinden.

Daniel und Liv liegen noch in ihren Betten. Ich bin so leise wie möglich aufgestanden, weil ich Daniel nicht wecken will. Er braucht seinen Schlaf, um sich nach der anstrengenden Arbeitswoche in Kiruna zu erholen, und ich will an diesem Morgen noch nicht mit einem anderen Menschen reden.

Meine Agenda für diesen Tag habe ich bereits in der Nacht in meinem Kopf festgelegt. Ein gewaltiges Pensum erwartet mich. Ich muss herausfinden, wo Stellan hinwollte, und seiner Spur folgen, falls ich diese überhaupt noch finden kann. Ich muss klären, was es mit den Zahlen auf sich hat, die in Stellans Oberschenkel geritzt waren. Wenn es eine Telefonnummer ist, muss ich mit der Person reden, die zu dieser Nummer gehört. Ich muss Stellans Schneemobil aufspüren und in Erfahrung bringen, auf wen er getroffen ist. Ich muss das Rätsel lösen, was mit seinen Händen und Füßen geschehen und warum er mit Rentierfellen am Körper in der Dunkelheit unterwegs gewesen ist.

Um Stellans Spur zu finden, ist Tageslicht unverzichtbar. Mir bleibt also nur ein kleines Zeitfenster zwischen zehn und vierzehn Uhr, wenn die Sonne für wenige Stunden über dem Horizont auftaucht. Alles, wobei Tageslicht keine Rolle spielt, muss auf die Stunden davor und danach verteilt werden. Deshalb werde ich mich bis Sonnenaufgang organisieren, dann zuerst nach seiner Spur suchen, bevor ich mich am Nachmittag dann den Befragungen, der Schreibtischarbeit und den Recherchen widme. Aber an allererster Stelle steht mein Bericht über die gestrigen Ereignisse, Vernehmungen und Erkenntnisse, den ich schreiben muss, gefolgt von einem Telefonat mit meiner obersten Dienststelle und dem Staatsanwalt in Lulea. Mit ihnen muss ich über diesen mysteriösen Fall sprechen und das weitere Vorgehen abstimmen. Außerdem muss ich den zuständigen Rechtsmediziner auftreiben und ihm klarmachen, dass ich nicht wochenlang auf die Obduktionsergebnisse warten kann. Ich brauche die Auswertung aller Spuren und am besten sofort.

Als ich mit meinem Schneemobil über den See fahre, entdecke ich unter dem Neuschnee ein weiteres Ärgernis. Der schwedische Energiekonzern hat über Nacht Wasser über die Staustufe aus dem See gelassen. Das hat zur Folge, dass sich die gefrorene Eisdecke gesenkt hat und an den unter der Wasseroberfläche liegenden Felsen zerbrochen ist. An diesen Stellen sind die Ränder der Eisschollen hochgekommen und werden so zu einem gefährlichen Hindernis für mein Schneemobil.

Was dieser Energiekonzern mit den Seen hier anstellt, ist nicht nur in meinen Augen skandalös. Die Bewohner haben längst ihre Beschwerden an die schwedische Regierung geschickt. Denn auch im Sommer leiden wir unter dem Wassermanagement dieses Unternehmens. Aber da es sich um einen Staatskonzern handelt, werden die Beschwerden wohl im Sande verlaufen.

Wegen der Bruchkanten fahre ich langsam und vorsichtig über den See und erreiche wohlbehalten mein Auto, das ich erst einmal vom Schnee befreien muss. Dann mache ich mich auf den Weg nach Jokkmokk und fühle mich wie Arne jeden Morgen. So ist es also, ein Morgenmuffel zu sein. Kurz nach sechs Uhr sitze ich in meinem Büro. Arne wird frühestens in einer Stunde auftauchen, die Sonne wird erst um Viertel vor zehn aufgehen. Ich habe also Zeit und Ruhe, um meinen Bericht zu schreiben. Ich fahre meinen Computer hoch und schalte die Kaffeemaschine ein. Dann erledige ich den Schreibkram mit höchster Konzentration.

Stellan war am Samstagmittag zuletzt gesehen worden. Er war am Samstagmorgen mit Freunden aufgebrochen und mit dem Schneemobil in die Berge zu einer Hütte gefahren, wo die Teenager das Wochenende verbringen wollten. Diese Hütte gehört Bjarnes Eltern, Bjarne ist Stellans Schulfreund. Gegen Samstagmittag hat er dann allerdings ohne Angabe von Gründen die Gruppe schnell wieder mit unbekanntem Ziel verlassen. Ab dann verliert sich Stellans Spur. *Wohin wolltest du? Was war so viel wichtiger, als ein Wochenende mit deinen Freunden zu verbringen? Warum hast du niemandem von deinen Plänen erzählt?* Eine Frage führt zur nächsten. Es gibt noch zu viele Unbekannte, um einen ersten Eindruck zu gewinnen. Ich hüte mich vor vorschnellen Urteilen, die sich unbewusst im Kopf festsetzen und den Blick verengen könnten.

Eine Stunde später schicke ich meinen Bericht, der nicht nur Fakten und Fotos beinhaltet, sondern auch meine Überlegungen sowie Informationen zu meinem geplanten Vorgehen, nach Lulea an meine Vorgesetzte, die Polizeichefin, sowie an die Rechtsmedizin und die Staatsanwaltschaft. Eine Kopie lege ich in Arnes Postfach.

Dann tippe ich die Zahlen, die wir auf Stellans Oberschenkel gefunden haben, in den Computer und suche nach einer möglichen Telefonnummer. Überraschenderweise werde ich sofort fündig. Falls die Zahlen diese Bedeutung haben, gehören sie zu einer Telefonnummer. Milla Lundin lese ich. Auch diesen Namen gebe ich in den Computer ein und habe sofort die dazugehörige Personennummer, die jeder Schwede besitzt und die alle wichtigen Daten beinhaltet, die ein Staat haben möchte, inklusive Einnahmen und Ausgaben und die sich daraus ergebenden Steuern.

Ich erinnere mich an einen Streit mit Daniels Schwester Liv, die Schweden als Überwachungsstaat beschimpft hatte, der mit Riesenschritten in die bargeldlose Gesellschaft unterwegs sei, was die völlige Kontrolle bedeuten würde. Daniel hatte dem widersprochen, aber ich musste Liv recht geben. Auch wenn für mich als Ermittlerin diese Personennummern mit all ihren

Daten sehr hilfreich sind, bin ich mir bewusst, was damit alles verbunden ist. Die Datensammelwut, gepaart mit der Abschaffung des Bargelds, würde den gläsernen Mensch zur Folge haben und somit leider wohl auch die totale Überwachung und Kontrolle über die Bürger.

In Stockholm haben die Menschen sich längst daran gewöhnt, dass es so gut wie keine Geschäfte oder Restaurants mehr gibt, wo man mit Bargeld bezahlen kann. Aber in Lappland gehen die Menschen auf die Barrikaden, wenn ihnen etwas missfällt. Dieser dünn besiedelte Landstrich mit seinen bisweilen seltsamen und anarchischen Bewohnern hebt sich erfrischend vom Rest des Landes ab. Die Stockholmer mögen von oben herab auf uns arktische Hinterwäldler blicken, aber es ist eine Tatsache, dass wir hier oben freier leben und für diese Freiheit kämpfen und dass wir die Gesetze zu unseren Gunsten auslegen und nicht umgekehrt.

Aber natürlich erleichtert es meine Ermittlungen erheblich, dass ich ohne langes Suchen herausfinden kann, wer Milla Lundin ist. Alles steht hier im Computer. Ich lese, dass sie in Jokkmokk lebt, 23 Jahre jung und verheiratet ist und als Lehrerin am hiesigen Gymnasium arbeitet, wo Stellan zur Schule gegangen ist. Das kann kein Zufall sein. Ich finde ein Foto von Milla und erinnere mich an die hübsche Lehrerin, die mir in der Schule aufgefallen ist. Warum hast du dir ausgerechnet ihre Telefonnummer in den Oberschenkel geritzt?, überlege ich und hege einen Verdacht. Ich muss umgehend mit Milla reden. Ich wähle ihre Mobilfunknummer, komme aber nicht weiter, da ihr Telefon ausgeschaltet ist.

Ich rufe in Lulea an und erfahre, dass alle, die ich sprechen will, in einem Meeting sitzen und nicht gestört werden dürfen. Es geht um die Planung des Jahresbudgets, erfahre ich. Diese Sitzung wird den ganzen Tag dauern. Dann werden die da wohl auch über meine Zukunft entscheiden, befürchte ich, ob sie die Polizeiinspektion in Jokkmokk schließen oder nicht. Vielleicht bedeutet diese neue Ermittlung auch etwas Gutes.

Ich beschließe, mich zuerst um Milla zu kümmern und danach in die Berge zu fahren. Wo bleibst du nur, Arne?, frage ich mich mit Blick auf die Uhr. Ich wähle erneut seine Telefonnummer, doch sein Mobiltelefon ist immer noch ausgeschaltet. Ich schreibe ihm eine Nachricht, lege die Notiz auf seinen Schreibtisch und breche zur Schule auf.

Ich gehe direkt zum Büro des Direktors und frage nach Milla Lundin. »Ich muss sie sprechen. Jetzt sofort.«

Seine Sekretärin schüttelt den Kopf. »Milla hat sich heute krankgemeldet.«

Ich muss nicht nach Millas Adresse fragen. Auch diese habe ich über die Personennummer erfahren. Sie wohnt nicht weit von der Schule entfernt. Keine zehn Minuten später stehe ich vor ihrer Haustür. Ich muss einige Male hartnäckig klingeln, bis jemand die Tür öffnet. Die junge Frau, die mir bereits im Lehrerzimmer aufgefallen ist, erscheint in der Tür. Sie hat ihr langes schwarzes Haar zu einem Zopf geflochten und wirkt fast selbst noch wie eine Schülerin.

»Hey, Milla. Ich bin Anelie Andersson. Du erinnerst dich?«

»Du bist von der Polizei, oder?« Sie macht keine Anstalten, mich hereinzubitten.

Ich nicke. »Darf ich hereinkommen?«

»Ich bin krank.«

»Ich muss mit dir reden«, beharre ich. »Über Stellan.«

»Über Stellan?« Milla sieht mich verwirrt an, dann tritt sie zur Seite.

Wie üblich nehmen wir in der Küche Platz, die in fast allen Schwedenhäusern, besonders aber hier oben im Norden, das Herz eines Hauses ist.

»Du bist alleine zu Hause?«, frage ich.

»Ja.«

»Wo ist dein Mann?«

»Henrik arbeitet im Baumarkt. Aber was willst du von mir? Ich fühle mich nicht gut.«

Ich kann sehen, dass sie krank ist. Sie ist so weiß wie die Wand und hat dunkle Ränder unter den Augen. Sie gehört definitiv ins Bett.

»Es geht um Stellan.«

»Das ist einer meiner Schüler. Ich unterrichte Englisch und Geschichte.«

Da Milla noch nicht wissen kann, was Stellan widerfahren ist, muss ich etwas behutsam vorgehen. »Es tut mir sehr leid, dir das mitteilen zu müssen … aber Stellan ist tot.«

Milla lacht kurz auf. »Was für ein Quatsch!«

»Nein, Milla, es ist wahr. Stellan wurde gestern Abend auf der Straße nach Kvikkjokk, in der Nähe von Nautijaur, überfahren.«

Milla erbleicht um eine weitere Nuance, was ich bis zu diesem Augenblick für unmöglich gehalten habe. Sie starrt mich an, als hätte sie einen Geist gesehen. »Überfahren?« Sie spricht das Wort aus, als müsste sie sich ihrer selbst vergewissern. »Stellan ist tot?« Ein herzzerreißender Schrei entweicht ihrer Kehle.

Ich habe das Gefühl, als würde sich der gestrige Abend bei Stellans Mutter hier erneut wiederholen. Milla verliert genauso wie Tyra die Fassung und bricht zusammen. Ich warte lange Minuten, bis sie sich wieder einigermaßen gefangen hat. Ich lege ihr eine Decke, die auf der Eckbank lag, um die Schultern und gebe ihr ein Glas Wasser zu trinken.

»Soll ich einen Arzt holen oder jemanden anrufen?«

Milla schüttelt den Kopf. Sie sieht durch mich hindurch, wirkt weit weg, ein Verhalten, das ich oft gesehen habe, wenn ich schlimme Nachrichten übermitteln musste. Aber warum reagiert sie so heftig? Er ist doch nur ein Schüler und nicht ihr Sohn.

»Ich muss dir ein paar Fragen stellen, Milla. In welcher Beziehung standest du zu Stellan?«

Milla weint auf. »Er ist ... er war mein Schüler.«

»Nur ein Schüler?«

Millas Gesicht erstarrt. Sie kneift die Lippen zusammen, während ihr die Tränen über die Wangen laufen. »Warum fragst du das? Er wurde überfahren, was spielt das noch für eine Rolle?«

Jetzt kommt der schwierigste Teil, ich muss etwas mehr preisgeben. »Stellan war am Samstag allein in den Bergen unterwegs. Er hat sich gegen Mittag von seiner Gruppe getrennt. Danach verliert sich seine Spur. Was hatte er vor? Später muss er vor irgendetwas oder irgendwem geflohen sein. Darauf deuten einige Spuren an seinem Körper hin.«

Milla sieht mich verständnislos an.

»Milla, Stellan ist nicht einfach nur überfahren worden. Zuvor ist ihm etwas widerfahren, was ich als Verbrechen einstufe.«

Ich befürchte, dass sie gleich kollabieren wird. Überraschenderweise jedoch wird sie ganz ruhig. »Kann ich Stellan sehen?«

»Nein, er wurde nach Lulea in die Rechtsmedizin gebracht.«

»Dann fahre ich dorthin. Ich will ihn sehen«, beharrt sie.

»Warum?«

Sie schweigt und sieht durch mich hindurch.

»Weil ihr ein Paar gewesen seid?«, bohre ich weiter.

Milla reagiert nicht.

»Er war dein Schüler, aber ihr hattet auch eine Affäre, habe ich recht?«, beharre ich ruhig.

»Nein, das war keine Affäre.«

»Liebe?«

Sie nickt und weint.

»Wie lange geht das schon mit euch beiden?«

»Ein halbes Jahr.«

»Wer weiß außer euch beiden davon?«

»Niemand.«

»Dein Mann?«

Sie schüttelt heftig den Kopf. »Ich muss Stellan sehen.«

»Du kannst ihn nicht sehen«, sage ich mit sanfter Stimme. »Der Zusammenstoß mit dem Lkw hat ihn sehr entstellt. Behalte ihn so in Erinnerung, wie du ihn gekannt hast, Milla. Aber du muss mir jetzt bitte alles erzählen«, rede ich eindringlich auf sie ein. »Ich muss die ganze Wahrheit wissen. Hörst du mich, Milla? Ich muss herausfinden, was Stellan vor dem Unfall zugestoßen ist.«

Sie knetet ihre Hände, als wären sie aus Ton. Ich spüre, dass sie sich öffnen wird, sie will sich alles von der Seele reden. Also warte ich geduldig.

15

Nach der Befragung von Milla habe ich mehrere neue Erkenntnisse, denen ich nachgehen will. Ich weiß, wo das Haus steht, von dem Stellan aus aufgebrochen ist, und ich kenne nun sein Ziel, eine Hütte, in der Milla vergeblich auf ihn gewartet hatte. Er wollte zu ihr, deswegen hat er die Gruppe verlassen. Ich vermute, dass jemand hinter das Geheimnis der beiden gekommen ist, worauf Millas Telefonnummer deutet, die in Stellans Körper geritzt war. Entweder wollte uns der Täter darauf stoßen, oder Stellan muss dies selbst getan haben, um uns eine Nachricht zu hinterlassen. In diesem Fall hat er vermutlich nicht mehr damit gerechnet, dass er sein Gefängnis noch lebend verlassen würde. Jetzt muss ich nur noch herausfinden, was Stellan auf diesem Weg zu Milla widerfahren ist.

Ich fahre zurück in die Polizeiinspektion. Arnes Büro ist verwaist, alles deutet darauf hin, dass er noch gar nicht hier gewesen ist. Ich versuche, ihn erneut anzurufen, aber sein Handy ist nach wie vor ausgeschaltet. *Wo steckt er bloß?*

Ich checke mein Postfach. Aus Lulea ist noch keine Rückmeldung auf meinen Bericht eingegangen, und ein Termin für meine angeforderte Videokonferenz wurde auch noch nicht festgelegt. Darauf zu warten, ergibt keinen Sinn. Ich muss das Tageslicht nutzen, um dorthin zu fahren, wo Stellan sich am Samstag aufgehalten hat. Mir ist nicht wohl bei dem Gedanken, diese Fahrt alleine machen zu müssen. Aber ich kann jetzt nicht länger auf Arne warten. Ich überhöre meine innere Stimme, die mich davor warnt.

Ich gehe hinaus zum Parkplatz und fahre mit dem Wagen langsam rückwärts zu dem Anhänger, auf dem unser Polizeiskooter steht und festgezurrt ist. Dann befestige ich den Trailer an der Anhängerkupplung, prüfe die Verbindung, die Blinker, das Bremslicht. Diese Handgriffe habe ich so oft erledigt, dazu brauche ich keine männliche Hilfe. Aber für alles andere, was mich erwartet, hätte ich gerne Arne an meiner Seite gewusst. Die Vorstellung, da draußen in den Bergen allein nach einer Spur zu suchen, behagt mir nicht. Die Zeit drängt jedoch.

Ich packe die nötige Winterkleidung, einen Ersatzakku für mein Handy und für meine Stirnlampe ein, außerdem den wattierten Overall, meine Handschuhe, Gesichtsmaske, Schutzbrille und den Helm. Dann gebe ich die Koordinaten in das Navigationssystem ein, die mir Bjarne gemailt hat, und fahre los. Das Navigationssystem kalkuliert eine knappe Stunde Fahrtzeit bis zu dem Ort, wo ich den Wagen gegen das Schneemobil tauschen muss. Mein Plan ist es, zu der Hütte zu fahren, von der aus Stellan seine eigene Tour gestartet hat. Milla hat mir auf der Karte eingezeichnet, wo sich ihre Hütte befindet, in der Stellan und sie sich getroffen haben.

Ich will diese Strecke mit dem Schneemobil abfahren und nach Spuren suchen. Als drittes Ziel plane ich, soweit das Tageslicht noch ausreicht, weiter zu der Unfallstelle zu fahren, wo Stellan schließlich unter den Lkw geraten ist. Maximal vier Stunden darf diese Nachforschung in Anspruch nehmen, bis es wieder dunkel wird. Ich breche auf und versuche während der Fahrt, erneut Arne zu erreichen. Ohne Erfolg. Dann rufe ich Daniel an und erzähle ihm von meinem Vorhaben, in die Berge zu fahren.

»Ich komme mit«, sagt er sofort.

Ein Stein fällt mir vom Herzen, und ich bin froh, dass er Zeit hat und mitkommen kann, einen besseren Begleiter kann ich mir nicht vorstellen. Er kennt die Gegend mit all ihren Tücken nicht nur wie seine Westentasche, er ist auch ein hervorragender Jäger und Fährtenleser. Das hat er im Blut. Seine Vorfahren waren Sami, aber schon sein Vater hatte diesen Status verloren, weil er die Rentierzucht aufgegeben hatte. Man bleibt nur Sami, solange man züchtet. Deswegen verstehe ich die Vorbehalte der Sami gegen die Einheimischen hier nicht, deren Vorfahren auch häufig Sami gewesen sind. Aber wer nicht mehr züchtet, ist raus aus dieser Gemeinschaft.

Daniel hat von seinem Vater viel über die Samitraditionen und die Probleme erfahren. Hier oben gibt es zu viele Züchter mit zu kleinen Herden, so dass die Arbeit nicht mehr lukrativ ist, abgesehen von den Konflikten mit den Forstbetrieben, den Grubenkonzernen, den Wasser- und Windkraftbetreibern. Viele Sami geben auf und gehen normalen Berufen nach oder versuchen, beides zu betreiben. Daniels Vater wollte als junger Mann dieses Leben nicht führen, sondern studieren.

Daniels Jeep steht bereits an der Einfahrt zu unserem Parkplatz, als ich auf der Straße daran vorbeifahre. Er hat ebenfalls einen Anhänger samt Schneemobil dabei. Ich halte nicht an, sondern werfe ihm eine Kusshand zu und fahre langsam weiter, damit er mir folgen kann.

Meine Gedanken fliegen zurück in die Vergangenheit. Vor etwa vier Jahren sind Daniel und ich uns zum ersten Mal begegnet, und dabei hatte Liv ihre Hände maßgeblich im Spiel. Ich habe sie lange vor Daniel in Stockholm kennengelernt, weil sie damals für die schwedische Polizei als IT-Expertin gearbeitet hat. Auch für uns in der Mordkommission hatte sie die Computer auf Vordermann gebracht und ein neues Sicherheitssystem entwickelt und installiert. Ich hatte mich damals ein wenig mit ihr angefreundet und so von ihren Wurzeln in Lappland erfahren.

Wie viele Stockholmer war ich noch nie im schwedischen Teil Lapplands gewesen und hatte genau die gleichen Vorurteile im Kopf wie ein Großteil der Menschheit: zu dunkel und zu kalt im Winter, zu viel Regen und zu viele Mücken im Sommer, dazu viele seltsame Menschen, nichts, was einen zwingend hier hochtreibt – abgesehen von den Nordlichtern.

Ich war dann mit ihr für ein paar Tage nach Jokkmokk gekommen, um endlich einmal den Norden meiner Heimat kennenzulernen und die legendären Nordlichter zu sehen. Liv und ich waren über Silvester nach Lulea geflogen und mit dem Leihwagen nach Jokkmokk gefahren und von dort weiter zum Haus ihres Bruders, der hier immer noch lebte.

Liv und ich hatten sein Gästehaus bezogen, das er seinerzeit noch an Touristen vermietet hatte und in dem nun Liv wieder wohnt. Das kleine Blockhaus verfügt über alles, was man hier oben braucht, sogar über eine Dusche und Innentoilette, was eigentlich völlig unüblich in den autarken *Cabins* ist. Für die Schweden ist es das Normalste der Welt, in ihren Ferienhäusern kein Bad und nur eine Außentoilette zu haben.

Während unseres Aufenthalts hatte ich Livs Bruder Daniel näher kennengelernt. Er hatte damals gerade seine freie Woche und viele Ausflüge mit Liv und mir unternommen. Ich hatte augenblicklich mein Herz verloren, an Lappland und an ihn. An einem Abend, als Liv mit alten Schulfreunden verabredet und nach Jokkmokk gefahren war, hatte Daniel mich zu sich zum Abendessen eingeladen. Er hatte eine schmackhafte Rentiersuppe zubereitet, mit ganz viel Gemüse. Selten hatte ich mich so verwöhnt gefühlt.

Die Abreise war mir nach diesen aufregenden Tagen sehr schwergefallen, denn sie war mir wie eine Trennung vorgekommen. Aber Daniel hatte die Sache in seine Hände genommen. Durch seine speziellen Arbeitszeiten war es ihm möglich gewesen, für eine ganze Woche nach Stockholm zu kommen. Er hatte sich bei Liv einquartiert und hatte eines Abends einfach vor meiner Tür gestanden. In den nächsten Monaten hatte sich unsere Fernbeziehung dann vertieft. Ich bin so oft wie möglich nach Lappland geflogen, Daniel ist in seinen freien Wochen nach Stockholm gekommen. Während sein Beruf kein Problem für unsere Beziehung darstellte, wurde es für mich immer komplizierter. Wenn ich in Ermittlungen steckte, hatte ich kaum Zeit für ihn und musste auch einige geplante Treffen kurzfristig absagen.

Nach einem Jahr Fernbeziehung hatte er mich gefragt, ob ich es mir vorstellen könnte, zu ihm nach Lappland zu ziehen. Daniel hatte erfahren, dass der Posten in der Polizeiinspektion von Jokkmokk zur Disposition stand. Ich hatte einige Zeit über diese Entscheidung nachgedacht und schließlich zugesagt. Meine Herz hatte sofort *Ja* gesagt, aber ich wollte mir diese Entscheidung mit all ihren Konsequenzen gut überlegen, um sie nicht später zu bereuen.

Ich war mir durchaus im Klaren darüber gewesen, dass ich von nun an nur noch kleine Delikte und keine Mordfälle mehr verfolgen würde. Das dachte ich damals zumindest. Aber jetzt stecke ich bis zum Hals in einer Mordermittlung und dieser Fall ist mysteriöser als alle anderen, in denen ich je ermittelt habe.

16

Fünfzig Minuten später erreichen wir den Parkplatz, von dem aus wir nur noch mit den Schneemobilen weiterkommen. Wir bugsieren die Anhänger rückwärts an den seitlich hoch aufgeschütteten Schneehaufen, um sie so von den Trailern fahren zu können. Für diese Aktion brauchen wir nur ein paar Minuten. Ich zeige Daniel auf der Karte, wo wir hinmüssen, dann starten wir. Er übernimmt die Führung. Zwar sitzen wir beide auf sogenannten Tiefschneeskootern, die es überhaupt erst möglich machen, in dieser Umgebung bei den momentanen Schneemengen vorwärtszukommen. Aber Daniel fährt seit Kindsbeinen an mit seinen Skootern durch die Berge und Wälder und verfügt deshalb über jahrzehntelange Erfahrung. Ich bin froh, in seiner Spur hinterherfahren zu können, was es für mich erheblich einfacher macht.

Ungefährlich ist die ganze Sache trotzdem nicht. Ein Bekannter von uns ist beim Fahren jenseits der Wege mit seinem Schneemobil gegen einen Felsen geprallt, der unter dem Schnee versteckt war. Dabei hat er sich schwerste Schädelverletzungen zugezogen, die bleibende Schäden hinterlassen haben. Jeden Winter kommt es zu solchen Unfällen.

Unser Weg führt uns immer tiefer in das winterliche Wunderland. Der Schnee hat die Tannen umhüllt, die Kälte hat sie eingefroren. Die Sonne lugt zwischen den Stämmen hervor, viel höher wird sie heute kaum steigen. Aber der Himmel ist wolkenlos und kristallklar, die Sonne taucht die Landschaft in ein mildes Licht. Für einen Moment vergesse ich den Grund unserer Fahrt und genieße diese herrliche Natur. Wir erreichen eine kleine Anhöhe, von wo aus sich ein atemberaubender Ausblick auf die tiefer liegende Seenlandschaft bietet, die nun unter dickem Eis erstarrt liegt. Weit und breit gibt es keine Menschenseele außer uns beiden. Daniel stoppt seinen Skooter, so dass ich neben ihn fahren kann. Er deutet auf eine kleine Gruppe von Elchen, die etwa hundert Meter entfernt zwischen den Bäumen steht. Jeder beäugt jeden.

Wir setzen unsere Fahrt fort, weiter hinauf in die Berge. Dreißig Minuten später gelangen wir zu dem Haus von Bjarnes Familie, wo die Teenager das Wochenende verbracht haben. Ich steige vom Schneemobil, ohne den Motor abzuschalten, und klappe das Visier meines Helmes hoch.

»Ich sehe mich hier mal kurz um«, sage ich zu Daniel und stapfe los.

Daniel dreht mit seinem Schneemobil eine Runde um das Blockhaus und checkt die Umgebung. Wir entdecken nichts Auffälliges und fahren weiter, diesmal in die Richtung von Millas Hütte, zu der Stellan unterwegs gewesen war. Die beiden Ziele liegen Luftlinie nicht allzu weit auseinander. Mit dem Schneemobil sollte man in weniger als einer Stunde dort ankommen.

Milla hat mir Stellans letzte Nachricht gezeigt, die er ihr am Samstagmittag geschickt hat. Und ich weiß auch von Bjarne, wann Stellan die Gruppe verlassen hat. Anhand dieser beiden Uhrzeiten habe ich geschätzt, wie weit Stellan gekommen sein könnte. Er hat vermutlich etwas mehr als die Hälfte der Strecke geschafft, bevor er seine Nachricht gesendet hat.

Dass Daniel ein exzellenter Fährtenleser ist, kommt mir jetzt zugute. Er fährt in eine schmale Lichtung zwischen die Bäume, die schnurgerade tiefer in den Wald führt. Nach ungefähr fünf Kilometern verringert er plötzlich sein Tempo und kommt zum Stehen. Er nimmt seinen Helm ab und schaut sich um. Wie ein Raubtier, das Witterung aufgenommen hat, denke ich, während ich ihn beobachte und eine Gänsehaut bekomme.

Daniel setzt seinen Helm wieder auf und folgt einer für mich unsichtbaren Skooterspur, die sich in den Wald schlängelt. Ohne ihn hätte ich diese Spur definitiv niemals gefunden. Wir folgen ihr immer tiefer in den Wald. Für mich ist diese Fahrt in diesem tiefen Schnee eine große Herausforderung, die meinen ganzen körperlichen Einsatz fordert.

Eine Viertelstunde später bei einem kurzen Stopp höre ich Daniel sagen: »Ruhe dich mal ein bisschen aus und warte hier auf mich. Ich bin gleich wieder da.«

Ich bin froh über diese Verschnaufpause. Nach einigen Minuten höre ich sein Schneemobil wieder, und Daniel taucht zwischen den Bäumen auf.

»Ich denke, ich habe Stellans Schneemobil gefunden«, sagt er. »Es liegt in einem Schneeloch und ist fast nicht mehr zu sehen.«

Gemeinsam fahren wir zu der Stelle. Ich steige von meinem Schneemobil und versinke augenblicklich bis zur Brust im Tiefschnee. Mit einem Seitenblick sehe ich Daniel schmunzelnd noch auf seinem Schneemobil sitzen und seine Schneeschuhe anziehen. Wieder was gelernt, denke ich, während ich mich auf mein Schneemobil hochziehe, um es ihm nachzutun. Mit Schneeschuhen und Schaufeln ausgerüstet, machen wir uns auf den kurzen Weg. Ich muss zweimal hinsehen, um das Schneemobil zu erkennen, von dem nur noch ein Stück des Lenkergriffs aus dem Schnee ragt.

»Ich brauche nur das Kennzeichen«, sage ich und beginne zu schaufeln.

Das Nummernschild ist als Aufkleber vorne, meist an der Verkleidung oder der Scheibe angebracht. Daniel hilft mir beim Freischaufeln.

»Ist es seins?«, fragt er, als wir das Kennzeichen endlich erkennen können.

Ich nicke stumm. Daniel schaut sich das Schneemobil genauer an, beseitigt noch mehr Schnee an einer Seite und wirft einen prüfenden Blick unter die Seitenverkleidung. Danach wendet er sich mir zu.

»Stellan muss erst mit seinem Schneemobil stecken geblieben sein, dann hat er sich wieder bis hierhin ausgegraben«, erklärt er mir, während er mit seiner Schaufel Zeichen in den Schnee malt, »um sich dann mit einer Vollgasbeschleunigung aus diesem Loch zu katapultieren. Aber dabei ist sein Zahnriemen gerissen. Ohne Ersatzteil konnte er nicht weiterfahren.« Daniel sieht sich um. »Ich vermute, dass er danach mit Schneeschuhen weitergegangen ist.«

»Was hättest du an seiner Stelle getan?«, will ich von Daniel wissen. Er muss nicht lange überlegen. »Ich hätte meine Freunde angerufen und wäre auf meiner Spur zurückgelaufen. Sie hätten mir entgegenfahren und mich auflesen können.«

Ich muss Daniel recht geben. Das wäre die sinnvollste Lösung gewesen. »Aber er hat sich anders entschieden. Warum nur?«

»Vielleicht war sein Akku leer«, wirft Daniel ein.

»Nein. Er hat Milla noch eine SMS-Nachricht geschickt. Er hat wohl geglaubt«, mutmaße ich weiter, »dass er es zu Fuß in Schneeschuhen bis zu Milla schafft.«

Daniel schüttelt den Kopf. »Nein, so dumm kann er nicht gewesen sein. Selbst mit Schneeschuhen wäre er auf dem weiteren Weg bis zur Hüfte im Schnee versunken. Nicht machbar, auch nicht für einen fitten Siebzehnjährigen. Außerdem muss er erkannt haben, dass ein Schneesturm aufzieht. Verdammt, Stellan ist hier aufgewachsen, er kennt diese Zeichen.«

»Was könnte er stattdessen getan haben?«, frage ich.

»Seine einzige Chance war, mit Schneeschuhen auf seiner eigenen Schneemobilspur im Tiefschnee zurückzugehen. Warum er seine Freunde nicht angerufen hat, damit sie ihm helfen, kann ich nicht sagen.«

»Hier verliert sich also seine Spur«, stelle ich nachdenklich fest. »Und er ist nicht auf direktem Weg oder zu Fuß zu Milla gekommen.«

»Unmöglich«, bestätigt Daniel meine Vermutung.

»Lass uns zu der Stelle fahren, an der Stellan verunglückt ist. Vielleicht können wir von dort dann seinen Weg zurückverfolgen«, schlage ich vor.

Ich sehe mich suchend um. Plötzlich habe ich das ungute Gefühl, dass wir beobachtet werden. Es kriecht mir eiskalt den Rücken hinauf. »Ich glaube, wir sind nicht allein hier.«

»Ja, schon eine ganze Weile nicht mehr«, sagt Daniel leise, während mir schlagartig bewusst wird, dass er sich schon seit einigen Minuten unauffällig umsieht. »Aber ich kann nichts entdecken.«

»Hier ist etwas faul«, sage ich leise.

»Ja«, pflichtet mir Daniel bei. »Aber wir müssen jetzt weiter, wenn wir vor Einbruch der Dunkelheit zurück sein wollen.«

Er fährt wieder voraus, um mir mit seinem Schneemobil eine Spur zu legen. Auf dem Weg suchen wir weiter nach möglichen Hinweisen, die Stellan hinterlassen haben könnte, entdecken jedoch nichts. Nach weiteren dreißig Minuten erreichen wir schließlich die Straße. Nur die roten Flecken im Schnee auf der Fahrbahn deuten noch darauf hin, was sich hier gestern Abend ereignet hat. Aber auch sie werden bald verschwunden sein.

»Irgendwo zwischen hier und seinem Schneemobil ist etwas passiert«, stelle ich fest.

»Es gibt hier in dieser Gegend etwas abseits gelegen nur eine einzige, kleine Hütte«, sagt Daniel nachdenklich, »und eine Bärenhöhle. Aber jetzt ist es zu spät, um dort noch vorbeizuschauen. Wir können morgen noch mal unser Glück versuchen, wenn du willst.«

Verdammter Mist, denke ich ärgerlich, aber ich weiß, dass Daniel recht hat. Wir müssen unsere Suche für heute abbrechen. Langsam fahren wir mit den Schneemobilen entlang der Straße zurück zu dem Parkplatz, wo wir unsere Autos geparkt haben, verladen die Schneemobile und machen uns auf den Rückweg. Daniel fährt nach Hause, ich weiter nach Jokkmokk ins Büro. Ich brauche für morgen unbedingt einen Suchtrupp, um dieses Areal abzusuchen. Jeder Tag länger bedeutet, dass wir noch mehr Spuren verlieren werden.

17

Ein mir unbekannter Mann sitzt an Arnes Schreibtisch und telefoniert, als ich ins Büro komme. Ich bleibe in der Tür stehen.

»Wer bist du?«, frage ich scharf.

»Ich melde mich später.« Er beendet sein Telefonat.

Reflexartig geht meine Hand an meine rechte Seite, wo sich normalerweise das Halfter mit meiner Waffe befindet, doch ich greife ins Leere. Da ist nichts, weil meine Waffe noch im Safe liegt.

Der Mann wedelt mit einem Schlüssel. »Den hat Arne mir gegeben. Ich soll dich schön von ihm grüßen.« Er steht auf, kommt auf mich zu und streckt mir die Hand entgegen, die ich ignoriere.

»Sigge Nordström.« Er zieht seine Hand zurück. »Polizeiinspektion Lulea. Ich habe versucht, dich zu erreichen, aber du bist nicht ans Telefon gegangen.«

Ich fische mein Handy heraus und sehe zwei entgangene Anrufe, die ich vermutlich während der Fahrt auf dem Schneemobil nicht gehört habe. Dieser Sigge ist breitschultrig, kantig, ein echter Hüne, ein Bilderbuchschwede sozusagen mit ziemlich viel Wikinger-Appeal. Er überragt mich deutlich, was kaum verwunderlich ist bei meiner zierlichen Figur. Seine dunklen Haare sind militärisch kurz geschnitten. Ich schätze ihn auf Ende zwanzig, also ist er um einiges jünger als ich. Er lächelt mich gewinnend an. Mein anfängliches Misstrauen schwindet.

»Anelie Andersson«, sage ich und strecke ihm nun meine Hand entgegen, die er sofort ergreift.

Ich schüttele seine große Hand. Er hat einen wohldosierten Händedruck.

»Wo steckt Arne?«, frage ich ihn. »Und warum bist du hier?«

»Du weißt es noch nicht?« Er sieht mich verwundert an. »Arne hat eine Herzattacke erlitten. Einen mittelschweren Herzinfarkt, meinen die Ärzte. Er hatte wohl großes Glück. Er liegt im Krankenhaus in Jokkmokk. Eigentlich hätte er nach Gällivare gebracht werden müssen. Aber das wollte er partout nicht.«

Ich starre Sigge verständnislos an. »Herzattacke?«, wiederhole ich. »Aber er war doch gestern noch ganz okay.«

»Muss in der Nacht passiert sein. Die Klinik hat uns heute Morgen informiert. Dann hat man mich hergeschickt als Unterstützung für dich«, erklärt er mir. »Du stehst ja hier sonst ziemlich allein auf weitem Posten.« Er grinst.

»Ich fahre sofort zu ihm«, sage ich und mache auf dem Absatz kehrt.

Sigge hält mich am Arm zurück. »Willst du mich nicht erst einmal ins Bild setzen? Arne läuft dir nicht davon. Dem wird ein Stent eingesetzt. Wenn alles gut läuft, darf er nächste Woche wieder nach Hause.«

»Aha.«

»Ich habe zwar deinen Bericht gelesen«, fährt Sigge fort. »Aber was hast du denn inzwischen noch alles herausgefunden?«

Dieser Sigge hat recht, Arne muss warten.

»Kaffee?«, frage ich versöhnlich, um den ersten schlechten Eindruck wieder wettzumachen.

»Sehr gerne.«

Mit zwei Tassen schwarzem Kaffee bewaffnet, setzen wir uns an meinen kleinen Besprechungstisch, dann erzähle ich ihm von meinen neuesten Erkenntnissen, von Milla, von Stellans Versuch, zu ihr zu gelangen, und vom Fund des Schneemobils in den Bergen. Sigge hört mir aufmerksam zu, ohne mich zu unterbrechen. Ich registriere schon drei gute Eigenschaften an ihm: Er hat ein offenes Gesicht, er ist nicht nachtragend, er kann zuhören.

»Ich habe mir den Körper angesehen«, sagt er schließlich, als ich fertig bin. »Seine Hände sehen übel aus, so als hätte er mit aller Kraft versucht, sich irgendwie zu befreien. Und auch diese Schnitte im Oberschenkel. Zusätzlich diese Erfrierungen an Händen und Füßen, als hätte er weder Handschuhe noch Stiefel getragen. Alles sehr mysteriös.«

»Ich bin felsenfest davon überzeugt, dass ihm in der Zeit zwischen seinem Aufbruch und seinem Unfall etwas ganz Schlimmes widerfahren sein muss. Er muss irgendwo festgehalten und eingesperrt worden sein. Ich behandle diesen Fall nicht als Unfall, sondern als ein Verbrechen.«

Sigge lächelt. »Überrascht mich nicht. Ich habe deine Akte gelesen. Beeindruckend.«

Ich überhöre das. »Und was sagen die in Lulea zu meinem Bericht?«

Sigge lehnt sich langsam zurück. »Die wollen das Ganze am liebsten als Autounfall mit Todesfolge behandeln und möglichst rasch abschließen. Niemand hat großes Interesse daran, daraus ein Verbrechen zu machen. Die Polizeichefin am allerwenigsten. Sie will Jokkmokk ja ganz dichtmachen.« Er stockt.

»Weiß ich«, schnaube ich.

»Sie meinen hinter vorgehaltener Hand, die Ermittlungen hier würden dem Tourismus schaden.«

»Und was ist mit den Hinterbliebenen?«, frage ich und kann meinen Ärger nicht unterdrücken.

Er nickt. »Die kennen natürlich deinen beruflichen Background und befürchten, dass du daraus eine große Sache machen könntest, die viel Staub aufwirbelt. Das passt denen gar nicht, und mein Auftrag lautet deswegen vorrangig, dass ich dich einfangen und bremsen soll, falls du zu weit gehst.«

Ich spüre, wie sich die Wut in mir aufstaut. »Danke für deine Offenheit.« Ich registriere seine vierte gute Eigenschaft: Sigge ist ehrlich. »Aber die liegen völlig falsch. Das war nicht nur ein tragischer Unfall mit Todesfolge. Es liegt ein Verbrechen vor, das sieht doch ein Blinder, und es ist unsere verdammte Pflicht, dieses Verbrechen aufzuklären.«

»Sehe ich auch so«, stimmt Sigge mir zu und nimmt mir damit sofort den Wind aus den Segeln. »Wir müssen allerdings schnell Ergebnisse liefern. Sonst bist du den Fall wieder los.«

Ich nicke nachdenklich. Er hat recht, und ich nehme seine fünfte gute Eigenschaft zur Kenntnisse: Er sieht die Dinge, wie sie sind, und versteht die großen Zusammenhänge. Für diese Verstärkung bin ich denen in Lulea mehr als dankbar. Ob die ahnen, was Sigge so auf dem Kasten hat? Vermutlich nicht.

»Hast du denn schon einen Plan, wie du vorgehen willst?«

»Wie lange kannst du in Jokkmokk bleiben?«, frage ich ihn.

»Nur diese Woche. Sie bezahlen das Hotel bis Freitag.«

»Okay. Dann bleiben uns dreieinhalb Tage. Ich hoffe, ich bekomme bald die Ergebnisse über die Handyortung und die

Auswertung von Stellans letzten Anrufen. Könntest du dich dahinterklemmen? Das dauert alles viel zu lange.«

»Klar.«

»Wir müssen außerdem mit Millas Ehemann reden. Er hat ein dringendes Motiv, Stellan etwas anzutun, sollte er von ihrem Verhältnis gewusst haben. Und wir brauchen für morgen einen Trupp, um das Gebiet in den Bergen abzusuchen. Das Schneemobil muss schnellstens geborgen und Spuren gesichert werden, sonst müssen wir damit bis zum Frühjahr warten.«

Sigge nickt. »Wir sollten uns aufteilen, dann kommen wir schneller voran.«

»Ja«, stimme ich ihm zu. »Du solltest mit Millas Ehemann reden, sozusagen von Mann zu Mann. Er heißt Henrik Lundin und arbeitet hier im Baumarkt. Ich kümmere mich um den Suchtrupp für morgen. Aber zuerst muss ich kurz bei Arne vorbeischauen.«

»Alles klar. Wo soll ich sitzen?«

»Du kannst Arnes Schreibtisch nehmen. Sein Passwort lautet Norrbotten. Sehr simpel«, erkläre ich und lache.

Bevor ich aufbreche, checke ich meine E-Mails und finde eine Nachricht aus Lulea, in der mir mitgeteilt wird, dass eine Videokonferenz auf sechzehn Uhr angesetzt worden ist. Einerseits bin ich froh, dass dieses wichtige Gespräch bald stattfinden wird, anderseits ärgert es mich, wie die in Lulea mit mir und meiner Zeit umgehen. Ich sitze ja schließlich nicht den ganzen Tag im Büro und starre Löcher in die Luft.

Aber wenn ich davor noch zu Arne will, sollte ich mich beeilen. Trotz des Zeitdrucks, unter dem wir stehen, muss ich meinen Kollegen sehen. Ich will wissen, wie es ihm geht.

Danach werde ich mich mit ganzer Kraft in die Ermittlungen stürzen, um die in Lulea davon zu überzeugen, dass wir einen Verbrecher jagen, der Stellan auf die Straße getrieben hat. Aber ich weiß auch, dass nur Ergebnisse überzeugen, mit Mutmaßungen laufe ich ins Leere. Ich muss Stellans letzte Stunden in seinem noch so jungen Leben aufklären.

18

Ich betrete das kleine Krankenhaus in Jokkmokk und erkundige mich am Empfang nach dem Zimmer, in dem Arne liegt.

»Bist du mit ihm verwandt?«, fragt die Frau an der Pforte.

Ich schüttle den Kopf. Sie will schon die Hand abwehrend heben, da ziehe ich meinen Dienstausweis hervor. »Wir sind Kollegen.«

»Na gut«, gibt sie nach, »aber nur kurz. Er liegt auf Zimmer zwölf.«

Schnell laufe ich zu dem Krankenzimmer, klopfe und trete ein.

»Endlich!«, begrüßt Arne mich, als ich an seinem Bett stehe. »Ich dachte schon, du hast mich vergessen.«

Verschiedene Schläuche und Kabel, die aus einem großen Apparat kommen, verschwinden unter seiner Bettdecke. Die Maschine, mit der Arne verbunden ist, piepst und summt, ein Monitor zeichnet verschiedene Linien auf einen Bildschirm. Der Anblick schüchtert mich gewaltig ein.

»Wie geht's dir denn?«

»Hast du Zigaretten dabei?«, antwortet er.

»Was?«, frage ich entsetzt. »Hast du den Verstand verloren?«

»War ein Witz.« Er grinst.

»Was sagt der Arzt?«

»Der? Hat keine Ahnung«, schimpft er. »Alles Vollpfosten. Dieser deutsche Arzt hier kann vielleicht Fahrräder reparieren, aber sonst auch nichts. Die lassen mich hier verrecken, ich krieg noch nicht mal was zu essen, außer diesem Mist hier.« Er deutet auf einen Infusionsschlauch, der in seinem Handrücken endet.

»Du übertreibst wie immer«, stelle ich erleichtert fest.

Da er in der Lage ist, zu schimpfen, kann es ihm nicht so schlecht gehen. Ich schiebe einen Stuhl ans Bett und setze mich.

»Was ist denn passiert?«, will ich wissen.

Er greift sich ans Herz. »Das hat heute Nacht Zicken gemacht. Da habe ich sicherheitshalber mal den Notdienst gerufen.«

Ich durchschaue sein windiges Manöver, den Vorfall herunterzuspielen. »Einen Herzinfarkt kannst du nicht auf die leichte Schulter nehmen.«

Er schnauft genervt.

»Wie fühlst du dich denn? Hast du Schmerzen?« Ich habe keine Vorstellung davon, wie sich so ein Herzinfarkt anfühlen mag und wie es einem danach geht.

Er winkt ungeduldig ab. »Das war sicher keine Sternstunde in meinem Leben. Im Moment fühle ich mich beschissen, aber das geht vorüber. Das Einzige, was mich wirklich aufregt, ist, dass ich hier ans Bett gefesselt bin, während wir endlich mal einen richtigen Fall haben.«

»Vergiss den Job, du darfst dich nicht aufregen, du musst dich ausruh…«

»Unfug«, fällt er mir ins Wort. »Setz mich ins Bild.«

Das Einzige, was ihn wirklich zu interessieren scheint, ist unser neuer Fall.

»Nein. Du bist außer Dienst.«

Aber er bohrt so beharrlich weiter, bis ich meinen Widerstand und meine Skrupel schließlich aufgebe und ihm ausführlich von den Ereignissen und meinen bisherigen Erkenntnissen berichte. Arne hängt an meinen Lippen, er scheint jedes meiner Worte aufzusaugen.

»Wie willst du vorgehen?«

Diese Frage hat mir Sigge schon gestellt.

»Von Lulea kann ich keine große Unterstützung erwarten«, stelle ich fest. »Die wollen das als Unfall abhaken. Aber sie haben mir einen kompetenten Kollegen als Verstärkung geschickt. Er darf jedoch nur bis Freitag bleiben.«

»Sigge, ich weiß, er war schon hier. Der ist noch jung, aber verdammt gut, nicht so gut wie ich, trotzdem ganz okay«, sagt Arne und grinst mich an.

Erleichtert lehne ich mich zurück. Arne ist schon wieder zu Scherzen aufgelegt. »Aber wie sollen Sigge und ich diesen Fall in dieser kurzen Zeit allein aufklären? Ich brauche Verstärkung und einen Trupp, um morgen das Gebiet abzusuchen.«

»Du hast immer noch mich. Ich bin ja nicht gestorben.«

Ich nicke, um ihn zu beruhigen.

»Und was deine Suchaktion betrifft, dann musst du halt die Leute hier und Stellans Freunde um Unterstützung bitten, wenn Lulea sich weigern sollte«, schlägt Arne vor.

Bei Stellans Freunden ist mir nicht wohl, es sind Teenager, die sollten nicht in ein Verbrechen mit hineingezogen werden, das Gleiche gilt für Stellans Familie; sie ist viel zu persönlich involviert.

»Für Skrupel hast du keine Zeit«, sagt Arne, als hätte er

meine Gedanken gelesen. »Stellans Familie und seine Freunde wollen bestimmt auch wissen, was geschehen ist.«

»Wie lange wirst du denn hierbleiben müssen?«

»Ich haue bald wieder ab, so in ...«, hebt er an, als die Krankenschwester, die mir schon auf dem Flur begegnet ist, das Zimmer betritt.

»Du musst jetzt gehen«, sagt sie zu mir.

»Drücke doch mal ein Auge zu«, bittet Arne sie zuckersüß.

Ich werfe ihm einen fragenden Blick zu, er grinst mich schief an. So hat er mich noch nie um etwas gebeten.

»Kommt nicht infrage«, lehnt die Krankenschwester kategorisch ab. »Du hattest einen Herzinfarkt. Schon vergessen?«

Arne brummt etwas Unverständliches.

»Sie hat recht, Arne. Ich komm morgen wieder«, sage ich.

»Aber bring mir die Akten mit!«, ruft er mir noch hinterher.

»Auf keinen Fall«, höre ich die Schwester sagen.

Wenn die wüsste!, denke ich. Arne kann dickköpfiger als ein sardischer Esel sein. Er wird seinen Kopf durchsetzen, selbst wenn ihn das denselbigen kostet. Und darin sind wir uns verdammt ähnlich. Deswegen kann ich ihn nur zu gut verstehen. Natürlich werde ich ihm die Akte mitbringen und ihn auf dem Laufenden halten. Aber ich werde alles von ihm fernhalten, was ihn aufregen könnte.

Ich eile zurück in die Polizeiinspektion, setze mich an den Schreibtisch und starre auf den Bildschirm. Um 16:07 ertönt endlich das erwartete Signal. Ich drücke auf die Videotaste, und meine beiden Gesprächspartner erscheinen auf dem Bildschirm.

»Hey, hey«, begrüßt mich der Staatsanwalt. »Leif Björk.«

Wir kennen uns noch nicht.

»Hey, Leif. Anelie Andersson«, stelle ich mich vor.

»Hey, Anelie«, sagt die Polizeichefin Ylva Wallin, meine oberste Vorgesetzte.

Neben Ylva, einer kleinen, aber sehr energischen Frau Anfang fünfzig, wirkt der mehr als zehn Jahre jüngere Leif mit seinem jungenhaften Aussehen wie Ylvas Sohn.

Wie ich von Arne bereits gehört habe, soll Leif ein fanatischer Sportler sein. Er hat schon an dem längsten und vielleicht härtesten Langlaufrennen der Welt, dem *Nordenskiöldsloppet,* teilgenommen, was ihm meinen Respekt einbringt. Das Langlaufrennen findet jedes Jahr Ende März im Polarkreis statt; die Teilnehmer müssen 220 Kilometer durch die schwedische Wildnis überstehen, egal, ob es minus 40 Grad Celsius sind, schneit oder stürmt. Mal sehen, was die Sportskanone so als Staatsanwalt auf dem Kasten hat, denke ich.

Ylva hat den Posten als Polizeichefin schon einige Jahre inne, was dafür spricht, dass sie sich gegen sämtliche Anfeindungen oder Intrigen erfolgreich geschlagen hat. Dieser Posten gilt als Schleudersitz. Lulea bietet genug Minenfelder, vor allem seit den letzten Jahren, in denen durch den großen Zuzug arabischer Flüchtlinge inzwischen ziemliche Probleme und in den Städten gefährliche *no-go-areas* entstanden sind, mit denen die Polizei zu kämpfen hat. Nach der anfänglichen Politik der offenen Arme hat die Regierung eine drastische Kehrtwende eingeleitet und geht nun rigoros gegen die Clans vor.

»Kannst du uns auf den aktuellen Stand bringen?«, beginnt Ylva ohne Umschweife.

Sie verzichtet wie immer auf einen Smalltalk und kommt sofort zum Punkt, was ich sehr begrüße. Während ich von den Entwicklungen berichte und betone, dass es sich bei Stellans Tod nicht nur um einen Unfall, sondern auch um ein Verbrechen handeln muss, trommelte Ylva leise mit den Fingern auf die Schreibtischplatte.

»Mehr haben wir nicht?«, meint Leif, als ich mit meinem Bericht fertig bin. Er zupft an seinem Schlips herum. Ihm entgeht nicht, dass ich eine Augenbraue hochziehe. »Das soll bitte nicht als Kritik verstanden werden«, beeilt er sich hinzuzufügen. »Aber je schneller wir diesen Fall abschließen können, umso besser. Die Touristensaison beginnt bald, der Wintermarkt steht bevor, da brauchen wir Ruhe in Jokkmokk.«

Ich kann auf derartige Kommentare gut verzichten, beiße mir aber auf die Zunge, um meine zynische Antwort dort zu lassen, wo sie jetzt besser bleiben sollte, auch wenn sie mir auf den Lippen liegt.

»Niemand trödelt bei der Aufklärung dieses Falles«, erkläre ich mit ruhiger Stimme. »Aber ich brauche Unterstützung. Stellans Schneemobil muss geborgen werden, und wir müssen die Gegend dort, wo ich es gefunden habe, nach Spuren absuchen.«

Ylva nickt.

»Was sagen denn die Ärzte zu Arnes Zustand?«, frage ich sie. Ich weiß, dass sie genau über Arnes Zustand im Bilde ist, im Gegensatz zu mir.

»Sein Zustand ist kritisch, aber nicht lebensbedrohlich«, sagt Ylva, ohne eine Gefühlsregung zu zeigen. »Bis er wieder arbeiten kann, kann es zwei Wochen dauern. Wie viele Leute brauchst du?«

»Zwanzig.« Ich weiß, dass diese Zahl aus dem Traumland stammt, aber besser mehr Leute fordern, weniger werden es sowieso.

Erwartungsgemäß schüttelt Ylva den Kopf. »Wir haben so viele Krankmeldungen wegen Grippe. Ich muss sehen, wie viele ich von anderen Ermittlungen abziehen kann. Ich schicke dir morgen früh so viele Einsatzkräfte wie möglich nach Jokkmokk, die dir bei den Ermittlungen helfen werden«, verspricht sie.

»Wann findet Stellans Obduktion statt?«, will ich wissen.

Leif zuckt mit den Schultern. »Dafür gibt es noch keinen Termin.«

»Ich brauche diese Ergebnisse dringend für die Ermittlung. Auch die Auswertung der Spuren an den Fellen, die Stellan getragen hat, sind dabei von größter Bedeutung.« Ich hasse es, um derartige Selbstverständlichkeiten bitten zu müssen, aber ich sitze am kürzen Hebel. Wie weit ich doch von Stockholm entfernt bin!, denke ich ein wenig wehmütig.

Ylva und Leif tauschen Blicke.

»In Ordnung«, stimmt Leif zu. »Ich werde Filip, den zuständigen Rechtsmediziner, anweisen, die Obduktion bevorzugt zu behandeln.« Dann ruht sein Blick für einen Moment auf mir. »Ich habe deine Akte gelesen.« Ich kann sehen, wie er eine Mappe aufklappt. »Anelie Andersson. Geboren am 30. Juli 1981 in Lund. 2014. Vater leitender Ermittler in der Abteilung organisiertes Verbrechen in Stockholm. Verstorben 1995 bei einem Hubschrauberabsturz.« Er sieht kurz aus den Unterlagen auf.

»Es hieß damals, ein technischer Defekt sei die Ursache für den Absturz gewesen, aber wie ich informiert bin, hast du später herausgefunden, dass es ein Anschlag aus dem Milieu des organisierten Verbrechens gewesen war. Ist das der Grund, warum du Polizistin geworden bist?«

Willst du meine Biographie schreiben?, denke ich genervt und nicke. Er blickt wieder in die Mappe und fährt fort, mir meine Lebensgeschichte vorzutragen, als ob ich diese nicht selbst am besten kennen würde.

»Grundschule in Lund, Gymnasium in Stockholm. Dann zwei Jahre Militär, schließlich Polizeischule. Dort Abschluss mit Auszeichnung. Durchlauf verschiedener Abteilungen, schließlich Mordkommission. Rascher Aufstieg in eine leitende Funktion bis zur Chefin der Mordkommission. Eine Blitzkarriere sozusagen.« Er legt die Mappe aus der Hand. »Und jetzt Jokkmokk.«

Er sieht mich fragend an, aber ich antworte nicht.

»Deine hohe Aufklärungsrate und vor allem schnellen Ermittlungen haben landesweite Aufmerksamkeit erfahren«, sagt Leif.

Ich schnaufe.

Er hört es und zieht eine Augenbraue in die Höhe. »Ich langweile dich vermutlich.«

Und wie!, denke ich und zucke mit den Schultern.

»Wenn ich richtig informiert bin, hast du Stockholm wegen deiner Beziehung zu einem gewissen Daniel Christiansen aufgegeben und bist seinetwegen nach Schwedisch Lappland gezogen. Du bist für den Posten in Jokkmokk absolut überqualifiziert.«

Er mustert mich, ich schweige weiter beharrlich. Was soll ich darauf auch antworten?

»Gut«, gibt er schließlich auf, »das geht mich alles nichts an. Was mich aber sehr wohl etwas angeht, ist die Art der Ermittlung. Ich möchte auf keinen Fall, dass eine möglicherweise übermotivierte Ermittlerin aus einer Mücke einen Elefanten macht, nur weil es sonst nichts zu tun gibt.«

Ich schnappe angesichts dieser Unverschämtheit kurz nach Luft, atme tief durch, dann antworte ich ihm ruhig und sachlich. »Für den Posten hier bin ich tatsächlich überqualifiziert, denn glücklicherweise ist die Kriminalitätsrate hier sehr gering, von Schwerverbrechen ganz zu schweigen. Meine Erfahrung hilft mir jedoch dabei, einen Unfall von einem Verbrechen zu unterscheiden und die Spurenlage zu deuten. Ich werde das Offensichtliche nicht ignorieren und auch nichts vertuschen, nur um irgendwem keine Umstände zu bereiten, weil zum Beispiel der Tourismus wichtiger sein soll als die Sicherheit der Bewohner hier. Das hat weder mit Ehrgeiz noch mit Langweile zu tun, sondern einzig mit Professionalität und Integrität.«

Meine Stimme klingt so eisig wie der arktische Frost im Dezember, und meine Worte fliegen wie Dumdum-Geschosse durch die Luft. Leif kann von Glück reden, dass er mir nicht leibhaftig gegenübersitzt. Ylva funkelt mich giftig an, während Lief scheinbar unbeeindruckt von meiner Ansage keine Miene verzieht. Ich bin ein explosiver Mensch, er nicht. Ich werde aus diesem Kerl noch nicht schlau.

»Selbstverständlich werden wir diese Ermittlung absolut professionell und gewissenhaft durchführen, das steht außer Frage«, bemüht er sich, die Wogen zu glätten. »Überrasch mich.«

Du kannst mich mal, schießt mir durch den Kopf und schenke ihm ein gewinnendes Lächeln. »Wenn man mir keine Steine in den Weg legt ...«

»Du hast unsere volle Unterstützung«, versichert er mir, »aber unser Ziel ist und bleibt, diesen Fall bis zum Ende dieser Woche abgeschlossen zu haben.« Seine Mimik und Tonfall unterstreichen, dass er es genau so meint.

Mich lässt diese Ansage kalt. Derartige Kommentare von Vorgesetzten haben früher auf der Tagesordnung gestanden. Der Druck wird einfach immer weitergehen, als würden die Ermittler Däumchen drehen.

Stattdessen wende mich an Ylva. »Apropos Unterstützung. Wann kommt denn der zugesagte Computerfachmann hierher und behebt unsere Probleme?«, frage ich mit Unschuldsmiene. »Unsere Computer stürzen fast täglich ab. Wir sind nicht mehr auf dem neuesten Stand, auch was die Sicherheit betrifft. Den Antrag habe ich schon vor Monaten eingereicht.«

Damit habe ich nicht übertrieben, unsere technische Ausstattung stammt vermutlich aus dem letzten Jahrhundert.

»Das liegt auf Wiedervorlage«, antwortet Ylva ungerührt. »Darüber kann erst entschieden werden, wenn wir wissen, was mit der Polizeiinspektion in Jokkmokk überhaupt geschehen wird.«

»Wir sind die einzige Inspektion hier im Umkreis von 120 Kilometern«, sage ich gereizt.

»Ich weiß, aber ...« Ylva hebt die Hände. Dann erstarrt das Bild.

Der Bildschirm wird schwarz, die Verbindung ist zusammengebrochen. Der Klassiker, denke ich missmutig, gerade jetzt hätte ich noch einmal betonen können, wie wichtig die Polizeiinspektion hier oben ist. Ich versuche, die Videokonferenz erneut aufzubauen, aber der Bildschirm bleibt schwarz. Ich warte auf einen zweiten Anruf, es geschieht jedoch nichts.

19

Der Baumarkt Bagges Byggkonsult liegt nur einen Katzensprung von der Polizeiinspektion entfernt, wie fast alles in Jokkmokk. Es gibt zwei große Supermärkte, eine Handvoll Restaurants und ein paar Boutiquen, das Angebot ist überschaubar. Urlaubsmitbringsel gibt es im Museumsshop. Aber wer mehr will oder etwas Besonderes braucht, muss sich auf den langen Weg nach Lulea machen.

Sigge betritt den Baumarkt und sieht sich um. Es tummeln sich einige Männer an den Regalen, in Arbeitskleidung und mit einem Gehörschutz auf dem Kopf oder wie in Schweden oft üblich mit einem Funkkopfhörer, der mit ihrem Mobiltelefon verbunden ist. Es sind Handwerker, die Nägel, Holzlatten oder sonstiges Material brauchen.

»Hey. Ist Henrik da?«, sagt Sigge zu dem Mann, der hinter der kleinen Theke an der Kasse steht. Er ist versucht, seinen Ausweis zu zücken, doch sieht dann davon ab. Er will keine schlafenden Hunde wecken.

»Henrik! Da will wer was von dir!«, ruft der Mann laut, so dass es jeder hören kann, der sich gerade im Baumarkt aufhält.

Sigge sieht am Ende der Regale einen Mann, der mit Einräumen beschäftigt ist.

»Ja?«, fragt er mürrisch.

Sigge geht zu ihm. »Wir müssen reden. Geht das hier irgendwo ungestört?«

In Henriks Augen blitzt Misstrauen auf. »Keine Zeit.«

»Du wirst sie dir nehmen«, beharrt Sigge und zeigt ihm jetzt doch seine Dienstmarke.

Henrik versetzt Sigge, während dieser gerade seinen Ausweis wegstecken will, einen blitzschnellen Stoß auf die Brust, so dass dieser rückwärts taumelt, in ein Regal stürzt und Kartons mit Nägeln und Schrauben auf ihn herunterfallen. Henrik nutzt die Schrecksekunde, um auf dem Absatz kehrtzumachen und davonzulaufen, als wäre der Leibhaftige hinter ihm her. Sigge schnappt kurz nach Luft, rappelt sich auf und heftet sich an Henriks Fersen. Er sieht noch, dass der Flüchtige wie ein geölter Blitz durch den Hinterausgang schießt und die Tür hinter sich zuschlägt. Als Sigge dort eintrifft, ist die Tür verriegelt.

»Scheiße«, flucht er, rennt in Rekordgeschwindigkeit zurück in den Laden und von dort hinaus auf den Parkplatz.

Er beobachtet einen Jeep, der mit durchdrehenden Rädern wegfährt. Sigge springt in seinen Volvo und nimmt die Verfolgung auf. Bis er die Straße erreicht, kann er nur noch die Rücklichter des Jeeps in der Ferne erkennen.

Der Kerl fährt wie ein Wahnsinniger, graust es Sigge und tritt ebenfalls aufs Gas. Mit den Spikes der Winterräder kann er zwar sicher übers Eis fahren, aber trotzdem ist eine Verfolgung mit Höchstgeschwindigkeit eigentlich unmöglich, außer man hegt selbstmörderische Absichten. Sigge sieht davon ab, sein Mobiltelefon in die Hand zu nehmen. Das Risiko, das Lenkrad nur mit einer Hand zu halten, ist bei dieser Fahrweise definitiv unkalkulierbar. Noch hat der Jeep einen sehr großen Vorsprung, aber es gelingt Sigge, den Abstand zum Vordermann sukzessive zu verringern. Zum Glück sind keine anderen Autofahrer unterwegs, auf die er Rücksicht nehmen muss oder die ihn aufhalten. Je näher er Henrik auf die Pelle rückt, umso größer wird dessen Wolke aus Schneestaub, die er hinter sich herzieht. Darin tanzen die Rücklichter hin und her wie rot glühende Augen.

Sigge fährt hoch konzentriert, denn diese Fahrweise ist extrem gefährlich, kein normaler Mensch würde um diese Jahreszeit und bei Dunkelheit derart riskante Fahrmanöver an den Tag legen. Die drei Zusatzlampen, die hier jeder am Kühler oder auf dem Dach hat, leuchten die Umgebung zwar zusätzlich zum Fernlicht extrem weit aus, aber eine Sicherheitsgarantie ist das trotzdem nicht.

Erst gestern war er um Haaresbreite einem Unfall entgangen. Auf einer Brücke an einem Kraftwerk nahe Lulea verläuft die Straße in einer scharfen Linkskurve. Aufsteigender Sprühregen vom laufenden Kraftwerk vereist häufig die Fahrbahn. Während er langsam über die Brücke fuhr, kam auf der Gegenfahrbahn ein Auto zu schnell heran. Der Wagen stellte sich quer und schoss geradewegs auf ihn zu. Sigge konnte nicht mehr bremsen, aber es gelang ihm, so weit wie möglich nach rechts auszuweichen, so dass der andere Wagen an ihm vorbeischlittern konnte.

Er hatte auch schon Zusammenstöße mit Elchen gesehen, die weniger glimpflich ausgegangen waren. Wenn ein fünfhundert Kilogramm schwerer Elch in ein Auto springt, bleibt außer einem Totalschaden mit möglichen Toten nicht viel übrig. Einen solchen Zusammenstoß überlebt man nur selten. Umso konzentrierter folgt Sigge dem Flüchtigen, ohne dabei sein eigenes Leben aufs Spiel zu setzen. Er sieht in der

Ferne einen Schatten, der aus dem Wald auftaucht und Richtung Straße huscht. Er kann wegen der Entfernung und der Schneewolke hinter Henriks Wagen nicht erkennen, worum es sich dabei handelt, aber der Jeep vor ihm beginnt hin und her zu schlingern, als wolle er irgendwelchen Hindernissen ausweichen. Henrik scheint die Kontrolle über seinen Wagen zu verlieren. Dann schleudert der Jeep schlagartig nach links gegen die aufgetürmte Schneewand am Straßenrand, die ihn wie eine Startrampe in die Luft katapultiert.

Es ist ein surreales Bild, wie das Fahrzeug für einen Moment durch die Luft schwebt, sich im Flug auf die Seite dreht, in einen im Weg stehenden Baum kracht, weiter in den angrenzenden Wald schleudert und auf der Seite liegen bleibt, wo es im Tiefschnee einsinkt. Sigge drosselt vorsichtig sein Tempo, rutscht selbst ein paar Meter und droht wie sein Vordermann die Gewalt über das Fahrzeug zu verlieren. Ihm gelingt es jedoch, seinen Wagen abzufangen und zum Stehen zu bringen. Er springt aus dem Auto und will zu dem Jeep laufen, versinkt aber schon nach zwei Schritten jenseits der Straße bis zum Bauchnabel im Tiefschnee, den die Räumfahrzeuge bei ihren Räumfahrten aufgetürmt haben. So kann er sich unmöglich bis zu dem Wagen vorarbeiten. Sigge kämpft sich mit rudernden Armen zurück auf die Straße, läuft zurück zum Auto, holt die Schneeschuhe aus dem Kofferraum und versucht damit, erneut zum Jeep vorzudringen.

Der Wagen liegt auf der Seite, nur zwei Räder sind noch zu sehen. Sigge muss Unmengen von Schnee beiseiteschieben, um festzustellen, dass die Windschutzscheibe zerborsten und der Innenraum leer ist. Henrik muss herausgeschleudert worden sein. Sigge richtet sich auf und findet ihn nach kurzer Suche wenige Meter entfernt, tief im Schnee an einem Baum liegend. Ein Blick in die starren Augen verrät Sigge, dass für Henrik jede Hilfe zu spät kommt. Dann wendet er sich zur Seite und entdeckt einen großen Elchbullen, der in seinem Blut liegt. Das Tier ist noch am Leben, jedoch schwer verletzt.

Sigge hat keine Dienstwaffe bei sich, aber er trägt, wie die meisten stets ein Samimesser am Gürtel. Er holt es langsam aus der dazugehörigen Tasche, die an seinem Gürtel befestigt ist. Als Jäger weiß er genau, was er zu tun hat. Er fängt den Elch kalt ab, indem er ihm das Messer unter dem ersten Halswirbel in den Nacken sticht. Der Elch haucht langsam sein Leben aus, und auch seine Augen werden starr. Sigge streicht ihm sanft über die große Schnauze. Es tut ihm leid um das schöne Tier. Einen solchen Tod hast du nicht verdient, denkt er traurig. Dann geht er zurück zur Straße zu seinem Auto und informiert Anelie über den Unfall und seine Position.

20

Ich informiere die Zentrale in Lulea über den Unfall. Sie wird meine Meldung nach Boden an die Kollegen der Verkehrspolizei weiterleiten. Das klappt in der Regel reibungslos und erspart mir eine Menge Arbeit. Dann mache ich mich auf den Weg zu der Stelle, die Sigge mir genannt hat. Ich sehe davon ab, Milla bereits jetzt über den tragischen Tod ihres Mannes zu informieren. Das werde ich später nachholen und ihr die schreckliche Nachricht persönlich überbringen. Ich muss mir zuerst ein Bild von der Lage machen, bevor ich mit Milla rede. Als ich bei Sigge ankomme, der am Straßenrand steht und mir winkt, hat er alle Lampen an seinem Auto eingeschaltet, so dass ich und andere Autofahrer ihn in der Dunkelheit nicht übersehen können. Ich stelle den Wagen direkt hinter seinem Volvo ab und steige aus.

»Wie geht's dir?«, frage ich ihn, während ich meine warmen Sachen anziehe.

»Ich bin okay«, sagt er.

»Hast du noch mit Henrik reden können?«

Er schüttelt den Kopf. »Ich verstehe nicht, warum er so panisch reagiert hat und davongelaufen ist. Ich hatte noch nicht einmal gesagt, worum es geht. Ob er Stellan auf dem Gewissen hat?«

Was liegt näher, als dieses Verhalten unter einem Schuldeingeständnis abzubuchen? Ich hüte mich jedoch vor vorschnellen Urteilen.

»Abwarten«, sage ich. »Setz dich in mein Auto, da ist es noch einigermaßen warm. Und ich schaue mir die Unfallstelle an. Unsere Verkehrskollegen aus Boden sind informiert und sollten auch bald eintreffen, um sich um die Bergung und den Abtransport des Unfallfahrzeugs zu kümmern.«

Ich hole meine Schneeschuhe aus dem Kofferraum, schlüpfe hinein und setze meine Stirnlampe auf. Dann stapfe ich entlang Sigges Spuren durch den Schnee zu dem Jeep. Trotz meiner Schneeschuhe komme ich nur mühsam in diesem tiefen Schnee voran, der mir an manchen Stellen bis zur Brust reicht. Ich umrunde den Jeep, dann gehe ich zu Henrik. Ich beuge mich über ihn, ziehe meine Handschuhe aus und fühle seinen Puls am Hals, auch wenn kein Zweifel daran besteht, dass er diesen Zusammenstoß mit dem Elch nicht überlebt hat. Seine Augen sind starr. Ich werfe auch einen Blick auf das Tier. Was für ein Riese!, denke ich und kämpfe mich zurück auf die Straße, setze mich zu Sigge ins Auto und lasse mir von ihm genau schildern, was vorgefallen ist. Er wirkt bedrückt, und es fällt ihm schwer, über das Geschehen zu sprechen.

»Du hast keine Schuld, Sigge«, versuche ich, ihn aufzumuntern.

»Ich weiß, aber warum fühle ich mich so?«

»Weil du ein Herz hast.«

Wenig später trifft der Bestatter mit einem Mitarbeiter ein. Ich überlasse es ihnen, den Toten zu bergen und nach Jokkmokk zu bringen. Um das tote Tier kümmert sich hier wie immer die Natur selbst.

»Kannst du zurückfahren?«, fragte ich Sigge.

Er nickt stumm. »Ich fahre hinter dir her.«

»Ich fahre langsam.«

Zurück in der Polizeiinspektion in Jokkmokk koche ich Sigge erst einmal einen starken Kaffee, dann schreiben wir gemeinsam einen detaillierten Bericht über die Vorkommnisse und schicken ihn nach Lulea.

»Ich gehe jetzt zu Milla. Kannst du währenddessen Henrik überprüfen?« Ich sehe ihn prüfend an und ändere meine Meinung. »Nein, das hat Zeit bis morgen. Fahr ins Hotel und ruh dich aus nach diesem Schock.«

»Wirklich?«

»Lass gut sein für heute, Sigge. Ich mache nach meinem Besuch bei Milla auch Schluss für heute. Wir haben morgen einen langen Tag vor uns.«

Sigge unternimmt keinen Versuch, mich vom Gegenteil zu überzeugen. Er fährt ins Hotel, und ich begebe mich zu Milla. Ich hatte erwartet, dass sie zusammenbrechen würde. Zwei Tote innerhalb von zwei Tagen ist in meiner Vorstellung kaum zu ertragen. Doch während Milla auf Stellans Todesnachricht völlig entsetzt reagiert hat, zeigt sie jetzt kaum eine Reaktion.

Ich sitze bei ihr in der Küche und lasse sie nicht aus den Augen. »Wir fragen uns natürlich, warum dein Mann vor uns geflohen ist. Kannst du mir das erklären?«

»Nein.«

Ich spüre augenblicklich, dass sie lügt. Es sind diese kaum sichtbaren Entgleisungen der Mimik, die den Lügner verraten. Bei einer Lüge flackert der Blick, die Pupillen vergrößern sich, die Blickrichtung wandert. Ich erkenne Lügen mit großer Treffsicherheit, ich habe in Stockholm mehr als genug Erfahrung auf diesem Gebiet bei meinen Mordermittlungen sammeln können. Und schließlich sitzt mir hier ja auch kein Psychopath gegenüber, der die Kunst der Manipulation meisterhaft beherrscht. Milla ist eine junge Frau, die vor mir nichts verbergen kann.

Inzwischen gibt es zwei Tote, die beide direkt mit ihr in Verbindung stehen. Mit Stellan hat sie eine Affäre gehabt, mit Henrik ist sie verheiratet. Ihr Mann hat sich durch seine Flucht extrem verdächtig gemacht. Eifersucht ist schon immer ein starkes Motiv gewesen. Milla mauert, aber ich lasse nicht locker, und nach einem kurzen Katz-und Maus-Spiel gibt sie endlich ihren Widerstand auf.

Ich taste mich mit einfachen Fragen voran. »Erzähl mir von Stellan? Wie fing das mit euch beiden an?«

Eigentlich hat diese Geschichte keine Bedeutung für meine Ermittlungen, aber ich muss mehr von Milla erfahren, und dazu brauche ich ihr Vertrauen. Milla erzählt mir ausführlich von ihrer Liaison mit dem Schüler.

»Und du bist dir sicher, dass dein Mann nichts von eurer Affäre mitbekommen hat?«

Sie nickt. »Wir haben uns nur getroffen, wenn Henrik auf der Jagd gewesen ist.«

»Aber jetzt ist doch gar keine Jagdsaison«, stelle ich verwundert fest.

Milla senkt den Kopf und schweigt.

Mir dämmert allmählich, worum es hier tatsächlich geht. »Er hat auch außerhalb der Jagdsaison gejagt?«

»Es hat Henrik nie interessiert, wann und wo das Jagen erlaubt war oder nicht«, sagt sie leise.

»Er hat gewildert?«

»Ja.«

Mir ist zu Ohren gekommen, dass die Sami sich immer wieder darüber beschwert haben, dass Rentiere verschwunden sind. Sie haben jedoch nie Anzeige erstattet, so dass ich nichts unternehmen konnte. Vermutlich wollen sie die Sache selbst aufklären.

»Was hat er denn so geschossen?«

»Alles. Rehe. Rentiere. Elche. Bären.«

»Nur für euch?«

»Nein … für die Nilsson-Brüder.«

Ich kenne die Brüder nicht, aber weiß, dass sie etwa 30 Kilometer östlich von Jokkmokk einen großen Schlachtbetrieb betreiben.

»Henrik hat das gewerblich gemacht?«, frage ich nach.

»Er hat sehr viele Tiere geschossen«, gibt Milla zu. »Sehr, sehr viele.«

»Ich muss alle seine Waffen beschlagnahmen«, sage ich. »Ich nehme sie jetzt sofort mit. Weißt du, wo Henrik am Samstag gewesen ist?«

»Er war Samstag und Sonntag mit einem der Nilsson-Brüder auf Jagd. Er kam am Sonntagabend wie immer nach Hause, er war sehr müde und zufrieden.«

Das klingt plausibel, aber ich muss Henriks Alibi erst überprüfen, bevor ich sicher sein kann. Ich lasse mir von Milla den Waffenschrank zeigen.

»Weißt du, wo der Schlüssel ist?«, frage ich sie.

Sie nickt stumm, öffnet ein Schubfach, holt den Schlüssel heraus und gibt ihn mir. Ich schließe den Waffenschrank auf und packe alle Waffen in meinen Wagen.

»Danke, dass du mir alles erzählt hast, Milla«, verabschiede ich mich von ihr. »Es tut mir sehr leid, was alles geschehen ist.« Das meine ich ehrlich. Ich weiß, dass Milla schwierige Zeiten bevorstehen. Sie wird ihre Anstellung als Lehrerin verlieren, weil sie eine sexuelle Beziehung mit einem Schüler eingegangen ist. Es erwartet sie eine Anklage wegen Mitwisserschaft in einem sehr schweren Fall der gewerbsmäßigen Wilderei. Die Sami werden sicher von ihr eine finanzielle Entschädigung einfordern. Unter all diesen Umständen wird Milla von Jokkmokk wegziehen müssen. In einem so kleinen Ort kann man damit nicht mehr leben.

Ich fahre zurück in die Inspektion, verschließe Henriks Waffen in einem unserer Stahlschränke, setze mich an den Computer und schreibe einen weiteren Bericht über Millas Geständnis für die Kollegen in Lulea. Sie müssen Beamte aus Boden zu den Nilsson-Brüdern schicken und sie verhaften lassen. Wir können uns jetzt nicht um diesen Fall auch noch kümmern.

Zwei schreckliche Tage liegen bereits hinter mir, aber ich bin keinen Schritt weiter in der Aufklärung des Verbrechens, das an Stellan verübt worden ist. Arne ist in der Klinik, ein Schüler hat unter mysteriösen Umständen sein Leben verloren, ein weiterer Mensch ist bei einem Autounfall ums Leben gekommen. Und das Unfallopfer ist der Wilderei und des schweren Diebstahls verdächtig. Das Töten von Rentieren ist strafrechtlich Diebstahl, da alle Tiere einer Züchtung unterliegen und damit einen rechtmäßigen Besitzer haben.

Bis vorgestern war Jokkmokk noch ein verschlafenes, ruhiges Nest im Polarkreis. Diese Illusion hat sich in Luft aufgelöst.

21

Ich trete hinaus in die eisige Winternacht und sauge die kalte Luft tief in meine Lungen. Der Schnee knirscht unter meinen Füßen, als ich zum Wagen gehe. Ich steige in den Volvo und trete den Heimweg an. Ich lasse Jokkmokk hinter mir, passiere das Wasserkraftwerk und biege circa zwei Kilometer nach dem Rastplatz, auf dem im Sommer viele Campingwagen stehen, links ab. Von hier sind es noch rund 35 Kilometer bis kurz vor Randijaur, wo mein Zuhause ist.

Der Vollmond hängt strahlend vor mir wie ein riesiger Scheinwerfer am dunklen Himmel und taucht die Landschaft in ein mildes Licht. Fichten, Tannen und Birken sind unter ihren Schneemänteln zu wundersamen Skulpturen erstarrt und säumen als Eissoldaten meinen Weg. Der Winter verleiht dieser Landschaft einen magischen Zauber. Ich lebe in einem Winterwunderland, und ich liebe dieses Leben, trotz der Ereignisse der letzten beiden Tage, die einen Schatten auf diese Zauberwelt geworfen haben.

Natürlich gibt es auch im Polarkreis Menschen mit krimineller Energie, aber die Verbrechensrate hält sich sehr in Grenzen und beschränkt sich auf kleinere Delikte. Wilderei und Diebstahl in diesem Ausmaß, wie sie Henrik Lundin betrieben hat, sind neu und werden viel Staub aufwirbeln, vor allem bei den Sami. Wer ihnen das Wild stiehlt, nimmt ihnen nicht nur die Lebensgrundlage, sondern auch ihre Identität. In den Augen der Sami gehört ihnen dieses Land, auch wenn sich hier inzwischen viele Menschen aus anderen Teilen Schwedens und aus dem Ausland niedergelassen haben. Umso mehr sind sie darauf bedacht, ihren Besitz und ihre Rechte zu bewahren. Ich kann nicht vorhersagen, was genau die Sami in diesem Fall unternehmen werden. Henrik ist tot, aber seine Abnehmer, die Nilsson-Brüder, können zur Rechenschaft gezogen werden. Dieser Fall verspricht unruhige Zeiten.

Ich rufe Daniel an, um ihn zu informieren, dass ich mich auf dem Heimweg befinde. Mein nächster Anruf gilt Stellans Stiefvater. Ich informiere Emil, dass wir das Schneemobil seines Sohnes gefunden haben und ich für morgen eine große Suchaktion in dem Gebiet geplant habe.

Zuletzt rufe ich Sigge an, um mich nach seinem Befinden zu erkundigen. Er scheint sich von seinem Schock erholt zu haben, zumindest klingt seine Stimme am Telefon ruhig und besonnen. Ich berichtet ihm von meinen neuesten Erkenntnissen. Dann lasse ich diesen Tag hinter mir.

Als ich mit dem Schneemobil die letzte kurze Strecke über den gefrorenen See hinüber zu unserer Halbinsel fahre, geht mein Herz auf. Das rote Blockhaus duckt sich unter der Schneelast auf dem Dach. Warmes Licht dringt durch die großen Fenster nach draußen. Aus dem Kamin steigt Rauch auf. Ich bin zu Hause.

Als ich das Haus betrete, empfängt mich ein wunderbarer Duft. Ich schäle mich aus meiner Winterkleidung und folge der Geruchsspur. Daniel und Liv hantieren in der Küche. Ich küsse Daniel, dann umarme ich seine jüngere Schwester, die ich noch gar nicht gesehen habe, seit sie bei uns ist.

»Liv, schön, dass du da bist«, begrüße ich sie. »Wie geht's dir?«

»Mega.« Ihr strahlender Blick spricht Bände.

Liv rührt hingebungsvoll in einem Topf, in dem ein Elchgulasch vor sich hin köchelt. Es duftet verführerisch. Auch in der diesjährigen Jagdsaison hat Daniel viel Wild für uns geschossen und unsere Gefriertruhe bis zur Oberkante gefüllt. Daniel kann stundenlang Fährten folgen, von denen ich rein gar nichts sehe. Als ich ihn einmal bei einer Jagd begleitet habe, war ich vollkommen fasziniert von seinen Fähigkeiten. Durch ihn habe ich schon viel von dem Leben hier oben gelernt, aber ich weiß, dass ich immer noch ein ziemliches Greenhorn bin. Die Wildnis ist unbarmherzig und bestraft Fehler gnadenlos.

»Du willst zurück nach Lappland ziehen, hat Daniel mir erzählt«, sage ich.

»Ja. Ich bin fertig mit Stockholm. Die Stadt kotzt mich echt an, und arbeiten kann ich von hier aus auch«, meint Liv.

»Aha.«

Ob sie sich im Klaren darüber ist, was eine Rückkehr für sie wirklich bedeutet, wage ich zu bezweifeln. Auch wenn Liv hier geboren und aufgewachsen ist, hat sie so lange in Stockholm gelebt und dort alle Vorzüge einer großen, modernen Stadt genießen können. In Stockholm konnte sie alles, was sie zum Leben brauchte, via Internet organisieren. Das funktioniert hier nicht. Aber vielleicht geht es ihr ja wie mir, und sie braucht etwas ganz anderes.

Mein Blick wandert von Liv zu Daniel und zurück. Die beiden Geschwister hätten nicht unterschiedlicher sein können. Liv ist ein Computer-Nerd wie aus dem Bilderbuch, der alle Klischees erfüllt. Nach und nach habe ich verstanden, dass sie auf ihre Weise ein Genie ist. Das konnte ich schon in Stockholm spüren. Ich weiß aber auch, dass sie gelegentlich die legalen Grenzen verlässt und als Hacker unterwegs ist. Außerdem betreibt sie ekstatisch Kampfkunst. Sie hat in Stockholm gelegentlich mit mir trainiert. Liv ist eine echte Meisterin in der israelischen Selbstverteidigung Krav Maga und beherrscht auch die chinesische Kampfkunst Wing Chun. Ich hatte damals in Stockholm einige Kurse für die Polizei initiiert, bei denen uns Liv einiges von ihrem Können beigebracht hat.

Daniel hingegen ist ein totaler Naturbursche, der niemals länger in einer großen Stadt leben könnte, geschweige denn wollte. Im Gegensatz zu seiner Schwester, die sich nur für Computer und Kampfkunst interessiert, liebt er das Jagen, das Fischen und das Outdoor-Leben. Als ich einmal mit ihm mehrere Tage in der Wildnis unterwegs war, hatte ich viele Gelegenheiten, ihn unbemerkt zu beobachten. Dabei erinnerte er mich an ein Raubtier, das mit allen seinen Sinnen im Hier und im Jetzt ist. Auch äußerlich haben die beiden nichts gemeinsam. Liv ist groß, dünn, sehnig, hat lange dunkle Haare, die sie meistens als Dutt trägt. Daniel ist nicht ganz so groß wie sie, aber sehr muskulös und strohblond.

Während die beiden das Abendessen zubereiten, decke ich den Tisch und zünde ein paar Kerzen an. Dann öffne ich eine Flasche Rotwein. Beim Essen erzähle ich den beiden von meinen Ermittlungen, weil sie keine Ruhe geben. Während Daniel stirnrunzelnd zuhört, unterbricht mich Liv häufig und löchert mich mit Fragen, intelligente Fragen, wie ich ihr zugestehen muss. Und so gebe ich mehr preis, als ich eigentlich geplant habe.

»Du hast also noch keine Spur, oder?«, trifft Liv den Nagel auf den Kopf und grinst mich an. »Ich könnte für dich ein bisschen recherchieren.«

Ich weiß genau, worauf sie hinauswill, und überhöre ihr Angebot. Stattdessen erzähle ich von der geplatzten Videokonferenz.

»Ich könnte auch deine Computer checken und optimieren«, schlägt sie vor.

Bevor ich auch diesen Vorschlag ablehne, sehe ich Daniels fast unsichtbares Nicken und schlucke mein »Nein« hinunter.

»Ich muss morgen nach Jokkmokk, um einen Makler zu treffen, der hier ein Haus verkauft. Die Versteigerung beginnt übermorgen. Davor oder danach könnte ich zu dir kommen, um mir mal alles anzusehen«, fährt Liv fort. Sie wirkt fast euphorisch.

Warum eigentlich nicht?, denke ich. Aus Lulea kann ich auf die Schnelle keine Hilfe erwarten, aber ich brauche dringend einen Fachmann, der sich die Computer vornimmt und Stellans Laptop knackt, und hier sitzt die Spezialistin an unserem Esstisch. Eine Bessere als Liv werde ich nicht finden.

»Einverstanden«, stimme ich zu. »Dann müsstest du morgen spätestens um acht in der Polizeistation sein, weil wir dann zügig zu unserer Suchaktion aufbrechen müssen. Schaffst du das?« Ich weiß, dass Liv ein Nachtmensch ist und normalerweise erst gegen Mittag aufsteht.

»Logisch.«

Der Rest des Abends verläuft fröhlich und harmonisch. Wir müssen Livs neue Tattoos bewundern. Ein roter Drache schlängelt sich über ihren ganzen Rücken. Meine Begeisterung hält sich in Grenzen. Auch wenn es ein künstlerisch gelungenes und sehr schönes Tattoo ist, bin ich überhaupt kein Fan von dieser Mode. Dann zeigt sie uns Bilder von dem Haus, das sie vielleicht kaufen wird. In Schweden ist es häufig üblich, dass Häuser über eine Versteigerung veräußert werden. Dafür gibt es strenge Regeln, so dass die Preise nicht in schwindelerregende Höhen getrieben werden können. Trotzdem wissen die Interessenten nicht, wie teuer ein Objekt am Ende werden wird. Liv hat jedoch genug auf der hohen Kante, ihre Chancen stehen gut.

22

Sigge sitzt an Arnes Schreibtisch, als ich am nächsten Morgen kurz nach sechs Uhr in der Polizeiinspektion eintreffe. Er blickt kurz auf und murmelt einen Morgengruß, seine Arbeit scheint ihn ganz einzunehmen. Ich will ihn nicht stören und verziehe mich mit einer großen Tasse Kaffee an meinen Arbeitsplatz. Die Müdigkeit steckt mir in allen Gliedern. Gestern Abend ist es spät geworden. Nach einer Weile taucht Sigge bei mir im Büro auf.

»Wie geht's dir?«, frage ich ihn.

»Alles gut«, sagt er. »Emil, Stellans Stiefvater, hat angerufen. Er will bei der Suchaktion mitmachen und einige Männer zur Unterstützung mitbringen. Was hältst du davon?«

Ich lasse diese Nachricht sacken. Ist das eine gute Idee? Natürlich können wir jede Unterstützung gebrauchen. Wer weiß, wie viele Männer Ylva mir heute schicken wird. Das Areal, das wir absuchen müssen, ist riesig. Auf der anderen Seite ist Stellans Stiefvater Emil persönlich betroffen, das riecht förmlich nach Problemen.

In diesem Augenblick platzt Liv herein. Sie ist überpünktlich. Ich mache die beiden miteinander bekannt und erkläre Sigge, warum sie hier ist. Ich zeige Liv die Kaffeemaschine, Stellans Laptop, dessen Passwort ich brauche, die Computer und gebe ihr alle unsere Zugangscodes. Dann überlasse ich sie ihrer Arbeit, und Liv taucht ab in die Welt, in der sie sich am wohlsten zu fühlen scheint.

»Wir müssen los, du findest dich zurecht?«, verabschiede ich mich von ihr.

»Bis dann, Liv«, sagt Sigge.

Sie nickt abwesend, ohne aufzusehen. Dann treten Sigge und ich hinaus ins Freie. Die Sonne lässt sich noch lange nicht blicken, dafür treffen die Kollegen ein, die Ylva uns geschickt hat. Vier Kollegen sind in zwei Wagen samt Anhänger und Schneemobilen erschienen. Danke für so viel Unterstützung, denke ich grimmig. Ich hatte auf wenigstens acht Männer gehofft. Jetzt muss ich das Angebot von Stellans Stiefvater wohl oder übel annehmen und rufe ihn an, mit der Bitte, uns zu helfen.

»Wir sind schon unterwegs«, höre ich ihn sagen.

Er wäre so oder so zu uns gestoßen, verstehe ich. Während ich den vier Streifenpolizisten erkläre, warum sie heute hier sind, taucht Emil mit fünf weiteren Männern auf. Jetzt sind wir zu zwölft, eigentlich nicht schlecht für die bevorstehende Aktion. Meine Stimmung steigt wieder.

Nach einem kurzen Briefing brechen wir auf. Für die Fahrt samt Anhänger bis zu der Stelle, an der Stellan von dem Laster überfahren worden ist, habe ich eine Stunde Fahrt kalkuliert. Mit den Trailern kommen wir nicht so schnell voran, aber in dieser Zeitspanne sollten wir es bis zum Ausgangsort schaffen, um die kurze Phase, in der uns Tageslicht zur Verfügung steht, ausgiebig nutzen zu können. Die Sonne wird heute um halb zehn Uhr aufgehen und gegen zwei Uhr wieder hinter dem Horizont verschwinden.

Wir erreichen den Unfallort ohne Zwischenfälle und parken in einer Reihe hintereinander, so dass die linke Fahrspur für den übrigen Durchgangsverkehr frei bleiben kann. Sigge sichert die lange Wagenkolonne mit entsprechenden Warnschildern. Dann beginnen die Männer, die Schneemobile von den Anhängern zu holen. Nur Emil beteiligt sich nicht. »Wo ist es?«, fragt er mich.

Er hält ein kleines Holzkreuz in der Hand, das mit Blumen geschmückt ist. Ich habe die Wagenkolonne wohlweislich nicht exakt an der Stelle halten lassen, an der Stellan überfahren worden ist, weil ich geahnt habe, dass Emil dorthin gehen möchte. Ich führe ihn einige Meter nach vorne und deute auf die Fahrbahn. Die Blutspuren sind verschwunden.

»Hier.« Dann ziehe ich mich zurück.

Die anderen beobachten schweigend, wie Emil am Straßenrand das Holzkreuz in den Schnee steckt, dann auf die Knie sinkt und auf den Boden starrt. Auch wenn die Zeit drängt, warten wir geduldig, bis er sich wieder aufgerichtet hat und zu uns zurückkommt.

»Fahren wir los.« Damit hat Emil den Startschuss gegeben.

Alle setzen sich auf ihre Schneemobile, starten die Motoren, ziehen die Helme über und warten auf mich. Ich werde zusammen mit Sigge die Führung übernehmen. Immer tiefer dringen wir in den Wald ein, der zu dem riesigen Naturschutzgebiet namens Laponia zählt, das sich über eine Fläche erstreckt, die größer als die Insel Zypern ist. In Schweden gibt es 29 Nationalparks, aber die Mehrzahl liegt in Schwedisch Lappland. Dazu zählen die Nationalparks Sarek, Muddus, Stuor Muorkke und Badjelánnda mit einer Fläche von insgesamt 9400 Quadratkilometern. Während der schneefreien Monate kommen viele Wanderer, Backpacker und Camper hierher, um die Nationalparks oder den legendären 400 Kilometer langen Königspfad namens Kungsleden zu durchwandern. Trapper und Outdoor-Fans, die die Natur lieben, kommen hier voll auf ihre Kosten, sind aber nicht allein. Die Fangemeinde, die es hierher zieht, wächst von Jahr zu Jahr.

Während der Wintermonate herrscht hingegen vollkommene Ruhe. Jetzt trifft man lediglich auf Rentierzüchter, die nach ihren Tieren schauen, oder Einheimische, die auf Skiern, Schneeschuhen und Schneemobilen durch die Wälder streifen und die Wochenenden oder Ferien in ihren Häusern verbringen. Touristen verirren sich zu dieser Jahreszeit vor dem Wintermarkt normalerweise nicht hierher.

Unsere Schneemobil-Kolonne zieht ihre Spuren durch den Wald. Wir erreichen die Stelle, wo Stellans Schneemobil unverändert in dem tiefen Schneeloch unter einer Neuschneeschicht liegt.

»Jemand muss es bergen und nach Jokkmokk zurückbringen«, sage ich. »Zur Polizeiinspektion. Dort werden wir es nach Spuren untersuchen.«

Davon erwarte ich mir nicht viel, trotzdem werden wir uns das Schneemobil genauer ansehen.

Emil deutete auf zwei seiner Männer. »Adam, Filip, kümmert ihr euch darum?«

Sie nicken. Sie haben einen kleinen Anhänger an einem ihrer Schneemobile extra für diesen Zweck dabei. Sie werden Stellans Skooter ausgraben, auf diesen Hänger laden und zurückbringen.

Ich erkläre kurz die Ausgangslage. »Wir kennen das Haus

von Stellans Schulfreund, von dem er am Samstagmittag aufgebrochen ist«, sage ich und deute in die Richtung. »Wir wissen ebenfalls, dass Stellan sich dann von hier ohne sein Schneemobil entfernt hat. Die zentrale Frage lautet: Wie ist er an die Straße und den Unfallort gekommen. Ich vermute, nicht ohne Schneeschuhe.«

Sofort bestätigt Emil meine Vermutung. »Stellan hatte seine Schneeschuhe immer an seinem Schneemobil parat.«

»Ich vermute außerdem«, wende ich mich wieder an die Gruppe, »dass Stellan erfahren genug gewesen ist, um zu wissen, warum er auch mit Schneeschuhen nur auf seiner eigenen Schneemobilspur zurück zur Straße gehen konnte. Die Stelle, wo er diese Straße dann überquert haben muss, ist aber nicht identisch mit der Unfallstelle. Außerdem haben wir keine Schneeschuhe am Unfallort sicherstellen können. Und die Schuhe, die Stellan zuletzt getragen hat, waren definitiv nicht seine.«

Ich sehe zu Emil, der Tränen in den Augen hat, aber ansonsten keine Regung zeigt.

»Die Unfallstelle liegt einige Kilometer nördlich«, fahre ich fort. »Irgendwo dazwischen muss der Ort sein, an dem sich Stellan zwischen Samstagnachmittag und dem Unfall aufgehalten hat. Diesen Ort müssen wir finden. Es ist möglich, dass er abseits von Stellans eigentlicher Spur liegt. Deshalb werden wir in einem Abstand von circa zehn Metern nach links und nach rechts entlang von Stellans Spur so langsam wie möglich in Richtung Straße fahren und nach Spuren und Hinweisen Ausschau halten.«

Alle nicken, sie sind mit meinem Plan einverstanden.

Wir verstauen unsere Helme auf den Gepäckträgern, um unsere Zurufe hören zu können, anders können wir uns hier nicht verständigen. Ich werde mit meinem Schneemobil auf Stellans Weg bleiben, während sich die Männer mit je zehn Meter Abstand nach links und rechts verteilen. So bilden wir eine knapp hundert Meter lange Linie. In dieser Formation bewegt sich unser Suchtrupp nun im Schritttempo auf den Schneemobilen durch den Wald. Angespannt hoffe ich auf einen Ruf, aber auch nach dreißig Minuten hat niemand irgendetwas von Belang entdeckt. Die Suche scheint zu einem totalen Misserfolg zu werden.

Dann ertönt endlich ein erlösender Zuruf. »Hierher!«

Alle Augenpaare richten sich auf einen von Emils Männern, der etwas entdeckt haben will. Schnell fahre ich wie die anderen zu ihm hin.

»Hier verläuft normalerweise quer zu unserer Suchrichtung, ein Schneemobiltrack, dieser führt auch zur Straße«, sagt er.

»Ein Schneemobiltrack?«, frage ich verständnislos.

Er deutet auf ein kleines x-förmiges Zeichen, das an einem Baum befestigt ist.

»Das ist eine Art Winterweg«, erfahre ich von Emil, »der hauptsächlich von den Schlittenhundeführern angelegt wurde, aber natürlich auch von den Sami oder Leuten aus der Umgebung im Winter genutzt wird. Dieser Weg läuft hier quer entlang und müsste an der Straße an einem der Parkplätze enden. Jetzt ist er wegen des Schneesturms kaum noch zu sehen. Aber wenn du genau hinsiehst, erkennst du noch die Umrisse.«

Das tue ich und ahne, welchen Weg er meint. »Könnte Stellan diesen Winterweg gekannt haben?«

»Natürlich«, sagt Emil mit dem Brustton der Überzeugung, »wir alle wissen, wo unsere Winterwege verlaufen. Es gibt auch eine offizielle Karte dazu, die man an unseren Tankstellen kaufen kann, und diese Wege sind alle mit diesen X-Schildern markiert.«

Diese Information ist mir komplett neu. »Dann ist das eventuell vor dem Schneesturm ein mit Schneeschuhen gut begehbarer Weg gewesen, den Stellan eingeschlagen haben könnte, oder?«

Alle nicken.

»Wir lassen die Schneemobile hier und gehen mit Schneeschuhen weiter in Richtung Straße«, entscheide ich. Ich will denselben Weg gehen, den Stellan möglichweise genommen hat. »Wir bilden wieder eine Linie. Haltet die Augen offen.«

Dann setzen wir uns in Bewegung. Mit Schneeschuhen an den Füßen kommen wir zwar gut, aber nur sehr langsam voran. Gott sei Dank ist der Schnee hier nicht ganz so hoch wie an der Stelle, wo wir Stellans Schneemobil gefunden haben. Die Bäume stehen sehr eng und haben den Schneefall gebremst. Schweißtreibend ist dieser Marsch trotzdem für jeden von uns.

Nach ungefähr zwanzig Minuten ruft einer der Männer laut. »Rechts von mir steht eine Hütte!«

Alle machen kehrt und begeben sich zu ihm. Bei ihm angekommen, deutet er in den Wald. Wir können schemenhaft die Umrisse einer kleinen Holzhütte erkennen.

»Kennt jemand diese Hütte?«, frage ich in die Runde.

Alle schütteln den Kopf, was aber nicht ungewöhnlich ist, da solche Schutzhütten oftmals von Sami, die mit ihren Rentieren umherziehen, gebaut werden.

»Dann schauen wir uns die mal genauer an«, sage ich.

Wenig später stehen wir bei der kleinen Hütte, die tief geduckt zwischen den Bäumen steht. Ich kann Fußabdrücke und die Spuren eines Schneemobils erkennen, auch wenn sie unter dem Neuschnee fast verschwunden sind. Inzwischen habe ich verstanden, auf welche Zeichen ich achten muss.

Da die Tür der Hütte verschlossen ist, gehe ich zu dem kleinen Fenster und leuchte mit meiner Stirnlampe durch den Spalt der fast zugezogenen Vorhänge ins Innere. Ich sehe einen Ofen, neben dem einige Holzscheite liegen, und eine Holzpritsche. Die Hütte ist nur äußerst spärlich eingerichtet und sicher nicht für längere Aufenthalte gedacht, aber als Unterschlupf reicht sie allemal. Ich umrunde die Hütte und entdecke eine alte Schnappfalle, die an der Hauswand hängt. Mir graust, als ich dieses Folterwerkzeug sehe, selbst als Dekoration finde ich es geschmacklos. Ansonsten können wir hier nichts Auffälliges entdecken. Trotzdem sagt mir mein Bauchgefühl, dass das eine wirklich heiße Spur ist. Stellan könnte definitiv hier gewesen sein. Ich werde nach meiner Rückkehr sofort versuchen, den Besitzer dieser Hütte ausfindig zu machen. Vielleicht ist sie ja amtlich registriert. Mehr Spuren sind im weiteren Verlauf bis zur Straße nicht zu finden, und die schnell aufkommende Dunkelheit beendet unsere Suche. Trotzdem spüre ich einen kalten Blick in meinem Rücken.

23

Zurück in der Polizeiinspektion nimmt Sigge sich Stellans Schneemobil vor, während ich mich in mein Büro verziehe und in der Kommune anrufe, um herauszufinden, ob der Besitzer der Holzhütte registriert ist. Wie ich am Telefon erfahre, gibt es keinen Eintrag dazu. Die Dame von der Kommune erklärt mir freundlich und geduldig, dass amtliche Einträge erst ab einer gewissen Größe und Bauart notwendig werden. Sollte die Hütte vor 1940 erbaut worden sein, wäre sie gar nicht meldepflichtig.

Schade, denke ich enttäuscht und erkundige mich, ob das Gebiet, auf dem die Hütte steht, staatlicher Wald oder Privatbesitz ist. So erfahre ich, dass das Land dort zum größten Teil Leyla Hivju gehört. Schon wieder dieser Name, denke ich. Ich stehe auf und gehe hinüber in Arnes Büro, wo ich auf Liv stoße, die ich völlig vergessen hatte. Sie fuhrwerkt an Arnes Computer herum, leere Coladosen türmen sich auf dem Schreibtisch.

Sie hebt kurz den Kopf. »Gib mir noch eine Minute. Ich bin fast fertig.«

Geduldig warte ich, bis sie sich zurücklehnt. »Jetzt seid ihr so was von online«, sagt sie mit einem zufriedenen Grinsen. »Ich habe diese Antiquitäten auf den neuesten Stand der Technik gebracht, soweit das möglich war, und ein umfangreiches Update durchgeführt.«

»Super«, sage ich, »und vielen Dank.«

»Ich habe dir außerdem eine direkte Verbindung in den Zentralcomputer nach Lulea gelegt.« Sie zwinkert mir zu. »Ich kenne ja das System besser als jeder andere. Stammt schließlich auch von mir.«

Ich nippe an meinem Kaffee. »Ist das denn legal?«, frage ich skeptisch.

Sie grinst schelmisch. »Es gibt ein Netzwerk, und da solltest du drin sein, oder willst du hier völlig abgeschnitten wie auf einer Insel agieren? Das ist doch total *old school*. Du musst es ja nicht an die große Glocke hängen, wie du da reingekommen bist.«

Ich muss ihr recht geben, ich brauche diesen Zugang. Nachdenklich höre ich mich selbst sagen: »Könnte ich denn jetzt herausfinden, ob es vergleichbare Fälle in Norrbotten gegeben hat?«

»Ich kann es ja mal versuchen«, sagt Liv und taucht wieder in ihre digitale Welt ab.

Sie tippt mit einer für mich unfassbaren Geschwindigkeit auf der Tastatur herum.

»Wie kann man nur so schnell schreiben?«, erwidere ich beeindruckt.

Liv lächelt schief. Nach nicht einmal drei Minuten beginnt der Drucker zu rattern und spuckt Seite um Seite aus. »Ich habe das Zentralarchiv nach ähnlichen Fällen oder Übereinstimmungen durchforstet.« Sie holt den Stapel Papier aus dem Drucker und gibt ihn mir. »Das ist dabei herausgekommen.«

Liv sieht auf die Uhr. »Oh, jetzt muss ich aber los. Ich habe gleich einen Termin mit dem Makler wegen der Versteigerung. Wenn du willst, komme ich danach zurück, und erkläre dir, wie du alles handhaben kannst und welche Zugangscodes ich für dich eingerichtet habe.«

Ich murmele ein »Dankeschön«.

Livs Tempo und Vorgehen überfordern mich gerade ein wenig. Hat sie nun den Zentralcomputer gehackt, um an diese Daten zu kommen, oder hat alles seine Ordnung? Darüber bin ich mir nicht im Klaren, und der Gedanke, dass sie etwas Illegales getan haben könnte, beunruhigt mich.

»Dann schaue ich mir das mal an«, sage ich mit Blick auf den Papierstapel. »Wann bist du wieder da?«

»So in zwei Stunden. Und bevor ich es vergesse, Stellans Password lautet *Milla-Love*.« Damit rauscht Liv davon.

Ich ziehe mich an meinen Schreibtisch zurück, nehme Stellans Laptop und logge mich ein. Ich durchforste seine Dateien, Bilder und E-Mails, kann aber außer ein paar Fotos, die Stellan und Milla zeigen, nichts von Bedeutung entdecken. Auch in seinen Mails finde ich bis auf Liebesbotschaften nichts wirklich Wichtiges. Ich klappe den Laptop zu und beginne, den Stapel durchzusehen, den Liv für mich ausgedruckt hat. Mit jeder Seite steigt meine Unruhe.

Die Tür schwingt auf, und Sigge kommt mit einem Schwall eisiger Luft im Schlepptau herein. Schnell schließt er die Tür hinter sich.

»Brrrr ... dieses Wetter verheißt nichts Gutes«, sagt er und schlüpft aus seinem Anorak. »Und was das Schneemobil betrifft, habe ich auch keine guten Nachrichten. Das bringt uns nicht weiter. Daran ist nichts Auffälliges oder Verdächtiges zu finden, außer dass es defekt ist.«

»Vergiss das Schneemobil«, sage ich, ohne aufzusehen, »und setz dich zu mir. Es gibt Neuigkeiten.«

»Gute?«, fragt er neugierig, holt sich eine Tasse Kaffee und setzt sich zu mir.

Ich zucke mit den Schultern. »Wie lange bist du schon bei der Polizei in Lulea?«, will ich von ihm wissen.

Er überlegt kurz. »Drei Jahre.«

»Also etwa so lange, wie ich hier in Jokkmokk bin. Das hier sind sieben alte Fälle, die gewisse Ähnlichkeiten mit unserem Fall aufweisen. Wir wissen davon nichts, weil sie vor unserer Zeit passiert sind.«

Sigge wird augenblicklich hellhörig.

»Bei allen Fällen handelt es sich um vermisste Männer im Alter zwischen circa 20 und 35 Jahren, von denen bis heute keiner wieder aufgetaucht ist«, fahre ich fort. »Alle diese Männer haben sich zuletzt hier in der Region vor dem Sarek-Nationalpark aufgehalten, also ungefähr da, wo wir heute gesucht haben. Sie waren dort, um wandern oder jagen zu gehen. Bei den Vermissten handelt es sich sowohl um Schweden als auch um Touristen. Bei fünf Fällen sind die Männer alleine unterwegs gewesen, bei zweien als Paar, einmal waren es Brüder, einmal Freunde. Der älteste Fall liegt zehn Jahre zurück, der jüngste vier.«

»Und sie wurden nie gefunden?«, fragt Sigge ungläubig.

»Nie. Aber die Tatsache, dass hier oben in Lappland in den vergangenen zehn Jahren neun Männer spurlos verschwunden sind, gibt mir zu denken«, sage ich. »Vielleicht hätte Stellan das gleiche Schicksal ereilt ...«

»Hätte er nicht fliehen können und wäre er nicht überfahren

worden, hätten wir ihn vermutlich nie mehr wiedergesehen«, ergänzt Sigge.

»So wie es auf den ersten Blick aussieht, könnten wir es womöglich sogar mit einem Serientäter zu tun haben«, sage ich. »Aber ohne ihre Leichen bleibt das erst mal pure Spekulation.«

»Sollen wir mit Ylva und Leif darüber reden?«

Ich schüttle energisch den Kopf. »Viel zu früh. Außerdem wissen wir offiziell ja nicht davon. Wir brauchen mehr Informationen. So wie ich Ylva und den Staatsanwalt einschätze, werden die keine große Lust verspüren, diese alten Fälle neu aufzurollen.«

Sigge nickt nachdenklich. »Aber wir dürfen das eigentlich nur mit deren Zustimmung.«

»Sie müssen es ja nicht wissen. Vorerst.« Ich sehe ihn fragend an. »Ist das okay für dich?«

»Ja«, stimmt er ohne Zögern zu.

Ich sehe ihn forschend an. »Das könnte uns viel Ärger einbringen, wenn herauskommt, dass wir eigenmächtig Ermittlungen angestellt haben.«

Sigge zuckt mit den Schultern. »Dann müssen wir halt unterm Radar bleiben. Kann ich die alten Fallakten sehen, um mir selbst ein Bild zu machen?«

Ich drücke ihm den Stapel mit den Unterlagen in die Hand.

»Gibt es schon etwas Neues bezüglich der Wilderei und des Diebstahls?«, frage ich Sigge.

Er nickt. »Die Nilsson-Brüder haben gestanden und sind in Haft.«

Gut so. »Ich bin mal für eine Stunde weg«, sagte ich zu ihm. »Ich will nur kurz bei Arne vorbeischauen.«

Ich habe alle Fakten, die ich in den Akten gelesen hatte, in meinem Kopf abgespeichert. Auf mein Gedächtnis ist in dieser Hinsicht Verlass, was einen Fall betrifft, vergesse ich nie ein einziges Detail.

Ich brauche frische Luft. Deswegen lasse ich den Wagen stehen und gehe zu Fuß zum Krankenhaus. Ein Spaziergang wird mir guttun, um den Kopf wieder frei zu bekommen und meine Gedanken zu sortieren, die gerade wie ein Schneegestöber durch meinen Kopf wirbeln.

Eine Viertelstunde später sitze ich an Arnes Krankenbett und vermeide jeglichen Kommentar zu seinem miserablen Aussehen. Stattdessen versuche ich mich in Smalltalk, bis Arnes böser Blick mir unmissverständlich klarmacht, dass er keine Belanglosigkeiten, sondern etwas Substanzielles von mir hören will. Aber er sieht echt krank aus, so dass ich Skrupel habe, ihm von den Ermittlungen zu erzählen. Also berichte ich oberflächlich von Henriks tödlichem Unfall, seiner gewerbsmäßigen Wilderei und dem schweren Diebstahl und der heutigen Suchaktion.

»Mehr hast du nicht?«, schimpft Arne. »Leif wird den Fall schnell zu den Akten legen. Das ist dir klar, oder?«

Ich sehe ihn nachdenklich an. »Du darfst dich nicht aufregen. Du solltest dich schonen.«

»Quatsch«, raunzt er. »Das Einzige, was mich echt aufregt, ist, wie ein Idiot behandelt zu werden.« Er setzt sich auf. »Ich habe selbst mal ein wenig im Internet recherchiert. Und dabei musste ich an einen alten Fall denken, der mir wieder eingefallen ist. Das war auch so eine Vermisstensache, die aber lange vor deiner Zeit passiert ist.«

Ich schaue Arne tief in die Augen. »Glaubst du, dass dieser alte Fall und Stellans Tod etwas miteinander zu tun haben?«

»Ausschließen würde ich das nicht.«

Ich hole tief Luft. »Also gut. Ich bin auch darauf gestoßen. Und auf weitere Fälle.«

Arnes Augen blitzen auf. »Ich bin ganz Ohr.«

Ich erzähle ihm von Daniels Schwester Liv, die nicht nur die Computer einem fachmännischen Check-up unterzogen, sondern auch in meinem Auftrag im Zentralarchiv gestöbert hat. »Es gibt insgesamt sieben Fälle, bei denen gewisse Übereinstimmungen vorliegen. Die insgesamt neun vermissten Männer wurden nie gefunden, ihre Leichen auch nicht.«

Arne legt die Stirn in Falten. »Jetzt, wo du es sagst, kommen meine Erinnerungen zurück. Ich war mit keinem dieser Fälle betraut, weil die Zentrale die damaligen Kollegen in Gällivare damit beauftragt hatte.«

»Dann sollte ich da mal nachhaken.«

Arne winkt ab. »Ein Kollege von dort ist längst in Rente, einer ist weggezogen, zwei sind tot. Da kommst du nicht weiter. Aber jetzt erzähl mir mehr von diesen Fällen.«

Ich lehne mich zurück. »Der älteste Fall ereignete sich Juni 2008. Ein Mann namens Karsten Apel, ein Deutscher aus Hannover, 24 Jahre alt, verschwindet auf einer Wanderung in der Gegend um Nautijaur. Seine Freundin, die ihn auf dieser Reise im Wohnmobil begleitet hat, war nicht mitgekommen, weil sie sich nicht wohlgefühlt hatte. Dieser Karsten war nicht wie vereinbart am Abend zurückgekommen. Seitdem ist er verschwunden, eine Suchaktion blieb erfolglos. Der Fall wurde eingestellt.«

Arne macht sich ein paar Notizen. »Weiter.«

»September 2009 verschwindet Valter Holm, 28 Jahre jung aus Porjus. Er war zur Vogeljagd hier in der Gegend und ist nie mehr aufgetaucht.«

»Wo wollte er jagen?«

»Das weiß ich nicht, das steht nicht in den Akten. Aber man hat seinen Wagen in der Nähe von Nautijaur gefunden. Nummer drei und vier waren zwei Brüder aus Norwegen, Kimi und Raik Olsen, die mit einem Wohnmobil unterwegs gewesen und hier in Jokkmokk zuletzt gesehen worden waren. Sie verschwanden im März 2010 auf Nimmerwiedersehen. Dann gibt es eine längere Pause bis November 2012. Seitdem wird ein Schwede aus Stockholm vermisst, der hier ein Blockhaus ersteigern wollte. Viggo Bergqvist, 27 Jahre. Er hatte sich in Kvikkjokk einquartiert und war von einem Ausflug nicht zurückgekehrt.«

Ich muss unwillkürlich an Liv denken, die sich hier niederlassen will und an einer Hausversteigerung teilnimmt. »Über diese Versteigerung müsste es doch noch Unterlagen geben, oder?«

»Ich kann beim zuständigen Makler nachfragen. Das kostet mich einen Anruf«, schlägt Arne vor.

»In Ordnung.«

»Weißt du, was seltsam ist«, sagt Arne nachdenklich. »Dass es so viele und ausschließlich Männer sind. Natürlich können sie einen Unfall gehabt haben, einen Sturz zum Beispiel. Sie könnten auch mit einem Elch oder einem Bären zusammengestoßen sein. Aber es hat hier in den letzten zehn Jahren nur eine einzige Bärenattacke auf zwei Wanderer gegeben. Das war eine üble Sache, doch dieser Bär wurde erlegt. Ich glaube, das muss vor ungefähr fünf Jahren gewesen sein und auch in der Gegend, wo ihr heute unterwegs gewesen seid. Du solltest vielleicht mit Daniel darüber reden.«

»Mit Daniel? Wieso?«, frage ich erstaunt.

»Ja, kennst du diese Geschichte denn nicht?« Arne schaut mich ungläubig an. »Alle Jäger hier waren sich einig, dass sich der Bär nach der Attacke auf die Wanderer wieder zurück in die höher gelegenen Berge verzogen hat. Sie haben verschiedene Gruppen gebildet, sich aufgeteilt und waren sicher, sie würden ihn dort erwischen.« Arne schüttelt gedankenverloren den Kopf. »Alle außer Daniel. Er ist zu der Stelle des Angriffs zurückgegangen und hat sich dort alles genau angesehen. Ich erinnere mich, dass es damals tagelang in Strömen geregnet hat. Daniel muss zwei Tage hinter diesem Bär her gewesen sein, ohne auch nur ein einziges Mal dessen Fährte zu verlieren. Am Morgen des dritten Tages hat er dann seinen Rückzugsort gefunden und ihn dort dann gestellt. Es war der größte und schwerste Braunbär, der jemals in unserer Region gesehen worden ist. Fast wie ein Grizzlybär. Man hat vermutet, dass er aus den Tiefen Russlands durch Finnland bis zu uns gekommen ist. Dieser Koloss hat Daniel sofort angegriffen, er hat drei Kugeln gebraucht, um ihn zu töten.«

»Unfassbar«, sage ich tief beeindruckt von dieser Geschichte. »Seitdem hat es keine Bärenangriffe auf Wanderer mehr gegeben?«

»Nein.«

»Was die Vermissten betrifft, ist es auch denkbar, dass sie sich verlaufen haben, verdurstet oder erfroren sind?«, überlege ich laut.

»Ja, aber nicht so viele. Irgendwie ist das mehr als unwahrscheinlich. Es ist gefährlich hier, aber nicht, wenn du weißt, wie du dich zu verhalten hat.« Arne schüttelt widerwillig den Kopf. »Das finde ich alles äußerst seltsam. Die meisten bringen sich selbst im Suff um, weil sie mit dem Skooter gegen einen Baum donnern oder vom Boot ins Wasser fallen und ertrinken.«

»Es kommen noch mehr Fälle«, fahre ich fort. »Im Februar 2013 verschwinden Peer Wikström und August Norberg aus Kopenhagen. Sie wollten hier eine Woche Urlaub machen, den Wintermarkt besuchen und hatten sich auch in Jokkmokk im Hotel Akerlund einquartiert. Die Suche nach ihnen verlief ergebnislos. Im Dezember 2013 verschwindet Folke Öberg. 22 Jahre. Er war mit dem Schneemobil in den Bergen unterwegs und kannte sich gut hier aus. Er stammte aus Gällivare. Der Skooter wurde ebenfalls nicht gefunden. Und im Juli 2014, auch noch vor meiner Zeit, verschwindet Rasmus Blom, 29 Jahre. Er stammte von Gotland und war hier auf einer Hochzeit als Gast.«

»Das ist der Fall, auf den ich gestoßen bin«, sagt Arne. »Ich erinnere mich gut daran, weil in den Zeitungen lange darüber geschrieben worden ist. Die Angehörigen und Freunde hatten sehr viel selbst unternommen, um ihn wiederzufinden und die polizeilichen Ermittlungen heftig kritisiert.«

»Und jetzt, mehr als vier Jahre später, finden wir Stellan. Er hatte sein Schneemobil im Tiefschnee versenkt, konnte es nicht mehr in Gang bringen und ist daraufhin vermutlich zu Fuß weitergegangen. Dann muss etwas geschehen sein. Er verletzt sich schwer an den Händen, hat Erfrierungen an Händen und Füßen, trägt Felle und Schuhe, die ihm nicht gehören. Dann wird er überfahren. Er hätte es fast geschafft.«

Wir verfallen in ein langes Schweigen. Durch die Aufzählung ist alles viel persönlicher geworden. Ich suche nach den Gemeinsamkeiten in allen Fällen. Es gibt einige, die sofort ins Auge springen.

»Es gibt einige Übereinstimmungen«, stelle ich fest. »Erstens sind es immer junge Männer, die zweitens alle spurlos verschwunden sind und drittens in derselben Region.«

»Wobei das Gebiet, in dem sie sich aufgehalten haben, ziemlich groß ist«, merkt Arne an.

»Auf der anderen Seite«, fahre ich fort, »gibt es keinerlei Anhaltspunkte, dass bei allen der gleiche Grund für das spurlose Verschwinden vorliegt.«

»Bring mir trotzdem die alten Fälle. Ich habe hier genug Zeit, um mir alles noch einmal genauer anzusehen.«

»Aber wir müssen vorsichtig sein. Wenn die in Lulea Wind davon bekommen, dann ...«

»Was ist mit Sigge?«

»Der ist auf unserer Seite«, sage ich.

»Gut«, brummt Arne zufrieden. »Du bist doch die Spezialistin für Kapitalverbrechen ...«

»Für Mord«, falle ich ihm ins Wort. »Ich habe nie mit Vermisstenfällen zu tun gehabt.«

»Aber hinter jedem Vermissten könnte ein Mord stecken«, widerspricht Arne. »Wie siehst du diese Fälle?«

Ich lasse mir Zeit mit meiner Antwort. »Wenn wir einmal annehmen wollen, dass es bei all diesen Fällen ein Verbrechen gegeben hat, dann sprechen wir von einer Serie. Dann wurden diese Männer verschleppt und vermutlich getötet. Es ist kein allzu großes Problem, hier in der Wildnis eine Leiche zu entsorgen. Und das ist das Problem: Wir haben keine Leichen, um unseren Verdacht zu untermauern.«

Arne gähnt. Ich bemerke, wie erschöpft er plötzlich ist.

»Jetzt muss ich aber los.« Damit verabschiede ich mich von Arne und eile aus dem Krankenhaus ins Freie. Es hat wieder zu schneien begonnen.

Als ich von Stockholm nach Lappland gezogen bin, dachte ich, ich würde das alles hinter mir lassen. Damals in Stockholm habe ich bisweilen das Gefühl gehabt, ich würde knietief in Blut waten. Ich habe mich wie befreit gefühlt, als ich in dem verschlafenen Jokkmokk gelandet bin. Endlich keine Morde mehr, keine grausamen Verbrechen, keine verstümmelten Tote. Nun holt mich das alles wieder ein.

Seltsamerweise verspüre ich ein Kribbeln in meinem Körper. Mein Jagdinstinkt ist zurückgekehrt. Etwas lange vergessen Geglaubtes erwacht von Neuem, und überraschenderweise fühlt es sich gut an. Mich schaudert. Ich überquere die Straße, als ein Wagen neben mir hält. Das Fenster auf der Beifahrerseite öffnet sich.

»Anelie!« Es ist Mads. »Was für ein Zufall! Schön, dass ich dich treffe. Hast du Zeit für einen Kaffee?«

Völlig überrumpelt stimme ich zu. »Aber nur kurz.«

»Treffen wir uns vorne im Arctic Café. Ich parke dort.« Er gibt Gas und biegt ab.

Das Café liegt nur ein paar Meter entfernt. Ich sehe durch die großen Glasfenster in das Lokal. Es ist fast leer, nur zwei Tische sind besetzt. Ich entdecke Mads, der soeben Platz nimmt. Ich spiele kurz mit dem Gedanken, auf dem Absatz kehrtzumachen und ihn einfach sitzenzulassen. Dann betrete ich das Lokal.

»Was kann ich uns zur Feier des Tages bestellen?«, fragt Mads aufgekratzt, als ich mich zu ihm setzte. »Und hast du Hunger?«

Mein Magen knurrt verdächtig, aber ich verdränge das Hungergefühl. »Mads, ich muss arbeiten. Ich habe nur zehn Minuten Zeit. Ich hätte gerne einen Ingwertee.«

»Hast du so viel um die Ohren?«, fragt Mads ungläubig. »Hier passiert doch nichts.«

»Gerade haben wir einen großen Fall der Wilderei aufgeklärt.«

»Hört, hört. Dann gratuliere ich.«

Ich ignoriere ihn und nippe an meinem Ingwertee.

»Bist du glücklich hier in dieser Einöde?«, wechselt Mads schlagartig das Thema.

Ich sehe ihm direkt in die Augen. »Sehr.«

»Fehlt dir Stockholm, das Großstadtleben, denn gar nicht?«

»Null, hier habe ich alles, was ich brauche«, erwidere ich. »Und tu das nicht, Mads.«

»Was?«, fragt er mit Unschuldsmiene.

»Sieh mich nicht so an.«

Mads seufzt. »Seit ich dich wiedergesehen habe, muss ich ständig an dich denken, an damals. Was hätte daraus werden können, wenn …« Er bricht mitten im Satz ab. »Du bist noch schöner, noch verführerischer als damals.«

»Ich geh jetzt besser.« Ich möchte aufstehen, doch er hält meinen Arm fest.

»Bleib bitte.«

»Mads, lass los.«

Er gibt meinen Arm frei, springt vom Stuhl auf und versucht, mich zu küssen. Ich drehe mich weg und lasse ihn stehen.

»Ich ruf dich an«, ruft er mir hinterher. »Darf ich? Ich bin noch zwei Tage hier.«

Ich bleibe noch einmal stehen und drehe mich zu ihm. »Nein!« Dann trete ich ins Freie.

Was für eine Schnapsidee!, denke ich aufgebracht. Ich werde Mads nicht wiedersehen, auf gar einen Fall.

24

Als ich in die Polizeiinspektion zurückkomme, sitzen Liv und Sigge einträchtig an Arnes Schreibtisch und hantieren am Computer.

»Hey«, begrüße ich die beiden. Hübsches Paar, schießt mir durch den Kopf.

»Liv ist genial«, meint Sigge begeistert. »Willkommen in der Zukunft.«

Ich nicke stumm und schäle mich aus meiner warmen Kleidung. Mein Ärger über Mads hängt mir noch nach.

»Wir haben auch das Obduktionsergebnis vorliegen und den Bericht der Spurensicherung«, fährt er vergnügt fort, »steht alles schon im Zentralcomputer, und wir haben direkten Zugriff. Jetzt müssen wir nicht mehr darauf warten, dass uns jemand aus Lulea die Informationen weitergibt.«

»Dann lass mal sehen«, sage ich und setze mich zu den beiden.

Ich schaue mir erst die Fotos der Leiche an und lese dann den Bericht des Rechtsmediziners. Todesursächlich waren eindeutig die schweren Verletzungen, die durch den Autounfall hervorgerufen wurden. Der Lkw hat Stellan fast frontal erwischt; es ist kaum ein Knochen in seinem Körper heil geblieben. Da der Junge aber zuvor viele Kilometer zu Fuß zurückgelegt hat, ist davon auszugehen, dass Stellan bis zu dem Unfall relativ unverletzt gewesen sein muss, abgesehen von seinen Händen und den Füßen. Sonst hätte er den anstrengenden Fußmarsch sicher nicht geschafft, auch nicht als junger Mann mit einer guten Kondition. Wie der Junge allerdings diesen Fußmarsch mit den schweren Erfrierungen an seinen Füßen geschafft hat, ist auch dem Rechtsmediziner ein Rätsel. Stellan, du wolltest es unbedingt schaffen, denke ich traurig. Dann folgt eine Passage in dem Bericht, die ich besonders genau studiere. Die Obduktion hat nämlich ergeben, dass der Körper stark dehydriert gewesen war und der Zustand von Magen und Darm darauf hindeuteten, dass er längere Zeit nichts getrunken hat.

Als ich den Teil des Berichts gelesen habe, der sich ausführlich mit den Verletzungen an Stellans Händen und der Ursache dafür beschäftigt, habe ich keine Zweifel mehr. Jemand hat Stellan eingesperrt und ohne Essen und Trinken festgehalten. Dem Jungen wurden außerdem die Handschuhe und Stiefel abgenommen. Trotzdem ist es ihm gelungen, sich aus seinem Gefängnis zu befreien. Die Wunden an seinen Händen, die Holzsplitter in der Haut, sind ein eindeutiger Beweis dafür. Mit was für einer Art von Gegenstand Millas Telefonnummer in Stellans Oberschenkel geritzt wurde, konnte der Rechtsmediziner nicht feststellen. Aber Form und Lage lassen vermuten, dass Stellan es selbst getan haben muss.

»Was sagst du dazu?«, frage ich Sigge.

»Was für eine Scheiße!«

»Was für ein krankes Schwein läuft hier frei herum und tut so etwas«, murmelt Liv schockiert.

Ich bin derartige Berichte aus früheren Zeiten gewohnt, aber für meinen jungen Kollegen und vor allem für Liv ist dies absolutes Neuland.

»Liv, du hast hier mehr erfahren, als du solltest. Darüber muss absolutes Stilschweigen herrschen. Nichts davon darf nach außen dringen. Und du darfst mit niemanden außer mit uns darüber reden«, schärfe ich ihr ein. »Hast du verstanden?«

»Verstanden.«

Ich werfe einen Blick auf die Uhr. »Wir machen Schluss für heute. Morgen kümmern wir uns um die Dokumentation aller Fälle. Wir nehmen die Pinnwand hier.« Ich ziehe eine Pinnwand hinter dem Aktenschrank hervor, die dort lange ungenutzt verstaubt ist. »Könntest du morgen da alle Fotos und Daten aufhängen?«, bitte ich Sigge.

»Ich kann gleich damit anfangen«, schlägt er vor.

»Wie du willst«, antworte ich, »aber Liv und ich fahren jetzt nach Hause.«

Da Daniel seine Schwester nach Jokkmokk gefahren hat und sie nun ohne Wagen unterwegs gewesen ist, kann sie jetzt mit mir zurückfahren. Schweigend sitzt sie auf dem Beifahrersitz und starrt in die Dunkelheit. Plötzlich steht ein Rentier mitten auf der Straße und starrt uns mit leuchtenden Augen im Scheinwerferlicht an.

»Vorsicht!«, schreit Liv.

Ich reiße das Lenkrad herum. Sekundenbruchteile später landet der Wagen im Schneehaufen, der links die Straße säumte. Bremsen auf den eisglatten Straßen wäre die gefährlichere Option gewesen und ein Zusammenstoß mit einem ausgewachsenen Rentier ebenfalls. Zum Glück ist der Aufprall zu schwach, und die Airbags platzen nicht auf.

Ich schaue zu Liv. »Alles okay mit dir?«

»Ja. Und bei dir?«

»Das ist nicht das erste Mal und wird vermutlich auch nicht das letzte Mal bleiben.« Der Schreck steckt mir in den Gliedern. »Diese Viecher sind so dumm.«

Im Frühjahr, wenn der Schnee weggetaut sein wird, werden wieder viele Kadaver von überfahrenen Rentieren entlang der Straße im Graben liegen. Nicht immer lässt sich eine Kollision verhindern, vor allem Lkw-Fahrer können den Rentieren oder Elchen nicht ausweichen und überfahren sie. Ich steige aus und sehe mir den Wagen an. Liv gesellt sich zu mir.

»Wir stecken fest«, stelle ich fest. »Da kommen wir nicht ohne Hilfe raus. Ich rufe Daniel an.«

Darauf zu warten, dass ein Autofahrer vorbeikommt und uns herauszieht, ist aussichtslos. Hier in der arktischen Wildnis leben nicht nur wenige Menschen, auch die Straßen sind kaum befahren. So sitzen wir im Wagen bei laufendem Motor und warten auf Daniel.

»Tut mir leid, dass ich dich da mit reingezogen habe«, sage ich zu Liv.

»Ich komme damit klar.« Sie winkt ab. »Wie schaffst du es, mit so einem Fall umzugehen?«

»Deswegen bin ich ja weg von Stockholm, aus diesem Leben. Mir wurde das irgendwann zu viel. Aber jetzt holt es mich wieder ein.«

»Kannst du den Fall nicht abgeben?«

»Auf keinen Fall. Das hier ist meine heile Welt. Jemand versucht gerade, sie zu zerstören. Ich muss ihn aufhalten.« Ich habe diesen Entschluss längst gefasst.

»Das habe ich mir schon gedacht.«

»Niemand wird dieses Paradies hier in Trümmer legen. Ich bin hier, ich habe die Erfahrung und das Können, dieses mörderische Treiben zu beenden, koste es, was es wolle.«

»Gut so«, sagt Liv. »Aber wie willst du den Täter finden?«

Das ist die Frage aller Frage. »Durch klassische Polizeiarbeit«, antworte ich, »soweit das von hier aus möglich ist mit unseren begrenzten Mitteln. Wenigstens hast du unsere Computer auf Vordermann gebracht. Das ist eine große Hilfe.«

»Immer zu Diensten. Darf ich dich was fragen?«

»Nur zu.«

»Wie tickt so ein Serienmörder?«

»Lass uns von etwas anderem reden«, wehre ich ab.

»Nein«, beharrt sie, »ich finde das extrem spannend.«

Ich kenne dieses zwiespältige Interesse an meiner Arbeit. Es hat Menschen immer fasziniert, in diesen dunklen Abgrund zu schauen. Es erzeugt Nervenkitzel und Schaudern, solange man kein Teil davon ist. Aber ich weiß auch um die Konsequenzen. *Wer zu lange in den Abgrund blickt, dem blickt der Abgrund irgendwann entgegen.*

»Also sag schon«, nervt Liv weiter. »Wird man so geboren oder erst dazu gemacht?«

»Das FBI hat viele Analysen dazu angestellt. Mit dem immer gleichen Ergebnis: Wir haben keine Ahnung. Viele stammen aus schwierigen Familienverhältnissen, aber nicht alle. Manche wurden selbst misshandelt oder missbraucht, aber nicht alle. Nicht jeder wird durch schlimme Erfahrungen kriminell oder zum Mörder. Es ist vermutlich eine Mischung aus Anlage, Persönlichkeit, Erziehung und Erfahrungen. Bis heute kann man weder einen einzelnen Faktor noch die genaue Kombination von Umständen benennen, die jemanden zu einem Serienmörder machen.«

»Das erleichtert deine Arbeit nicht gerade.«

»Ein paar Dinge wissen wir natürlich schon. Auch wenn auf den ersten Blick oft kein Motiv zu erkennen ist, geht es einem Serientäter um Macht. Er will Gott spielen. Er entscheidet quasi über Leben und Tod. Es geht fast nie um Geld oder solche Dinge. Sadismus, Perversionen, Rachegelüste, Gewalt- oder sexuelle Phantasien spielen eine Rolle.«

Die Aufklärung eines großen Falls in Stockholm hatte mich zu einer kleinen Berühmtheit gemacht, eine Berühmtheit, die mir unheimlich gewesen ist.

»Aber das führt dich nicht zu ihm, oder?«

Liv hat es auf den Punkt gebracht. »Ich behandle Stellans Tod noch nicht offiziell als Teil einer Mordserie. Aber mein Instinkt sagt mir, dass der einzige Unterschied zu den anderen Fällen ist, dass Stellan entkommen konnte.«

»Der Täter, der das mit Stellan gemacht hat, muss ein Psychopath sein, oder? Die handeln doch nicht rational.«

Ich schüttle den Kopf. »Nicht zwingend.«

Ich weiß, dass nicht alle Serienmörder automatisch Psychopathen sind, aber es gibt ein paar typische Eigenschaften. Sie zeigen ein von der Norm abweichendes Sozialverhalten und sind meistens bereits als Kinder und Jugendliche auffällig, durch Tierquälerei oder Brandstiftung zum Beispiel.

»Serienmörder haben keine Gefühle«, erkläre ich Liv. »Es sind verantwortungslose und manipulative Menschen. Und es reicht ihnen nicht, sich einen Mord nur vorzustellen. Sie wollen es erleben, immer wieder und immer extremer.«

»Wenn es ein Serienmörder ist, dann wird er wieder zuschlagen«, stellt Liv fest.

Nicht, wenn ich es verhindern kann. Ich muss einfach schneller sein.

»Wie ist denn eure Suche heute Morgen überhaupt gelaufen?«, will sie wissen.

»Wir haben eine kleine Hütte gefunden, bei der Stellan vorbeigekommen sein könnte, aber leider wissen wir nicht, wem sie gehört.« Ich mache mir erst gar nicht die Mühe, meine Enttäuschung zu überspielen. Eine ungeheure Müdigkeit überfällt mich. »Aber das finde ich noch heraus.«

In Schweden werden häufig Hütten oder Blockhäuser weiterverkauft ohne das Land, auf dem sie stehen. Das behalten die ursprünglichen Besitzer meistens selbst.

»Habt ihr das Gebiet auch aus der Luft abgesucht?«, fragt Liv weiter.

Ich lache kurz auf. »Weißt du, was es hier kostet, einen Hubschrauber zu mieten? Dafür bekomme ich keine Genehmigung.«

»Und wie wäre es mit einer Drohne?«

Wieder lache ich auf. »So was haben wir hier auch nicht.«

Liv schnalzt mit der Zunge. »Aber ich habe eine.«

In diesem Moment taucht Daniels Wagen in der Dunkelheit auf. Ich seufze erleichtert. Ich will nur noch nach Hause, zurück in meine kleine, heile Welt. Daniel hat schnell ein Abschleppseil an meiner Anhängerkupplung befestigt und mit seinem Auto verbunden. Dann zieht er in Windeseile meinen Wagen rückwärts aus dem Schneehaufen.

Ich steige aus, laufe zu ihm und küsse seine kalten Lippen. »Danke, mein Lebensretter.«

»Hallo, Eisprinzessin.« Daniel lächelt mich zärtlich an und erwidert meinen Kuss. »Ich habe die Sauna angeschürt. Da kannst du dich dann aufwärmen.«

Diese Vorstellung zaubert mir ein Lächeln aufs Gesicht. Zu Hause angekommen verzieht sich Liv in unser Gästehaus, so dass Daniel und ich es uns ungestört in der Sauna bequem machen können. Daniel hat die Sauna auf knapp 80 Grad erhitzt, er weiß, dass ich es lieber habe, wenn sie nicht zu heiß ist. So sitzen wir uns entspannt im Halbdunkel gegenüber. Ich erzähle ihm von den Vermisstenfällen und dass fast alle diese Männer sich im selben Gebiet aufgehalten haben müssen, in dem auch Stellan gewesen ist. Daniel hört mir wie immer aufmerksam zu.

»Arne hat mir erzählt, dass es in dieser Gegend auch einen Bärenangriff auf zwei Wanderer gegeben hat und dass du diesen Bären gefunden hast.«

Daniel lässt sich Zeit mit seiner Antwort. »Ja, das war ein netter kleiner Teddy.«

»Da habe ich aber etwas ganz anderes gehört«, widerspreche ich. »Das muss eher ein Grizzly gewesen sein, oder?«

»Dieser Bär war das gefährlichste Tier, dem ich jemals gegenübergestanden bin«. Daniels Stimme ist ganz ruhig, doch ihr Klang beschert mir eine Gänsehaut. »Am Ende des zweiten Tages und in der folgenden Nacht war es so eine Art Schachspiel. Es war zeitweise nicht klar, wer wen jagt. Ich bin ihm bis zu seinem Rückzugsort gefolgt, und als ich ihn dann am Morgen des dritten Tages stellen konnte, hat er sofort versucht, mich zu töten. Er hat mich nicht einfach nur angegriffen, er wollte mich definitiv töten.«

Ich spüre, wie ein Schaudern über meinen Rücken läuft.

»Was wurde aus den beiden Touristen?«, frage ich.

»Sie konnten in eine kleine Hütte fliehen und haben per Telefon Hilfe gerufen. Ihr Camp war ungefähr 500 Meter von der Hütte entfernt gewesen und wurde von dem Bären komplett zerstört. Sie hatten sehr großes Glück.«

»500 Meter ist weit, wie konnten sie dem Bären entkommen?«

»Dieser Bär hatte eine Verletzung an der linken Hinterhand. Er war nicht mehr so schnell, wie er es normalerweise gewesen wäre.« Ich kann sehen und spüren, dass Daniel noch nicht fertig ist und lasse ihn weitererzählen. »Diese Verletzung muss ihm hier bei uns von einem Menschen zugefügt worden sein, sonst hätte er den weiten Weg aus Russland niemals zu uns geschafft.«

Ich spüre deutlich, dass Daniel diese Geschichte noch nicht ganz verarbeitet hat.

»Was war das für eine Verletzung?«, frage ich vorsichtig nach.

»Die Zeitungen haben geschrieben, es sei eine Schusswunde gewesen«, antwortet Daniel ruhig.

»Und war es eine Schusswunde?«

Daniel schüttelt langsam seinen Kopf. »Das linke hintere Bein dieses Bären muss längere Zeit in einer großen Bärenfalle gesteckt haben, eine Falle, wie sie früher benutzt worden ist. Er hat es sich irgendwann wohl einfach mit Gewalt aus dieser Falle herausgezogen. Die Wunde ist nie richtig verheilt. Er muss brutale Schmerzen gehabt haben.«

Einen Moment ist es ganz still.

»Dieser Bär hat seine Verletzung eindeutig mit Menschen in Verbindung gesetzt, sonst hätte er weder die beiden Touristen noch mich so kompromisslos angegriffen«, erzählt Daniel weiter.

»Glaubst du, dass er mit meinen Vermisstenfällen zu tun haben könnte?«, überlege ich laut.

»Ehrlich gesagt nein.«

»Arne sagt, dass du ein Held bist«, sage ich lächelnd.

»Arne redet zu viel, und ich bin kein Held.«

»Doch, du bist mein Held.« Ich beuge mich zu ihm und küsse ihn zärtlich.

25

Ich liege seit Längerem wach, rühre mich aber nicht, um Daniel nicht zu wecken. Bevor mein Wecker Alarm schlagen kann, schalte ich ihn aus. Ich lausche Daniels leisem Schnarchen, kuschle mich an ihn und versuche, noch ein wenig zu dösen. Seine Wärme entspannt mich, aber in meinem Kopf arbeitet es auf Hochtouren. Mein Instinkt schlägt ununterbrochen Alarm. Der aktuelle Todesfall könnte Teil einer grausamen Kette von mehreren Verbrechen sein. Keiner der verschwundenen Männer ist bis heute wieder aufgetaucht, abgesehen von Stellan, dessen Flucht der Täter sicher nicht auf der Uhr hatte.

So leise wie möglich schlüpfe ich aus dem Bett, damit Daniel nicht aufwacht. Er hat nur noch zwei freie Tage, bevor er wieder zurück nach Kiruna fahren muss, um eine Woche lang in acht Stunden langen Wechselschichten durchzuarbeiten.

Als ich mit dem Schneemobil von der Halbinsel auf den zugefrorenen See fahren will, bremse ich ab und steige von meinem Gefährt, um das Eis zu prüfen. Hier stimmt etwas nicht. Vorsichtig mache ich einen Schritt aufs Eis und versinke bis zum Knöchel im Wasser. Wütend mache ich kehrt. Erst hat der Energiekonzern Wasser unter dem Eis herausgelassen, so dass die gefrorene Fläche in große Schollen gebrochen ist. Nun lässt er vom höher liegenden See wieder Wasser nachlaufen, und das drückt durch die Bruchkanten der

Eisschollen an die Oberfläche, verteilt sich unter dem Schnee, der auf dem See liegt, wo es durch den Schnee isoliert nur sehr langsam gefrieren kann. Ich kann jetzt nicht mit meinem Schneemobil darüberfahren, weil das Wasser in die Raupe spritzen und sie einfrieren würde. Ich muss warten, bis das Oberflächenwasser wieder gefroren ist. So bin ich gezwungen, das Schneemobil zu Hause stehen zu lassen und den Weg über den See zu Fuß zu machen. Wenigstes sind meine Schuhe wasserdicht und bringen mich trockenen Fußes ans andere Ufer.

Als ich in der Polizeiinspektion eintreffe, ist Sigge schon wieder vor mir da und hat bereits Kaffee gekocht. Die Zweite zu sein, bin ich nicht gewöhnt. Arne kommt immer nach mir ins Büro und verzieht sich dann erst einmal in sein Büro. Sigge ist nicht nur vor mir da, er ist auch noch frisch, fleißig und hat gute Laune.

»Ich habe auch schon damit angefangen, die Fotos aufzuhängen«, sagt er mit Blick auf die Pinnwand. »In Ordnung so?«

»Perfekt!«, erwidere ich zufrieden, während ich aus meiner Winterkleidung steige und die Pinnwand betrachte.

Sigge hat von allen Vermissten Fotos ausgedruckt und sie chronologisch an die Wand gepinnt.

»Wir brauchen noch eine Zeitachse.« Ich nehme mir einen schwarzen Filzstift, ziehe eine lange Linie entlang der Fotos auf die Wand und beginne, alle wichtigen Daten bezüglich Ort und Zeit stichpunktartig dazuzuschreiben, die ich aus den Fallakten kenne und im Kopf gespeichert habe.

»Der erste Fall«, rekapituliere ich und schreibe FALL 1 KARSTEN auf die Wand. »Karsten Apel, 24, aus Hannover ist am 17. Juni 2008 verschwunden. Wo war er genau unterwegs? Wir brauchen eine Karte.«

»Hab ich gestern noch besorgt.« Sigge faltet eine Landkarte auseinander.

Wir beugen uns über die Karte.

»Hier wollte er wandern gehen.« Ich schraffiere die Region auf der Karte.

»Seine Freundin, Susanne Kahn, war im Wohnmobil geblieben, das auf dem Campingplatz von Jokkmokk gestanden hatte«, fügt Sigge hinzu. »Sie hat ihn als vermisst gemeldet. Eine sofort eingeleitete Suchaktion blieb erfolglos. Der Fall wurde eingestellt. Seitdem ist er verschwunden.«

Zehn Jahre ist das her, denke ich. Vermutlich fragen sich Freundin und Familie seitdem jeden Tag aufs Neue, was mit ihm geschehen sein könnte. Ohne eine Leiche kann so ein Fall nie abgeschlossen werden. Die Hoffnung, dass er doch noch lebend zurückkommen könnte, stirbt nie, das weiß ich von den Kollegen aus Stockholm, die mit Vermisstenfällen betraut gewesen sind. Besser tot als nie gefunden, lautete deren Devise. Hier hat man den Fall schnell als Unfall zu den Akten gelegt, weil die Kollegen davon ausgegangen sind, dass sich der Mann verlaufen hat, dann verhungert oder erfroren ist. Dieser Juni vor zehn Jahren ist als einer der kältesten in die Geschichte Lapplands eingegangen. Die Temperaturen waren damals nachts auf minus 10 Grad gesunken.

»Wir sollten mit dieser Susanne Kahn reden«, schlage ich vor. »Haben wir ihre Kontaktdaten?«

»Suche ich raus.« Sigge schnappt sich die zweite Fallakte und liest mir vor, während ich die Fakten stichpunktartig an die Wand schreibe: FALL 2 – VALTER. »Valter Holm, 28, aus Porjus, war zum Jagen hierhergekommen. Er verschwand am 5. September 2009.«

»Wo wollte er jagen?«, frage ich.

»Sein Wagen wurde in der Nähe von Nautijaur gefunden.« Sigge deutet auf die Karte, die vor uns ausgebreitet auf dem Tisch liegt. Ich nehme einen andersfarbigen Filzstift, ziehe einen Kreis um die besagte Stelle und schraffiere sie.

»Dann könnte er ebenfalls hier unterwegs gewesen sein.« Ich studiere die Fotos der beiden Männer. »15 Monate liegen zwischen Karsten und Valter.« Ich nenne bewusst die Namen der Vermissten. Hier handelt es sich nicht um anonyme Fälle, sondern um Menschen, die vermisst werden.

»Der dritte Fall«, fährt Sigge fort, »geschah am 26. März 2010. Zwei Brüder aus Norwegen namens Kimi und Raik Olsen waren auch hier mit dem Wohnmobil unterwegs gewesen und zuletzt in Nautijaur gesehen worden.«

Ich schreibe FALL 3 – KIMI + RAIK über die Fotos der beiden und notiere die dazugehörigen Fakten.

»Das Wohnmobil hat man hier gefunden.« Sigge deutet auf die Stelle, und ich markiere sie auf der Karte mit einem Kreis darum und schraffiere die Region erneut in einer anderen Farbe. Bislang gibt es nur große Schnittflächen.

Ich hole mir einen Kaffee. Sigge wartet, bis ich so weit bin, um weiterzumachen. »Fall 4«, lautet mein Startzeichen für ihn.

»Viggo Bergqvist, 27, aus Stockholm, verschwand um den 12. November 2012. Das exakte Datum wurde nie festgestellt, weil er hier allein gewesen war. Er wollte ein Blockhaus ersteigern und hatte sich in Kvikkjokk einquartiert.«

Ich schreibe FALL 4 – VIGGO an die Wand sowie die Fakten dazu und markiere den Ort auf der Karte, an dem sich das zu versteigernde Blockhaus befunden hat. Wieder gibt es eine Überlappung mit der Region aus den anderen Fällen.

»Auch wenn es nicht exakt dort liegt, so sind doch alle annähernd im selben Gebiet unterwegs gewesen, bevor sie verschwunden sind. Wir kommen ihm näher«, flüstert Sigge.

Ich kommentiere es nicht, sondern schreibe die relevanten Daten zum fünften Fall an die Wand. FALL 5 – PEER + AUGUST.

»Peer Wikström, 31, und August Norberg, 34, stammten aus Kopenhagen«, zählt Sigge auf. »Die beiden Freunde verschwanden am 16. Februar 2013. Sie hatten im Hotel Akerlund in Jokkmokk gewohnt. Sie waren hier wegen der Nordlichter, hatten aber auch eine Schlittenfahrt unternommen.«

»Wissen wir mit wem?«

Sigge blättert durch die Akten. »Ja, mit einem gewissen Sten.«

»Diesen Sten kenne ich. Ich werde mit ihm heute noch sprechen. Wo waren sie unterwegs?«

»Tja«, sagt Sigge, »bei diesen beiden wissen wir es nicht.«

»Das müssen wir unbedingt herausfinden«, sage ich. »Wer hat sie als vermisst gemeldet?«

»Jemand vom Hotel. Das Zimmer blieb zwei Tage unbenutzt.«

»Fall Nummer 6«, arbeite ich weiter und notiere FALL 6 – FOLKE.

»Folke Öberg, 22«, liest Sigge aus den Fallakten vor, »verschwand am 6. Dezember 2013. Er stammte aus Gällivare und war mit seinem Schneemobil hier unterwegs. Auto und Anhänger wurden hier gefunden.« Sigge deutet auf die Karte. »Wieder in dieser Region. Aber sein Skooter blieb verschwunden. Und der letzte Fall ereignete sich am 7. Juli 2014. Da verschwand Rasmus Blom, 29. Er ist von Gotland und war hierhergekommen, weil er auf eine Hochzeit eingeladen gewesen war.«

FALL 7 – RASMUS, notiere ich. »Wo ist er verschwunden?«

»Das wurde nie herausgefunden, er hatte niemandem erzählt, wo er hinwollte.«

»Das nächste Fragezeichen.«

»Aber das ist nur der vorletzte Fall«, meint Sigge nachdenklich. »Stellan ist Fall Nummer acht.«

»Das wissen wir nicht, aber ich bin auch davon überzeugt, dass es einen Zusammenhang geben muss.«

Deswegen schreibe ich STELLAN an die Wand und setze (FALL 8) in Klammern. Dann markiere ich die Region auf der Karte, wo er sich zuletzt aufgehalten hat. Zum Schluss zeichnen wir noch die Stelle ein, wo sich die Hütte befindet.

»Mmh … die liegt ziemlich zentral«, stelle ich fest.

»Ich hänge die Karte an die Wand«, schlägt Sigge vor und pinnt sie mit Reißnägeln fest.

Wir stellen uns davor und betrachten unsere Arbeit. Die schraffierten Regionen auf der Karte bildeten ein zusammenhängendes Gebiet, das jedoch ziemlich groß ist.

»Fast alles dort gehört Leyla«, murmele ich nachdenklich.

Das Gebiet liegt zwischen Randijaur, Nautijaur, Lusbebryggan und Ligga reicht weiter nach Norden hinauf, wo der Sarek-Nationalpark beginnt. Die Sami zogen und ziehen hier seit Jahrhunderten mit ihren Rentieren durch die Landschaft, Wanderer ebenfalls, um den Kungsleden und den Padjelantaleden abzulaufen, die den Sarek flankieren, oder um den Nationalpark direkt zu durchqueren, was aufgrund fehlender Wanderwege und Schutzhütten die anspruchsvollere Tour darstellt. Der einzige Weg in und durch den Sarek führt zu Fuß oder auf Skiern hindurch. Da muss man seine gesamte Ausrüstung tragen oder im Winter auf Schlitten hinter sich herziehen.

»Irgendwo hier, in diesem Areal, könnte ein Serienmörder sein Unwesen treiben«, meint Sigge.

»Das hier ist Millas Blockhaus«, sage ich und markiere es auf der Karte, »wo Stellan hinwollte. Und das da ist die Hütte, von wo er aufgebrochen ist.«

»Sind denn alle Hütten auf der Karte zu finden?«, fragt Sigge.

»Nein, laut Katasteramt müssen nicht alle Hütten und Blockhäuser amtlich registriert sein. Und sie müssen auch nicht Leyla gehören, nur weil sie auf ihrem Land stehen. Die Hütten und Blockhäuser haben meistens andere Besitzer.«

Ich studierte die Fotos. Die Männer weisen keine Ähnlichkeiten auf. Die einzige Übereinstimmung ist, dass sie männlich und relativ jung sind. Dann sehe ich mir die Zeitachse genauer an.

»Zwischen Fall 1 und 2 liegen 15 Monate. Bis zum dritten Fall hat es nur ein halbes Jahr gedauert. Dann dauert es fast 30 Monate, bis wieder einer verschwindet, aber nur drei Monate bis zum nächsten Fall. Seltsam. Das spricht weder für Abkühlung noch für Steigerung.« Ich wiege nachdenklich den Kopf. »Zehn weitere Monate vergehen, dann sieben Monate, und jetzt fast vier Jahre bis zu Stellan.«

»Was hat das zu bedeuten?«, will Sigge wissen.

»Das kann viele Gründe haben. Der Täter stammt vielleicht nicht von hier oder ist nicht immer hier, oder er ist zwischendurch krank oder im Gefängnis gewesen, oder er setzte einfach aus mangels Gelegenheit.«

»Angenommen all diese Männer sind tatsächlich einem Serientäter zum Opfer gefallen, warum wurde dann nie auch nur der leiseste Hinweis gefunden?«, fragt Sigge. »Weil er seine Opfer verschwinden lässt. Das ist kein großes Kunststück hier«, beantwortet er sich seine Frage gleich selbst.

Ich muss Sigge recht geben. »Der Täter hat sie vermutlich irgendwo vergraben. Das ist eine sichere Methode, sie loszuwerden. Im Wasser besteht die Gefahr, dass die Leiche wieder auftaucht. Verbrennen hinterlässt zu viel vom Körper, und ein Feuer ist auch weithin sichtbar. Bliebe nur das Auflösen in Säure, aber das ist eine gewaltige Sauerei.«

»Wenn sie nicht zufällig wieder von Tieren ausgegraben werden, finden wir sie nie«, meint Sigge.

»Oder er verfüttert sie an die Tiere«, kommt mir in den Sinn. Ich lasse diese Vermutung nachklingen, sie erscheint mir irgendwie nicht plausibel, trotzdem spinne ich den Faden weiter. »Es gibt natürlich noch eine andere mögliche Erklärung. Er könnte auch in anderen Regionen und Ländern aktiv gewesen sein. Wir müssen unbedingt Vermisstenfälle von Norwegen, Dänemark und Finnland überprüfen. Wenn er zum Beispiel ein Lkw-Fahrer ist, könnte er in ganz Europa unterwegs sein.«

»Ich kümmere mich darum«, sagt Sigge. »Dieser Wahnsinnige, hinter dem wir her sind, ist verdammt intelligent und gefährlich. Er kennt keine Skrupel und schreckt vor nichts zurück.«

»Dass er seit zehn Jahren hier aktiv ist und niemandem je etwas aufgefallen ist, sollte uns zu denken geben.«

»Er ist schlau.«

»Nicht schlau genug«, widerspreche ich. »Bei Stellan ist ihm offensichtlich ein Fehler unterlaufen.«

»Wie es scheint sein einziger in zehn Jahren.«

»Stellans Flucht war ganz sicher nicht geplant«, sage ich.

Doch jetzt, nach Stellans Flucht, könnte die nächste Abkühlphase sehr kurz ausfallen.

26

Nach einem schnellen Mittagessen beim Thai um die Ecke teilen wir uns auf. Sigge nimmt Kontakt mit den Angehörigen der Vermissten auf, um mehr über die Hintergründe zu erfahren, und recherchiert ausländische Vermisstenfälle, die ähnliche Muster zu unseren Fällen aufweisen. Falls es nach der langen Zeit überhaupt noch möglich ist, würde ich gerne die letzten Tage der Vermissten minutiös nachzeichnen, um so eventuell Hinweise darauf zu finden, was ihnen wann und wo widerfahren sein könnte. Ich mache einen Abstecher zum Krankenhaus, um bei Arne vorbeizuschauen, bevor ich Sten aufsuche, um ihn zu befragen.

Arne sitzt in seinem neuen Bett und starrt auf das Fernsehgerät, das gegenüber an der Wand hängt. Er bemerkt mein Eintreten nicht, weil er den Ton sehr laut gestellt hat. Offensichtlich hört er inzwischen auch noch schlecht.

»Hey, Arne«, begrüße ich ihn mit lauter Stimme.

Er entdeckt mich, sein Blick hellt sich auf. Arne schaltet den Ton auf stumm. »Da bist du ja endlich.« Er stellt den Ton des Fernsehgeräts wieder an. »Da geht es um Stellan. Schau!«

Ich setze mich zu ihm auf die Bettkante. Der Sprecher berichtet von dem tragischen Unfall und den seltsamen Umständen, die damit einhergegangen sind.

»Woher haben die das?«, frage ich empört.

»Entweder von den Eltern oder von den Kollegen aus Luleå«, meint Arne.

Dann erscheint der Staatsanwalt auf dem Bildschirm und erklärt dem Reporter, dass es sich hier um ein tragisches Unglück handeln würde und der Fall so gut wie abgeschlossen sei. Die Leiche sei bereits freigegeben, so dass die Eltern ihren Sohn beerdigen können.

»Der spinnt ja!«, rufe ich empört. »Nichts ist abgeschlossen, und warum muss ich das alles aus dem Fernsehen erfahren.«

»Komm mal wieder runter«, ermahnt Arne mich. »Du solltest besser die Füße stillhalten.«

»Ich denke ja gar nicht daran«, empöre ich mich weiter. »Das ist so was von unprofessionell. Dieser Hinterwäldler!«

Arne grinst. »Wenn du dich weiter so aufregst, ergeht es dir bald wie mir. Jetzt atme erst mal tief durch.«

Ich schnaube erbost und tigere im Zimmer auf und ab. »Ich könnte platzen vor Wut.«

»Setz dich hin und höre mir zu.«

Widerwillig nehme ich Platz.

»Solange die sich aus Lulea nicht bei dir melden, weißt du von nichts und machst deine Arbeit, das heißt, du ermittelst weiter. Du darfst jetzt nicht auffallen, verstehst du? Sonst bist du deinen Job schneller los, als dir lieb ist.«

Ich versuche meinen Zorn zu zügeln. Arne hat recht. Noch habe ich Spielraum, aber wer weiß, wie lange noch.

»Wo stehst du denn mit deinen Ermittlungen?«, fragt er.

»Sigge telefoniert die Angehörigen ab, um mehr über die Vermissten zu erfahren. Er überprüft auch, ob es ähnliche Fälle im benachbarten Ausland gegeben hat. Wir müssen wissen, wo unser Täter überall aktiv war. Und ich werde zu Sten fahren und ihn vernehmen.«

»Okay, und was kann ich tun?«, fragt Arne. »Ich kann von hier aus wunderbar telefonieren. Wenn ich Sigge einen Teil abnehme, schaffen wir das in der halben Zeit.«

»Bist du dafür wirklich schon fit genug?«

»Wenn es mir zu viel wird, mache ich eine Pause. Versprochen.«

»In Ordnung. Hast du eigentlich etwas zu Viggo Bergqvist herausfinden können, der ein Blockhaus ersteigern wollte?«

»Ich habe mit dem zuständigen Makler telefoniert«, antwortet Arne. »Er konnte sich gut erinnern, weil dieser Viggo unbedingt das Blockhaus haben wollte. Aber als es dem Ende zuging, hat er sich einfach nicht mehr gemeldet, und das Haus ging an einen anderen Interessenten.«

»Wie hätte er sich auch melden können, wenn er möglicherweise längst seinem Mörder in die Hände gefallen war«, sage ich und hole die Fallakten hervor, die ich unter meinem Pullover versteckt habe, und drücke sie Arne in die Hand. Er grinst zufrieden. »Lass das nicht die Krankenschwester oder den Arzt sehen.«

»Ich bin ja nicht blöd. Sag Sigge, dass ich die drei jüngeren Fälle überprüfen werde. Er soll mir die Kontaktdaten und Telefonnummern aufs Handy schicken. Außerdem werde ich alle Akten gründlich studieren, und verlass dich darauf, mir wird dabei kein noch so kleines Detail entgehen. Irgendwo zwischen den Informationen liegen die Antworten versteckt. Wir drei werden sie finden und denjenigen zur Strecke bringen, der für all die Fälle verantwortlich ist.« Er signalisiert mir mit einer Handbewegung, dass ich nun verschwinden soll. »Wir haben alle viel zu tun.«

Damit hat er recht. Ich muss zu Sten.

Auf der Fahrt dorthin informiere ich Sigge über Arnes Angebot. Er ist absolut begeistert. Diese Telefonrecherchen stellen ein mühseliges Unterfangen dar, und Sigge ist für jede Unterstützung dankbar. Dann erzähle ich ihm von dem Fernsehbeitrag und Leifs Interview, in dem er den Fall für beendet erklärt.

»Die Zeit läuft gegen uns«, stellt er nüchtern fest. »Aber wir kriegen diesen Mistkerl.«

In diesem Punkt sind wir uns alle einige, nur in einer Sache ticke ich anders als er. Es ist nicht Zorn, der in mir arbeitet und mich antreibt, auch wenn ich Leif am liebsten eine verpassen würde. Tatsächlich ist es mein unerschütterlicher Glaube an eine tiefere Ordnung, an Gerechtigkeit und Balance, die durch ein Verbrechen gestört worden sind und wiederhergestellt werden müssen.

Ich erreiche Mattisudden, wo Sten tief im Wald mit seinen Schlittenhunden wohnt. Ich parke vor dem Haus. Vom Hundezwinger nebenan ist wildes Gebell zu hören. Sten ist gerade dabei, seine Hunde am Schlitten anzuleinen, als ich auftauche.

»Hey, Sten.«

Er schaut mich überrascht an. »Hey, hey. Was führt dich zu mir?«

Die Hunde sind unter Hochspannung, sie heulen, bellen und veranstalten ein Höllenspektakel.

»Schlechtes Timing«, sagt Sten, »du siehst ja, was hier los ist.«

»Ich habe nur ein paar schnelle Fragen. Kannst du dich an Peer Wikström und August Norberg erinnern? Sie sollen mit dir eine Schlittenfahrt gemacht haben.«

»Wann soll das denn gewesen sein?«

»Sie haben im Februar 2013 eine Tour mit dir gemacht.«

Ohne mich anzuschauen, sagt er sofort: »Nein, kann mich nicht erinnern.«

»Du führst doch Buch über deine Touren?«

»Wieso?«

»Dann kannst du nachschauen, ob du mit Peer Wikström und August Norberg unterwegs gewesen bist und vor allem wo. Hast du eine bestimmte Route?«

»Nein«, antwortet er wieder einsilbig.

Die Hunde sind kaum noch zu bändigen. Nur die Leithündin steht seelenruhig auf ihrem Posten und wartet darauf, dass es endlich losgeht. Sten kontrolliert eine Reihe Hunde nach der anderen. Ich sehe dem wilden Treiben zu. Es ist aussichtslos, jetzt in Ruhe mit Sten reden zu können.

»Ich check das und rufe dich an«, bietet er mir an.

»Heute noch?«

Er nickt und zieht den Anker aus dem Schnee, mit dem der Schlitten am Boden befestigt ist, schwingt sich auf den Schlitten und löst die Bremse. Dann gibt es einen heftigen Ruck, die Leithündin rennt los, gefolgt von einer Huskymeute, und der Schlitten fliegt förmlich davon. Der Schnee wirbelt auf, und das Gespann verschwindet hinter einer Schneewand im Wald. Das Szenario erinnert mich an »Ruf der Wildnis«, diesen Film hatte ich in Stockholm im Kino gesehen.

Wenn ich an meine Zeit in Stockholm denke, kann ich es immer noch nicht recht glauben, dass ich jetzt seit drei Jahren in Schwedisch Lappland bin und dieses Leben hier in der rauen Wildnis und mit seinem extremen Wetter liebe. Ich hätte mir nicht mit vorstellen können, dass mir ein solches Leben einmal ausreichen könnte. Natürlich vermisse ich gelegentlich die Möglichkeit, in ein Konzert zu gehen oder auf einen Absacker in einer Bar vorbeizuschauen. Trotzdem gefällt mir dieses Leben hier tausendmal besser. Um nichts in der Welt möchte ich wieder tauschen.

Zurück in der Polizeiinspektion erzähle ich Sigge von Sten. »Wir müssen Sten überprüfen. Irgendwas stimmt mit ihm nicht. Er hat etwas zu verbergen.«

»Soll ich das übernehmen?«

»Ja, dann werde ich mich um Leyla kümmern. Was hast du inzwischen herausgefunden?«

»Es ist verdammt mühselig, jemanden ans Telefon zu bekommen. Und dann wollen sie oft gar nicht mit mir reden«, beginnt Sigge zu erzählen. »Ich habe versucht, mit der Freundin von diesem Karsten aus Hannover zu sprechen, der seit 2008 verschwunden ist. Aber sie war ziemlich verstockt, sie wolle das endlich alles hinter sich lassen, hat sie gesagt, was ich nach der langen Zeit verstehen kann. Sie hat inzwischen geheiratet und Kinder bekommen.«

»Sie will gar nicht wissen, was mit ihrem Freund damals geschehen ist?«, frage ich ungläubig.

»Das habe ich sie auch gefragt, aber sie meinte, dass wir damals schon nichts unternommen hätten, ihn zu finden, und jetzt würde das wohl auch nichts mehr bringen. Sie geht davon aus, dass er nicht mehr am Leben ist.«

Ich seufze, ich kann diese Reaktion nur zu gut verstehen. Wem es gelungen ist, mit der Vergangenheit abzuschließen, der will jetzt kaum alte Wunden erneut aufreißen.

»Und was ist mit der Familie, den Eltern oder Geschwistern?«, frage ich weiter.

»Karstens Eltern sind gestorben«, fährt Sigge fort, »und es gibt keine Geschwister. Ich habe auch schon mit dem Vater von Valter aus Porjus telefoniert, der 2009 verschwunden ist.«

Ich sehe ihn erwartungsvoll an. »Und?«

»Der Mann war sehr aufgebracht am Telefon. Warum wir jetzt damit ankämen, nach der langen Zeit des Nichtstuns, wollte er wissen. Aber ich konnte ihm ja nicht erzählen, welchem Verdacht wir nachgehen. Ich habe ihm dann gesagt, dass wir von Zeit zu Zeit alte, ungelöste Fälle noch einmal aufrollen.«

»Gut gemacht«, lobe ich ihn.

»Er hat mir dann erzählt, dass er mit Freunden damals das Gebiet, in dem sein Sohn unterwegs gewesen sein soll, wochenlang selbst abgesucht hatte, nachdem die Polizei die Suchaktion ziemlich schnell eingestellt hatte. Aber ohne Erfolg.«

»Wie lange wollte Valter hier zum Jagen bleiben?«

»Nur eine Nacht, um ein paar Truthennen zu schießen. Die Jagdsaison für Elche war ja noch nicht eröffnet. Er hatte geplant, in einer Schutzhütte, die er kannte, zu übernachten. Aber dort war er offensichtlich nicht gewesen, sagt der Vater. Sie hatten keinerlei Spuren von ihm gefunden.«

»Wo soll diese Hütte denn stehen?«

»Der Vater hat mir die GPS-Koordinaten geschickt. Das war ganz in der Nähe der Hütte, die du gefunden hast. Im Jahr darauf war diese Schutzhütte allerdings abgebrannt und wurde vollständig zerstört.«

Ich werde hellhörig. Wieder dieser Ort! Irgendwo dort muss die Antwort auf alle unsere Fragen liegen.

»Hast du Kinder?«, reißt mich Sigge aus meinen Gedanken.

Ich schüttle den Kopf. Ich habe mich mit dem Gedanken an Nachwuchs nie wirklich beschäftigt und derartige Überlegungen immer in die Zukunft geschoben.

»Wieso fragst du?«

»Manchmal denke ich«, sagt Sigge leise, »es ist fast besser, keine Kinder zu haben. Ich möchte mir nicht vorstellen, wie ein Leben noch weitergehen kann, wenn das eigene Kind einfach verschwindet oder stirbt.«

»Ich weiß, dass es den Hinterbliebenen hilft, wenn sie wenigstens wissen, was ihrem Kind widerfahren ist, und wenn sie es begraben können«, sage ich. »Deswegen ist es unsere Aufgabe, das aufzuklären. Es ist das Einzige, was wir für sie tun können. Machen wir weiter! Was hast du noch recherchiert?«

»Ich habe mit den Angehörigen von Viggo Bergqvist aus Stockholm gesprochen, der seit November 2012 verschwunden ist. Die Eltern gehen von einem tragischen Unfall aus, bei dem ihr Sohn ums Leben gekommen sein muss. Viggos damalige Frau hat inzwischen wieder geheiratet und ein neues Leben begonnen. Niemand ist mehr an einer neuen Ermittlung interessiert.«

Ich verziehe das Gesicht. »So kommen wir keinen Schritt weiter.«

»Abwarten«, meint Sigge. »Meine Telefonate mit den Hinterbliebenen der Brüder Kimi und Raik Olsen aus Norwegen sind erfolgreicher verlaufen. Die Eltern, eine Schwester und die damaligen Lebensgefährtinnen der Brüder kommen seitdem jeden Sommer hierher, um nach den beiden zu suchen. Jahr für Jahr wandern sie eine Woche durch die Region mit der Hoffnung, Hinweise zu finden. Von denen bekommen wir volle Rückendeckung.«

»Hast du Arne gefragt, was er inzwischen herausgefunden hat?«, will ich wissen.

Sigge schüttelt den Kopf.

Wir fahren gemeinsam zu Arne ins Krankenhaus.

»Da seid ihr ja endlich«, begrüßt er uns. »Ich glaube, ich habe ein paar interessante Details zutage gefördert.«

Er sitzt aufrecht in seinem Bett und grinst uns an. Die Recherche scheint seine Lebensgeister neu erweckt zu haben. Mein Blick streift das Tablett, auf dem sein Mittagessen angerichtet ist. Er hat es nicht angerührt.

»Gruselig, was die einem hier anbieten. Eine labbrige Scheibe von irgendeinem zu Tode gekochten Tier, Matschgemüse und eine Tasse Spülwasser, das sie Tee nennen.«

»Soll ich dir etwas zu essen bringen?«, frage ich ihn.

»Danke.« Arne winkt ab. »Ich habe mich schon längst um einen Lieferservice gekümmert. Ich bekomme jetzt jeden Mittag einen Teller aus dem Museum. Eine Freundin, die dort in der Küche arbeitet, bringt mir das Essen persönlich vorbei. Sonst hätte ich hier längst wegen Unterernährung und nicht wegen einer Herzattacke ins Gras gebissen.«

»Und wie geht's dir sonst so?«, erkundigt sich Sigge. »Machst du Fortschritte?«

Arne nickt bedächtig. »Ich habe mir die ungeklärten Vermisstenfälle vorgenommen.«

»Ich meine deine Gesundheit«, sagt Sigge.

»Mir geht's gut, ich bin ein braver Patient und tue alles, was mir die Ärzte auftragen. Aber ansonsten langweile ich mich hier zu Tode. Das Unterhaltungsprogramm, das sie einem hier bieten, hält sich in Grenzen. Katheter rein, Katheter raus, Blutabnehmen, Bauchspritze, alles ungeheuer spannend und abwechslungsreich. Soll ich weiter aufzählen?«

Wir schütteln einträchtig unsere Köpfe.

»Aber ich bin immer noch Polizist, wenngleich nur mit halber Kraft«, redet er munter weiter, »und ich weiß, dass wir recht haben. Der Mörder, den wir jagen, läuft da draußen immer noch frei herum.« Er tippt sich auf seine Nase. »Das sagt mir mein Instinkt. Und der hat mich noch nie im Stich gelassen.«

Arne wirft die Bettdecke zurück und schwingt seine Beine aus dem Bett. Unwillkürlich muss ich grinsen. Ich habe meinen Kollegen noch nie im Schlafanzug gesehen.

»Verkneif's dir! Ich will keinen Kommentar hören.« Arne schlüpft schnell in seinen Bademantel und in die Schlappen, die vor seinem Bett stehen.

»Schick ehrlich ... todschick.« Ich kämpfe damit, nicht laut loszuprusten, und ernte einen grimmigen Blick.

Arne setzt sich an den kleinen Tisch. »Was steht ihr so blöd herum?« Er schlägt einen Block auf, der auf dem Tisch liegt. »Ich habe mir ein paar Notizen gemacht.«

Wir nehmen Platz und sehen ihn erwartungsvoll an. Arne hat sich um drei Fälle gekümmert, um die Freunde Peer Wikström und August Norberg aus Kopenhagen, um Folke Öberg aus Gällivare und um Rasmus Blom von Gotland.

»Meine Telefonate haben leider nichts wirklich Interessantes ergeben«, sagt Sigge.

»Meine schon«, erklärt Arne mit vielsagendem Blick. »Ich habe mit den Eltern von Peer Wikström und August Norberg aus Kopenhagen geredet. Die Freunde hatten sich hier im Februar 2013 in Jokkmokk im Hotel einquartiert, um auf den Wintermarkt zu gehen. Sie hatten ihren Eltern erzählt, dass sie sich Schneemobile ausgeliehen hatten, weil sie einen Ausflug in die Berge geplant hatten. Nachdem die Brüder die Skooter nicht wie vereinbart zurückgebracht hatten, hatte der Verleiher selbst nach ihnen gesucht.«

»Und?« Ich sehe ihn ungeduldig an.

»Er hat sie gefunden. Sie standen dort, wo die Brüder auch ihren Wagen geparkt hatten.«

»Das ist ja seltsam«, murmelt Sigge.

»Äußerst seltsam«, sage ich. »Was hat das zu bedeuten?«

»Darüber habe ich mir auch lange den Kopf zerbrochen«, sagt Arne. »Meine These lautet: Der Mörder hat sie dorthin zurückgebracht, damit man sie nicht in seiner Nähe findet.«

Ich denke darüber nach. »Aber es waren zwei Skooter. Wenn er den ersten weggebracht hat, wie ist er dann wieder zurückgekommen?«

»Auf Skiern, mit Schneeschuhen«, antwortete Arne, »oder er hat einen Komplizen.«

»Zwei Täter?« Sigge sieht ihn entgeistert an.

Nein, denke ich, unser Täter agiert alleine.

Arne zuckt mit den Schultern. »Keine Ahnung.«

»Aber bei Stellan war es nicht so«, entgegnet Sigge.

»Da war alles anders«, sagt Arne. »Da lief nichts nach Plan. Stellan konnte fliehen und wurde gefunden. Dem Täter blieb vermutlich keine Zeit mehr, das Schneemobil wegzuschaffen.

Wahrscheinlich hat er darauf gehofft, dass es im Schnee verschwindet.«

»Was hast du noch herausgefunden?«, hake ich nach. »Bei Folke Öberg aus Gällivare, der im Dezember 2013, verschwand, ist es genauso abgelaufen. Sein Schneemobil wurde auch am Straßenrand gefunden. Aber der eigentliche Hinweis kommt aus dem Fall um Rasmus Blom, der sich im Juli 2014 in Luft aufgelöst hat. Er war wegen der Hochzeit eines Freundes hierhergekommen. Mit diesem Freund habe ich lange geredet. Denn er hat sich erinnert, dass Rasmus sich an diesem Abend mit einem anderen Gast heftig gestritten hatte. Die beiden seien sich regelrecht an die Gurgel gegangen. Es hatte wohl Streit wegen einer Frau gegeben. Ich habe dann versucht, diesen Mann ausfindig zu machen. Und ihr werdet es nicht glauben. Er ist hier in Jokkmokk.« Arne grinst über das ganze Gesicht.

»Nein!«, sage ich verblüfft.

»Hast du schon mit ihm geredet?«, fragt Sigge.

Arne schüttelt den Kopf. »Er geht nicht an sein Telefon.«

»Wie heißt er und wo finden wir ihn?«, frage ich.

»Hier ist seine Telefonnummer. Er heißt Mads Nyberg.«

Ich erbleiche. »Mads Nyberg?«, wiederhole ich ungläubig.

Arne blickt mich forschend an. »Was ist mit dir?«

»Ich kenne ihn«, antworte ich, »sehr gut sogar.«

Arne und Sigge sehen mich verblüfft an. »Woher?«, fragen sie einstimmig.

»Von früher, eine alte Geschichte«, erwidere ich abwesend. Was hat das alles zu bedeuten? Was hat Mads mit all dem zu tun? Könnte er ein skrupelloser Serienkiller sein? *Nein, das ist völlig undenkbar,* aber der Gedanke wühlt mich auf. Wie in Trance verlasse ich das Krankenzimmer. Sigge folgt mir, ich kann ihn in meinem Rücken spüren, aber er verkneift sich seine Fragen, die ihm auf den Lippen brennen. Wir stapfen durch die Dunkelheit zum Parkplatz und fahren zurück zur Polizeistation.

Mein Telefon klingelt. Es ist Daniel. »Ich habe leider schlechte Nachrichten. Ich muss heute noch nach Kiruna zurück, weil zwei Kollegen krank geworden sind.«

»So ein Mist«, sage ich enttäuscht. »Wann kommst du dann wieder?«

»Mitte nächster Woche. Dann habe ich zum Glück länger frei.«

Es ist nicht das erste Mal, dass so etwas passiert. Es kann immer wieder zu derartigen Zwischenfällen kommen, die unsere Termine und Vorhaben durchkreuzen, weil sie Daniel dazu zwingen, früher als geplant zur Mine zurückzukehren oder länger als üblich dort zu bleiben. Ich bin die Letzte, die dafür kein Verständnis hat.

»Können wir noch zusammen abendessen? Schaffst du das?«, fragt er. »Das wäre schön.«

Ich werfe einen Blick auf die Uhr. In Stockholm hätte ich vermutlich die Nacht durchgearbeitet, aber hier gibt es andere Prioritäten.

»Ich fahre sofort los«, sage ich und lege auf.

Dann gehe ich zu Sigge. »Ich muss nach Hause. Mach auch Schluss für heute.«

Er winkt ab. »Ich bleibe noch ein bisschen hier und versuche weiter mein Glück.«

»Dann bis morgen«, verabschiede ich mich von ihm.

Sigge kennt niemanden hier im Ort, und viel Abwechslung gibt es abends in Jokkmokk auch nicht. Außerdem steht er mir nur noch einen weiteren Tag zur Verfügung. Dann muss ich mich allein um alles hier kümmern. Ich darf gar nicht daran denken. Unter all diesen negativen Umständen ist eine Aufklärung dieser vielen Fälle fast zum Scheitern verurteilt. Deswegen versuche ich es erst gar nicht, ihn zum Gehen zu überreden.

Auf der Heimfahrt habe ich Zeit, meine Gedanken zu sortieren. Dass Mads etwas mit einem unserer Fälle zu tun hat, beunruhigt mich sehr. Ich werde ihn morgen befragen, genauso wie Leyla. Irgendwie sind die beiden in die Sache verstrickt. Aus Erfahrung weiß ich, dass die meisten Fälle über eine Art roten Faden verfügen. Hier gibt es bislang nur viele lose Fäden, die sich nicht zu einem Strang flechten lassen. Aber ein Gedanke verdichtet sich: Es sind keine tragischen Unfälle gewesen, die zum Verschwinden all dieser Männer geführt haben. Jemand ist dafür verantwortlich, und dieser Jemand treibt hier schon seit vielen Jahren sein Unwesen.

Bislang gibt es nur fünf Menschen, die von diesem Verdacht wissen, und nur drei, die ermitteln. In Stockholm hätte ich dafür ein Team von mindestens 20 Kollegen gehabt und auf modernste Techniken zurückgreifen können. Stattdessen arbeiten wir hier nach Methoden, die mir wie aus der Steinzeit vorkommen. Hier existiert kein Team, mir stehen nur zwei Kollegen zur Verfügung, einer muss morgen wieder abreisen, und der andere liegt im Krankenhaus. Zu allem Übel muss ich mich mit einer veralteten Technik herumschlagen. Wenigstens hat Liv uns so weit, wie es möglich ist, auf den neuesten Stand gebracht. Wieder aufgerollte Fälle haben es in sich, das weiß ich nur zu gut. Immer wieder habe ich mir, wenn ich die Zeit dafür hatte, alte, ungelöste Mordfälle vorgenommen. Es ist keine Arbeit, um die sich Ermittler normalerweise reißen, denn sie bereiten mehr Probleme als Fortschritte. Man muss sich auf das verlassen, was die Kollegen in den Akten vermerkt haben. Aber wer weiß schon, wie gut und vollständig ihre Berichte sind.

Auch auf das Gedächtnis möglicher Zeugen von einst ist kein Verlass. In der Erinnerung werden Details vergessen, verändert und hinzugefügt. Das Gehirn arbeitet nach seinen eigenen Regeln. Außerdem ist es für die Hinterbliebenen ein sehr schmerzhafter Flashback. Bei manchen lodert die Hoffnung erneut hoch, doch noch etwas über das Schicksal des Opfers zu erfahren, andere verweigern sich völlig, um den erneut aufkeimenden Schmerz zu unterdrücken, wieder andere lassen ihrer Wut über das Versagen der Ermittler und ihrer Verzweiflung freien Lauf, was die Arbeit enorm belastet. Als ich die Ermittlungen zum Hubschrauberabsturz meines Vaters heimlich wieder aufgenommen hatte, wurde ich mit all diesen Problemen konfrontiert. Zu sehr war ich nicht nur die Ermittlerin in diesem *cold case*, sondern auch selbst Betroffene.

Ich habe mein Ziel erreicht und biege von der Straße auf unseren Parkplatz ab. Dieses Heimkommen fühlt sich so gut an. Ich bin ein wenig traurig, dass Daniel schon wieder weg muss, aber ich freue mich sehr auf ihn. Jedes Mal wenn ich ihn sehe oder berühre, habe ich Schmetterlinge im Bauch, selbst nach vier Jahren. Auf meinem Weg über den See ertappe ich mich dabei, wie sehr ich mich beeile, zu ihm zu kommen.

Als ich die Tür öffne, erwartet mich gedämpftes Kerzenlicht, und ein wunderbarer Geruch erfüllt den Raum. Zwei Gläser Rotwein stehen auf der Thekenbar unserer Küche. Ich kann Daniel nicht entdecken, setze mich rücklings auf die Theke und greife zu einem der Gläser, um einen kleinen Schluck zu stibitzen. Daniel kommt langsam aus dem Halbdunkel auf mich zu. Ohne ein Wort zu sagen, drückt er meine Beine langsam auseinander und stellt sich zwischen sie. Ich schlinge meine Beine um ihn. Sein Blick weicht nicht von meinen Augen, während er mich ganz langsam eng an sich zieht, und ich kann spüren, wie erregt er schon ist. Die Wärme in meinem Bauch verwandelt sich in ein Kochen. Daniel nimmt meinen Kopf in beide Hände und küsst mich leidenschaftlich und zärtlich zugleich. Er fasst unter meinen Po, hebt mich von der Theke und trägt mich in unser Schlafzimmer, während ich meine Beine um ihn geschlungen habe.

Heute Abend gibt es keinen Fall, jetzt gibt es nur Daniel und mich.

27

Am nächsten Morgen mache ich einen Umweg zum Gästehaus, um nach Liv zu sehen, die gestern Abend durch Abwesenheit geglänzt hat, was ich sehr zu schätzen weiß. Ich kann durchs Fenster sehen, dass Licht brennt, deshalb klopfe ich leise an seine Tür, gerade so laut, um auf mich aufmerksam zu machen, aber leise genug, um sie nicht zu wecken, falls sie doch schlafen sollte.

»Komm rein.«

Ich öffne die Tür und trete ein. Liv sitzt an dem Tisch, auf dem sie ihre Computer aufgebaut hat. Ich sehe vier Bildschirme, diverse Tastaturen und anderen technischen Schnickschnack. Die Computer haben das kleine Gästehaus in eine Art Kommandozentrale verwandelt. Liv thront inmitten ihrer Computer und bearbeitet eine Tastatur. Ihre Finger fliegen in Windeseile über die Tasten. Ich schaue ihr staunend zu und warte geduldig, bis sie fertig ist.

Nach einer kurzen Weile verharrt sie und blickt zu mir herüber. »Was kann ich für dich tun?«

»Mir erklären, wie ich mit meinem Computer in den Zentralrechner komme und wie ich alle Informationen, die ich brauche und die dort gespeichert sind, abrufen kann.«

Liv nickt. »Dann fahre ich am besten gleich mit nach Jokkmokk, oder?«

Ich lächle. »Das wäre perfekt. Hast du schon gefrühstückt?«

Sie schüttelt den Kopf. »Ich habe die ganze Nacht hier gearbeitet.«

»Woran denn?«, frage ich neugierig.

»Nicht böse sein, aber das verstehst du eh nicht«, sagt sie.

Ich gebe mich mit dieser Antwort zufrieden. Ich weiß, dass sie es nicht herablassend gemeint hat.

»Dann machen wir einen Abstecher zur Tankstelle. Dort gibt es alles, was wir zum Frühstücken brauchen«, schlage ich vor. »Und auf der Fahrt erzählst du mir vielleicht von dem Haus, das du kaufen möchtest.«

Während Liv sich fertig macht, schaue ich mich um. Daniel hat dieses kleine Gästehaus schon vor vielen Jahren gebaut. Es besteht nur aus einem einzigen Raum, der jedoch perfekt aufgeteilt ist. Es gibt einen kleinen Wohnbereich mit einer Küchenzeile am Ende, nur Badezimmer und Toilette sind abgetrennt. Der Schlafbereich befindet sich auf einer Empore, die durch eine schmale Treppe zu erklimmen ist. Daniel hat das alles mit viel Können gebaut und mit noch mehr Geschmack eingerichtet.

Auf der Küchentheke entdecke ich ein spinnenartiges Gerät. Das muss die Drohne sein, von der Liv gesprochen hat. Ich sehe mir das seltsame Flugobjekt genauer an. Es erinnert an eine Riesenspinne mit acht langen Beinen, an denen sich jeweils ein Rotor befindet.

Liv kommt aus dem Badezimmer. »Von mir aus kann's losgehen.«

»Ist das die Drohne, von der du gesprochen hast?«

»Ein absolutes Hightech-Gerät«, sagt sie stolz. »Diese Drohne hat nicht nur doppelt so viele Rotoren wie die herkömmlichen. Die Kameraaufhängung macht außerdem einen 360-Grad-Schwenk möglich.«

»Und damit könnten wir das Gebiet absuchen?«

Sie kratzt sich am Kinn. »Das einzige Problem ist der Akku. Bei Plus-Temperaturen schafft der Akku eine Flugzeit von bis zu 30 Minuten. Doch hier, bei minus 30 Grad entlädt er sich megaschnell.«

Schade, denke ich, ein kurzer Flug wird mich nicht weiterbringen.

»Aber wenn ich zwei Akkus einbaue und diese warm halten kann, würde es schon funktionieren«, überlegt sie laut. »Diese Drohne hat Schaltkreise, die laut Hersteller für bis zu minus 40 Grad ausgelegt sind.«

Ich werde hellhörig. »Ginge das?«

Sie nickt bedächtig. »Ein Batteriewärmer wärmt die Akkus auf knapp 30 Grad, was die ideale Temperatur ist, und hält sie anschließend warm. Ich müsste ein bisschen daran herumbasteln. Soll ich?«

Ich nicke heftig. »Das wäre genial, denn anders sehe ich keine Chance, das gesamte Gebiet abzusuchen, in dem die Männer verschwunden sind.«

»Dazu brauche ich allerdings etwas Material, und das werde ich hier in Jokkmokk nicht bekommen.«

»Dann fahren wir nach Lulea«, schlage ich vor. »Gleich am Montag. Und während du deine Einkäufe machst, besuche ich dort meine Chefin. Ich muss sowieso mit ihr und dem Staatsanwalt über unseren Fall reden.«

Den Vormittag verbringen Sigge und ich damit, uns von Liv alle technischen Tricks zeigen zu lassen, die unsere Computer hergeben. Am Ende hat sich meine Niedergeschlagenheit angesichts der begrenzten Ermittlungsmöglichkeiten verflüchtigt. Auch wenn ich am Rand der zivilisierten Welt in einem kleinen Büro sitze, ausgestattet mit vorsintflutlichem Equipment, kann ich trotzdem auf alle relevanten Daten zurückgreifen, die in Lulea und in Stockholm gespeichert sind. Es gibt keinerlei Einschränkungen mehr für mich. Liv hat mir einen Zugang eingerichtet und dazu alles so verschlüsselt, dass mir niemand auf die Spur kommen kann.

»Du bist für sie ein Geist, also mach dir keine Sorgen«, versucht sie, mich zu beruhigen.

Sorgen mache ich mir trotzdem, schaffe es aber, meine Skrupel zu verdrängen, weil der Vorteil für mich überwiegt. Manchmal heiligt der Zweck einfach die Mittel. Dann klemme ich mich ans Telefon und rufe Mads an. Ich lande auf seinem Anrufbeantworter und hinterlasse ihm eine Nachricht, dass er mich dringend zurückrufen soll. Mein nächster Anruf gilt Leyla. Ich erwische sie auf ihrem Mobiltelefon und erfahre, dass sie in Gällivare ist und erst am Abend zurückkommen wird. Ich frage sie nach der Hütte, die auf ihrem Land steht, doch sie wimmelt mich mit der Aussage ab, dass sie keine Ahnung hätte, welche Hütte ich meine. Ich bestelle sie für morgen Vormittag ein. Dann wähle ich Stens Telefonnummer. Er hat nicht wie zugesagt zurückgerufen. Auch hier erreiche ich nur den Anrufbeantworter und erinnere Sten deutlich daran, was ich von ihm wissen will und dass er mich umgehend anrufen soll. Kaum habe ich mein Telefon aus der Hand gelegt, klingelt es. Ylva, die Polizeichefin aus Lulea, ruft mich an.

»Ich hatte heute einen gewissen Edvin Bergqvist aus Stockholm am Telefon«, fängt sie sofort grußlos an.

Ich merke augenblicklich an ihrem Tonfall, dass Ärger in der Luft liegt.

»Das ist der Vater von Viggo Bergqvist. Sagt dir der Name etwas?«

»Er ist im November 2012 hier verschwunden«, antworte ich unumwunden.

»Genau, du sagst es«, dringt es mit scharfem Unterton an mein Ohr. »Warum zum Teufel ermittelst du in diesem alten Fall? Ich kann mich nicht erinnern, dass wir darüber gesprochen hätten und ich dir einen Ermittlungsauftrag oder meine Erlaubnis dafür gegeben hätte.«

Jetzt ist der Punkt gekommen, an dem ich die Hosen herunterlassen und Ylva die ganze Geschichte erzählen muss. In dürren Sätzen informiere ich die Polizeichefin über meine Theorie.

Ylva lacht hämisch auf. »Du siehst ja Gespenster.«

»Nein, nur neun verschwundene Männer und Stellan.«

Sekundenlang kann ich Ylvas leisen Atem hören. Ich warte.

»Du wirst diesen Gedanken nicht weiterverfolgen«, befiehlt Ylva.

Ich habe keinen Zweifel daran, dass sie es todernst meint.

Trotzdem regt sich Widerspruch in mir. »Aber wir können doch nicht einfach so tun, als wäre das alles nicht passiert.«

»Was ist denn passiert?«, erwidert Ylva giftig.

»Wir haben sieben ungeklärte Vermisstenfälle und auf die Frage, warum Stellan unter diesen mysteriösen Umständen zu Tode gekommen ist, haben wir auch noch keine Antwort.«

»Muss ich dich daran erinnern, dass Stellan überfahren worden ist. Die Obduktion lässt daran keine Zweifel. Die Leiche ist freigegeben. Und zu deiner Information: Die Beerdigung findet am Sonntag statt.«

»Aber ...«

»Kein Aber«, fällt mir Ylva ins Wort. »Auch wenn du früher einmal in der Mordkommission gewesen bist, liegt der Fall hier doch völlig anders. Vergiss es!«

So einfach gebe ich mich nicht geschlagen. »Da machst du es dir zu einfach.«

Ich kann hören, dass Ylva in gewohnter Manier mit ihren Fingerspitzen auf der Tischplatte trommelt. »Einmal angenommen, und ich betone, dass es eine rein hypothetische Überlegung ist, die ich zu deinen Gunsten hier einmal anstellen will. Angenommen, du hättest recht mit deiner These ... Ich möchte mir gar nicht vorstellen, welchen Skandal das auslösen würde. Nein! Du wirst die Sache auf sich beruhen lassen. Ich möchte nicht, dass diese klaren Fälle irgendwelche unerwarteten Wendungen nehmen.«

Mein Herz hämmert wie wild in meiner Brust. Ich kann nicht glauben, was Ylva da von sich gibt. Ihr geht es nur darum, einen möglichen Skandal zu verhindern, nicht um eine Aufklärung.

»Aber es ist eine Tatsache, dass diese Männer verschwunden sind. Du kannst das nicht einfach alles leugnen. Das ist nicht nur unprofessionell, das ist ...« Ich beiße mir auf die Zunge und schlucke das Wort hinunter, das ich Ylva eigentlich an den Kopf werfen will.

Ich höre sie schnaufen. »Ich sage es nur noch einmal. Es gibt keine Serie, und es gibt auch keinen Serientäter. Das ist Humbug. An dieser Stelle kann ich dich auch gleich darüber in Kenntnis setzen, dass ich die Schließung der Polizeiinspektion in Jokkmokk befürworten werde. Du kannst dir überlegen, ob du zu uns nach Lulea kommen willst oder nicht. Unter den gegebenen Umständen würde ich es allerdings begrüßen, wenn du davon Abstand nehmen würdest.«

Bevor ich darauf reagieren kann, legt Ylva auf. In mir lodert eine wütende Abneigung gegen diese Bürokraten in Lulea hoch. Politik, Macht, Vertuschung, das ist ein Spiel, das ich nicht mitspielen will und kann. Ylva hat keinen Zweifel daran gelassen, dass jedes weitere Wort und jeder weitere Versuch, sie umzustimmen, sinnlos sind und die ganze Situation nur noch verschlimmern würden. Aber was könnte noch Schlimmeres passieren als die Schließung meiner kleinen Polizeiinspektion in Jokkmokk? Und dass ich in Lulea nicht willkommen bin, hat sie auch deutlich zum Ausdruck gebracht. Ylva hat mich zum Teufel gejagt. Ich habe also gar nichts mehr zu verlieren. Ich zittere innerlich vor Wut, aber es gelingt mir, mein Büro zu verlassen, ohne die Tür zuzuschlagen.

Als ich kurz darauf im Auto sitze, muss das Lenkrad jedoch herhalten. Ich versetze ihm mit lautem Schreien ein paar Handkantenschläge, die vermutlich bei mir mehr Schaden anrichten als an dem Lenkrad. Es hilft trotzdem, mein Zorn verraucht allmählich. Ylva mag am längeren Hebel sitzen, aber nicht in Jokkmokk. Und egal was Ylva sagt oder tut, es wird mich nicht aufhalten.

Ich gehe zurück ins Büro und informiere Sigge, dass ich zu Tyra fahren will, um mit ihr über Milla zu reden. Ich weiß ja nicht, ob sie über die Beziehung ihres Sohnes zu seiner Lehrerin überhaupt Bescheid weiß. Ich packe auch den Laptop ein, um ihn Tyra zurückzugeben.

Als ich dort eintreffe, verabschiedet Stellans Mutter gerade Milla. Die beiden Frauen wirken sehr vertraut, wie ich vom Wagen aus beobachte. Milla ist im Gehen, als ich aus dem Wagen aussteige und auf das Haus zugehe. Unsere Blicke treffen sich. Ich sehe sie fragend an, Milla schüttelt fast unmerklich mit dem Kopf, und ich verstehe. Wir gehen aneinander vorbei, ohne stehen zu bleiben.

»Kann ich kurz mit dir reden?«, frage ich Tyra, die in der Haustür steht.

»Ja. Aber ich muss gleich zum Pfarrer und alles für die Beerdigung am Sonntag besprechen.«

Tyra geht voraus in die Küche und signalisiert mir, dass ich am Küchentisch Platz nehmen soll, während sie stehen bleibt und sich am Küchentresen anlehnt. Ich lege Stellans Laptop auf den Küchentisch.

»Was wollte denn Stellans Lehrerin?«, beginne ich.

»Sie hat mir ihr Mitgefühl ausgesprochen und ihre Hilfe angeboten.«

»Das ist sehr nett. Hat sie sonst noch etwas über Stellan erzählt?«

»Dass er ein sehr guter Schüler gewesen ist und ihm alle Möglichkeiten offengestanden hätten.« Tyra fängt an, in einer Küchenschublade zu kramen.

Ich suche nach den richtigen Worten. »Du hast eine gute Meinung von Milla?«

»Ja, wieso?«

»Nur so. Dann hatten Milla und Stellan ein gutes Verhältnis gehabt?«

»Ich denke, sie hat ihn sehr unterstützt.«

Tyra scheint endlich gefunden zu haben, wonach sie gesucht hat. Es sind irgendwelche Medikamente. Sie nimmt eine Tablette aus der Verpackung und schluckt sie mit einem Glas Wasser hinunter.

»Sie ist wirklich eine sehr gute Lehrerin. Ich wusste nicht, ob ich die Zwillinge mit zur Beerdigung nehmen soll. Aber sie hat mir dazu geraten. Sie hält es für wichtig, dass sie auch Abschied nehmen können.«

Mir ist nicht wohl bei dem Gedanken, Tyra im Unklaren darüber zu lassen, dass Milla und Stellan ein Affäre hatten. Ich muss ihr jetzt die Wahrheit sagen.

Tyra schnäuzt sich die Nase. »Hast du denn noch irgendetwas herausgefunden?«

Ich schüttle den Kopf. »Nichts, was uns erklärt, warum Stellan dort überfahren worden ist. Aber ich muss dir sagen, dass da mehr zwischen Stellan und Milla gewesen ist.«

Sie schaut mich verständnislos an.

»Tyra«, hebe ich an. »Milla und Stellan hatten eine Beziehung.«

»Niemals«, widerspricht sie mir.

Ich klappe den Laptop auf, starte ihn, gebe das Passwort ein und suche nach den Fotos, die Stellan und Milla gemeinsam zeigen. Dann schiebe ich den Laptop zu ihr. Tyra starrt fassungslos auf den Bildschirm.

»Er ist zwar am Samstag mit seinen Freunden losgefahren, aber er hat gegen Mittag die Gruppe verlassen, um zu Milla zu fahren, wo er jedoch nie angekommen ist.«

Tyra sieht mich an, als hätte sie einen Geist gesehen.

»Wir wissen leider nicht, was ihm auf dem Weg dorthin widerfahren ist. Aber ich werde es herausfinden, das verspreche ich dir.«

Tyra sieht wieder auf den Bildschirm. Tränen laufen über ihr Gesicht. »Sie wirken so glücklich.«

»Ja«, stimme ich ihr zu. »Ich glaube, sie waren sehr verliebt.«

Tyra nickt traurig. »Warum hat er mir nichts davon erzählt?«

»Vermutlich weil Milla seine Lehrerin und dazu verheiratet war. Er hat niemandem davon erzählt.«

Tyra weint leise vor sich hin. »Danke, dass du es mir erzählt hast … Du kommst doch auch am Sonntag?«

»Ja, ganz sicher.«

Ob ich will oder nicht, ich muss auf diese Beerdigung. Einerseits bin ich es Stellans Eltern schuldig, anderseits möchte ich mir die Trauergäste ansehen. Es ist fast eine Regel, dass ein Täter bei der Beerdigung seines Opfers auftaucht, entweder weil er zum Bekanntenkreis zählt oder seine Tat noch einmal auskosten möchte.

In diesem Moment erscheint Emil, und Tyra klappt blitzschnell den Laptop zu. Ich verabschiede mich von den beiden mit einem unguten Gefühl. Hoffentlich erzählt Tyra ihrem Mann von Stellan und Milla, denke ich, aber das ist nicht mehr meine Aufgabe. Diese Beziehung wird sich nicht ewig geheim halten lassen, und es wäre besser, Emil erfährt es von Tyra, als dass es ihm irgendwann zugetragen würde.

Sigge packt bereits seinen Kram zusammen, als ich ins Büro zurückkomme. Ich störe ihn nicht, sondern versuche erneut, sowohl Mads als auch Sten ans Telefon zu bekommen. Wieder erreiche bei beiden nur die Anrufbeantworter und hinterlasse genervt meine Nachricht, dass sie mich umgehend anzurufen oder in die Inspektion zu kommen haben.

Dann taucht Sigge bei mir auf und legt mir eine Mappe auf den Tisch. »Hier hast du alle Informationen zu den Fällen und was Arne und ich noch recherchiert haben. Wir konnten keinerlei Fälle im benachbarten Ausland finden, die möglicherweise mit unseren Vermisstenfällen in Zusammenhang stehen könnten.«

»Okay. Und was ist mit Stellans Handy?«, frage ich nach.

»Fehlanzeige. Weder die Handyortung und noch die Auswertung seiner Anrufe hat etwas Neues ergeben. Außer seiner letzten SMS an Milla gibt es nichts mehr. Danach wurde es ausgeschaltet, und seitdem ist es nicht mehr in Betrieb. Wir können es also nicht orten.«

»Konntest du herausfinden, wo das Haus von Mads steht?«

Er nickt. »Ganz woanders. Ich hab's auf der Karte markiert. Du wirst es sehen, es liegt außerhalb der Markierung.«

»Danke, Sigge.«

»Ich wäre dann so weit«, meint er bedrückt.

»Ja«, seufze ich. »Das war wirklich gute Arbeit, Sigge, du wirst mir hier sehr fehlen.«

»Hat echt Spaß gemacht«, meint er, »soweit man das in diesem Fall sagen kann.«

»Ich werde weiter daran arbeiten, und wer weiß …«

Wir umarmen uns schnell, dann verschwindet Sigge.

»Scheiße«, fluche ich, als er weg ist.

Es klingelt an der Tür. Ich gehe auf den Flur und sehe durch den Spion. Es ist Mads. Ich öffne die Tür.

»Hey, Anelie.«

»Hey, Mads.«

Er drängt sich an mir vorbei und stolpert herein. Er ist offensichtlich angetrunken und kommt mir näher, als mir lieb ist. Ich drücke ihn beiseite.

»'Tschuldigung. Ich wollte dich nicht erschrecken«, sagt er und packt meine Handgelenke, »aber ich muss mit dir reden.«

Ich starre ihn feindselig an. »Lass meine Arme los, Mads. Sofort!«

Er gibt meine Handgelenke frei. »Bitte, Anelie, ich muss mit dir reden. Ich tu dir nichts, du musst keine Angst haben.«

»Du bist betrunken.« Ich bin hin- und hergerissen. Ich muss ihn dringend befragen, nur nicht in diesem Zustand. Aber jetzt ist er schon einmal da.

»Gehen wir in mein Büro«, sage ich schließlich und laufe voran.

Mads folgt mir leicht schwankend.

»Setz dich.« Ich deute auf einen Stuhl an meinem Besprechungstisch.

Er lässt sich erschöpft auf einen Stuhl fallen. Ich schiebe ihm mein Glas Wasser hinüber, das auf dem Tisch steht. »Trink das.«

»Hast du vielleicht einen Kaffee für mich?«, fragt Mads. »Ich muss dir etwas gestehen, Anelie.« Er schaut mich verzweifelt an. »Nachdem ich dich hier wieder getroffen habe, ist mir klar geworden, was ich immer noch für dich empfinde.«

Ich rolle genervt mit den Augen. »Mads, du spinnst. Vergiss das!«

»Aber ich meine es ernst.«

»Mads, ich habe mir ein paar alte Fälle vorgenommen und

die Ermittlung wieder aufgerollt. Es geht um das rätselhafte Verschwinden von Rasmus Blom im Juli 2014. Er war Gast auf der Hochzeit eines Freundes. So wie du. Inzwischen habe ich herausgefunden, dass du dich auf diesem Fest mit Rasmus gestritten hast. Es heißt, ihr beide seid euch regelrecht an die Gurgel gegangen. Es soll um eine Frau gegangen sein. Was kannst du mir dazu sagen?«

Er starrt mich mit glasigen Augen an.

»Ich höre.«

»Keine Ahnung. Kann mich nicht erinnern.« Er mauert.

»Dann denk nach! Es ist verdammt wichtig.«

»Was hat das denn mit uns zu tun?«

»Es gibt kein uns, Mads«, sage ich scharf. »Hier geht es um einen Vermissten, und ich will wissen, welche Rolle du dabei spielst. Warum hast du dich mit diesem Rasmus gestritten? Um welche Frau ging es da? Hast du etwas mit seinem Verschwinden zu tun?«

»Du tickst ja nicht richtig«, entgegnet er und macht ein beleidigtes Gesicht. »Ich gehe jetzt wohl besser.«

Er steht auf, schwankt ein wenig und muss sich am Tisch festhalten.

»Hinsetzen! Du bleibst hier«, befehle ich scharf. »Du gehst erst, wenn du mir meine Fragen beantwortet hast. Außerdem kannst du in deinem Zustand sowieso nicht mehr Auto fahren. Jetzt rede endlich!«

»Ich denke ja gar nicht daran.« Mads hat offensichtlich seine Strategie geändert, er ist wie ausgewechselt.

Wenn er nicht bei mir zum Zug kommt, soll ich mir wohl die Zähne an ihm ausbeißen.

»Dann muss ich dich in Gewahrsam nehmen«, drohe ich ihm.

»Weswegen?«

»Trunkenheit am Steuer. Und du bist dringend tatverdächtig, etwas mit Rasmus Bloms Verschwinden zu tun zu haben.«

»Der Typ hat's nicht besser verdient«, zischt er grimmig.

Ich horche auf. »Wieso?«

»Das geht dich nichts an.«

Ich habe genug. »Du willst es nicht anders. Dann bleibst du über Nacht hier.«

»Nur über meine Leiche.« Er steht erneut auf und wankt wie auf einem Schiffsdeck bei rauer See. »Ich glaube, ich muss kotzen.«

Das hat mir noch gefehlt. Ich packe ihn am Kragen und zerre ihn zur Toilette. »Mach hier bloß keine Sauerei.« Damit überlasse ich ihm seinem Schicksal.

Ich sitze in meinem Büro und grüble, was ich mit ihm machen soll. Ich habe hier zwei kleine Gefängniszellen. Aber dann müsste ich über Nacht in der Polizeiinspektion bleiben, weil ich ihn nicht allein lassen darf. Was für ein Aufwand für ein angetrunkenes Arschloch!, denke ich. Ich höre ein Geräusch und eile hinaus auf den Flur. Die Toilettentür steht weit offen, von Mads ist nichts mehr zu sehen. Ich gehe zur Eingangstür, doch diese lässt sich nicht öffnen. Verdammt, er hat mich eingesperrt. Ich rüttle an der Tür, sie ist blockiert. Ich laufe zum Fenster und kann sehen, wie Mads in seinen Wagen steigt und davonfährt. Ich rufe Liv an, da ich weiß, dass sie noch in Jokkmokk sein muss. Sie hat kein Auto und muss mit mir zurückfahren. Ich erreiche sie sofort und schildere ihr meine Lage.

»Bin in fünf Minuten da.«

Kurz darauf höre ich etwas an der Tür und begebe mich zu ihr, um zu öffnen. Liv steht davor und hat ein Brett in der Hand.

»Das hat unter der Klinke gestanden.«

»Danke«, sage ich und lasse sie eintreten.

»Eine Frage, Liv, könntest du auf die Schnelle ein Bewegungsprotokoll von Mads Nyberg für mich erstellen? Ich muss herausfinden, wann er in den vergangenen Jahren hier gewesen ist, und das mit den Vermisstenfällen abgleichen.«

»Wenn's sonst nichts ist«, sagt Liv. »Ich brauche dazu nur seine Personennummer.«

»Die bekommst du, aber du müsstest unter dem Radar bleiben. Und kannst du sein Handy für mich orten?

Liv grinst. »Logisch. Das mache ich sofort. Kann ich an deinen Supercomputer?«

Den offiziellen Weg einer Handyortung zu beantragen, habe ich längst verworfen. Das würde viel zu lange dauern. Auf die Auswertung von Stellans Handy habe ich fünf Tage warten müssen. Dann wäre Mads vielleicht über alle Berge.

Liv braucht nur wenige Minuten. »Sein Mobiltelefon ist ausgeschaltet. Aber sobald er es wieder benutzt, bekommst du eine SMS auf dein Handy mit seinen Ortungsdaten. Den Rest mache ich von zu Hause. Dafür brauche ich mehr Zeit und besseres Equipment.«

Wo auch immer Mads mit seiner Bankkarte bezahlt hat, es lässt sich lückenlos feststellen. In dieser Hinsicht funktioniert der Überwachungsstaat perfekt. Ich habe dafür zwar keine Genehmigung, dieses Vorgehen ist aus meiner Sicht unter den gegebenen Umständen jedoch notwendig. Eines habe ich im Lauf meines Berufslebens gelernt, wer sich bei seinen Ermittlungen ausnahmslos im Rahmen des Erlaubten bewegt, bleibt auf der Strecke.

Wir fahren gemeinsam nach Hause. Liv verzieht sich sofort ins Gästehaus. Ich lege mich auf die Couch und telefoniere lange mit Daniel. Ich erzähle ihm von meinem Gespräch mit Ylva und dass sie mir gedroht hat, die Polizeiinspektion in Jokkmokk zu schließen. Daniel versucht, mich aufzumuntern, was ihm nur mäßig gelingt. Den Zwischenfall mit Mads verschweige ich ihm, das werde ich ihm ein anderes Mal erzählen. Wenigstens hat er bessere Nachrichten als ich. Die Chancen, dass er am Mittwochabend wieder zurückkommen kann, stehen gut. Und dann hat er bis zum übernächsten Sonntag frei.

Ich vermisse ihn. Wir reden zwar jeden Tag via WhatsApp im Videochat miteinander, aber mir fehlt seine Nähe schmerzlich. Sollte Ylva ihre Drohung wirklich wahr machen, werde ich mir irgendeinen anderen Job suchen müssen. Ich gehe auf keinen Fall nach Luleå. Auch wenn ich meinen Beruf liebe, meine Beziehung mit Daniel ist mir wichtiger. Wenn man das Glück hat, die Liebe seines Lebens gefunden zu haben, darf man sie nicht leichtfertig aufs Spiel setzen.

28

Mitten in der Nacht schrecke ich schweißgebadet aus einem Alptraum hoch. In meinem Traum ist Stellan wie ein Zombie durch die Nacht gegeistert, eingewickelt in Rentierfelle, mit blutigen Händen und Füßen. Ich setze mich auf die Bettkante und warte mit dem Aufstehen, bis der Schwindel vorbei ist. Ich vermisse Daniel schmerzlich und fühle mich einsam. In seiner Nähe habe ich nie Alpträume, nur wenn er weg ist, tauchen sie auf.

Barfüßig tapse ich in die Küche, um mir ein Glas Wasser zu holen, setze mich dann aber mit einer Flasche Wasser bewaffnet an den Küchentisch und starre vor mich hin. Ich muss augenblicklich an Mads' gestrigen Auftritt denken. Wie sehr sich Menschen doch verändern können! Es hat eine Zeit gegeben, da war ich wirklich verliebt in ihn gewesen. Jetzt empfinde ich Abscheu für ihn. Das Einzige, was ich noch von ihm will, ist seine Aussage. Er muss mir erklären, was er mit Rasmus zu schaffen gehabt hat, bevor dieser verschwunden ist. Danach soll er sich zum Teufel scheren.

Ich gehe nach nebenan ins Wohnzimmer, setze mich an den kleinen Schreibtisch und schalte den Laptop an. In meinem privaten E-Mail-Briefkasten finde ich eine Nachricht von Liv. Sie hat offensichtlich wieder die Nacht durchgearbeitet und ein Bewegungsprofil von Mads erstellt. *Wann schläfst du eigentlich?* Ich öffne die Datei und studiere die Daten. Liv hat sehr tief gegraben, das Ergebnis ist schockierend. Mads war immer hier in der Gegend gewesen, wenn jemand verschwunden ist. Das hier kann kein Zufall sein.

Aber wie kann ich das in meinen Ermittlungen offiziell verwenden? Wenn ich diese Informationen Ylva vorlege, liefere ich ihr weitere Munition gegen mich. Ich müsste mit einer Dienstaufsichtsbeschwerde rechnen und wäre meinen Job endgültig los. Ich habe mir Mads' Bewegungsprofil nicht nur ohne Genehmigung beschafft, Livs Mitwirken und die Vorgehensweise wären zudem strafbar. Ich checke mein Handy, aber ich habe noch keine Nachricht erhalten, wo Mads sich aufhält.

Langsam schlurfe ich zurück in mein Bett. Wider Erwarten falle ich noch einmal in einen tiefen Schlaf und wache ausgeschlafen gegen halb acht Uhr auf. Ich dusche ausgiebig, ziehe mich an und gehe nach unten in die Küche, wo mich ein wunderbarer Kaffeeduft empfängt. Liv hantiert an der Kaffeemaschine. Im Gegensatz zu mir sieht sie furchtbar müde aus.

»Guten Morgen«, begrüße ich sie. »Du warst noch gar nicht im Bett, oder?«

Sie schüttelt den Kopf. »Aber mach dir keine Gedanken, ich bin daran gewöhnt. Was ist mit diesem *drunken sailor*?«, will sie wissen.

»Sein Handy ist immer noch ausgeschaltet.«

»Ich habe heute Nacht noch ein bisschen an meiner Drohne herumgebastelt und habe einige Lösungen für mein Kälteproblem gefunden. Ich brauche doch keine Ersatzteile mehr. Die Drohne wäre einsatzbereit. In dem Gebiet gibt es überall schon 4G. Damit kann ich mir die Flugaufzeichnungen direkt auf den Laptop schicken lassen.«

Hin- und hergerissen überlege ich, wie ich alles unter einen Hut bringen kann. Ich habe für den Vormittag Leyla zur Befragung einbestellt. Außerdem muss ich Mads festnehmen, sobald er sein Handy einschaltet und mir dadurch seinen Aufenthaltsort verrät. Ich kann aber nicht gleichzeitig mit Liv zu der Hütte fahren, um die Drohne einzusetzen. Ohne Sigge bin ich aufgeschmissen. Ich erkläre Liv mein Dilemma.

»Dann morgen?«

Ich schüttle den Kopf. »Da ist Stellans Beerdigung.«

»Dann haue ich mich mal aufs Ohr«, sagt Liv etwas enttäuscht und verdrückt sich. »Sag einfach Bescheid, wenn sich doch noch was ändert«, höre ich noch, bevor die Tür ins Schloss fällt.

Ich begebe mich auf den Weg nach Jokkmokk. Da ich Leyla erst um zehn Uhr erwarte, mache ich einen Abstecher zum Krankenhaus, um bei Arne vorbeizuschauen. Ich finde ihn am Tisch sitzend, er brütet über den Fallakten. Er hat seinen Schlafanzug gegen Jogginghose und Sweatshirt getauscht.

»Du schmilzt ja wie Butter in der Sonne«, stelle ich fest.

Er schnalzt mit der Zunge. »Ja, ich habe schon neun Kilo weniger. Aber nun passen mir meine Klamotten nicht mehr. Meine Hosen hängen an mir wie Säcke. Raucher nehmen normalerweise zu, wenn sie damit aufhören, bei mir ist es genau umgekehrt.« Er grinst. »Hab ich jetzt wieder Chancen bei dir?« Dann wird sein Gesichtsausdruck schlagartig ernst. »Und wann ich erfahre ich endlich, was es mit diesem Mads Nyberg auf sich hat?«

Ich will Arne nicht länger auf die Folter spannen. »Ich kenne Mads aus meiner Jugend, wir waren damals ein Paar, aber das war in einem anderen Leben. Jetzt habe ich ihn vergangene Woche hier zufällig wieder getroffen.«

Arne hängt an meinen Lippen.

»Gestern Abend ist er bei mir im Büro aufgetaucht. Sigge war schon weg, und ich war allein mit ihm. Mads war ziemlich angetrunken und ...« Ich breche ab. »Auf jeden Fall hat er da etwas gesagt, was mich stutzig gemacht hat.«

»Jetzt komm endlich zum Punkt«, treibt mich Arne ungeduldig an.

»Ich habe ihn auf Rasmus Blom angesprochen, mit dem er auf dieser Hochzeit in Streit geraten war und der seitdem vermisst wird. Mads sagte wörtlich: *Der Typ hat's nicht besser verdient.*«

Arne horcht auf. »Wieso?«

»Es ging wohl um eine Frau. Aber mehr konnte ich nicht aus ihm herausbringen, weil er abgehauen ist.«

»Scheiße.«

»Ich habe Daniels Schwester Liv gebeten, ein Bewegungsprofil von Mads zu erstellen. Und dabei ist herausgekommen, dass Mads in allen relevanten Zeiträumen hier gewesen ist«, informiere ich Arne weiter.

»Dann musst du mit Ylva reden, sie muss einsehen ...«

»Ich bin illegal an diese Informationen gekommen«, schneide ich ihm das Wort ab. »Ich hätte Liv nicht darum bitten dürfen, und ich hatte dafür überhaupt keine Genehmigung.«

Arne kratzt sich am Kopf. »Verdammte Rentierscheiße. Traust du diesem Mads eigentlich zu, all diese Männer auf dem Gewissen zu haben?«

Ich denke über seine Frage lange nach. Soweit ich mich erinnern kann, hat Mads eine völlig normale Jugend ohne Gewalt und ohne größere Probleme erlebt. Während unseres Zusammenseins hat er nie ein seltsames Verhalten gezeigt. Könnte er tatsächlich ein Killer sein? Eigentlich kann ich es mir nicht vorstellen, aber ich weiß, dass jeder Mensch das Potenzial zu Gewalttätigkeit oder Gewaltverbrechen in sich tragen kann, wie auch die Fähigkeit, einem anderen Leid zuzufügen. Jeder Mensch ist zu weitaus mehr Bösem imstande, als er sich vorstellen oder eingestehen will. Trotzdem überquert nicht jeder diese Grenze zwischen Möglichkeit und Realität. Nicht alle, die eine furchtbare Kindheit mit traumatischen Erlebnissen erlitten haben, werden automatisch zu Schwerverbrechern. Im Gegenteil, der überwiegenden Zahl gelingt es mit oder ohne Hilfe, die aggressiven Impulse durch Selbstkontrolle, Mitgefühl oder Moral in Schranken zu halten. Ich weiß aber auch, dass das Risiko, zum Schwerverbrecher zu werden, radikal ansteigt, wenn eine dieser drei menschlichen Fähigkeiten der Selbstkontrolle, des Mitgefühls und der Moral versagt. Dann ist es nur eine Frage der Zeit, bis man zum Täter wird. Und hierbei gibt es Menschen, die nicht nur diese Grenze weit hinter sich gelassen haben, Psychopathen empfinden weder Mitgefühl für ihre Opfer, noch spüren sie Furcht bei ihren Taten. Das machte sie so brandgefährlich. Zählt Mads zu dieser Spezies?

»Ehrlich gesagt nein. Ich traue es ihm nicht zu«, sage ich schließlich. »Aber wer kann schon in einen Menschen hineinschauen.«

»Welches Motiv könnte dieser Mads denn haben?«, hakt Arne nach.

»Ich habe nicht die leiseste Ahnung.«

»Ich könnte mal mit Ylva reden«, schlägt Arne vor.

»Nein, ich werde am Montag selbst nach Lulea fahren«, entgegne ich, »und persönlich mit ihr sprechen.«

»Wenn das nicht hilft, brauchen wir ein Wunder.«

»Auf ein Wunder können wir nicht warten.«

»Sprich auch mit Leif«, schlägt Arne vor, »vielleicht hat er ein offenes Ohr.«

Ja, wenn ich bei Ylva nicht weiterkommen sollte, werde ich mit dem Staatsanwalt über unseren Verdacht reden. Aber ob das ein Erfolg versprechendes Unterfangen sein würde, vermag ich nicht vorherzusehen. Das Risiko, dass der Schuss nach hinten losgehen könnte, steht fünfzig zu fünfzig.

»Wie gut kennst du eigentlich diesen Sten?«, frage ich Arne.

Er überlegt kurz. »Der stammt eigentlich nicht von hier. Sein Elternhaus liegt circa 30 Kilometer hinter Boden. Er tauchte vor ungefähr zwölf Jahren mit seinen Hunden hier auf. Wie ich damals von Kollegen aus Boden gehört hatte, war er früher immer wieder durch gewalttätige Auseinandersetzungen aufgefallen. Er hat eine kurze Zündschnur und war oft in Schlägereien verwickelt gewesen als junger Kerl. Die Kollegen waren ziemlich froh, als er von Boden weggezogen ist. Dann hatten wir ihn an der Backe. In seinem ersten Jahr hatten wir innerhalb weniger Wochen dreimal Ärger mit ihm. Wir haben ihn dann für eine Woche in die Zelle gesteckt. Das hat Wirkung gezeigt. Danach ist er von Jokkmokk nach Mattisudden gezogen und nicht mehr unangenehm aufgefallen. Ich glaube, dass er außer seinen Hunden keine Freunde hat. Seine Touren halten ihn wohl einigermaßen über Wasser. Man kann sie über eine Website buchen, auf der auch andere Musher ihre Schlittenhundfahrten anbieten. Er kommt eigentlich nur zum

Einkaufen nach Jokkmokk, sonst sehen wir ihn hier nie. Er grüßt mich, wenn wir uns über den Weg laufen, aber freundlich ist anders. Warum willst du das wissen?«

»Ich war bei ihm, um ihn zu Peer Wikström und August Norberg zu befragen, die im Februar 2013 wohl eine Schlittenfahrt mit ihm gemacht haben. Sten hat behauptet, er würde sich nicht daran erinnern, aber ich glaube, er hat gelogen. Irgendetwas an ihm und seiner Art stört mich. Ich traue ihm nicht über den Weg.«

Arne nickt nachdenklich. »Ja, Sten ist ein seltsamer Kauz, aber wir haben nichts Konkretes gegen ihn in der Hand, oder?«

Ich schüttle den Kopf. »Ich muss los. Ich habe Leyla einbestellt.«

»Ich bin gespannt, ob sie auftaucht«, meint Arne skeptisch, »worauf ich nicht wetten würde. Aber auch wenn sie kommt, wird sie dir wahrscheinlich nichts erzählen, befürchte ich. Es wird sehr schwer werden, mit den Sami ins Gespräch zu kommen. Sie schotten sich ab.«

»Warum?«, will ich wissen. »Nur weil ich keine Sami, sondern aus Stockholm bin?«

»Das auch. Aber vor allem, weil sie uns nicht trauen. Wir sind die Staatsgewalt, und das steht in ihren Augen für nichts Gutes.«

»Du kennst sie schon lange, was kannst du mir über sie erzählen?«

Arne ist wie ein lebendes Menschenlexikon von Jokkmokk auf zwei Beinen, er kennt jeden hier in der Gegend, was für mich ein unschätzbarer Vorteil ist.

»Ich kannte noch ihre Eltern«, hebt Arne an. »Ukko und Diinna. Leyla war ihr jüngstes Kind. Es gab noch einen älteren Bruder namens Isku. Er war zehn Jahre älter als Leyla.«

»War?«, hake ich nach.

»Isku war ein Taugenichts, kein guter Junge«, erzählt Arne weiter. »Es hat viel Streit zwischen Vater und Sohn gegeben. Ukko hat Leyla immer vorgezogen, was Iskus Neid zur Folge hatte. Außerdem hatte er sie lange vor seinem Tod offiziell als Erbin eingesetzt. Isku sollte nur ein kleines Stück Land bekommen und fast leer ausgehen. Das hatte Ukko in seinem Testament so festgelegt. Dann kam es zu einem tragischen Unfall, bei dem Ukko ums Leben gekommen ist. Er ist im Winter von einem Bergvorsprung gestürzt, als er mit seinen Rentieren in den Bergen unterwegs gewesen ist. Man hat ihn später tot gefunden. Er muss nach dem Absturz noch am Leben gewesen sein, war aber nicht mehr auf die Beine gekommen und dann erfroren. Diinna ist über seinen Tod nie hinweggekommen. Nur ein Jahr später ist sie dann an gebrochenem Herzen gestorben.«

Wie meine Mutter, schießt es mir durch den Kopf. »Wann war das?«

Arne überlegt angestrengt. »Ich glaube, das muss 2001 gewesen sein.« Er seufzt leise. »Diese Familie hatte kein Glück.«

»Wie ging es denn dann weiter?«, will ich wissen.

»Da Leyla damals erst 13 Jahre alt war, als ihre Mutter starb, Isku aber schon 23, wurde er zu ihrem vorläufigen Vormund erklärt. Aber schon drei Jahre später packte Isku seine Sachen und verschwand auf Nimmerwiedersehen. Damals war Leyla gerade mal 16 Jahre alt und plötzlich völlig allein. Sie erlitt einen schweren Nervenzusammenbruch und musste psychiatrisch behandelt werden. Sie war lange weg, zwei Jahre glaube ich, irgendwann tauchte sie dann wieder hier auf.«

Ich horche auf. »Wo wurde sie denn behandelt?«

»Ich weiß es nicht, ich vermute in Lulea. Sie musste immer wieder mal in die Klinik. Um ihre geistige Gesundheit steht es wohl nicht zum Besten. Also sei nicht zu hart zu ihr.«

Ich blase die Luft aus wie ein genervter Stier. »Hat sie geheiratet? Gibt es einen Ehemann? Hat sie Kinder?«

Arne schüttelt den Kopf. »Nein. Sie kümmert sich um ihr Land, ihre Rentiere und um die Belange der Sami-Gemeinde. Sie hat keine Familie mehr, von Isku hat man nie mehr etwas gehört. Es heißt, er wäre in die USA ausgewandert. Leyla hat nie mehr über ihren Bruder gesprochen.«

Ich lasse alle diese Informationen sacken. Wir sitzen beide eine Weile lang schweigend da und hängen unseren Gedanken nach.

»Was geht dir durch den Kopf?«, unterbricht Arne irgendwann die Stille.

»Leyla gehört das Land, um das sich irgendwie alles dreht«, sage ich nachdenklich. »Irgendwie steckt sie da mit drin. Vielleicht ist dieser Isku doch wieder aufgetaucht und treibt dort nun sein Unwesen.«

Arne wackelt mit dem Kopf. »Kann ich mir ehrlich gesagt nicht vorstellen. Das hätten wir hier mitbekommen. Außerdem kann sich jeder auf Leylas Land herumtreiben.«

Das Jedermannsrecht erlaubt es jeder Person in Schweden, durch die Wälder und Berge zu streifen, dort zu wandern und zu zelten, auch wenn das Areal in Privatbesitz ist. Für Sami gibt es noch mehr Befugnisse, sie dürfen überall jagen, auch auf Privatbesitz, egal wie groß oder klein der ist, während alle anderen Bewohner nur in den jährlich neu ausgewiesenen Revieren jagen dürfen.

Ich stehe auf, um zu gehen. »Dann drück mir mal die Daumen, dass Leyla mich nicht versetzt.«

»Rufst du mich an, wenn es was Neues gibt?«, verabschiedet mich Arne.

»Selbstverständlich.« Mit diesem Versprechen verlasse ich ihn und fahre weiter in unsere Polizeiinspektion, um auf Leyla zu warten.

Leider soll Arne recht behalten; sie taucht nicht auf. Ich rufe dreimal bei ihr an, doch sie meldet sich nicht. Ich warte eine halbe Stunde, dann breche ich auf. Ich fahre zu Leylas Haus, aber alle Fenster sind dunkel, und ihr Auto steht auch nicht wie üblich unter dem Carport. Vielleicht ist sie noch in Gällivare, denke ich, aber dann hätte sie mich wenigstens anrufen können. Verärgert mache ich kehrt und begebe mich auf den Heimweg.

Von unterwegs rufe ich Liv an und reiße sie aus ihrem Schlaf. Um den Tag nicht völlig sinnlos verstreichen zu lassen, möchte ich jetzt doch noch die Drohne zum Einsatz bringen. Vielleicht entdecken wir ja etwas Interessantes aus der Luft, was wir bei unserer Suche mit den Schneemobilen und zu Fuß übersehen haben.

Als ich am Parkplatz ankomme, erwartet mich Liv bereits mit ihrem Equipment. Verschlafen blinzelt sie mich an, als sie zu mir in den Wagen steigt.

»Warum dieser Sinneswandel?«, fragt sie mich.

Ich erzähle ihr von meinem geplatzten Termin mit Leyla, die

nicht wie verabredet erschienen ist, und dass Mads sein Handy immer noch nicht eingeschaltet hat. Liv sagt nichts dazu, sondern döst neben mir auf dem Beifahrersitz, bis wir unser Ziel erreicht haben.

»Wir sind da«, wecke ich sie, als ich den Wagen am Straßenrand geparkt habe. »Hier ist die Stelle, an der Stellan überfahren worden ist.«

»Wie kalt ist es denn?«, will sie wissen.

Ich werfe einen Blick aufs Armaturenbrett und die Anzeige.

»Es hat nur null Grad«, stelle ich fest. »Das ist ungewöhnlich warm für die Jahreszeit.«

»Umso besser für uns«, meint Liv vergnügt und macht ihre Ausrüstung bereit.

Ich hole die Landkarte aus meiner Jackentasche und breite sie auf der Kühlerhaube aus. Liv braucht nicht lange, bis die Drohne startklar ist und sie eine Verbindung zu ihrem Laptop aufgebaut hat. Tatsächlich haben wir hier 4G, wie fast überall in der Region. Gut, dass die Regierung hier den digitalen Ausbau so energisch vorantreibt, denke ich. Selbst in einem 58-Seelen-Ort wie Randijaur wurde schon vor Längerem Glasfaserkabel für die Internetverbindung verlegt.

Liv lässt das spinnenartige Ding steigen. Mit dem Steuergerät schickt sie die Drohne zuerst senkrecht in die Höhe, dann lässt sie ihr Fluggerät über die Baumwipfel in die Richtung fliegen, die ich ihr auf der Karte zeige. Ich setze mich wieder ins Auto und beobachte auf dem Bildschirm des Laptops den Flug. Von oben betrachtet, entfaltet die Landschaft noch einmal einen ganz anderen Zauber. Die Drohne gleitet schnell über die Bäume hinweg, dann entlang des Winterweges, dem wir bei der Suche gefolgt sind und von dem wir glauben, dass auch Stellan ihn benutzt hat. Ich entdecke zwei Schneemobile, die sich auf diesem Weg in Richtung Berge bewegen.

»Kannst du da näher rangehen?«, frage ich Liv.

Sie lenkt die Drohne zu den beiden Schneemobilen, die ihre Fahrt verlangsamen und schließlich stehen bleiben. Liv lässt die Drohne in circa zwei Meter Höhe direkt vor dem ersten Fahrer in der Luft schweben. Beide nehmen ihre Helme ab und starren direkt in die Kamera. Zu schade, dass wir keinen Ton haben, denke ich, dann hätte ich hören können, was sie sagen, und ich hätte sie nach ihren Namen fragen können. Trotzdem notiere ich mir die beiden Kennzeichen der Skooter. Liv fliegt die Drohne langsam auf den zweiten Fahrer zu. Ich kann auf dem Bildschirm sehen, dass es sich um einen jungen Mann handelt. Vermutlich Touristen, denke ich, aber dass sie sich gerade in dieser speziellen Region aufhalten, beunruhigt mich. Die beiden setzen ihre Helme wieder auf und fahren weiter.

»Flieg mal zu der Hütte bitte«, sage ich zu Liv.

Sie ändert den Kurs der Drohne und fliegt eine Kurve. Die Drohne erreicht die Hütte, und Liv überquert sie in geringer Höhe. Ich sehe frische Spuren im Schnee, ansonsten kann ich nichts Auffälliges entdecken.

»Kannst du die Umgebung noch absuchen?«, bitte ich Liv.

So tief wie möglich gleitet die Drohne über den Wipfeln der Bäume entlang, und ich kann weitere Fußspuren und die von einem Schneemobil erkennen. Die Drohne umfliegt in immer größeren Radien die Hütte.

»Was ist das?«, rufe ich. Mir ist ein dunkler Fleck aufgefallen. »Kannst du noch mal ein Stück zurückfliegen?«

Liv steuert das Fluggerät zu der Stelle und lässt die Drohne dann darüber schweben.

Ich erkenne ein kreisrundes, etwa faustgroßes Loch im Schnee, vermutlich eine Tierhöhle.

»Ich habe nur noch für zehn Minuten Saft«, meint Liv.

»Okay, dann flieg zurück, aber könntest du dafür eine andere Route nehmen?«, frage ich sie.

»Logisch.« Liv lässt die Drohne etwas höher über die Baumwipfel steigen und nimmt dann in einem großen Bogen Kurs zu uns zurück.

Dabei entdecke ich ein Schlittenhundegespann, das zwischen den Bäumen auftaucht und sich sehr schnell in Richtung Berge bewegt.

»Kannst du da näher ran?«

Liv schüttelt den Kopf. »Leider nicht mehr, ich kann nicht riskieren, dass die Drohne abstürzt.«

Mist!, denke ich. Zu gerne hätte ich erfahren, welcher Musher den Schlitten gelenkt hat. Dann erreicht die Drohne die Straße weit hinter unserem Standort und gleitet dann entlang der Straße in unsere Richtung. Sie überfliegt einen geparkten Wagen mit Anhänger.

»Kannst du mir das Kennzeichen zeigen?«, bitte ich Liv.

Sie lenkt die Drohne zum Fahrzeug. Ein deutsches Nummernschild, denke ich mir, während ich mir das Kennzeichen notiere, das ich auf dem Bildschirm des Laptops sehen kann. Der Wagen gehört vermutlich zu den beiden Männern, die wir auf den Schneemobilen gesehen haben. Der Trailer hingegen hat ein schwedisches Kennzeichen. Ich werde alle Kennzeichen überprüfen.

»Und hat dich das weitergebracht?«, will Liv wissen, als sie ihr Equipment im Wagen verstaut hat.

»Das weiß ich noch nicht«, gebe ich ehrlich zu. »Ich schaue mir den Film zu Hause noch einmal in Ruhe an. Vielleicht habe ich ja etwas übersehen. Wenigstens sollte ich herausfinden können, wer sich heute dort aufgehalten hat.«

Auf der Rückfahrt telefoniere ich mit Daniel und erzähle ihm von der Suche mithilfe Livs Drohne. Als ich das Loch erwähne, das ich im Boden entdeckt habe, erklärt Daniel mir, dass es unmöglich der Eingang zu einer Tierhöhle sein kann. Hier gibt es keine Tiere, die bei ihren Höhlen senkrechte Ausgänge graben, die heimischen Tiere legen ihre Ein- und Ausstiege immer seitlich. Aber was hat es dann mit diesem Loch auf sich? Darauf kann ich mir keinen Reim machen.

Zu Hause sehe ich mir den Film erneut an, den die Drohne bei ihrem Flug aufgezeichnet hat. Aber auch nach der x-ten Wiederholung des Films kann ich nichts Auffälliges entdecken. Die Aufnahme von dem seltsamen Loch bringt mich auch nicht weiter.

Ich rufe ihm Hotel Akerlund an und erkunde mich nach eventuellen deutschen Gästen. Der Mann an der Rezeption will mir erst keine Auskunft geben, aber als ich ihm erkläre, wer ich bin und dass er bei Katrin, der Hotelbesitzerin, nachfragen kann, gibt er mir bereitwillig Auskunft. So erfahre ich, dass es zurzeit nur zwei deutsche Gäste gibt; ein Mann namens Michael Grimm aus München ist mit seinem Sohn Luca vor einigen Tagen im Hotel abgestiegen. Das müssen sie sein, denke ich, und lasse mich zu ihnen durchstellen.

29

Michael hat den leeren Koffer aufgeklappt auf das Bett gelegt und mit dem Packen begonnen. Morgen werden sie die Rückreise antreten. Er hat vier Etappen für die rund 3200 Kilometer zurück geplant. Zum Glück haben sie Zeit und müssen sich nicht auf dieser Heimreise hetzen.

Die Durchgangstür zum Zimmer seines Sohnes steht offen. Er weiß, dass Luca auf dem Bett liegt und durchs Fernsehprogramm zappt. Er kann den leisen Ton hören. Michael beglückwünscht sich zu seiner Idee, gemeinsam mit Luca diese Reise unternommen zu haben. Sie war ein Geschenk für das bestandene Juraexamen gewesen, aber vor allem sollte sie die Beziehung zwischen ihnen beiden wieder etwas vertiefen. Die Zeit, die sie in letzter Zeit miteinander verbringen, ist viel zu kurz, was Michael sehr bedauert, aber auch nicht ändern kann. Seine Kanzlei beansprucht ihn sehr, und er hat es bislang nicht geschafft, kürzerzutreten. Luca wohnt längst nicht mehr bei ihnen, sondern in seiner eigenen Wohnung in München. Da werden gemeinsame Momente rar.

Deswegen war diese Reise ein Volltreffer. Sie haben nicht nur viel Spaß zusammen gehabt und ein tolles Land entdeckt, sie haben auch gute Gespräche geführt, die Michael mit Stolz erfüllen. Insgeheim hofft er darauf, dass Luca nach seinem Studium bei ihm einsteigt und später dann die Kanzlei übernimmt. Aber er hat ihn darauf noch nicht angesprochen, er möchte seinem Sohn keinen Druck machen.

»Willst du nicht langsam anfangen zu packen?«, ruft er Luca durch die offene Tür zu.

»Gleich«, schallt es zurück.

Michael muss grinsen, manches scheint sich nie zu ändern. Aber er muss Luca nicht antreiben. Nur weil er die Dinge gerne sofort erledigt, muss sein Sohn es nicht genauso tun. Er hat längst akzeptiert, dass Luca einen anderen Rhythmus hat. Für morgen früh hat er noch eine zweistündige Schlittenhundefahrt mit Start und Ziel Jokkmokk für sie beide geplant, um dann die Abreise in Richtung Narvik anzutreten. Die Fahrt über die Berge wird laut Google Maps nur gut vier Stunden dauern. Da sie auf der Hinfahrt über Stockholm angereist sind, hat er für die Rückreise eine Route durch Norwegen geplant.

Das Zimmertelefon klingelt, er wirft einen Blick auf die Uhr und runzelt die Stirn. Das kann nicht seine Frau Janine sein, mit ihr ist er erst in einer halben Stunde verabredet. Wie jeden Tag telefoniert er morgens und abends pünktlich zu einem festen Zeitpunkt mit seiner Frau, um ihr alles zu erzählen, was er mit Luca erlebt hat oder was für den Tag geplant ist. Schade, dass es schon wieder zu Ende geht, denkt er wehmütig.

Er nimmt das Telefon und hebt ab. »Grimm.«

Im Hintergrund ruft Luca laut durch die Tür. »Fuck, mein iPhone ist weg.«

»Entschuldigung«, sagt Michael in den Telefonhörer, »wer ist bitte dran? Ich konnte Sie nicht verstehen. Mein Sohn hat etwas durch die Tür gerufen. Englisch? Oh sorry, who is talking? My son was telling me very loudly, that he is missing his iPhone, so I couldn't understand what you said. Could you please repeat it?«

Das Gespräch dauert nicht lange. Als er aufgelegt hat, geht er hinüber zu seinem Sohn.

»Ich bin gerade von einer Polizistin hier aus Jokkmokk angerufen worden.«

Luca schaltet den Ton des Fernsehers auf lautlos. »Was wollte sie denn?«

»Sie hat mir erzählt, dass der Drohnenflug heute nur eine polizeiliche Übung gewesen ist und wir uns keine Gedanken machen sollen. Wir wurden nicht gefilmt, und sie hat sich für mögliche Irritationen entschuldigt. Ist doch nett, oder?«

»Stimmt«, sagt Luca abwesend. »Weißt du, wo mein iPhone ist, ich kann es nicht finden.«

Luca wühlt noch einmal durch die Taschen seines Anoraks, dann nimmt er sich erneut die Hose vor, die er heute getragen hat, gefolgt vom Rucksack, den er umdreht und komplett ausleert. »Wo steckt es nur?«

Michael verzieht sich zurück in sein Zimmer. Er weiß, dass Luca etwas schlampig ist und Dinge oft verlegt oder verliert. Deswegen zieht er sich zurück, um sich nicht darüber zu ärgern. Es geht mich nichts an, ermahnt er sich und widmet sich erneut dem Packen.

Nach einigen Minuten taucht Luca in der Tür auf. »Mein Handy ist wirklich weg, ich kann es nirgends finden.«

Michael atmet einmal tief durch. »Ich rufe dich mal an, dann hören wir ja, wo es klingelt.«

Aber es ist kein Klingelton zu hören.

Michael runzelt die Stirn. »Wo hast du es denn zuletzt benutzt?«

Luca denkt nach. »Nach der Drohne sind wir nach oben auf

den Berg gefahren, um ein paar Panoramabilder zu schießen. Da hatte ich es noch. Auf dem Rückweg haben wir an dieser Hütte gehalten. Da habe ich auch noch fotografiert, diese Falle an der Wand, und dann musste ich pinkeln. Da muss es mir aus der Jackentasche gefallen sein.«

»Dann musst du dir halt in München ein neues kaufen«, meint Michael ungerührt.

Luca schüttelt heftig mit dem Kopf. »Nein. Ich muss da noch mal hin und es holen. Da sind zu viele wichtige Sachen drauf, auf die ich nicht verzichten kann.«

»Hast du kein Backup?«

»Kein aktuelles.«

Michael beißt sich auf die Zunge. Diese Schlampigkeit ärgert ihn maßlos, aber er reißt sich zusammen.

»Bitte, Paps, wir müssen da morgen früh noch mal hin«, sagt Luca. »Wenn wir auf unserem Schneemobilweg gehen, kommen wir bestimmt schnell voran, und außerdem haben wir die Schneeschuhe ja auch noch.«

Michael denkt kurz darüber nach. Dieser ungeplante Trip wirft seinen Zeitplan ein wenig durcheinander, und sie werden die Schlittenhundetour nicht machen können. Aber vielleicht könnten sie ja auch mit den Hunden da hin.

»Bitte, Paps«, unterbricht Luca seine Gedanken. »Es ist verdammt wichtig für mich.«

»Na gut«, gibt Michael nach. »Dann fahren wir morgen noch mal da hin. Aber schau, dass du dann wenigstens deine Sachen gepackt hast, damit wir danach sofort aufbrechen können.«

»Okidoki«, sagt Luca, geht zurück in sein Zimmer, wirft sich aufs Bett und schaltet den Fernseher wieder an.

Michael verkneift sich einen Kommentar, der ihm auf den Lippen brennt. Er will diese tolle Reise nicht mit einem Streit beenden. Dann fahren wir halt morgen noch einmal dorthin und suchen das verdammte Handy, denkt er.

Ein Blick auf die Uhr verrät ihm, dass er in zwei Minuten seine Frau anrufen muss. Danach wird er seinen Koffer fertig packen.

30

Am nächsten Morgen fahre ich um neun Uhr nach Jokkmokk. Das Handy von Mads ist immer noch nicht eingeschaltet und zu orten. Ich muss mir schnellstmöglich eine Erklärung überlegen, wie ich das Bewegungsprofil von Liv in meine Ermittlung einbauen kann, denn wenn ich ihn heute nicht ausfindig mache, muss er zur Fahndung ausgeschrieben werden. Vielleicht ist er ja nach Hause gefahren, dann müssten die Kollegen in Göteborg ihn dort festsetzen. Vielleicht hat er sich aber auch in seinem Blockhaus verkrochen. Ich beschließe, dort nach der Beerdigung vorbeizuschauen.

Aber zuerst ist mein Ziel der kleine Friedhof hinter der Stadt. Heute am Sonntag wird Stellan beerdigt. In Stockholm wäre bei so einem Verbrechen der Bereich um den Friedhof weiträumig abgesperrt gewesen, um die Angehörigen und Trauernden von Schaulustigen, Fotografen, Journalisten und Kameraleuten abzuschirmen. Aber hier in Jokkmokk ist das überflüssig, es gibt kein mediales Interesse oder irgendwelche Zaungäste. Es haben sich ausnahmslos Trauergäste von hier eingefunden, mir scheint, als wäre der ganze Ort auf den Beinen.

Ich begrüße Stellans Eltern, dann ziehe ich mich etwas zurück. Ich halte mich aus zwei Gründen abseits. Auch wenn ich dem Opfer die letzte Ehre erweisen will, bin ich doch nur eine andauernde Erinnerung für alle Trauernden daran, dass ich nicht herausgefunden habe, was Stellan widerfahren ist.

Außerdem kann ich aus dieser Position die Menschen besser

beobachten, die zur Beerdigung kommen. Mit meinem Handy mache ich so unauffällig wie möglich von allen Trauergästen Schnappschüsse. Ich will mir später die Fotos ansehen und jeden Einzelnen identifizieren. Vielleicht ist der Täter unter ihnen. Das wäre nicht das erste Mal, dass ein Verbrecher sich unter die Trauernden mischt. Die Temperatur liegt nur bei minus ein Grad, daher ist mein Daunenanorak heute viel zu warm. Diese überraschende Wärmeperiode ist äußerst ungewöhnlich für diese Jahreszeit, vielleicht macht sich auch hier der Klimawandel bemerkbar, wobei es bis jetzt eigentlich extrem kalt gewesen ist.

Ich hasse Beerdigungen und alles, was damit verbunden ist, das offene Grab, das wie eine Wunde aufklafft, der Sarg, in dem die Toten darauf warten, in diesem Loch verscharrt zu werden, die Trauer in den Gesichtern der Hinterbliebenen, die Tränen als Ausdruck des endgültigen Verlusts. Ich muss unwillkürlich an die Beerdigung meines Vaters denken, und meine Augen werden feucht. Verstohlen wische ich mir ein paar Tränen aus dem Gesicht.

Nach und nach treffen immer mehr Trauergäste ein, Familie, Bekannte, Lehrer, der Direktor der Schule, Mitschüler, unter ihnen auch Bjarne und Helena. Ich bemerke eine einsame Gestalt, die sich langsam nähert. Erst auf den zweiten Blick erkenne ich Milla. Sie trägt einen langen Mantel mit aufgestelltem Kragen, dazu eine Mütze und einen Schal. Außerdem hat sie eine dunkle Brille aufgesetzt. Alles soll wohl dazu dienen, möglichst unerkannt zu bleiben, aber mit diesem Outfit bewirkt sie das genaue Gegenteil. Milla verschwindet zwischen den Trauergästen, und mein Blick wandert zur Familie.

Leyla taucht mit einem Tross von Begleitern auf. Alle tragen die samitypische Tracht, ein blaues Gewand, das einen rockähnlichen Schoß hat und mit bunten Bändern gesäumt ist, ein beeindruckendes Bild. Leyla sieht mich und schaut weg. Ich will auf sie zugehen, aber ihre Begleiter drängen mich unabsichtlich ab, und dadurch verliere ich sie aus den Augen. *Dann nach der Beerdigung.*

Ich entdecke Emil, Stellans Stiefvater, der wie ein Baum dasteht, sein Gesichtsausdruck verrät nichts über seine Gefühle. Er blickt regungslos ins offene Grab und stützt dabei seine Frau. Die Zwillinge umklammern Tyras Beine. Sie halten sich erstaunlich tapfer. Mit halbem Ohr lausche ich dem Trauerredner und verfolge, wie die Parade der Trauergäste am Grab vorbeizieht, Blumen hineinwirft und den Eltern die Hände schüttelt. Alles in allem ist es eine schöne Trauerfeier. Als sich die Schar auflöst, warte ich, bis Leyla an mir vorbei muss.

»Hey, Leyla«, begrüße ich sie.

Sie nickt stumm.

»Wir hatten gestern Morgen um zehn Uhr einen Termin auf dem Revier, hast du ihn vergessen?«

»Ich bin erst heute Morgen aus Gällivare zurückgekommen«, sagt sie kurz angebunden.

Ich zeige ihr mein Mobiltelefon. »Es wäre nett gewesen, wenn du mich angerufen hättest.«

Sie ignoriert meinen Einwurf. »Die Mieterhöhung bleibt.«

»Darüber reden wir noch, aber zuerst brauche ich Informationen zu deinem Grundstück Nr. 1/278 und über alle Hütten und Blockhäuser, die dort auf deinem Land stehen. Du musst zu mir in die Polizeiinspektion kommen.«

»Was soll das werden, ein Verhör?«

»Wenn du es so nennen möchtest, ja!«

»Morgen?«

»Nein. Morgen werde ich den ganzen Tag in Lulea sein, am Dienstagmorgen um zehn Uhr«, schlage ich ihr vor.

Sie nickt und lässt mich stehen. Ich weiß nicht, was es ist, aber ich fühle mich in ihrer Nähe extrem unwohl.

Stellans Eltern haben im Anschluss an die Beerdigung eine ausgewählte Schar von Trauergästen in ihr Haus eingeladen. Ich zähle zu den Geladenen und gehe zu Fuß zu dem Haus, der kurze Spaziergang tut mir gut. Dort angekommen, drückt mir Tyra eine Tasse mit frischem Kaffee in die Hand und hält mir ein Tablett mit Gebäck hin. Ich lehne dankend ab. Ich entdecke Milla und möchte gerade zu ihr gehen, als Emil plötzlich geradewegs auf mich zusteuert. Ich kann auf seinem Gesicht ablesen, dass es gewaltig in ihm brodelt.

Er baut sich vor mir auf. »Seine Lehrerin … und mein Sohn … stimmt das?«, flüstert er mit heiserer Stimme.

Ich nicke. Tyra hat es ihm offensichtlich noch nicht erzählt.

»Du wusstest davon und hast es uns nicht erzählt?«, geht er mich scharf an.

»Ich dachte, du wüsstet davon«, gebe ich zurück.

Das sitzt, ich kann sehen, dass er sich am Riemen reißt.

»Ermittelst du gegen sie?«

»Nein, nicht gegen Milla.«

»Ich habe sie in Stellans Zimmer gefunden, sie hat auf seinem Bett gesessen«, empört er sich. »Ich will sie nicht in meinem Haus haben. Schaff sie weg, bevor ich mich vergesse.«

Er wirft mir einen bitterbösen Blick zu, dann lässt er mich

stehen. Ich spüre, dass alle Blicke auf mich gerichtet sind. Mein Herz klopft bis zum Hals. Wie ein Fisch gleite ich durch die Menschenmenge und eile zu Milla. Sie steht an einem Fenster und starrt hinaus.

Ich greife sie am Arm. »Du musst gehen«, flüstere ich ihr ins Ohr. »Du kannst hier nicht bleiben, Milla.«

Ich ernte einen verständnislosen Blick, als ich sie energisch mit mir fortziehe. Milla scheint nicht zu verstehen, bis sie Emil entdeckt, dessen Blick selbst mein Blut in den Adern gefrieren lässt. Ich nehme ihre Hand und ziehe sie mit mir fort. Jetzt hat Milla ihren Widerstand aufgegeben und folgt mir anstandslos nach draußen.

»Ich wollte doch nur Stellan nahe sein«, flüstert sie. Tränen füllen ihre Augen.

»Ich weiß«, sage ich, »ich konnte auf Stellans Laptop Fotos sehen, die zeigen, dass ihr sehr glücklich gewesen seid. Ich bringe dich jetzt nach Hause.«

Milla schüttelt den Kopf. »Ich habe kein Zuhause mehr. Ich gehe weg von hier. Jetzt gleich.«

Das ist das Beste, was du tun kannst, denke ich. Die Wilderei ihres Mannes hat hier in der Region für viel Wirbel gesorgt. Überraschenderweise haben die Sami von einer Anzeige abgesehen, aber in ihrem Rat entschieden, den Schlachtbetrieb der Nilssons, der die Rentiere von Millas Ehemann gekauft hat, nicht länger zu beliefern. Damit sind die Brüder, denen die Schlachterei gehört, am Ende.

»Wo gehst du hin?«, frage ich sie.

»Zu meinen Eltern nach Haparanda. Die Wohnung ist schon ausgeräumt«, schluchzt Milla.

»Das ist eine gute Entscheidung«, versuche ich, sie zu trösten. Milla bricht in Tränen aus. Ich halte sie im Arm, bis sie sich beruhigt hat. Dann begleite ich sie zu ihrem Auto. »Kannst du in deinem Zustand fahren?«

»Geht schon«, sagt Milla und wischt sich die Tränen aus dem Gesicht. »Sagst du mir Bescheid, wenn du etwas herausfindest?«

»Natürlich. Wo erreiche ich dich?«

Milla kramt in ihrer Handtasche und schreibt mir eine Telefonnummer auf. »Das ist die Nummer meiner Eltern.«

Ich sehe ihr nach, bis ihr Auto in der Ferne verschwunden ist, kehre danach jedoch nicht mehr zur Trauerfeier zurück, sondern mache mich auf dem Weg zu Polizeistation, als eine SMS auf meinem Mobiltelefon eingeht. Mads hat endlich sein Handy wieder eingeschaltet. Ich klicke auf den Link und kann sein Handy orten. Er ist in seinem Blockhaus. Ich beschleunige meine Schritte. *Los geht's, diesmal gibt es keinen Wir-kennen-uns-Bonus mehr.*

Ich mache einen kurzen Abstecher in die Polizeiinspektion, hole meine Waffe aus dem Safe und packe zwei Paar Handschellen ein. Dann fahre ich los. Der Ortungspfeil führt mich aus Jokkmokk hinaus in Richtung Porjus. Nach etwa sieben Kilometern, kurz vor der Abfahrt nach Vaikijaur, muss ich links abbiegen, wo die Ortung mich auf einer kleinen Straße an einem See entlangführt. Der pulsierende Punkt, der mir anzeigt, wo Mads sich gerade befindet, liegt rechts von mir. Ich biege in einen Feldweg ein und kann auf meinem Mobiltelefon sehen, dass ich dem Punkt schon sehr nahe bin. Ich lasse mein Fahrzeug stehen und gehe zu Fuß weiter. Nach hundert Metern entdecke ich das Blockhaus. Diesmal wirst du mir nicht entkommen, denke ich, während ich mich vorsichtig zu dem Haus schleiche. Mit meiner Dienstwaffe in beiden Händen, deren Mündung noch zu Boden zeigt, wage ich einen Blick durch ein Fenster und kann Mads entdecken, der auf einem Bett liegt. Unübersehbar sind auch die vielen Bierdosen vor dem Bett.

Leise gehe ich weiter zur Tür und drücke vorsichtig mit meiner linken Hand die Türklinke hinunter, während ich meine Waffe in der rechten Hand im Anschlag halte. Ich schiebe langsam die Tür auf, die ein unüberhörbares knarzendes Geräusch von sich gibt. Deshalb drücke ich sie mit einem kräftigen Stoß auf und stürme mit vorgehaltener Waffe ins Haus. Ich rufe laut: »Polizei!«

Mads, der mit dem Rücken zu mir auf dem Bett liegt, rührt sich nicht. Langsam nähere ich mich ihm und stelle fest, dass er tief und fest schläft. Ich kann seinen Alkoholatem riechen. Er ist vermutlich immer noch besoffen, denke ich. Vorsichtig lege ich ihm mit einer Hand Handschellen an und stecke dann meine Waffe zurück in den Holster. Danach gehe ich hinaus und fahre mein Fahrzeug direkt vor das Blockhaus.

Zurück bei Mads rüttele ich ihn an der Schulter. »Mads! Aufwachen!« Da er nicht reagiert, schlage ich ihm leicht mit der flachen Hand ins Gesicht, aber auch das bringt nichts. Ich gehe vor die Tür und komme mit Schnee zurück, den ich ihm unsanft ins Gesicht reibe. Endlich schlägt er die Augen auf.

»Anelie?«, sagt er.

»Mads, ich bin dienstlich hier. Du bist vorläufig festgenommen. Ich nehme dich jetzt mit auf die Polizeiinspektion nach Jokkmokk.«

»Warum?« Mit einem Ächzen setzt er sich auf und registriert die Handschellen. »Was soll das?« Er sieht mich verständnislos an.

»Warum bist du weglaufen, Mads?«, frage ich ihn.

Er hebt den Blick und sieht mich mit blutunterlaufenen Augen an. Ich hole mir einen Stuhl und setze mich vor ihn.

»Warum?«

»Ich ... ich«, stottert er, »... weil ich habe mich geschämt.«

»Mads, du hast wörtlich gesagt, Rasmus Blom hätte es nicht besser verdient. Was bedeutet das?«

Er schweigt.

»Hast du etwas mit seinem Verschwinden zu tun?«

Mads nickt, seine Körperhaltung verändert sich, er scheint zusammenzusacken. »Rasmus hat mir gedroht.«

»Womit?«

Ich sage nichts weiter, weil ich spüre, dass der Korken aus dem Flaschenhals gezogen ist und die Worte gleich aus ihm heraussprudeln werden. Ich kann mich nicht mehr an die Zahl aller Verhöre erinnern, die ich im Lauf meiner Karriere durchgeführt habe. Aber es sind verdammt viele gewesen während meiner Zeit in Stockholm. Ich kenne die Reaktionen, das Lügen, das sich Winden, das Herumstammeln und das Beschönigen. Ich habe in Abgründe geblickt, habe beobachtet, wie Menschen unter der Last eines begangenen Verbrechens zusammengebrochen sind, und habe ihre Erleichterung nach einem Geständnis gespürt. Alle menschlichen Gefühle kommen in einem Verhör zum Vorschein, die guten wie die schlechten.

Wie Menschen reagieren, wenn sie das erste Mal verhaftet werden, lässt sich nie vorhersagen. Ich habe alle nur denkbaren

Reaktionen gesehen, von der völligen Apathie bis hin zu Gewaltausbrüchen. Mads zeigt wider Erwarten ein völlig ruhiges Verhalten, als er mir gegenüber sitzt. Er starrt auf den Boden, dann hebt er den Blick, sieht mich an und versucht sich in einem Lächeln, was jedoch zur Grimasse verrutscht. Ich nicke ihm aufmunternd zu.

»Ich wollte nicht, dass das passiert«, flüstert Mads. »Es war ein Unfall.«

Er schnieft ein paarmal, dann fängt er sich.

»Sex ist komisch, Anelie.« Er lächelt müde. »Nüchtern betrachtet ist Sex eine eigenartige Sache, die wir gar nicht richtig begreifen.«

Was erzählst du mir da?, frage ich mich.

Mads zieht die Augenbrauen zusammen, als wäre ihm ein neuer Gedanke gekommen. »Ja, ich stehe darauf, ich gehe mit jeder Frau ins Bett, die ich kriegen kann.«

»Mads, das interessiert mich nicht.«

Ich will endlich wissen, was er mit Rasmus Blom zu tun hat und nicht, wen er warum und wie fickt.

»Ich hatte damals auch ein Verhältnis mit Birga begonnen. Ihr Mann war ein wichtiger Geschäftspartner von mir, deswegen waren wir besonders vorsichtig. Aber er hat uns leider erwischt.«

»Wer hat euch erwischt?«

»Rasmus.«

Ich atme hörbar durch und beginne allmählich zu verstehen, wovon Mads die ganze Zeit faselt.

»Birga war Rasmus' Ehefrau?«

»Ja.«

»Und er hat euch beim Fremdgehen erwischt?«

Er ignoriert meine Frage. »Rasmus hat mir gedroht, alles öffentlich zu machen. Er hat behauptet, Videoaufnahmen zu besitzen.«

»Wie das?«

»Rasmus hatte in seinem Schlafzimmer zu Hause heimlich eine Webcam installiert. Während er verreist war, haben Birga und ich uns dort immer getroffen. Es machte für uns den besonderen Kick aus, doch er muss dahintergekommen sein und muss uns dabei gefilmt haben.«

»Was genau ist dann passiert?«

»Auf dieser Hochzeit, zu der wir beide eingeladen waren, ist er auf mich losgegangen«, platzt es aus ihm heraus. »Ich habe ihn damals einfach stehenlassen und bin gegangen.«

»Aber damit war die Sache doch nicht vom Tisch?«

»Ich bin hierhergefahren, doch Rasmus muss mir gefolgt sein. Plötzlich stand er vor meiner Tür. Wir haben uns wieder gestritten. Dann hat er mir eine verpasst.«

»Und du hast zurückgeschlagen?«

Er nickt. »Rasmus ist gestürzt … Dann lag er einfach nur da. Er ist mit dem Kopf gegen einen Stein gefallen und hat sich dabei wahrscheinlich das Genick gebrochen.«

Mein Blick ruht auf Mads. Es ist ein trauriger Anblick. »Was hast du mit der Leiche gemacht?«

Mads faltet die Hände vor sich auf dem Schoß. »Ich hab ihn mit dem Fourwheeler so weit wie möglich in den Wald gefahren und einfach irgendwo liegen lassen. Ich dachte, die Tiere werden ihn schon finden.« Er bricht ab. »Aber wie habt ihr ihn jetzt gefunden nach so vielen Jahren?«

Ich ignoriere seine Frage. »Und was ist mit Viggo Bergqvist und mit Peer Wikström und August Norberg? Hast auch mit deren Frauen geschlafen?«

Er starrt mich an. »Ich verstehe nicht?«

»Sind sie auch hinter diese Affären gekommen und mussten deshalb verschwinden?«

Mads sieht mich an, als hätte ich den Verstand verloren. Ich verstehe augenblicklich. Auch wenn er Rasmus auf dem Gewissen hat, ist er nicht der Mann, nach dem wir suchen.

»Du gibst also zu, dass du Rasmus getötet hast«, sage ich.

»Es war ein Unfall«, beharrt er. »Ich wollte das nicht.«

»Weiß Birga davon?«

Er schüttelt heftig den Kopf. »Ich habe ihr nie erzählt, dass Rasmus es herausgefunden hatte und was dann passiert ist.«

Ich denke nach. »Wenn es sich so abgespielt hat, dann wäre es Körperverletzung mit Todesfolge oder Totschlag.« Ich hege keine große Hoffnung, dass wir die sterblichen Überreste von Rasmus jemals finden werden, und wir können auch erst frühesten ab Mai mit der Suche danach beginnen, wenn der Schnee geschmolzen ist.«

»Aber wenn ihr ihn gefunden habt, dann könnt ihr doch auch feststellen, woran er gestorben ist, nicht wahr?.«

Ich habe nicht vor, ihn in meine Karten blicken zu lassen. »Wir werden sehen.«

Er lächelt tapfer. »Ich glaube, ich brauche jetzt einen Anwalt, oder?«

Ich nicke müde. »Ich bringe dich für heute Nacht nach Jokkmokk, und morgen überstelle ich dich dann nach Lulea.«

Er nickt und erhebt sich langsam. Ich bin auf der Hut. Auch

wenn er Handschellen trägt, muss ich vorsichtig sein. Ich begleite ihn zur Tür, wo er in seine Schuhe schlüpft. Dann lege ich ihm seinen Anorak um, der an der Garderobe hängt.

»Brauchst du noch etwas?«

Er schüttelt den Kopf. Ich packe ihn am Arm, und wir verlassen das Blockhaus, das ich ihn noch abschließen lasse. Dann lässt er sich ohne Gegenwehr zum Auto führen. Ich setze ihn auf den Rücksitz und befestige seine Handschellen mit dem zweiten Paar am Haltegriff oberhalb der Tür hinter dem Beifahrersitz und fahre zurück nach Jokkmokk.

In der Polizeiinspektion bringe ich Mads direkt in eine der beiden Zellen, wo ich mir von ihm den Inhalt seiner Taschen, seinen Gürtel und seine Schnürsenkel aushändigen lasse. Vor seinen Augen packe ich alles in eine Box, danach verschließe ich die Tür, öffne die kleine Klappe in der Tür, lasse ihn seine Hände herausstrecken, um ihm die Handschellen abzunehmen. Ich schließe die Klappe wieder, verstaue die Box mit Mads Sachen, gehe weiter in mein Büro und setze mich müde an meinen Schreibtisch.

Mit dem Geständnis von Mads habe ich heute vermutlich einen alten ungelösten Vermisstenfall aufgeklärt und einen Täter gefunden, der einen Totschlag gestanden hat. Aber dass Mads auch etwas mit den anderen Fällen zu tun hat, halte ich inzwischen für ausgeschlossen. Er ist definitiv nicht der gesuchte Serientäter; zumindest kann ich einen Fall aus dieser Serie streichen.

Da sich Mads in der Zelle befindet und ich ihn nicht allein in der Polizeiinspektion lassen darf, bedeutet das zwangsläufig, dass auch ich die Nacht hier verbringen muss. Ich werfe einen Blick in die Zelle, wo ich Mads bereits auf der Pritsche sehe. Dann haste ich in den Supermarkt, um mich mit dem Nötigsten zu versorgen. Ich lege zwei Zahnbürsten, zweimal Zahnpasta, Deos und Hautcreme in den Einkaufskorb, gefolgt von zwei Sandwiches und zwei Flaschen Wasser. Dann mache ich einen Abstecher zur Tankstelle, um eine weitere Karte von Norrbotten zu besorgen. Die werde ich morgen brauchen.

Als ich zurück bin, werfe ich erneut einen Blick in die Zelle, in der Mads friedlich seinen Rausch ausschläft. Ich telefoniere mit Daniel, um ihm von den neuesten Entwicklungen zu erzählen, dann rufe ich Liv an, um sie über die Situation zu informieren. Im Anschluss schreibe ich meinen Bericht zu Mads Geständnis und esse nebenbei ein Sandwich. Morgen muss ich Ylva und Leif auf meine Seite ziehen, deshalb bereite ich für mein Treffen einige wichtige Dinge vor. Ich mache Kopien von den Fotos aller vermissten Männer und schreibe die dazugehörigen Fakten dazu. Auf der Karte markiere ich in verschiedenen Farben die Gebiete, in denen sich diese Männer aufgehalten hatten. Ylva und Leif müssen sehen, was ich sehe.

Ich werfe einen letzten Blick in die Zelle; Mads rührt sich glücklicherweise nicht. Vorsichtig betrete ich auf Zehenspitzen die Zelle, um ihn nicht zu wecken, und stelle ihm eine Flasche Wasser auf den kleinen Tisch in der Zelle und lege das andere Sandwich dazu. Nachdem ich die Zelle wieder verschlossen habe, mache ich es mir auf der Couch, die in Arnes Büro steht, so bequem wie möglich und schlafe augenblicklich ein.

31

Während der Nacht bin ich zweimal aufgestanden, um nach Mads zu sehen. Aber er hat keinen Mucks von sich gegeben. Ich sehe, dass er zwischendurch wach gewesen sein muss, das Sandwich ist verschwunden, die Flasche Wasser leer.

Kurz nach fünf Uhr ist die Nacht zu Ende. Ich erledige meine notdürftige Morgentoilette am Waschbecken, setze Kaffee auf und laufe schnell hinüber zur Tankstelle, um etwas zum Frühstücken zu holen. Zurück in der Polizeiinspektion wecke ich Mads und reiche ihm eine große Tasse schwarzen Kaffee sowie etwas zum Frühstücken durch die geöffnete Klappe.

»Wir brechen in circa zwanzig Minuten auf«, informiere ich ihn und deute auf das kleine Waschbecken. »Hier findest du, was du brauchst. Mach dich fertig.«

»Hast du was gegen Kopfschmerzen?«, fragt er und reibt sich die Schläfen.

»Nein.« Ich lasse ihn mit seinem Kater in der Zelle zurück und verziehe mich an meinen Schreibtisch. Ich starte den Computer und logge mich in den Zentralserver des Polizeipräsidiums in Lulea ein, so wie es Liv mir gezeigt hat. Ich studiere die aktuellen Meldungen und scrolle nach unten, bis ich an einer Meldung hängenbleibe, die gerade eben erst eingegangen ist. Es handelt sich um eine brandneue Vermisstenmeldung.

Mir läuft es eiskalt den Rücken hinunter, während ich den Bericht lese. Janine Grimm hat ihren Mann Michael und Sohn

Luca als vermisst gemeldet. Das sind die beiden deutschen Touristen, mit denen ich vorgestern erst telefoniert habe. Verdammt, was ist nur mit euch geschehen?, denke ich erschüttert, verdränge den Gedanken, der sich mir aufdrängen will, und lese weiter. Die Frau kann die beiden seit gestern Abend nicht mehr erreichen und macht sich große Sorgen. Ich studiere die Fakten aufmerksam. Janine Grimm hat sich viel Mühe gegeben mit ihrer Anzeige und alle wichtigen Informationen zusammengetragen.

Bei Michael Grimm handelt es sich um einen 50 Jahre alten Anwalt aus München, der gemeinsam mit dem vierundzwanzigjährigen Sohn Luca im eigenen Auto, einem Porsche Cayenne, nach Jokkmokk angereist ist, um Nordlichter zu sehen sowie Schneemobilfahrten, Schneeschuhwanderungen und eventuell eine Schlittenhundetour zu unternehmen. Die beiden Männer sind vor acht Tagen im Hotel Akerlund in Jokkmokk abgestiegen. Die Reise war ein Geschenk an den Sohn, der sein erstes Juraexamen bestanden hat, lese ich. Seit gestern Abend sind die Handys der beiden ausgeschaltet. Da ihr Mann noch nie einen einzigen mit ihr vereinbarten Telefontermin verpasst hat und auch nicht auf dem Zimmer zu erreichen war, hat sie sich sofort an die Polizei gewendet. Die Mitarbeiter des Hotels, wo sie ebenfalls Erkundigungen eingeholt hatte, konnten ihr auch nichts über den Verbleib der beiden mitteilen. Die zwei haben zwar ihre Koffer gepackt, aber weder das Zimmer geräumt noch die Rechnung bezahlt. Das Auto steht nicht auf dem Parkplatz vor dem Hotel.

Es ist natürlich möglich, dass die beiden sich bei einem erneuten Ausflug irgendwo verlaufen haben. Vielleicht hat sich auch einer der beiden verletzt, oder sie sind einfach nur mit ihrem Wagen im Schnee stecken geblieben. Dass die Handys ausgeschaltet sind, dafür kann es ebenfalls eine einfachere Erklärung geben, bei diesen Außentemperaturen entlädt sich der Akku extrem schnell. Trotzdem bin ich genauso alarmiert wie Janine Grimm. Das Einzige, was ich im Moment hoffe, ist, dass es für das Verschwinden der beiden eine ganz einfache Erklärung gibt und sie bald wieder wohlbehalten auftauchen. Eine zweite Sache geht mir durch den Kopf.

»Ich bin gleich wieder da«, sage ich zu Mads durch die Klappe in der Zellentür. »Ich muss noch schnell etwas erledigen. Dann brechen wir auf. Also sei startklar, wenn ich zurück bin.«

Draußen ist es noch stockdunkel, während ich zum Hotel Akerlund fahre, das nur einen Katzensprung von der Polizeiinspektion entfernt in einer Seitenstraße liegt. Trotz der frühen Stunde stoße ich auf die Hotelbesitzerin persönlich.

»Hey, Katrin, auch schon auf den Beinen?«

Sie nickt. »Ich schlafe zurzeit sehr schlecht.«

»Das kenne ich«, meine ich mitfühlend. »Kannst du mir bitte alles erzählen, was du über Michael Grimm und dessen Sohn Luca weißt?«

Sie bittet mich in ihr kleines Büro hinter der Rezeption, wo wir ungestört reden können. Katrin wirft einen Blick in ihr Anmeldungsbuch. »Sie sind am 11. Januar angereist und haben zwei Einzelzimmer mit Durchgangstür bis gestern gebucht. Sie wollten zwischendurch für jeweils eine Nacht ins Treehotel nach Harads und ins Eishotel nach Kiruna, um das mal auszuprobieren, ohne dafür jedoch ihr Zimmer hier aufzugeben. Als sie gestern Mittag nicht wie vorgesehen beim Check-out waren, habe ich bei der aus der Buchung hinterlegten deutschen Telefonnummer angerufen. Die Frau war in heller Aufregung, weil sie nichts mehr von ihrem Mann und ihrem Sohn seit ihrem Telefonat am Morgen gehört hat. Aber jetzt fällt mir ein, dass ich sie am Vorabend noch zusammen mit Sten hier im Restaurant gesehen habe. Da muss es Streit gegeben haben.«

Ich werde hellhörig. »Worum ging es?«

»Keine Ahnung, aber Sten ist dann wutentbrannt abgerauscht.«

»Den werde ich mir vorknöpfen«, meine ich. »Wo ist das Gepäck der beiden?«

»Wir haben inzwischen die Zimmer geräumt«, sagt Katrin, »die Koffer stehen nebenan im Abstellraum.«

»Die nehme ich mit. Weißt du, bei wem sie die Schneemobile und Schneeschuhe ausgeliehen hatten?«

»Bei Sören Persson.«

Ich schleppe die Koffer ins Auto und fahre damit zurück in die Inspektion. Hier packe ich sie vollständig aus und untersuche das Hab und Gut der zwei Deutschen. Ich finde jedoch nicht den geringsten Hinweis, der mich auf die Spur der beiden bringen könnte. Mir fällt lediglich eine Rechnung vom Treehotel in die Hände. Dort haben die beiden tatsächlich eine Nacht verbracht.

Nachdem ich alles wieder verpackt habe, rufe ich bei Janine Grimm an. Die Frau ist sofort am Telefon und hat vermutlich die ganze Nacht kein Auge zugetan. Das Gespräch verläuft schleppend, weil die Frau anfangs wie ein Wasserfall weint. Erst als dieser allmählich versiegt, kann ich ihr meine Fragen stellen. Wir müssen uns auf Englisch unterhalten, da ich kein Deutsch spreche und sie kein Schwedisch versteht. Janine Grimm erzählt mir, dass die beiden am Morgen vor der Abreise noch eine kurze Schlittenfahrt gebucht hatten. Normalerweise hätten sie ihr davon sofort Fotos per WhatsApp geschickt. Aber es war nichts gekommen, darüber hatte sie sich schon gewundert, und als auch die beiden Handys ausgeschaltet waren, wusste sie, dass etwas passiert sein muss. Sie informiert mich auch, dass sie nach Jokkmokk kommen und schon heute Abend in Lulea landen wird. Ich notiere mir die Flugdaten und biete ihr an, sie am Flughafen abzuholen. Ich werde sowieso in der Stadt sein; was liegt da näher, als sie mitzunehmen.

Danach rufe ich Sören an, der den beiden die Schneemobile verliehen hat. Um diese frühe Stunde lande ich sofort auf seinem Anrufbeantworter und hinterlasse eine Nachricht, meine Telefonnummer und die dringende Bitte um einen Rückruf. Als Letztes wähle ich die Nummer von Sten. Mit unmissverständlichen Worten mache ich ihm klar, dass ich umgehend seinen Rückruf sowie eine Erklärung für den Streit mit den beiden Deutschen im Hotel Akerlund erwarte. Mehr kann ich im Moment nicht tun, aber mich beschleicht ein ganz ungutes Gefühl. Ich schalte den Computer aus, gehe zur Zelle, öffne die Klappe, damit Mads seine Hände hindurchstrecken kann. Wortlos folgt er allen meinen Anweisungen. Nachdem ich ihm wieder die Handschellen angelegt habe, hole ich ihn aus der Zelle und bringe ihn zu meinem Wagen. Dort wiederhole ich das gestrige Prozedere und befestige die Handschellen an dem Haltegriff. Dann brechen wir auf. Während ich langsam durch die Nacht und auf der vereisten Straße nach Lulea fahre, nutze ich die Zeit, um mein Gespräch mit Ylva vorzubereiten. Punkt für Punkt entwickle ich in meinem Kopf eine Argumentation, mit der ich die Polizeichefin davon überzeugen kann, die alten Fälle neu aufzurollen. Woher ich mein Insiderwissen habe, werde ich nicht preisgeben. Ich werde mir nicht selbst ins Knie schießen und Ylva Munition gegen mich liefern. Außerdem will ich Sigge zurückhaben, solange Arne ausfällt. Schon die Verhaftung von Mads beweist, dass ich Unterstützung brauche. Was die neue Vermisstenanzeige betrifft, muss mir Ylva für morgen eine Suchmannschaft samt Hubschrauber und Wärmebildkamera zur Verfügung stellen. Was auch immer mit ihnen geschehen ist, jede Stunde zählt. *Hoffentlich ist es nicht schon zu spät.*

30 Kilometer vor Lulea rufe ich im Polizeipräsidium an, um mein Kommen anzukündigen, und werde bereits von zwei Kollegen erwartet, als ich dort auf den Hof fahre. Sie nehmen Mads in Empfang und führen ihn ab. Das Gebäude wirkt kalt und abweisend, auch im Innern. Alles ist auf das Äußerste reduziert. Ich laufe durch die Flure, als mein Telefon klingelt und Sören zurückruft.

»Hey, Sören, danke, dass du dich so schnell meldest. Eine Frage: Du hast zwei Deutschen namens Grimm Schneemobile geliehen, oder?«

»Ja«, lautet Sörens Antwort. »Die haben sie auch wie vereinbart am Samstagabend zurückgebracht, aber nicht die Schneeschuhe. Sie haben mich noch angerufen, um mir zu sagen, dass sie diese erst am Sonntagmittag zurückbringen könnten. Ich habe ihnen gesagt, dass sie die Sachen hier einfach unterm

Vordach liegen lassen sollen, was sie aber bis jetzt nicht gemacht haben. Sie hatten mir erzählt, dass sie ein Handy verloren hätten, sich aber ziemlich sicher wären, wo. Und dort wollten sie es suchen.«

Mir wird eiskalt, als ich diese Information höre. »Weißt du, wo sie hinwollten?«

»Nein.«

»Sören, ich brauche deine Hilfe.«

Ich erkläre ihm kurz, wo ich die beiden mit der Drohne gesehen habe, und bitte ihn, dorthin zu fahren und nach ihnen zu suchen. Ich sage ihm, dass er Daniels Schwester Liv mitnehmen soll, damit diese ihre Drohne einsetzen kann. Außerdem kennt Liv das Gebiet inzwischen.

»Klar helfe ich dir«, sagt Sören, ohne zu zögern. »Ich kümmere mich um alles.«

Ich gebe Sören Livs Telefonnummer und fühle eine große Erleichterung und noch mehr Dankbarkeit für diese selbstverständliche Hilfsbereitschaft, die ich hier oben immer wieder erfahre.

»Ruft mich bitte sofort an, wenn ihr etwas gefunden habt«, schärfe ich ihm ein.

Dann gehe ich zu Ylvas Büro, klopfe an und trete ein, als ich ein »Herein« höre. Da ich keinen offiziellen Termin mit Ylva habe, fällt ihre Begrüßung entsprechend kühl aus. Sie sitzt gerade mit dem Staatsanwalt zusammen.

Leif schaut mich verdutzt an. »Anelie, du hier? Hatten wir einen Termin?«

Ich schüttle den Kopf und straffe die Schultern. »Gut, dass ich euch beide treffe, ich muss mit euch reden. Es ist sehr wichtig, es geht vielleicht um Leben und Tod.« Ohne zu fragen, nehme ich an Ylvas großen Besprechungstisch Platz.

»Um Leben und Tod … gleich so theatralisch … Also was ist denn so wichtig, dass du uns hier überfällst?«, fragt Ylva schnippisch.

Ich informiere die beiden kurz und präzise, so wie ich es mir auf der Fahrt zurechtgelegt habe. Sie hören mir aufmerksam zu, ohne mich zu unterbrechen. Ylvas Miene versteinert schlagartig, als ich die beiden darüber informiere, dass ich den Fall Rasmus Blom aus dem Jahr 2014 aufgeklärt und den Täter, Mads Nyberg, schon den Kollegen hier übergegen habe.

»Es gibt alte, unaufgeklärte Vermisstenfälle?«, fragt Leif völlig irritiert. »Woher weißt du davon?«

»Zufall«, lüge ich und setze ein Pokerface auf. »Mein Mann hat mir davon erzählt, weil er sich daran erinnert hat. Ich bin dann einfach in die Bibliothek und habe im Zeitungsarchiv danach gesucht. Dabei habe ich die anderen Vermisstenfälle entdeckt.«

Leif nickt, während Ylva mich misstrauisch mustert. Ich spüre, dass sie mir kein Wort glaubt, aber sie kann sich nicht erklären, wie ich sonst an all diese Informationen gelangt sein könnte. Vermutlich tippt sie auf einen Mitarbeiter, der mich mit Informationen versorgt.

»Es gibt einen neuen Vermisstenfall«, sagt Ylva. »Weißt du davon auch schon?«

Netter Versuch, denke ich.

»Ja, ich bin im Bilde.«

Ylvas Grinsen verrät mir, dass sie glaubt, mich ertappt zu haben.

»Das Hotel Akerlund in Jokkmokk hat mich angerufen«, erkläre ich, ohne meinen Blick von ihr abzuwenden. »Man hat mich informiert, dass eine gewisse Janine Grimm bei ihnen angerufen hatte, weil sie weder ihren Mann noch ihren Sohn hatte erreichen können. Daraufhin habe ich die Frau in Deutschland selbst angerufen, um mir schnellstmöglich ein eigenes Bild zu machen und erste Ermittlungen eingeleitet, um die beiden zu finden.«

Ich berichte von meinem Telefonat mit Sören, der auf meine Bitte hin in einem bestimmten Gebiet nach ihnen suchen wird.

»Das geht nicht, das sind keine Polizisten«, bellt Ylva.

»Ist es nur Polizisten vorbehalten, Menschleben zu retten?«, antworte ich kühl. »Wenn bei uns jemand in Not ist, helfen wir uns gegenseitig.«

»Gute Arbeit«, sagt Leif, während Ylvas Lächeln zu Eis gefriert, und bedenkt die Polizeichefin mit einem missbilligenden Blick. »Gut, dass du so schnell reagiert hast.«

»Wir müssen schnellstmöglich eine groß angelegte Suchaktion starten«, fahre ich fort. »Dafür brauche ich jede Unterstützung von euch, die ich bekommen kann, und ich benötige einen Helikopter mit Wärmebildkamera.«

»Ich kümmere mich darum, aber wir werden unsere Suche erst morgen früh starten können«, sagt Leif. »Vorher ist das organisatorisch nicht zu schaffen. Wollen wir hoffen, dass die beiden noch am Leben und nicht schon erfroren sind.«

»Die Temperaturen sind zurzeit so mild wie noch nie um diese Jahreszeit«, erwidere ich.

»Das stimmt, das könnte wirklich helfen«, stimmt der Staatsanwalt zu.

»Dann ist alles so weit besprochen?« Ylva will mich offensichtlich hinauskomplimentieren.

»Nein«, widerspreche ich, »ich habe außerdem den dringenden Verdacht, dass wir es hier mit einer Serie von Verbrechen zu tun haben. Dieser neue Fall könnte bedeuten, dass der oder die Täter erneut zugeschlagen haben.«

»Eine Serie?« Leif starrt mich verdutzt an. »Wie kommst du darauf?«

Jetzt darf ich es nicht vermasseln. »Ich habe den dringenden Verdacht, dass all diese unaufgeklärten Vermisstenfälle zusammenhängen.«

Ich stehe auf, gehe zu Ylvas Pinnwand und hänge die Karte dort auf, die ich genau zu diesem Zwecke vorbereitet und mitgebracht habe. Dann befestige ich das erste Bild daneben.

»Im Juni 2008 verschwand Karstenl Apel, 24, aus Hannover. Er war hier zum Wandern.« Ich deute auf die markierte Region. »Eine Suchaktion blieb erfolglos, und der Fall wurde eingestellt. Seitdem ist er verschwunden. Im September 2009 verschwand Valter Holm, 28, aus Porjus«, sage ich, während ich das nächste Bild aufhänge. »Er war hier zur Vogeljagd.« Ich zeige den beiden die entsprechende Stelle auf der Karte. Im Raum ist es so still, dass man eine Stecknadel fallen hören würde. »Kimi und Raik Olsen, zwei Brüder aus Norwegen, verschwanden im März 2010 spurlos. Das war hier!« Ich deute auf die Karte und pinne die Fotos an.

Ylvas Gesicht spricht Bände. Ich habe fast die Befürchtung, dass sie gleich vom Stuhl fallen könnte, weil sie offensichtlich nicht mehr atmet.

»Dann verschwand Viggo Bergqvist, 27, aus Stockholm im

November 2012. Er wollte hier ein Blockhaus ersteigern.« Ich zeige auf der Karte die Stelle und hänge das Foto von ihm auf. Leif erhebt sich, kommt zu mir und studiert die Karte. Dann sieht er mich völlig entgeistert an. »Alle waren ungefähr im selben Gebiet unterwegs gewesen, bevor sie verschwunden sind?«

Ich nicke. »Im Februar 2013 traf es Peer Wikström, 31, und August Norberg, 34, aus Kopenhagen. Folke Öberg, 22, aus Gällivare, verschwand im Dezember 2013. Den Vermisstenfall um Rasmus Blom aus Gotland, der im Juli 2014 verschwunden war, konnte ich separat aufklären«, sage ich und befestige die letzten Fotos an der Wand. »Dieser Fall hat nichts mit dieser Serie zu tun.«

Leifs Miene verdüstert sich. »Könnte der Täter, der Rasmus Blom auf dem Gewissen hat, etwas mit all den anderen Fällen zu tun haben?«

»Nach meinen bisherigen Ermittlungen kann ich das verneinen.«

»Und man hat die Männer nie gefunden?« Der Staatsanwalt blickt zu Ylva, die nur stumm den Kopf schüttelt.

Leif arbeitet erst seit Kurzem in Lulea, weswegen er diese Fälle nicht kennt. Nur Ylva ist schon lange genug auf dem Posten, um darüber Bescheid zu wissen.

»Wir haben Stellans Leiche hier gefunden.« Ich tippe auf eine Stelle auf der Karte. »Hier wurde er von einem Lkw überfahren. Ich denke, das Stellan der Einzige war, der bisher entkommen konnte. Ohne seine Flucht und seinen tragischen Unfall hätten wir ihn wahrscheinlich auch nicht mehr gefunden. Er wäre nur ein weiterer Vermisster geblieben.«

»Das ist alles reine Spekulation«, höre ich Ylva sagen.

Ich drehe mich um und schaue ihr direkt in die Augen. »Es tut mir leid, Ylva, aber da muss ich dir widersprechen. Alle diese Fälle gehören zusammen. Jetzt haben wir zwei neue Vermisste, damit sind es acht Fälle, die sich seit 2008 ereignet haben.«

»Jeder einzelne Fall wurde untersucht«, schleudert Ylva mir erbost entgegen. »Wir haben unsere Arbeit gemacht. Die Männer wurden nie gefunden, weil es weder Spuren noch Hinweise gegeben hat, die uns damals weitergeholfen hätten. Bei allen könnte ein Unfall vorliegen, sie könnten gestürzt oder von Tieren angegriffen worden sein. Damals hat es dort noch kein flächendeckendes Handynetz gegeben. Wer dorthin ging, war auf sich alleine gestellt.« Ihre Worte fliegen wie Steine durch den Raum.

»Das ist ein Argument, Ylva«, sage ich. »Natürlich kann man hinter all diesen Fällen einen Zufall oder einen Unfall vermuten, aber aufgrund meiner Erfahrungen als leitende Ermittlerin in der Stockholmer Mordkommission kann ich sehr wohl eine Verbrechensserie erkennen und von Zufällen oder Unfällen unterscheiden. Ich brauche jetzt einen offiziellen Ermittlungsauftrag.«

Ich kann sehen, wie Ylva tief Luft holt.

»Erteilt!«, erklärt Leif mit lauter, glasklarer Stimme.

Noch immer starrt er auf die Pinnwand, die genau das bewirkt, was ich damit erreichen wollte. Mit einem Ruck dreht er sich um. »Ich habe den Autopsiebericht von Stellan gelesen. Dieser Junge muss eingesperrt gewesen sein und um sein Leben gekämpft haben. Bis jetzt konnte ich mir keinen Reim darauf machen, aber jetzt, nach deinen Ausführungen, ergibt das alles einen Sinn. Ich eröffne den Fall Stellan neu, und was die zwei Vermissten betrifft, dafür bekommst du jede erdenkliche Hilfe, die du brauchst.« Leifs Blick ruht auf mir. »Hervorragende Arbeit, Anelie. Ich möchte, dass du die Ermittlungen leitest. Finde dieses Schwein!«

Endlich kommt Bewegung in die Sache, denke ich zufrieden.

»Aber wir halten die Presse vorerst raus«, wirft Ylva ein.

Ich kann sehen, wie es unter ihrer scheinbar kühlen Oberfläche rumort.

»Nichts lieber als das«, pflichte ich ihr bei.

»Brauchst du sonst noch etwas?«, will Leif wissen.

»Ich könnte Sigge als Unterstützung in Jokkmokk gut gebrauchen, solange Arne ausfällt.«

Leif wirft Ylva erneut einen fragenden Blick zu, auf den sie mit einem Nicken reagiert.

»Gut«, sagte Leif und klatscht in die Hände. »Das war's? Dann sollten wir keine Zeit vergeuden. Ich kümmere mich um alles für morgen.«

Damit ist die Unterredung beendet, und Leif verabschiedet sich. Ich bin allein mit der Polizeichefin. Die Temperatur im Raum fällt schlagartig unter den Gefrierpunkt.

»Ich hoffe für dich, dass du recht hast mit deinem Verdacht, Anelie. Solltest du falsch liegen, werde ich dich dafür mit allen nur denkbaren Konsequenzen zur Verantwortung ziehen.« Ihre Stimme hat einen metallischen Klang angenommen. Sie lässt mich im Unklaren, welche Konsequenzen sie im Kopf hat, aber ich weiß, dass sie mich mit dem größten Vergnügen feuern und die Polizeiinspektion schließen wird. »Du wirst jetzt mit Solveig Norberg reden. Sie wird von hier aus mit dir zusammenarbeiten. Du findest sie im Zimmer 203. Ich sage ihr Bescheid, dass du kommst. Du kannst jetzt gehen.«

Das lasse ich mir nicht zweimal sagen und verlasse ihr Büro. Ich finde Leif draußen auf dem Flur. Er scheint auf mich gewartet zu haben.

»Auf ein Wort, Anelie«, sagt er. »Ylva hat eine Dienstaufsichtsbeschwerde gegen dich eingeleitet, weil du eigenmächtig und ohne Genehmigung Ermittlungen aufgenommen haben sollst. Da das, wie ich sehen konnte, zutrifft, hat dein Vorgehen gegen einige Regeln verstoßen. Ich erteile dir deshalb hiermit eine Rüge, doch ich werde die Beschwerde nicht weiter verfolgen, sondern einstellen. Ich denke, wir haben jetzt Wichtigeres zu tun. Außerdem hast du erfolgreiche Ermittlungsarbeit geleistet. Ab sofort bewegst du dich aber im Rahmen der bestehenden Gesetze. Viel Erfolg morgen! Ich hoffe, ihr findet die beiden.«

Er sieht mein zufriedenes Grinsen nicht, als ich davoneile. Der Tag ist für mich besser gelaufen, als ich erhofft hatte.

32

Auf dem Türschild steht *Vermisstenstelle. Solveig Norberg*. Ich klopfe, höre ein »Herein« und trete ein. Eine junge Frau sitzt an einem Schreibtisch und lächelt mich an. »Hey, du musst Anelie sein?«

»Hey, Solveig.«

Solveig steht auf und kommt auf mich zu. »Komm rein. Ylva hat mich schon kurz informiert.« Sie streckt mir die Hand entgegen. »Setzen wir uns.«

Obwohl Solveig ein kleines, zartes Persönchen ist, ist ihr Händedruck überraschend fest. Ich schätze sie auf Ende zwanzig, sie trägt ihr strohblondes Haar raspelkurz und wirkt sehr burschikos. Wir nehmen an einem kleinen Besprechungstisch in ihrem Büro Platz.

»Endlich können wir anfangen«, sagt Solveig munter.

»Was meinst du damit?«

»Weißt du, wie viele Menschen in Schweden zurzeit als vermisst gelten?«, fragt Solveig.

»Äh ... nein.«

»Fast 10 000.«

»10 000?«, wiederhole ich überrascht. »Das große Verschwinden«, stelle ich bestürzt fest.

»So könnte man es nennen.« Solveig lächelt traurig.

»Das sind mehr, als ich erwartet hätte«, füge ich hinzu.

»Als ich fünfzehn war, verschwand meine beste Freundin Emma von einem Tag auf den anderen.« Solveig schluckt. Ich kann sehen, dass sie kurz um Fassung ringt. »Tut mir leid«, fährt sie fort, »das geht mir jedes Mal so, wenn ich an Emma denke und mir wieder aufs Neue klar wird, dass ich meine Freundin wahrscheinlich nie mehr wiedersehen werde.« Sie räuspert sich. »Als Dreizehnjährige hatten wir feierlich geschworen, dass wir uns nie aus den Augen verlieren und immer füreinander da sein würden, egal wohin uns das Leben auch treiben würde. Wir hatten uns ausgemalt, wie wir als beste Freundinnen neben unseren Familien und Kindern, die wir dann haben würden, zusammen alt werden. Krass, oder? Damals ist uns unsere Freundschaft unsterblich vorgekommen, und wir haben uns ausgemalt, wie unser Leben werden würde. Es ist alles anders gekommen. Das Schicksal hat alle unsere Pläne zunichte gemacht.«

»Du hast keine Ahnung, wo Emma geblieben ist oder was geschehen ist?«, frage ich betroffen.

Solveig schüttelt heftig mit dem Kopf. »Deswegen sitze ich auf diesem Posten. Ich suche in jeder freien Minute nach ihr.«

Das verstehe ich besser, als Solveig wissen kann. »Aber warum verschwinden all diese Menschen und ohne jede Spur?«, versuche ich das gerade sehr persönlich gewordene Gespräch wieder auf eine professionelle Ebene zu führen.

Solveig schnäuzt sich die Nase. »Eine Erklärung dafür, dass so viele Menschen hier in Schweden verschwinden, hat niemand. Die Zahl der Vermissten umfasst Fälle, die sich innerhalb weniger Tage aufklären, und Vermisste, die seit Jahren verschwunden sind. Pro Tag werden etwa 250 Fahndungen nach Vermissten neu erfasst und gelöscht. Etwa die Hälfte aller Vermissten sind Kinder und Jugendliche, für deren Verschwinden es die unterschiedlichsten Gründe gibt wie Probleme in der Schule, mit den Eltern oder Liebeskummer. Zwei Drittel aller Vermissten sind männlich. Erfahrungsgemäß erledigt sich etwa die Hälfte aller Vermisstenfälle innerhalb der ersten Woche«, berichtet Solveig weiter. »Sie werden gefunden oder tauchen einfach wieder von selbst auf. Es gibt Menschen, die gehen eine Woche ins Krankenhaus, sagen es keinem oder fahren in Urlaub und erzählen es niemandem. Nach einem Monat sind drei Viertel der Fälle geklärt und erledigt. Der Anteil der Menschen, die länger als ein Jahr vermisst werden, liegt tatsächlich nur bei rund drei Prozent. Das sind diese mysteriösen Fälle, in denen ein Mensch von einem Tag auf den anderen spurlos verschwindet und nicht mehr auftaucht.«

»Seit wann arbeitest du bei den Vermissten?«

»Offiziell, seit ich bei der Polizei bin. Und du warst früher bei der Mordkommission?«

»Ja, als ich noch in Stockholm gelebt habe. Seit drei Jahren bin ich in Jokkmokk.«

»Vermisst du dein altes Leben nicht?«

»Nein. Seit wann arbeitest du hier?«, hake ich nach.

»Ich bin seit sieben Jahren im Vermisstendezernat. Aber davor habe ich schon lange bei den *Missing People* ehrenamtlich mitgearbeitet.«

»Was ist das?«, will ich wissen, weil ich noch nie davon gehört habe.

»Das sind Menschen, die in ihrer Freizeit nach Vermissten fahnden, wenn die Polizei längst aufgegeben hat. Und das sind verdammt viele Fälle. Und es werden täglich mehr. Natürlich steckt meistens kein Verbrechen dahinter. Einige gehen freiwillig oder unfreiwillig verloren. Oft sind es kleine Kinder, die sich verlaufen haben, Alte und Demente, die verirrt umhergeistern. Andere verschwinden absichtlich, nach einigen von ihnen sucht *Missing People* trotzdem. Zum Beispiel nach Minderjährigen, die von zu Hause weglaufen sind, oder nach denen, die sich vielleicht umbringen wollen.«

»Dann seid ihr Menschensucher?«

Solveig nickt.

»Und wie funktioniert das?«

»Es gibt die *Missing People* in fast allen Städten hier. Wir organisieren uns über die sozialen Medien. Wenn wir eine große Suchmannschaft brauchen, weil wir zum Beispiel einen Wald absuchen wollen, schicken wir eine SMS an alle, die wir kennen, und die schicken die SMS weiter. Wir posten es auf Facebook und über WhatsApp. Das ist wie ein Schneeballsystem, und es funktioniert hevorragend.«

»Aber nun bist du auf der offiziellen Seite.« Ich sehe die junge Frau nachdenklich an. »Ich könnte nicht bei den Vermissten arbeiten. Es ist so … zermürbend.«

»Und jetzt tust du es doch«, stellt Solveig fest. »Und ich bin froh, dass du die alten Fälle wieder aufgemacht hast.«

»Du kennst die Fakten?«

Solveig nickt. »Schon lange. Ich hatte auch schon versucht, die alten Ermittlungen neu aufzurollen. Ohne Erfolg, das wurde immer von oben blockiert. Aber jetzt bist du ja da.« Ihre Freude ist mit Händen zu greifen. »Leif hat mir alles übertragen, und ich bin schon dabei, alles für morgen zu organisieren. Wir nehmen einen Militärhubschrauber, der ist mit allem ausgerüstet ist, was du brauchst.«

Auch wenn ich keine großen Sympathien für Ylva hege, bin ich ihr in diesem Augenblick dankbar dafür, dass sie mir Solveig zugeteilt hat. Nach Sigge, der auch schon ein Volltreffer gewesen ist, habe ich nun wieder jemanden an meiner Seite, mit dem ich sehr gut auskommen und zusammenarbeiten werde.

33

Während ich am Gepäckband stehe und auf Janine Grimm warte, klingelt mein Telefon.

Es ist Sören. »Wir haben die beiden nicht gefunden, aber das Auto. Es steht abseits der Straße in einer kleinen Parkbucht ordnungsgemäß geparkt.«

»Das bringt uns schon ein großes Stück weiter, dann müssen sie dort in der Region sein. Vielen Dank, Sören. Schickst du mir bitte die Koordinaten, wo genau das Auto steht, und sag Liv vielen Dank.«

»Schon geschehen.«

Ich höre das Pingen meines Handys. »Danke, Sören. Kann ich dich noch um einen weiteren Gefallen bitten?«

»Nur zu.«

»Wir werden morgen mit einer großen Suchmannschaft das Gebiet durchkämmen. Dafür brauche ich so viele Schneemobile und Schneeschuhe, wie du entbehren kannst.«

Er schweigt.

»Sören?«

Ich höre ihn blättern.

»Ich muss nur kurz die Buchungen checken, gib mir einen Augenblick«, murmelt er. »Eigentlich sind morgen alle verliehen, aber ich rufe die anderen Verleiher an. Irgendwie kriege ich das schon geregelt.«

»Sören, du hast was gut bei mir.«

»Passt schon. Wann soll ich bei dir sein?«

»Wir brechen um sieben Uhr auf.«

Kurz bevor ich mein Handy zurück in meine Tasche gleiten lasse, fällt mir auf, dass Sten sich wieder nicht bei mir gemeldet hat. Also versuche ich, ihn erneut zu erreichen. Nach mehrfachem Klingeln drückt er mich offensichtlich einfach weg, indem er meinen Anruf ablehnt. Ich wiederhole den Anruf, mit demselben Ergebnis. Sobald ich kann, werde ich mir dieses Arschloch zur Brust nehmen. Wütend stecke ich das Handy ein.

In diesem Moment kommt Janine Grimm aus der Schleuse und läuft zum Gepäckband. Ich erkenne sie sofort. Wir haben uns zwar gegenseitig Fotos gemailt, aber ich hätte sie auch ohne ein Bild sofort erkannt. Der Ausdruck in ihrem Gesicht spricht Bände. Dunkle Ringe liegen wie Schatten unter ihren Augen, in denen sich eine Mischung aus Verzweiflung, Angst, Verwirrung und Müdigkeit spiegelt.

»Hello, Janine«, begrüße ich sie auf Englisch.

Ihr Blick wirkt gehetzt.

Ich strecke ihr die Hand entgegen. »Ich bin Anelie. Darf ich dich Janine nennen?«

Sie nickt. Dann nehme ich ihr den Koffer ab.

»Der Wagen steht gleich vor der Tür.«

»Hast du meinen Mann und meinen Sohn gefunden?«, fragt sie unumwunden.

»Nein, Janine.« Es ist jetzt nicht die Zeit, um den heißen Brei herumzureden. »Wir haben aber bereits damit begonnen, nach ihnen zu suchen. Ihren Wagen haben wir schon gesichtet. Von dort, wo sie ihn abgestellt haben, werden wir morgen bei Tagesanbruch mit einer groß angelegten Suchaktion das gesamte Gebiet durchkämmen, in dem sie sich aufhalten könnten.«

Janine nickt traurig. »Wenn ihnen da draußen etwas zugestoßen ist, haben sie dann überhaupt eine Chance zu überleben? Es ist doch so kalt hier.«

Ich weiß, dass es ein Leichtes ist, hier in der Wildnis zu erfrieren. Einmal habe ich die Leiche eines Wanderers bergen müssen, der in den Bergen erfroren war. Er war in einen Whiteout geraten, hatte den Weg nicht mehr gesehen und irrte orientierungslos umher, bis er vor Erschöpfung zusammenbrach.

»Im Moment haben wir eine ungewöhnliche Wärmeperiode«, versuche ich ihr berechtigte Hoffnung zu machen. »Und ja, Janine, sie haben eine gute Chance. Es gibt überall Schutzhütten, oder sie können ein Lager bauen und Feuer machen.«

»Aber warum rufen sie uns nicht an?«

»Vielleicht ist ihr Akku leer. Das geht bei unseren Temperaturen sehr schnell.«

Auf unserer langen Fahrt erfahre ich alles über die Reise von Janines Mann Michael und ihrem Sohn Luca. Sie zeigt mir Fotos auf ihrem Mobiltelefon, die sie von den beiden bekommen hat. Ich kann während der Fahrt nur einen flüchtigen Blick darauf werfen, aber ich erkenne, dass die beiden viel Spaß gehabt haben. Es sind ausnahmslos Bilder mit strahlenden Gesichtern in einer atemberaubend schönen Landschaft. Die weiße Pracht ist etwas Wunderbares, solange man darin nicht um sein Leben kämpfen muss. Es gibt Fotos, die die beiden Männer auf ihren Schneemobilen zeigen und wohl in der Nähe der einen Hütte, denn ich sehe Luca, der eine große Bärenfalle hochhält und in die Kamera lächelt.

»Von der Schlittenfahrt haben sie mir keine Fotos mehr geschickt. Da stimmt etwas nicht, das spüre ich«, sagt Janine.

Den Rest der Fahrt verbringen wir schweigend.

»Ich fahre dich zu dem Hotel, in dem dein Mann und dein Sohn abgestiegen sind«, informiere ich sie, als wir Jokkmokk erreicht haben. »Ich habe dir ein Zimmer reserviert.«

»Danke. Ich hatte in der Aufregung völlig vergessen, mich um ein Hotel zu kümmern«, sagt Janine. »Wo sind denn ihre Sachen?«

»Bei mir im Büro.«

»Kann ich sie haben?«

»Natürlich. Ich bringe dir ihre Koffer morgen früh.«

Wir erreichen das Hotel, und ich parke den Wagen.

»Kann ich bitte morgen dabei sein?«, fragt Janine, als ich mich von ihr verabschiede.

Ich zögere mit der Antwort. Eigentlich bin ich versucht, Janine diese Bitte abzuschlagen. Anderseits kann ich ihren Wunsch nur zu gut verstehen. Im Hotelzimmer darauf zu warten, dass irgendwer anruft oder vorbeikommt, ist äußerst zermürbend.

»In Ordnung. Ich hole dich morgen früh um Viertel vor sieben Uhr ab. Zieh dich warm an.«

Bevor ich den Heimweg antrete, fahre ich noch nach Mattisudden, um Sten zur Rede zu stellen. Meine Geduld mit diesem Typen ist vollständig erschöpft. Seine Hunde sind in den Zwingern, aber weder sein Auto steht am Haus, noch brennt irgendwo Licht. »Aufgeschoben ist nicht aufgehoben, Freundchen …«, zische ich leise.

34

Die Sonne wird heute um 09:16 Uhr aufgehen und um 14:29 Uhr wieder hinter dem Horizont verschwinden. Uns stehen also fünf Stunden mit Tageslicht für unsere Suchaktion zur Verfügung. Ich bin schon seit kurz nach sechs Uhr in meinem Büro und habe noch einmal alle Ermittlungsergebnisse durchgearbeitet. Im Anschluss schreibe ich Leyla eine SMS und informiere sie, dass ich ihre Einbestellung zur Vernehmung um einen Tag verschieben muss, lasse aber keinen Zweifel daran, dass ich sie morgen früh um zehn hier erwarte. Dann fahre ich ins Hotel, um Janine abzuholen. Die Koffer habe ich dabei und lasse sie auf ihr Zimmer bringen. Ich warte im Frühstücksraum und stoße dort auf Sigge.

»Guten Morgen, Sigge«, begrüße ich ihn, »schön, dass du wieder mit von der Partie bist.«

»Finde ich auch.«

Janine taucht auf, und ich mache die beiden miteinander bekannt.

»Ihr habt noch etwas Zeit zum Frühstücken«, sage ich zu ihr. »Sigge nimmt dich dann mit zu mir. Treffen wir uns dort in fünfzehn Minuten.«

Ich fahre zurück in die Polizeiinspektion, wo mich Solveig anruft und informiert, dass zwei Mannschaftsbusse mit 100 Bereitschaftspolizisten, die extra aus Umea angefordert wurden, gegen sieben Uhr bei mir in Jokkmokk eintreffen werden und dass wir zwei Militärhubschrauber genehmigt bekommen haben, die um 09:15 Uhr vor Ort sein sollen. Ich schicke Solveig die exakten Koordinaten, um sicherzustellen, dass wir alle am selben Ort sein werden. Mit so vielen Kollegen hätte ich nicht in meinen kühnsten Träumen gerechnet. Jetzt haben wir eine echte Chance, die beiden Männer zu finden. Ich warte vor der Polizeiinspektion auf die anderen, lasse den Motor laufen, damit der Wagen warm wird. So kann ich auch verhindern, dass Janine in die Polizeiinspektion kommt und möglicherweise die vielen Fotos der anderen Vermissten entdeckt, die in Arnes Büro an der Wand hängen.

Als die beiden Mannschaftsbusse eintreffen, ist Sören längst mit vier Trailern und zwölf Schneemobilen auf dem Parkplatz vor der Polizeiinspektion. Mich durchflutet erneut ein warmes Gefühl der Dankbarkeit für so viel Hilfsbereitschaft. Nun setzt sich der ganze Tross, zu dem auch ein Rettungswagen gehört, in Bewegung. Ich fahre voraus, die anderen folgen mir in einer Kolonne. Dichter Nebel hängt über dem See, der sich links entlang der Straße erstreckt. Aber der Nebel wird sich bald verzogen haben, der Wetterbericht hat einen klaren Himmel und Sonnenschein vorhergesagt. Die Bedingungen werden optimal sein, abgesehen von der Kälte und dem Schnee, die immer ein Handicap darstellen.

Während der Fahrt unterhalte ich mich mit Sigge, der auf dem Beifahrersitz Platz genommen hat. Da Janine, die hinten sitzt, kein Schwedisch versteht, kann ich ihm ausführlich von meinem gestrigen Zusammentreffen mit Ylva, Leif und Solveig und natürlich von Mads' Geständnis erzählen. Richtig wütend wird Sigge allerdings, als er von dem Streit mit Sten erfährt und wie dessen Reaktion auf meine Anrufe ausgefallen ist. Als wir an der Stelle eintreffen, an der Michael Grimm seinen Porsche Cayenne geparkt hat, überholt mich Sören, steigt aus und kommt zu mir.

»Anelie, ein Stück weiter gibt es eine große geräumte Stelle, wo die Schneeräumfahrzeuge immer wenden. Dort könnten alle Fahrzeuge parken. Sollen wir uns dort sammeln?«

»Machen wir«, sage ich und fahre dorthin.

Die anderen folgen mir. Die Busse parken, und die Kollegen der Suchmannschaft springen heraus und versammeln sich, damit ich ihnen ein kurzes Briefing geben kann. Ich habe geplant, dass ein Teil zu Fuß mit Schneeschuhen das Gebiet durchkämmen wird und die anderen mit den verfügbaren Schneemobilen tiefer in den Wald vordringen sollen, um dort die Region nach möglichen Spuren der beiden Vermissten abzusuchen. Alle Teilnehmer sind mit Karten ausgerüstet, auf denen sämtliche Schutzhütten und Blockhäuser eingezeichnet sind, soweit sie bekannt sind. Sie sind außerdem mit ausreichend Verpflegung ausgerüstet und bekommen für alle Fälle einige Satellitentelefone ausgehändigt, falls das Handynetz doch ausfallen sollte. Nachdem sich die kleineren Teams gebildet haben, rücken die Männer und Frauen der Suchmannschaften aus. Als zentraler Suchpunkt gilt die Stelle, an der ich die beiden mit der Drohne von Liv gesehen hatte.

Sigge bleibt am Ausgangspunkt, um Meldungen in Empfang zu nehmen und die Suche zu koordinieren, falls jemand etwas entdeckt, und mit den Hubschrauberpiloten in Kontakt zu stehen, die bereits im Anflug sind. Als ich Janine darum bitte, bei Sigge zu bleiben, protestiert sie glücklicherweise nicht.

Pünktlich um 09:20 Uhr startet dann unsere Suchaktion. Ich gehe auf der Straße zurück bis zu der Stelle, wo der Hubschrauber landen kann, um mich aufzunehmen. Ich will die Suche von oben begleiten. Es ist die berühmte Suche nach der noch berühmteren Nadel im Heuhaufen. Aber solange ein kleiner Funken Hoffnung besteht, die beiden doch noch lebend zu finden, werden alle ihr Bestes geben. Ich weiß, dass wir nur diese eine Chance haben. Wenn wir sie heute nicht finden, kann ihnen nur noch ein Wunder helfen. Eine zweite Suchaktion in dieser Form wird es nicht geben. Außerdem wird diese Wärmeperiode nicht ewig andauern.

Einer der beiden Militärhubschrauber landet mit ohrenbetäubendem Getöse auf der Straße und wirbelt wie ein Orkan den Pulverschnee auf, den die Schneeräumfahrzeuge links und rechts neben die Fahrbahn geschoben und aufgetürmt haben. Ich fühle mich wie in einem Whiteout und kann nicht einmal mehr meine Hand erkennen, die ich schützend vor meine Augen halte. Trotzdem renne ich mit gesenktem Kopf in Richtung Helikopter, springe durch die geöffnete Tür auf den Sitz neben dem Piloten und schließe sofort die Tür hinter mir. Dann setze ich die Ohrenschützer samt Kopfhörer auf und richte das Mikrophon an meinen Mund.

»Hey«, sagt der Pilot und nickt mir zu. »Ich bin Jan. Hinten sitzt Anders, mein erster Offizier. Du bist Anelie?«

»Ja.«

»Bereit?«, fragt Jan.

»Bereit.«

Der Hubschrauber hebt ab, steigt erst senkrecht nach oben, kippt dann leicht nach vorne, während er Geschwindigkeit aufnimmt und über die Baumwipfel in Richtung Berge abdriftet.

»Ihr wisst Bescheid?«, frage ich ins Mikrophon.

»Wir suchen zwei Männer«, höre ich Jan über meinen Kopfhörer antworten. »Ich kenne das Gebiet recht gut. Und die Wärmebildkameras werden uns helfen, sie zu finden, falls sie dort sind.«

Auf die Suche aus der Luft mithilfe der Wärmebildkameras setze ich meine größte Hoffnung. Diese sensiblen Kameras senden Infrarotstrahlen aus und erkennen minimale Temperaturunterschiede. Sie können Körper als Wärmequellen deutlich erkennen. Natürlich zählen dazu auch Tiere, aber ihre Körperformen lassen sich problemlos von der eines Menschen unterscheiden.

Ich lehne mich zurück und blicke aus dem Fenster. Unter mir schwärmen die Kollegen wie ein aufgeschreckter Bienenschwarm aus. Von oben aus betrachtet, ergibt das ein seltsames Bild, wie sich viele kleine Gestalten durch die Winterlandschaft bewegen. Ich kann auch die Skooter sehen, die sich bereits von den Schneeschuhläufern abgesetzt haben.

Der Hubschrauber fliegt so tief wie möglich und gleitet mit gebührendem Abstand über die Baumwipfel. Unter uns gibt es nichts außer einer grandiosen Landschaft, begraben unter Schnee und Eis, die die schroffen Berge in sanfte Riesen und die Bäume in bizarre Skulpturen verwandelt haben. Anders, der erste Offizier, reicht mir von hinten eine Karte, die ich auf meinen Knien ausbreite. Auf dieser Karte sind Planquadrate eingezeichnet, um die Suche in dem großen Gebiet zu strukturieren.

In der Ferne entdecke ich eine größere Rentierherde im Schnee. Der Hubschrauber fliegt hoch genug, um die Tiere nicht aufzuschrecken und in die Flucht zu schlagen. Dieser Energieverbrauch wäre in dieser extremen Jahreszeit gefährlich für die Tiere, auch wenn sie optimal an diese Region und die Jahreszeiten angepasst sind. Ihr Winterfell schützt sie perfekt gegen die Kälte. Mit solchen Fellen hatte sich Stellan gegen die eisigen Temperaturen gewappnet und fast überlebt. Noch besser als das Fell wirkt das Maul der Rentiere gegen die Minusgrade. Während beim Menschen der Atem als kleine Dampfwolke zu sehen ist, dessen Wasserdampf sich aufs Gesicht legen und zu einem Gefrierbrand führen kann, falls die Haut unbedeckt ist, kann das Rentier die Temperatur seines Atems regulieren und so herabsenken, dass kein Dampf entsteht, der sich als Raureif auf die Schnauze legen und zu Erfrierungen führen würde. Mit diesem Trick speichern Rentiere ihre Wärme. Dieser Vorgang funktioniert auch in umgekehrter Richtung als Klimaanlage. Im Sommer kann ein Rentier überschüssige Wärme über das Maul ausatmen.

Nachdenklich studiere ich die eingezeichneten Planquadrate. Ich fahre mit meinem Finger zu der Stelle, an der Stellan überfahren wurde. Diese liegt in einem anderen Planquadrat in deutlicher Entfernung.

»Wir suchen an der falschen Stelle«, sage ich zu Jan. »Wir müssen in diesem Gebiet hier suchen.« Ich zeige die Stelle auf der Karte.

Der Pilot schaut kurz auf meine Karte und ändert augenblicklich die Flugroute. Ich blicke durch das Fenster und entdecke etwas, was sich sehr schnell durch die weiße Landschaft zwischen den Bäumen bewegt. Ich fische mein Fernglas aus meinem Rucksack, und damit kann ich erkennen, dass es sich um einen typischen Samischlitten handelt, der von einem Rentier gezogen wird. Aus dieser Höhe und Entfernung kann ich die Person, die den Schlitten lenkt, nicht erkennen. Das muss wohl ein Sami sein, denke ich, der hier nach seinen Tieren sieht oder für das Rentierschlittenrennen auf dem bevorstehenden Wintermarkt trainiert, eine der Hauptattraktionen des Marktwochenendes.

Auf unserem Weiterflug tauchen verstreute Rentiere und Elche auf, deren Körper von den Wärmebildkameras deutlich eingefangen werden. Wir nähern uns der Hütte, die wir bei Stellans Wegsuche entdeckt hatten und die wir auch mit Livs Drohne überflogen hatten. Auf dem Bildschirm taucht für einen kurzen Augenblick eine kleine, kreisrunde Wärmequelle auf. Ich schaue aus dem Fenster nach unten und erinnere mich an die Öffnung, die mir beim Drohnenflug bereits aufgefallen war, und an Daniels Worte, dass das keine Tierhöhle sein kann. Aber die Wärmebildkamera hat klar auf das Loch reagiert. Ich mache den Piloten darauf aufmerksam, der sofort die Geschwindigkeit drosselt, eine Kurve fliegt und dabei tiefer geht, um die besagte Stelle erneut zu überfliegen. Wieder fängt die Wärmebildkamera diese runde Stelle ein, bei der es sich eindeutig um eine Wärmequelle handeln muss.

»Was kann das sein?«, frage ich durch das Mikrophon.

»Keine Ahnung«, höre ich Jan und Anders sagen. »Auf jeden Fall sehr ungewöhnlich.«

Meine Alarmglocken läuten schrill. »Ich muss da runter!«

»Hier kann ich nicht landen, Anelie«, sagt Jan. »Wir könnten aber die anderen hierherlotsen.«

»Nein, das dauert zu lange«, widerspreche ich. »Ich habe da ein ganz ungutes Gefühl, ich muss da runter.«

»Ich kann dich hier nur abseilen«, höre ich Anders von hinten sagen, »wenn du dir das zutraust.«

»Okay, machen wir das«, sage ich, ohne zu wissen, was mich erwartet.

Für Skrupel und Ängste ist jetzt nicht die Zeit. Ich schnalle mich ab, klettere nach hinten zu Anders und lege mit seiner Hilfe das Gurtzeug an, während Jan eine geeignete Stelle zwischen den Bäumen sucht, um mich möglichst gefahrlos hinunterzulassen. Direkt an der Hütte ist das nicht möglich, ich werde also ein kleines Stück durch den tiefen Schnee gehen müssen.

»Zum Glück ist es windstill«, stellt Anders fest.

Er befestigt den Karabiner der Seilwinde an einer Metallöse an meinem Brustgurt, dann öffnet er die Seitentür, und ich setze mich an den Ausstieg. Bei dem Blick nach unten wird mir mulmig. *Worauf habe ich mich hier nur eingelassen?*

»Du schaffst das«, muntert Anders mich auf. »Los geht's!«

Der Hubschrauber schwebt so ruhig wie möglich einer Libelle gleich über einer Öffnung in den Bäumen. Ich stoße mich ab, bis ich neben dem Helikopter frei in der Luft hänge, dann sinke ich sehr schnell am Seil tiefer und tiefer und erreiche schließlich sicheren Boden. Mit weichen Knie steige ich aus dem Gurtzeug, und sofort saust es wieder nach oben. Der Hubschrauber dreht ab und verschwindet aus meinem Sichtfeld. Der Pilot wird die anderen über meine genauen Koordinaten informieren, damit sie sich auf den Weg zu mir machen können. Bis zu ihrem Eintreffen bin ich auf mich allein gestellt.

Manchmal verfluche ich den Schnee, so wie jetzt, denn bei jedem Schritt versinke ich bis weit über die Knie und komme nur schwer voran. Der menschliche Körper ist dafür nicht gemacht, er hat diesen Schneemengen nichts entgegenzusetzen, und hier im Polarkreis ist der Schnee sehr speziell. Kein Schnee gleicht dem anderen. In den Alpen ist er meistens feucht und schwer, pappig und filzig. Hier gibt es diese Schneesorte nicht; was vom Himmel fällt, ist aufgrund der sehr tiefen Temperaturen und der äußerst trockenen Luft ausnahmslos Pulverschnee, fein, fedrig, leicht. Außerdem altert Schnee, je länger er liegt, umso mehr verändert sich seine kristalline Form, so wie bei diesem Schnee hier, mit dem ich heftig zu kämpfen habe.

Ein paar Krähen kreischen über meinem Kopf, während ich mich wie ein behäbiger, schnaubender Drache durch den Tiefschnee wühle. Abgesehen von den Rufen der schwarzen Vögel liegt eine gespenstische Ruhe über dem Wald. Es kostet mich extrem viel Kraft und Zeit, bis ich endlich wieder festeren Boden unter den Füßen spüre und den von Schneemobilen gespurten Weg erreicht habe. Ich brauche eine kurze Verschnaufpause, bevor ich weitergehen kann. Dann folge ich dem Weg ein Stück, um mich wieder durch den tiefen Schnee bis zu der kleinen Hütte zu kämpfen. Ich orientiere mich und gehe in die Richtung, wo ich die kreisrunde Wärmequelle vermute. Dort falle ich auf die Knie und schiebe mit meinen Händen den Schnee beiseite und stoße schnell auf eine Holzklappe, die in den Boden eingelassen und mit einem Riegel versperrt ist.

Ich brauche weitere lange Minuten, um die ganze Klappe vom Schnee zu befreien.

Derartige Vorrichtungen sind nichts Ungewöhnliches hier, wobei diese hier sich jedoch ziemlich weit weg von der Hütte befindet. In der Erde lassen sich Fleisch und Nahrungsmittel sicher und kühl lagern, wenn kein Kühlschrank existiert, wie in den meisten Blockhäusern. Im Sommer bleibt es da unten kühl, im Winter durch die Schneeisolierung nicht so kalt wie draußen. Außerdem ist Essbares dort sicher vor hungrigen Tieren, die auf der Suche nach Futter vom Geruch angelockt werden.

Ich schiebe den Riegel zur Seite und ziehe die Klappe auf. Ein Schrei entweicht meiner Kehle. Für den Bruchteil einer Sekunde bin ich wie benommen, als hätte ich einen Schlag auf den Kopf bekommen. Was ich entdeckt habe, lässt meinen Atem stocken. Hier liegen zwei Menschen in einem Erdloch, eng aneinander gekauert wie in einem Grab. Ich habe sie gefunden. Sofort springe ich in das Erdloch und berühre das Gesicht des Älteren, dann das des Jungen. Ihre Haut ist eiskalt. Ich fühle den Puls des Vaters, der vorne liegt, und spüre ein schwaches Pochen in meinen Finger. Er lebt. Dann untersuche ich den Sohn, auch bei ihm kann ich einen Puls am Hals ertasten, stärker als bei seinem Vater. Sein Gesicht ist feuerrot. Das kann nicht von der Kälte sein, denke ich, finde aber keine Erklärung für die Ursache. Hauptsache, sie sind noch am Leben. Jetzt zählt jede Minute.

Ich fische mein Telefon aus dem Rucksack und alarmiere Sigge über meinen Fund, damit er sofort die weitere Rettungsaktion koordinieren kann. Er muss die Schneemobile hierherschicken und die Sanitäter. Die beiden müssen von hier auf Schlitten weggebracht und dann sofort mit einem der Hubschrauber nach Gällivare in die Klinik geflogen werden. Ich wühle in meinem Rucksack und hole meine Thermoskanne mit heißem Tee heraus. Vorsichtig hebe ich den Kopf des Vaters, um ihm den Becher mit dem dampfenden Tee an den Mund zu halten. Dabei ertaste ich eine große Beule an seinem Kopf. Er wurde vermutlich niedergeschlagen. Ich benetze seine Lippen mit dem heißen Tee, aber er reagiert nicht. Dann versuche ich es bei dem Sohn. Aber auch er erwacht nicht. Ich sehe Blut an seinem rechten Bein. Ich schiebe seine Hose etwas hoch und entdecke eine tiefe Fleischwunde, wie sie eigentlich nur durch Schnappfallen entstehen können. Ohne Hilfe kann ich die beiden Bewusstlosen nicht aus diesem Erdloch bergen. Deswegen werde ich sie so warm wie möglich halten, bis die anderen da sind. Ich habe eine kleine Notfallausrüstung zum Feuermachen in meinem Rucksack. Das gehört zu den Selbstverständlichkeiten, wenn man hier in der Wildnis unterwegs ist. Im Auto liegen grundsätzlich auch zwei Schlafsäcke, die bis minus 30 Grad warm halten, falls das Auto einmal liegen bleibt und man eine bitterkalte Nacht überstehen muss.

Ich präpariere eine kleine Feuerstelle direkt unter der Luke, damit der Rauch abziehen kann, und entzünde meine mitgebrachte Birkenrinde, die auch sofort Feuer fängt. Als das Feuer richtig brennt, steige ich wieder aus dem Erdloch und laufe zu der Hütte. Da die Tür abgeschlossen ist, schieße ich zweimal auf das Türschloss. Es springt auf, und ich betrete mit gezückter Waffe die Hütte, auch wenn ich davon ausgehen kann, dass sich niemanden hier aufhält. Da es hier drinnen kein

Licht gibt, reiße ich die Vorhänge auf, damit ich besser sehen kann. Dummerweise habe ich meine Stirnlampe im Rucksack vergessen, der im Erdloch liegt. In dem diffusen Licht erkenne ich eine Holzpritsche, auf der eine Matratze liegt. Es gibt auch einen alten Kaminofen, neben dem Holzscheite lagern. Ich nehme mir fünf Scheite. Ansonsten kann ich auf die Schnelle nichts Brauchbares hier finden, dann eile ich zurück zu den beiden. Das Feuer erzeugt bereits eine wohlige Wärme in dem kleinen Erdloch. Ich lege die Holzscheite dazu, um es am Leben zu halten, und warte auf Hilfe. Während ich am Boden kauere, kriecht die Zeit im Schneckentempo.

Erfrieren ist kein schöner Tod. Die erste Reaktion des Körpers gegen die Kälte kennt jeder. Der Körper beginnt zu zittern, um die eigene Wärmeerzeugung zu erhöhen. Im Prinzip funktioniert ein Körper wie eine Thermoskanne. Ist es kalt, wird der Körperkern warmgehalten. Die Gefäße ziehen sich zusammen, Finger, Zehen, Ohren und Nasenspitze werden weniger durchblutet. Dafür schlägt das Herz schneller und pumpt gegen die Schließung der Gefäße an. Dieser Vorgang sorgt für Schmerzen erst in den Händen und Füßen, dann wandern die Schmerzen immer weiter nach innen. Ist die Kerntemperatur unter 32 Grad gesunken, sinkt die Herzfrequenz, die Atmung wird flacher, die Muskeln werden steif. In dieser Phase lassen die Schmerzen nach, der Erfrierende wird apathisch. Unter 30 Grad Körpertemperatur verfällt der Mensch in eine Art Kältestarre, die ihn erst lähmt und schließlich bewusstlos werden lässt. Unter 27 Grad setzt dann die Atmung aus, und das Herz bleibt stehen. Ich weiß nicht, an welchem Punkt sich die beiden jetzt befinden.

Endlich höre ich den Hubschrauber heranfliegen, der Rotorlärm wird immer lauter. Ich springe aus dem Erdloch und sehe zum Himmel. Der Helikopter taucht kurz über mir auf, dann dreht er ab zu der Stelle, an der ich abgeseilt wurde. Jemand schwingt sich aus dem Hubschrauber und kommt an einem Seil herunter wie ich zuvor.

»Ich bin Mikael«, stößt der Mann atemlos hervor, als er bei mir ankommt. »Bring mich zu ihnen.«

Mikael ist der Notarzt und hat in seinem großen Rucksack alles dabei, was er für die Erstversorgung der beiden Männer braucht. Er springt in das Erdloch, und ich reiche ihm seinen Rucksack hinunter. Da unten ist nicht genug Platz für uns alle, deshalb beobachte ich von der Luke aus, was er tut. Im Schein seiner Stirnlampe hat er den beiden blitzschnell einen Zugang gelegt und eine Infusion angehängt. Er gibt mir zwei isolierte Behälter, damit ich sie hochhalte. Dann untersucht er die beiden weiter.

»Wie geht es ihnen?«, frage ich bange.

»Schwer zu sagen«, meint Mikael, »dem Jüngeren geht es besser als dem Älteren. Aber noch sind sie am Leben.«

»Warum ist er so rot im Gesicht?«

Mikael untersucht den Jungen. »Ich würde auf Pfefferspray tippen. Dafür sprechen auch seine entzündeten Augen.«

Es vergehen weitere zähe Minuten, bis ich endlich das vertraute Geräusch von heranfahrenden Schneemobilen hören kann. Nach und nach treffen die Kollegen ein. Bald wimmelt es hier von Menschen. Endlich können die beiden bewusstlosen Männer aus dem Erdloch geborgen werden. Meine Kollegen legen sie auf die Schlitten und hüllen sie in Wärmedecken ein. Dann setzen sich die Schneemobile mit den angehängten Schlitten in Bewegung, um die beiden zur Straße zu bringen, wo der Hubschrauber sie aufnehmen und nach Gällivare in die Klinik fliegen wird. Das dortige Krankenhaus ist größer und besser ausgestattet als das in Jokkmokk. So greift ein Rädchen ins andere, jetzt bleibt nur noch die Hoffnung, dass es die beiden noch schaffen können.

Auch wenn die Zeit wegen der hereinbrechenden Dunkelheit drängt, springe ich noch einmal in das Erdloch hinunter und schaue mich darin um. Es ist überraschend groß. Ich krieche in die hinterste, dunkle Ecke, wo Erde aufgeschüttet ist, und fange an zu graben. Das lose Erdreich lässt sich relativ leicht beiseiteschieben. Ich stoße auf etwas Rundes und ziehe es heraus. Ich halte einen Schädel in Händen, der zweifelsohne menschlichen Ursprungs ist.

Auch wenn ich gerne weitergraben würde, siegt meine Vernunft. Das muss bis morgen warten, aber den Schädel nehme ich mit. Anhand der Zähne, die noch vollständig im Kiefer stecken, sollte eine Identifizierung in Lulea möglich sein. Vielleicht gehört dieser Schädel zu einem der Vermissten. Ich hoffe, dass die Kollegen damals bereits vorsorglich zahnärztliche Gebissabdrücke und DNA-Vergleichsproben besorgt haben für eine eventuelle Identifizierung.

»Du musst jetzt echt los, wenn du nicht bei uns hier übernachten willst«, höre ich eine Stimme sagen.

An der Luke steht ein Polizist, der mir den Schädel abnimmt, während ich mich aus dem Erdloch hieve. Der Kollege hat recht, die Zeit wird knapp, die Sonne wird in Kürze untergehen. Keiner wird hier in der Dunkelheit zurückbleiben bis auf ihn und einen zweiten Mann. Die beiden haben sich bereit erklärt, den Fundort zu bewachen.

»Da unten liegen noch mehr Knochen«, sage ich zu ihnen. »Bitte tragt dafür Sorge, dass die morgen auch noch da sind.«

»Niemand wird diesen Tatort betreten«, erwidert der eine.

»An uns kommt niemand vorbei«, stimmt der andere zu.

Mit diesen Antworten bin ich zufrieden. »Bitte passt gut auf euch auf. Wir wissen nicht, ob wir es mit einem oder mehreren Tätern zu tun haben. Gleich bei Tagesanbruch wird ein Team kommen, euch ablösen und hier alles auf den Kopf stellen.«

Damit verabschiede ich mich und starte das Schneemobil, das einer meiner Kollegen für mich zurückgelassen hat. Als ich auf den Parkplatz zurückkomme, sind alle außer Sigge, unserem Wagen und einem Anhänger verschwunden. Sigge kommt auf mich zu und umarmt mich.

»Du bist großartig, weißt du das?«, sagt er und drückt mich ganz fest. Dann gibt er mir einen Kuss auf die Wange. »Den soll ich dir von Janine Grimm geben. Sie ist mit den beiden nach Gällivare geflogen.«

»Wo ist der Porsche?«

»Denn fährt ein Kollege, begleitet von einem weiteren Dienstwagen, nach Gällivare, damit Janine ein Auto vor Ort hat. Ich habe die Kollegen auch gebeten, alle Sachen der Familie aus dem Hotel in Jokkmokk zu holen.

»Sehr gut«, sage ich müde. Ich spüre eine große Erschöpfung.

Schnell verladen wir das Schneemobil auf den Anhänger und hängen ihn an unseren Wagen. Sigge setzt sich ans Steuer, und wir treten den Rückweg an. Lange sitzen wir schweigend im Wagen, während Sigge durch die Dunkelheit fährt.

»Wir kriegen dieses Schwein, wir sind ihm schon ganz dicht auf den Fersen«, unterbricht er irgendwann die Stille und wirft mir einen Seitenblick zu. »Er fängt an, Fehler zu machen.«

»Ja«, stimme ich leise zu, auch wenn ich seine Zuversicht noch nicht ganz teile. Noch haben wir keine wirkliche Spur zu dem Täter.

»Wenn die beiden es schaffen«, seufze ich, »dann hätten wir endlich zwei Augenzeugen.«

»Die zwei sind zäh«, sagt Sigge. »Sie schaffen es, hat der Notarzt zu Janine gesagt.«

Wir erreichen die Polizeiinspektion.

»Sigge, meinst du, du kannst heute noch nach Lulea fahren?«, frage ich ihn. »Der Schädel müsste so schnell wie möglich zur forensischen Untersuchung. Aber ich schaffe das nicht mehr, ich bin echt fertig.«

»Klar«, erwidert er, ohne groß anzudenken. »Hast du denn einen Verdacht, zu wem dieser Schädel gehören könnte?«

»Nein, aber er zeigt Spuren, die auf einen schweren Schlag hinweisen. Der Tote könnte ein Mordopfer sein.«

»Dann mache ich mich gleich auf den Weg«, sagt er munter. »Ich bleibe aber über Nacht in Lulea und komme erst morgen früh zurück, okay?«

»Geh morgen früh als Erstes zu Ylva und berichte ihr und dem Staatsanwalt alles persönlich. Meinen Bericht bekommen sie dann im Laufe des Tages. Und sprich auch mit Solveig, damit sie sich um den Schädel kümmert und den Kollegen in der KTU Druck macht. Je eher wir ein Ergebnis haben, umso schneller bringt uns das auf die Spur des Täters.«

Ich sehe Sigge noch nach, wie er davonfährt, dann steige

ich in meinen Wagen und trete den Heimweg an. Dieser Tag steckt mir gewaltig in den Knochen.

Zu Hause setze ich mich auf die Stufen der Terrasse und schaue in den Himmel. Eine neongrüne Wolke kommt herangewabert, zieht sich in die Länge und beginnt dort oben zu tanzen. Ich vergesse für einen Augenblick den heutigen Tag und lasse mich von diesem mystischen Schauspiel gefangen nehmen. Aurora Borealis, die Unberechenbare, die nur bei bestimmten magnetischen Konstellationen zu ihrem Tanz erscheint, zeigt sich in dieser Nacht in ihrer ganzen Schönheit. Wer einmal die farbigen Schleier am Himmel bestaunen, ihren atemberaubenden Zauber und ihre eigenwillige Choreographie bewundern konnte, versteht augenblicklich, dass es mehr gibt in diesem Universum, als wir zu wissen glauben. Jetzt funkelt das grüne Nordlicht am schwarzen Himmel, schwebt umher, bauscht, dehnt und streckt sich, dreht eine Pirouette, blitzt in Kaskaden auf, um dann im Universum wieder so schnell zu verschwinden, wie es aufgetaucht war. Die Sami glauben, dass die Nordlichter die Geister ihrer Toten sind. Ich habe keinen Zweifel daran. Ob dort auch die Seelen der Mordopfer ihren Frieden gefunden haben, oder hat ein Mörder daraus *Mordlichter* gemacht?

35

Wasserdampf umhüllt mich wie dichter Nebel. Ich liege in unserem Hot Tub und genieße das heiße Wasser, das meinen Körper durchwärmt und meine verspannten Muskeln auflockert.

Daniel hat die große Außenbadewanne im letzten Jahr in die Terrasse eingebaut. Seitdem sitzen wir so oft wie möglich abends in dem heißen Wasser, wenn nicht zur Abwechslung ein Saunaabend auf dem Programm steht.

Ich habe den Ofen des Hot Tubs sofort nach meiner Rückkehr angeschürt, um das Wasser anzuheizen. Nach einem ausgiebigen Telefonat mit Daniel und einem schnellen Abendessen ist das Wasser heiß genug gewesen, 42 Grad, gerade richtig bei diesen Außentemperaturen. Wegen der Kälte trage ich eine Mütze, damit meine Haare nicht nass werden. Sie würden ansonsten gefrieren und einfach abbrechen. Das Wasser reicht mir bis zum Kinn. Ich schließe die Augen. Ich spüre, wie meine Muskeln sich zu lockern beginnen. In der nächsten Stunde werde ich nichts anderes tun, als im heißen Wasser zu entspannen.

Es ist ein ungeheurer Luxus, in dieser Landschaft mitten in der Nacht im Freien in einem riesigen Hot Tub zu sitzen und ein heißes Bad zu nehmen. Ich seufze wohlig. Allmählich fällt der Druck von mir ab, der heutige Tag und die vielen Eindrücke verblassen. Hinter mir höre ich knirschende Schritte im Schnee. Es ist Liv.

»Wie geil ist das denn! Diese Wanne kenne ich ja noch gar nicht!«

Ich kann ihre Gedanken lesen. »Komm halt mit rein.«

Das lässt sie sich nicht zweimal sagen und verschwindet im Gästehaus, um kurz darauf in einem Bademantel und Schlappen aufzutauchen. Auf der Terrasse schlüpft sie aus dem Bademantel. Ich sehe sie zum ersten Mal nackt. Ihre Haut hat vermutlich noch nie einen Sonnenstrahl abbekommen, denke ich, so weiß ist ihre Farbe. Aber ihre Figur ist der Hammer. *Ich muss mehr Sport machen.*

Liv klettert in den Hot Tub. Mit einem wohligen Seufzer lässt sie sich ins heiße Wasser gleiten. »Oh, das ist der Wahnsinn. Das brauche ich für mein Haus auch.«

Wir genießen schweigend das heiße Bad. Außer einem gelegentlichen leisen Stöhnen voller Wohlbehagen ist kein Laut zu hören.

»Bereust du manchmal deine Entscheidung, Stockholm verlassen und hierhergezogen zu sein?«, fragt sie nach einer Weile.

»Ich habe oft darüber nachgedacht«, sage ich. »Aber meine Antwort ist immer die gleiche: Nein. Manche Menschen brauchen die Stadt, den Trubel, die vielen Menschen. Ich habe immer geglaubt, ich gehöre auch dazu. Aber seit ich hier bin, weiß ich, dass ich falsch gelegen habe.«

Liv grinst zufrieden. »Gut.«

»Hast du schon Zweifel bekommen?«

»Nein, ich glaube, das wird die beste Entscheidung meines Lebens«, brummt sie zufrieden. »Habe ich dir eigentlich schon gesagt, dass ich das Haus ersteigert habe?«

»Nein«, antworte ich überrascht, »aber das ist ja toll. Glückwunsch.«

»Ja«, sagt sie und strahlt über das ganze Gesicht. »Ich kann es gar nicht erwarten, einzuziehen. Dann seid ihr mich wieder los.«

»Aber du bist uns immer willkommen«, widerspreche ich heftig.

»Danke, aber du verstehst, was ich meine.«

Ein Geräusch erregt unsere Aufmerksamkeit. Ich richte mich auf, greife nach meiner Stirnlampe, die neben dem Hot Tub am Boden liegt und setze sie auf. Mit dem kleinen Suchscheinwerfer auf meiner Stirn leuchte ich die Gegend ab. In etwa 30 Meter Entfernung glänzen zwei grüne Lichtpunkte.

»Was ist das?«, fragt Liv leise.

»Das ist unser Haus-Elch«, flüstere ich.

Ich denke kurz darüber nach, ob ich das Nachtsichtgerät aus dem Haus holen soll, verwerfe aber den Gedanken sofort wieder. Vermutlich würden die Geräusche das Tier vertreiben, und das ist das Letzte, was ich im Sinn habe.

»Verdammt ist der riesig«, stellt Liv beeindruckt fest. »Ich hatte fast vergessen, wie groß diese Viecher werden.«

Ich blicke in Livs erschrockenes Gesicht, sie wendet sich ab, weil meine Stirnlampe sie blendet. Unwillkürlich muss ich grinsen. So habe ich Daniel vermutlich auch angesehen, als ich zum ersten Mal das Augenpaar in zweieinhalb Meter Höhe in der Dunkelheit habe leuchten sehen. Der Elchbulle ist ein alter Bekannter.

»Der hat dahinten seinen Schlafplatz«, sage ich leise. »Da solltest du nachts nicht unbedingt hingehen.«

»Habe ich nicht vor.«

Die Augen sind eine Zeit lang zu sehen. Offensichtlich beobachtet uns der Elch genauso wie wir ihn. Nach einer Weile verschwinden die beiden Leuchtpunkte.

»Jetzt hat er sich hingelegt«, sage ich und schalte die Stirnlampe wieder aus.

»Puh«, stöhnt Liv. »Der hat mir einen ganz schönen Schrecken eingejagt. Apropos Schrecken. Erzählst du mir, wie es heute gelaufen ist? Ihr habt die beiden Deutschen gefunden, hat Sigge mir erzählt. Er hat mich angerufen. Aber mehr wollte er mir nicht verraten.«

Mit einer einzigen Frage holt mich Liv in die Gegenwart zurück. Dann erzähle ich ihr von den neuesten Entwicklungen. Diesmal muss ich keine Informationen zurückhalten. Ich weiß, dass Liv mit keiner Menschenseele darüber reden wird, was sie hier von mir erfährt.

»Wir sind bei unseren Ermittlungen ein Stück weiter, aber noch weit davon entfernt, jemanden verhaften zu können.« gebe ich offen zu.

»Kann ich dir irgendwie helfen? Du weißt ja, dass vor mir keine Tür verschlossen bleibt.«

Ich lasse ihre Frage unbeantwortet im Raum stehen. Wenn ich meine Hausaufgaben mache, sollte ich eigentlich darauf verzichten können. Aber unter den schwierigen Bedingungen, die hier herrschen, möchte ich ihre Hilfe nicht sofort abschlagen. Vielleicht brauche ich Livs Fähigkeiten doch noch.

36

Eine miserable Nacht liegt hinter mir. Ich habe lange wach gelegen und mich rastlos von einer Seite zu anderen gewälzt. Ein Gedanke hat mich wach gehalten. Der Täter hat weder mit Stellans Flucht gerechnet noch damit, dass die beiden Männer lebend gefunden werden. Damit weiß er nun, dass wir ihm auf den Fersen sind. Wir haben ihn in die Enge getrieben. Sobald die Opfer vernehmungsfähig sind, wissen wir vermutlich, wer er ist. Auch das weiß er. Deswegen ordne ich noch in der Nacht an, dass Michael und Luca Grimm ab sofort rund um die Uhr bewacht werden. Es besteht das Risiko, dass der Täter versuchen wird, sie endgültig zum Schweigen zu bringen.

Es ist erst kurz nach fünf Uhr, aber ich werde kein Auge mehr zutun. Ich brauche eine lange, heiße Dusche, um in die Gänge zu kommen. Das Frühstück lasse ich bis auf einen doppelten Espresso ausfallen; ich verspüre keinen Appetit. Trotz des gestrigen Erfolges hat meine Stimmung einen Tiefpunkt erreicht. Es ist die schlimmste aller möglichen Situationen für einen Ermittler eingetreten, ich bin zum Warten verdammt, auf die Ergebnisse, die die Untersuchungen des Tatorts zutage fördern werden, auf Erkenntnisse zur Identität des Toten, zu dem der Schädel gehört, und ich muss abwarten, wann die beiden Opfer vernehmungsfähig sein werden, um zu erfahren, wer ihnen das angetan hat. Nichts davon kann ich beeinflussen. Aber ich werde den Tag nicht ungenutzt verstreichen lassen.

Eiseskälte peitscht mir wie ein Schlag mit einem Gürtel ins Gesicht, als ich das Haus verlasse. Das Außenthermometer zeigt minus 29 Grad. Über Nacht ist die arktische Kälte zurückgekommen und hat die ungewöhnliche Wärmephase beendet. Zum Glück erst heute, schießt mir durch den Kopf, sonst hätten die beiden Männer definitiv nicht überlebt. Das Schicksal hat es trotz allem gut mit ihnen gemeint und ihnen diese einmalige Chance geschenkt. Auf der Fahrt nach Jokkmokk telefoniere ich mit Daniel, der ebenfalls schon auf den Beinen ist, weil seine Schicht um sechs Uhr beginnt.

»Ich werde heute leider immer noch nicht zurückkommen können«, sagt er. Ich kann die Enttäuschung in seiner Stimme hören. »Wir haben technische Probleme bei der Sprengung. Es ist zum Verrücktwerden.«

Ich seufze. »Ich vermisse dich so schrecklich hier.« Gerade jetzt hätte ich ihn dringend an meiner Seite gebraucht.

»Was hast du heute vor?«, will er von mir wissen.

»Ich kümmere mich zuerst um meinen Bericht, dann fahre ich zu Sten, um herauszufinden, was er mit den beiden deutschen Touristen zu schaffen hatte. Außerdem habe ich Leyla einbestellt. Ich muss endlich einige Antworten von ihr bekommen.«

»Weißt du, was mich an der ganze Sache stutzig macht?«, sagt Daniel. »Noch so eine eisige Nacht in diesem Erdloch und die beiden wären tot gewesen. Vermutlich wollte der Täter das, aber warum? Will er ihnen beim langsamen Sterben zusehen?« Er bricht ab und schweigt für ein paar Sekunden. »Gut«, sagt er schließlich, »dass es anders gekommen ist und du sie gefunden hast. Leider muss ich jetzt Schluss machen. Pass auf dich auf. Wir telefonieren heute Abend wieder.« Dann unterbricht er die Verbindung.

Daniels Aussage klingt mir in den Ohren. Vielleicht hat der Täter genau das im Sinn, vielleicht verschleppt er seine Opfer aus diesem einzigen Grund, um sie da unter Tage einzusperren, damit sie erfrieren oder verdursten. Was für ein Monster treibt da draußen sein grausames Spiel!

Diese Art des Tötens hat etwas sehr Distanziertes. Der Täter muss selbst nicht Hand anlegen, sondern überlässt es dem Lauf der Dinge. Vielleicht sieht er ihnen gelegentlich dabei zu, wie seine Opfer immer schwächer werden, weidet sich an ihrem Leiden oder genießt seine Macht über Leben und Tod. Wer auch immer hinter all diesen Verbrechen steckt, hat es erfolgreich geschafft, über viele Jahre unentdeckt zu bleiben.

Dieses Erdloch ist ungewöhnlich groß, vielleicht dient es nur diesem einen Zweck. Aber wenn er alle seine Opfer in demselben Erdloch gefangen gehalten hat, warum haben wir dann nur einen Schädel gefunden? Möglicherweise gibt es noch mehr davon. Oder schafft er die Leichen weg? Ich habe immer noch zu viele Fragen und zu wenige Antworten.

Jokkmokk schlummert noch im Tiefschlaf, als ich kurz vor sechs Uhr ankomme. Die Straßen sind wie leer gefegt. Wer nicht nach draußen muss, bleibt im warmen Haus. Bevor ich in die Polizeiinspektion fahre, mache ich einen kurzen Umweg zur Tankstelle, da meine Tankuhr bereits Reserve anzeigt. Tankstellen sind rar hier, deswegen ist es fahrlässig, dass ich nur noch mit einem fast leeren Tank unterwegs bin. Nach dem Tanken besorge ich mir im dazugehörigen Shop noch etwas zum Frühstücken.

Im Büro werfe ich die Kaffeemaschine an, setze mich an meinen Computer und beginne damit, meinen Ermittlungsbericht zu den gestrigen Ereignissen zu verfassen. Das Schreiben geht mir leicht von der Hand, die Fakten liegen auf dem Tisch bis auf eine Frage, die ich nicht beantworten kann: Wem gehört die Hütte auf Leylas Land?

Ich kenne die hiesigen Gepflogenheiten, Hütten oder Blockhäuser ohne das Land, auf dem sie stehen, zu verkaufen, so dass nie ganz klar ist, wem was und wie viel tatsächlich gehört. Sami behalten damit ihren Grund und Boden, können aber mit dem Verkauf einer Hütte oder eines Blockhauses Geld verdienen, ohne sich von ihrem Land zu trennen. Bei uns ist es nicht anders. Daniel besitzt nur einen Teil der Halbinsel, auf der sein Blockhaus, die Nebengebäude und das Gästehaus stehen. Der andere Teil ist nach wie vor im Besitz eines Sami aus Gällivare, der einen unverschämt hohen Preis für das eigentlich wertlose Restland haben möchte. Auch wenn Daniel diesen Teil gerne noch kaufen würde, will er sich nicht über den Tisch ziehen lassen.

Ich rufe in der Klinik in Gällivare an, um mich nach dem Zustand der beiden Männer zu erkundigen. Ich muss sie so schnell wie möglich zu den Vorfällen befragen, sie sind meine einzigen Zeugen, die den Täter gesehen haben könnten. Es dauert lange, bis ich einen Arzt am Hörer habe, der mir Auskunft geben kann.

»Es ist uns zwar gelungen, beide zu stabilisieren, aber ihr Zustand ist nach wie vor sehr bedenklich«, informiert er mich. »Ich kann noch nicht vorhersagen, wie schnell sie sich erholen. Dem Sohn geht es etwas besser als dem Vater, doch beide sind noch in einer kritischen Phase und noch nicht über den Berg. Eine Befragung ist unmöglich, sie sind im Moment nicht vernehmungsfähig.«

Der Arzt bestätigt unsere erste Vermutung, dass Pfefferspray für die Rötungen in Lucas Gesicht und die Entzündungen der Augen verantwortlich ist. Die Fleischwunde an seinem Bein stammt von einer Schnappfalle, die hier bei uns eigentlich nur noch als fragwürdige Dekoration benutzt wird, nicht aber um Tiere zu fangen. Beim Vater wurde ein Schädel-Hirn-Trauma diagnostiziert, das von einem Schlag auf den Hinterkopf mit einem harten Gegenstand herrühren muss.

»Werden die beiden bewacht?«, frage ich zum Schluss.

»Ja«, antwortet der Arzt, »da sitzt ein Polizist vor der Tür.«

Ich erkläre ihm die Gefahrenlage und schärfe ihm ein, dass kein Unbefugter die Station betreten darf. Er versichert mir, dass seine zwei Patienten in sicheren Händen seien, dann legt er auf. Auf eine Aussage der beiden Deutschen kann ich auf die Schnelle also nicht hoffen. Die Verletzungen, die sie erlitten haben, verraten mir jedoch einiges darüber, was ihnen widerfahren sein muss. Vermutlich war Luca in diese gemeine Schnappfalle getreten und wurde dann mit einem Pfefferspray überwältigt, was ein Leichtes für den Täter gewesen sein muss. Der Schmerz, den diese Falle verursacht, muss ihn fast um die Besinnung gebracht haben. Den Vater muss der hinterhältige Täter zuvor oder danach bewusstlos geschlagen haben. So konnte er die Männer überwältigen und in das Erdloch schleppen und dieses wieder mit Schnee abdecken. Das kreisrunde Loch kann eigentlich nur von Stellans Ausbruch stammen und würde den Zustand seiner Hände erklären. Wenn das

Team heute den Tatort untersucht und die Ergebnisse vorliegen, werde ich mehr wissen. Dann rufe ich Arne an. Für einen Besuch habe ich jetzt keine Zeit.

»Na endlich«, begrüßt er mich durchs Telefon. »Ich dachte schon, du hättest mich aussortiert.«

Ich bringe ihn auf den allerneuesten Stand. Er hört mir atemlos zu, ohne mich zu unterbrechen.

Als ich geendet habe, lässt er einen Pfiff ertönen. »Was für eine Geschichte! Du bist verdammt nah an ihm dran, Anelie. Du musst jetzt extrem vorsichtig sein. Du weißt, ein angeschossener Bär ist doppelt gefährlich.«

»Dessen bin ich mir bewusst«, stimme ich ihm zu und beende unser Telefonat.

Ich gehe hinüber in das andere Büro und schaue mir zum x-ten Mal die Karte an. Das gesamte Gebiet ist Sami-Land, und der größte Teil davon ist im Besitz von Leyla Hivju. Da die Sami oftmals immer noch in Siidas, in großen Familienverbänden, leben, weiß man nie so genau, wie es tatsächlich um die Besitzverhältnisse steht. Aber das werde ich heute herausfinden. Bevor ich mit Leyla spreche, werde ich Sten befragen. Ich kündige meinen Besuch nicht an, sondern fahre zu ihm nach Hause mit der Hoffnung, ihn dort anzutreffen. Ich weiß, dass um diese Uhrzeit die Chancen gut stehen.

Sein Auto steht tatsächlich vor dem Haus, die Hunde sitzen im Zwinger, als ich bei Sten ankomme. Ich drücke die Klingel, nichts geschieht. Auch auf mein wiederholtes Läuten macht niemand auf. Ich lasse nicht locker und läute Sturm. Endlich öffnet sich die Tür, und Sten streckt den Kopf heraus.

Er trägt ein langärmeliges Unterhemd, lange Unterhosen und Strümpfe. Seine Haare sind zerzaust, ich habe ihn definitiv aus dem Bett geholt. Wortlos schiebe ich mich an ihm vorbei und gehe direkt in die Küche, wo ich an dem Tisch Platz nehme. Als Sten in der Küche erscheint, hat er einen Bademantel übergezogen.

»Was soll das?«, schimpft er. »Macht man das bei euch so? Warum rufst du nicht vorher an?«

»Gute Frage, Sten, warum rufst du mich nicht zurück und drückst meine Anrufe sogar weg. Dich bei mir zu melden, war eine polizeiliche Anordnung und keine Bitte. Also setz dich, Sten. Wir haben zu reden«, sage ich mit schneidender Stimme.

Er zögert, lässt sich dann jedoch auf einem Stuhl nieder. »Mach's kurz.«

»Du warst Samstagabend im Hotel Akerlund und hast mit einem Deutschen namens Michael Grimm und dessen Sohn Luca geredet. Worum ging's da?«

»Was soll der Scheiß? Deswegen holst du mich aus dem Bett?«, flucht er ungehalten. »Weißt du, wann ich gestern ins Bett gekommen bin?«

»Das interessiert mich nicht, Sten«, fahre ich ihn harsch an. »Also worum ging es bei eurem Streit?«

»Die beiden Arschlöcher hatten eine Tour mit mir gebucht für Sonntagvormittag, und die haben sie am Vorabend einfach abgesagt. Ihnen sei was dazwischengekommen«, antwortet er. »Ich habe ihnen erklärt, dass sie die Tour trotzdem bezahlen müssten.«

»Du hast also keine Schlittenhundetour mit ihnen unternommen?«, frage ich nach.

»Hab ich doch gesagt«, erwidert er mürrisch. »Nein, verdammt, und bezahlt haben sie mich auch nicht.«

»Warum haben sie abgesagt?«

»Keine Ahnung. Sie hatten wohl was Besseres vor.«

»Zeig mir ihre Buchung«, fordere ich ihn auf.

»Die haben übers Internet gebucht.«

»Da muss es ja irgendetwas Schriftliches geben«, beharre ich.

Er steht auf, verschwindet und taucht mit einem dünnen Buch auf. »Hier steht alles drin«, sagt er und schiebt mir das Buch rüber. Ich schlage es auf und beginne, darin zu lesen. Ich sehe den Eintrag zu dem angeblichen gebuchten Termin der beiden, dann blättere ich weiter zurück.

»So richtig viele Touren unternimmst du aber nicht?«, frage ich misstrauisch. »Das reicht ja nie und nimmer zum Leben. Wie viel verdienst du damit?«

»Das geht dich einen Scheißdreck an«, entgegnet er voller Wut.

»Nicht in diesem Ton, Sten, und das sehe ich ganz anders«, sage ich ruhig. »Entweder du beantwortest mir jetzt meine Fragen, oder du kriegst so richtig Ärger, zum Beispiel vom Finanzamt.«

Stens Augen verengen sich zu kleinen Schlitzen. »Willst du mir drohen?«

»Muss ich nicht. Ein Anruf genügt, und die nehmen dich in die Mangel. Also wovon lebst du?«

»Das Haus gehört meinen Eltern, im Winter mache ich die Touren, im Sommer arbeite ich als Zimmermann. Das, was ich damit verdiene, reicht mir zum Leben. Glaub's oder lass es.«

Ich glaube ihm kein Wort. Das stinkt nach doppelter Buchführung, aber ob Sten seine Einnahmen ordnungsgemäß versteuert oder nicht, interessiert mich im Moment nicht. »Wohin fährst du mit deinen Kunden?«

»Ich habe viele Routen.«

»Zeig sie mir! Du hast doch eine Karte, oder?«

Ungeduldig kramt er in einem Stapel, der auf dem Tisch liegt, holt eine Karte heraus, knallt sie auf die Tisch und breitet sie aus. Darauf sind mit einem roten Stift verschiedene Strecken markiert. Ich studiere die Routen.

»Die hier«, sage ich und deute auf eine bestimmte Strecke, »die führt durch Leylas Land.«

»Ja und?« Er gähnt und reißt den Mund wie ein Löwe weit auf, ohne sich die Hand davorzuhalten. »Da bin ich öfter.«

»Diese Hütte dort ...« Ich deute auf die Stelle, wo besagte Hütte steht. »Kommst du da auch vorbei?«

Er zuckt mit den Schultern. »Kann sein.«

»Hast du einen Schlüssel dafür?«

»Die Schlüssel für diese Hütten liegen immer auf dem Türstock«, sagt er, »das weiß doch jeder.«

»Wir haben dort gestern die beiden Deutschen gefunden. Schwer verletzt und halb erfroren, aber am Leben.«

Er starrt mich an. »Was habe ich damit zu tun?«

»Genau das, Sten, frage ich mich auch.«

Er steht auf, stützt sich auf der Tischplatte ab und beugt sich zu mir und brüllt: »Ich lasse mir von euch nichts anhängen. Pass bloß auf, was du sagst.«

Er kommt mir vor wie ein wütender Gorilla, dessen nächste Reaktion ich nicht vorhersehen kann. Ich bin auf der Hut.

»Setz dich wieder hin, Sten«, fordere ich ihn mit lauter Stimme auf. »Sofort!«

»Oder was?«, bellt er mich an.

Ich stehe blitzschnell auf und umfasse den Griff meiner Dienstwaffe, die in meinem Holster steckt. »Hinsetzen habe ich gesagt. Sofort!«

Meine eindeutige Körpersprache und mein Befehlston erzielen die gewünschte Wirkung, Sten nimmt wieder Platz.

»Warum sollte ich dir etwas anhängen?«, frage ich ihn.

»Weil ihr so seid.«

»Wo warst du Sonntagmorgen?«

Sten mustert mich mit eisigen Augen. »Irgendwo in den Wäldern, meine Hunde müssen trainieren.«

»Kann das jemand bezeugen?«, hake ich nach.

»Zwölf Hunde, einige Rentiere und Elche«, entgegnet er mit unüberhörbarem Hohn in der Stimme. »Die Hunde kannst du sofort befragen. Soll ich sie hereinholen, oder möchtest du dich draußen mit ihnen unterhalten?«

Sein Spott geht mir ziemlich gegen den Strich. »Kennst du Isku, Leylas Bruder?«, wechsle ich das Thema.

»Die hat einen Bruder?« Er schüttelt den Kopf. »Nie gehört. War's das?«

»Für den Moment«, sage ich genervt und stehe abrupt auf. Ich habe genug von diesem aggressiven Kerl. »Wir sind noch nicht fertig, Sten, du verlässt nicht die Gegend. Verstanden?«

Er grinst böse. »Habe ich eigentlich nicht vor.«

Ich beuge mich zu ihm hinüber. »Wenn du etwas mit meinem Fall zu tun hast, werde ich es herausfinden, das verspreche ich dir.«

Sten kommt mir mit seinem Kopf einige Zentimeter näher und schaut mich mit böse funkelnden Augen an. »Das hier ist Lappland, wir sind in der Wildnis und nicht in Stockholm. Das solltest du nie vergessen«, entgegnet er mit deutlicher Wut in der Stimme.

»Wir werden sehen.« Damit lasse ich ihn sitzen und gehe. Diese Befragung hat nicht wirklich Verwertbares gebracht, außer der Erkenntnis, dass Sten mit Sicherheit Steuern hinterzieht und sich durch sein Verhalten immer tiefer in den Kreis der Verdächtigen gerückt hat. Ich habe jedoch nichts gegen ihn in der Hand.

Zurück in der Polizeiinspektion rufe ich Solveig an. Sie gratuliert mir überschwänglich zum gestrigen Erfolg, was ich über mich ergehen lasse. Wenigstens hat sie erste Informationen für mich, die den Schädel betreffen, den Sigge ihr bereits am frühen Morgen gebracht hat.

»Fest steht, dass der Schädel zu einem Mann gehört, der zwischen 20 und 35 Jahre alt gewesen sein muss und seit 15 bis 20 Jahren tot ist, hat der Kollege aus der Forensik gesagt. Das Loch im Schädel deutet auf einen Schlag hin, der ihn vermutlich umgebracht hat. Weitere Untersuchungen stehen noch aus. Ich versuche inzwischen so schnell wie möglich herauszufinden, ob der Schädel zu einem der Vermissten gehört. Heute Abend sollte ich mehr wissen.«

»Danke, Solveig«, sage ich. »Könntest du noch etwas für mich tun? Kannst du herausfinden, was wir über einen gewissen Isku Hivju im Computer haben? Er soll sich angeblich in die USA abgesetzt haben. Das muss 2000 gewesen sein, plus minus drei Jahre, vermute ich.«

»Kein Problem. Ist er ein Verdächtiger?«

»Zumindest kann ich es nicht ausschließen. Er ist Leylas Bruder, der das Land dort gehört.«

»Verstehe. Wenn er in die USA eingereist ist, kriege ich das problemlos raus. Ich rufe dich an, sobald ich Neuigkeiten habe.«

Ich sitze an meinem Schreibtisch, starre Löcher in die Luft und warte vergeblich auf Leyla. Gegen elf Uhr will ich gerade aufbrechen, um zu ihr zu fahren, als es an der Tür der Polizeiinspektion klingelt. Leyla steht vor der Tür. Sie hat einen jungen Sami dabei, er trägt die samitypische Tracht. Leyla ist eine große Frau und überragt mich mindestens um einen Kopf.

»Schön, dass du es doch noch geschafft hast«, sage ich bissig und lasse die beiden eintreten.

Wir nehmen in meinem Büro am Besprechungstisch Platz. Ich biete ihnen nichts zu trinken an, sondern komme sofort zur Sache.

»Leyla, wir haben gestern auf deinem Land zwei Deutsche gefunden, die fast gestorben wären. Jemand hatte sie in einem Erdkeller eingesperrt.«

»Ein blöder Scherz«, meint sie ungerührt.

»Ein Scherz? Die beiden waren schwer verletzt«, widerspreche ich heftig. »Es ist ein Wunder, dass sie noch am Leben sind.«

»Was hatten sie auf unserem Land zu suchen?«, mischt sich der junge Sami ein.

Ich schätze ihn auf 18 Jahre. »Wie heißt du?«

»Olvin.«

»Nachname?«

Er zögert. »Peivas.«

»Bist du mit Leyla verwandt?«

»Wir gehören alle zusammen«, sagt er mit arrogantem Blick. »Wir sind eine große Familie auch ohne Blutsverwandtschaft. Wir sind ein freies Volk, und unsere Rentiere sind frei, dahin zu gehen, wohin sie wollen.«

Leyla nickt zu seinen Worten, der Stolz in ihrem Gesicht ist unübersehbar.

»Als Besitzerin dieses Areals, von dem ich spreche, ist aber nur der Name Leyla Hivju offiziell eingetragen, niemand sonst«, sage ich.

»Wir kennen das nicht, mein oder dein Land, es gehört allen Sami und unseren Herden«, erklärt er mir oberlehrerhaft.

Rotzlöffel, denke ich und wende mich an Leyla. »Auf deinem Land steht eine Hütte in der Nähe von einem Erdloch, in dem wir die beiden gefunden haben. Die Hütte gehört dir?«

»Keine Ahnung, welche du meinst«, sagt Leyla und mustert mich mit abfälligem Blick. »Da stehen viele Hütten, und ich weiß nicht von allen, wem sie gehören. Mir gehört nur das Land.« Besitzerstolz schwingt in ihrer Stimme mit.

»Aber wie sind die beiden in dieses Erdloch gekommen?«, bohre ich nach.

»Woher soll ich das wissen? Außerdem hatten sie dort nichts zu suchen«, sagt sie böse.

»Ihr Touristen kommt hierher, dringt in unser Land ein und zerstört alles«, mischt sich Olvin wieder ein. »Ihr überfallt unser Land, nehmt euch die Bäume, das Wasser, die Bodenschätze, sogar den Wind und zerstört alles. Ihr mit eurer Lebensweise macht alles kaputt. Ihr seid schuld am Klimawandel, deswegen finden unsere Rentiere im Winter jetzt kein Futter mehr. Deswegen verklagen wir euch auch.«

Ich weiß, worauf er anspielt. Durch die ungewöhnlich warmen Temperaturen schmilzt der Schnee und gefriert danach wieder, wenn es kälter wird, zu Eis. Durch diese Eisschicht kann ein Rentier seine Nahrung nicht mehr riechen. Deswegen müssen die Rentiere weiter umherziehen können, was aber durch Forstbetriebe, Windmühlenparks, Wasserkraftwerke, Grubenkonzerne, Industrie, Raubtiere und Touristen verhindert wird.

Die Sami beanspruchen den ganzen Norden für sich und ihre Rentiere, sie sähen es am liebsten, wenn wir anderen von hier wieder verschwinden würden. Und ich weiß von der Klage, die Olvin angedeutet hat. Die Sami haben die EU als Verursacher des Klimawandels verklagt, verbunden mit der Forderung auf eine finanzielle Entschädigung.

»Eure Klage ist abgewiesen worden«, bügle ich ihn ab. »Und was uns betrifft, tut das alles jetzt nichts zur Sache.«

»Wir haben schon Berufung eingelegt«, erwidert Olvin gereizt.

Leyla bedenkt mich mit einem überheblichen Blick voller Geringschätzung, den ich mit einem freundlichen Lächeln quittiere. Ich kann in ihren Augen lesen, was sie von mir hält. Es kümmert mich nicht, aber meine Geduld ist damit erschöpft.

»Dir gehört dieses Land«, wiederhole ich mich, »wo wir die beiden Männer vorgestern gefunden haben. Und ich vermute, dass auch Stellan dort festgehalten worden ist.«

»Und wenn schon, was geht mich das an?«, sagt sie gleichgültig.

»Eine ganze Menge«, fahre ich sie an. »Damit zählst du für mich zum Kreis der Verdächtigen.«

Leyla zuckt zurück. »Ich habe nichts damit zu schaffen. Ich war seit Langem nicht mehr dort.«

»Was hast du am vergangenen Wochenende gemacht?«

»Wir waren alle zusammen bei einer Rentierscheidung«, sagt Olvin. »Leyla war mit dabei.«

Ich glaube ihm kein Wort, aber wie soll ich beweisen, dass er lügt? Es wird Zeit, die Strategie zu ändern. »Was kannst du mir zu deinem Bruder Isku erzählen?«, frage ich Leyla.

Ihre Miene entgleist.

»Welcher Bruder?«, fragt Olvin verblüfft.

»Olvin, kannst du bitte draußen im Auto auf mich warten«, wendet sich Leyla an ihn.

Olvin zögert, aber Leylas Blick ist eindeutig. Grußlos verschwindet er.

»Mein Bruder geht dich nichts an«, giftet Leyla, als wir allein sind. »Er ist fort.«

»Ich glaube, er ist noch da, also möchte ich wissen, wie und wo ich ihn erreichen kann«, behaupte ich einfach, um ihre Reaktion zu testen.

Wenn Blicke töten könnten, läge ich jetzt mausetot auf dem Fußboden. Ich ahne, dass ich einen wunden Punkt getroffen habe. Was ihren Bruder betrifft, weiß sie mehr, als sie zugibt.

»Komm mit«, fordere ich sie auf, »ich werde dir etwas Interessantes zeigen.«

Ich stehe auf und gehe nach nebenan in Arnes Büro. Leyla bewegt sich nicht.

»Leyla!« Scharf schneidet meine Stimme durch den Raum.

Ich höre, wie sie aufsteht, dann erscheint sie in der Tür. Ich deute auf die Pinnwand und lasse Leyla nicht aus den Augen. Sie starrt auf die Pinnwand mit all den vielen Fotos der Vermissten.

»Diese Männer sind alle auf deinem Land verschwunden«, sage ich und deute auf die Karte. »Hier steht die Hütte, und daneben befindet sich das Erdloch. Was hast du dazu zu sagen? Steckt dein Bruder hinter all dem? Deckst du ihn oder einen anderen aus deiner Sippe?«

In Leylas Gesicht ist keine Regung zu erkennen. Mit kalten Augen, versteinerter Miene und starrem Mund antwortet sie mir: »Wenn in einem staatlichen Wald ein Verbrechen begangen wird, war es dann automatisch ein Staatsdiener? Was willst du mir oder unseren Leuten hier unterstellen? Eine weitere Diffamierung unseres Volkes? Hast du auch nur die geringste Vorstellung davon, wie viele Menschen sich geschützt durch das schwedische Jedermannsrecht auf meinem Grund und Boden aufhalten dürfen?« Sie bedenkt mich mit einem maliziösen Lächeln. »Alle Musher, auch die aus Norwegen und Finnland, die im Winter hierherkommen, um die Touristen mit ihren Touren abzugreifen, fahren durch mein Land. Sie benutzen unsere Hütten, ohne zu fragen, sie stören und verjagen unsere Tiere, sie zertrampeln ihr Futter. Hast du all diesen Mushern und Touristen auch diese Tafel gezeigt? All die Zugezogenen, wie du eine bist, die mit ihren Schneemobilen unsere Lebensgrundlage zerstören, hast du sie alle hier auch vor diese Wand gestellt und befragt?«

Ich gehe nicht darauf ein. »Was hat es mit deinem Bruder auf sich?«

Sie sieht mich mit hasserfüllten Augen an, senkt ihren Kopf leicht. »Meine Familie geht dich nichts an. Wir sind hier fertig.« Sie spuckt mir vor die Füße, dreht sich abrupt um und verschwindet.

37

Ich muss Leyla gehen lassen, im Moment kann ich nichts dagegen tun, mir fehlen stichhaltige Beweise gegen sie. Ich mache das Fenster auf, um frische Luft hereinzulassen, bis es mir zu kalt wird. Dann setze ich mich an meinen Schreibtisch und logge mich in den Zentralcomputer ein, um nach neuen Informationen zu suchen. Ich finde die ersten Berichte aus der Spurensicherung und Forensik mit vielen Fotos vom Tatort. Zum ersten Mal kann ich mir in Ruhe selbst ein Bild von der Lage vor Ort machen, ohne dort zu sein. Die Aufnahmen, die von außen und innen von der Hütte bei bester Ausleuchtung gemacht worden sind, lassen jeden Winkel erkennen, was mir aber keinerlei neue Anhaltspunkte liefert, außer der Erkenntnis, dass sie wirklich schon sehr alt ist und seit Jahrzehnten dort stehen muss. Sie hat vermutlich nur als Schutzhütte und Futterlager für die Rentierzüchter gedient. Die kleine Hütte verfügt weder über Wasser oder Strom, der alte, gusseiserne Ofen, der dort steht, wird kaum für wohlige Wärme sorgen, genauso wenig wie die Holzpritsche für einen bequemen Schlaf. Diese Holzhütte taugt höchstens als Notunterkunft für kurze Aufenthalte.

Es gibt auch Fotos von dem großen Erdloch, das vor langer Zeit ausgehoben wurde, ausgestattet mit einer verriegelbaren Holzklappe. Die in dem aufgeschütteten Erdreich gefundenen Knochen wurden alle fein säuberlich ausgelegt und haben ein vollständiges Skelett ergeben. Nur der Schädel fehlt, den ich bereits mitgenommen und nach Lulea geschickt habe. *Wer bist du?*, überlege ich nachdenklich. *Bist du vielleicht Karsten, Valter, Kimi, Raik, Viggo, Peer, August oder Folke?* Bald werde ich es hoffentlich wissen. Dann studiere ich den vorläufigen Bericht zur Spurenlage vom Tatort. Stellans DNA wurde an der Klappe und in dem Erdloch gefunden.

Damit steht zweifelsfrei fest, dass er genauso wie Michael und Luca Grimm dort gefangen gehalten wurde. Schritt für Schritt kommen wir weiter; die Nebel beginnen, sich allmählich zu lichten. Alles dreht sich um diesen Ort, an dem der Täter seine Opfer eingesperrt hat mit dem einzigen Ziel, sie dort sterben zu lassen. Aber was ist sein Motiv? Abgrundtiefer Hass oder Rache liegen nahe. Wäre er ein Sadist, würde er sich direkter mit seinen Opfern beschäftigen und sie anders quälen, auch wenn er ihnen möglicherweise beim Sterben zusieht. Er vermeidet es, selbst weiter Hand anzulegen, nachdem er seine Opfer betäubt hat. Er hat den Körpern keine sichtbaren Wunden zugefügt außer den Verletzungen, die von Schlägen auf den Kopf herrühren, um sie zu überwältigen, und bei Luca durch die Schnappfalle.

Ich denke an meine Zeit in Stockholm zurück. Auch wenn die Gründe für einen Mord noch so abstrus gewesen sind, gab es aus der Perspektive des Täters immer ein Motiv oder eine Rechtfertigung für seine Tat. Dieser Fall jedoch ist und bleibt mir ein Rätsel. Die Tür schwingt auf, und Sigge kommt herein. Sein Gesicht ist von der Kälte gerötet, seine Augen tränen, seine Wimpern sind gefroren.

»Hey, Anelie«, begrüßt er mich und wirft eine Zeitung auf meinen Schreibtisch. »Minus 31 Grad ... Diese Kälte beißt gemein.« Er schält sich aus seinen warmen Sachen.

Ich werfe einen flüchtigen Blick auf die Zeitung, das *Svenska Dagbladet*. »Die sind aber schnell«, stelle ich überrascht fest.

Der aufgeklärte Fall eines seit Langem Vermissten und die erfolgreiche Suche nach den beiden deutschen Touristen haben es bereits auf die Titelseite geschafft. Ich beginne zu lesen, was der Journalist über den gelösten Fall zu Rasmus Blom und Mads Nybergs Verhaftung sowie über die Rettung der beiden deutschen Touristen geschrieben hat.

»Woher hat er diese ganzen Informationen?«, frage ich Sigge.

»Keine Ahnung. Die Pressekonferenz hat erst heute Morgen stattgefunden.«

»Irgendeine Quelle muss der Journalist haben«, stelle ich fest.

»Er ist bestens informiert. Hast du den Artikel gelesen?«

Sigge nickt. Der Journalist wirft am Ende seines Artikels eine Frage auf: Warum sind Ermittlungen zu den alten Vermisstenfällen bislang ergebnislos verlaufen und eingestellt worden? Minutiös listet er in seinem Artikel die alten Fälle auf und zitiert Angehörige, die aufgebracht, resigniert oder enttäuscht die miserable Arbeit der damaligen Ermittler kommentieren. In dem Artikel schwingt der latente Vorwurf mit, dass die hiesige Polizei unfähig und untätig sei.

»Hast du Neuigkeiten aus Luleå dabei?«, wende ich mich wieder an Sigge.

»Nichts, was du nicht schon weißt«, sagt er. »Aber Solveig ruft uns sofort an, wenn sie neue Informationen hat. Und wie steht es hier?«

»Setz dich, Sigge«, sage ich, und dann erzähle ich ihm erst von Stens Befragung und meinem Zusammentreffen mit Leyla und Olvin.

Das Telefon unterbricht mich. Es ist Solveig, ich drücke die kleine Lautsprechertaste, damit Sigge gleich mithören kann. Sie hat nur eine kurze Nachricht für uns: Isku Hivju ist nie in die USA eingereist; wohin er sich nach seinem Verschwinden abgesetzt hat, konnte sie nicht in Erfahrung bringen. Aber dass er den Kontinent nicht verlassen hat, steht außer Frage. Solveig weiß leider noch nicht, zu wem die sterblichen Überreste gehören, die im Erdloch gefunden wurden.

»Kannst du Leyla Hivju für mich überprüfen«, bitte ich Solveig zum Schluss. »Ich weiß, dass sie vor vielen Jahren in einer psychiatrischen Klinik in Lulea oder Umgebung gewesen sein muss. Kannst du dazu Informationen einholen? Ihre Krankenakte wäre hilfreich. Und das bitte so schnell wie möglich.«

Solveig verspricht, sich augenblicklich darum zu kümmern.

Nachdenklich lege ich auf. »Wenn dieser Isku nie fortgegangen ist, dann könnte er die ganze Zeit hier gewesen sein, ohne dass wir es wissen.«

»Aber warum dann all diese seltsamen Geschichten und Heimlichkeiten?«, überlegt Sigge laut. »Was haben die zu verbergen?«

»Wer ist das?«, frage ich alarmiert, denn ich kann Geräusche hören, die vom Flur kommen. Nur wer einen Schlüssel hat, gelangt in die Polizeiinspektion, alle anderen müssen klingeln und warten, bis sie eingelassen werden. Ich stehe auf, um nachzusehen, als die Tür aufspringt und Arne in den Raum tritt.

»Arne!«, rufen Sigge und ich im Chor.

Er grinst. »Ich dachte, ich greife euch mal ein bisschen unter die Arme.«

»Wurdest du schon entlassen?«, frage ich entgeistert.

»Habe mich selbst entlassen. Rumsitzen kann ich auch hier.«

»Ich weiß nicht, ob das eine gute Idee war«, widerspreche ich ihm besorgt. »So einen Herzinfarkt kann man nicht auf die …«

»Papperlapapp, mir geht es hervorragend«, fällt er mir gut gelaunt ins Wort. »Jetzt finde dich damit ab, dass ich dir wieder auf die Nerven gehe.« Er setzt sich zu uns. »Also, wo stehen wir mit den Ermittlungen?« Er sieht uns erwartungsvoll an.

Ich gebe meinen Widerstand auf. »Du bist alt genug, um zu wissen, was du tust. Dann will ich dich mal ins Bild setzen«, sage ich und liefere ihm eine Kurzfassung von meinen letzten beiden Befragungen.

»Welche Verdächtigen haben wir?«, fragt Arne, als ich fertig bin.

»Infrage kommen alle, die sich in diesem Gebiet aufhalten«, sage ich, »also die Musher, allen voran Sten. Dann Einheimische, Rentierzüchter und Leylas ominöser Bruder sowie Leyla selbst.«

»Leylas Bruder? Der hat sich doch schon vor Jahren in die USA abgesetzt«, wirft Arne ein.

»Sagt wer?«, stelle ich die Gegenfrage. »Fakt ist, dass er Europa wohl nie verlassen hat und auch nie offiziell in Nordamerika eingereist ist. Er könnte natürlich illegal eingereist sein. Aber dazu hätte er keinen Grund gehabt.«

»Dann hat Leyla also gelogen«, sagt Arne.

»Alles steht und fällt mit dieser Frau«, betone ich. »Auf ihrem Land sind die Verbrechen begangen worden, sie hegt einen abgrundtiefen Hass gegen uns, sie hat gelogen, was ihren Bruder betrifft. Mit ihr stimmt etwas nicht, sie weiß mehr, als sie uns verrät.«

»Vielleicht kennt sie den Täter und deckt ihn, weil er ihr nahesteht?«, meint Sigge.

»Gibt's hier keinen Kaffee mehr? Ich glaube wir brauchen jetzt alle einen starken.« Arne erhebt sich und geht hinaus auf den Flur, wo die Kaffeemaschine steht, und setzt frischen Kaffee auf.

Dann geht er direkt weiter in sein Büro. »Was haben wir denn da?«, ruft er erstaunt.

Sigge und ich folgen ihm. Arne steht vor der Pinnwand und betrachtet sie eingehend.

»Ich habe deinen Schreibtisch benutzt während deiner Abwesenheit«, meint Sigge und fängt an, aufzuräumen.

»Ist schon in Ordnung.« Arne setzt sich auf die Couch.

»Müde?«, fragt Sigge.

Arne nickt. Sigge verschwindet und kommt mit drei Tassen Kaffee zurück. Er setzt sich zu Arne, während ich vor der Pinnwand stehen bleibe und vorsichtig an meinem heißen Kaffee nippe.

»Wir müssen das mögliche Motiv des Täters klarer eingrenzen«, sage ich, während ich ein frisches Blatt Papier von dem Flipchart abreiße und an die Pinnwand hefte. »Warum sollte Sten oder irgendein anderer Musher alle diese Männer verschwinden lassen?«, frage ich, während ich MUSHER auf die linke Seite des Blattes schreibe.

»Die Musher verdienen ihr Geld mit den Touristen. Aber auch Einheimische nutzen ihre Angebote«, wirft Arne ein.

»Wir brauchen mit Beginn des Wintermarktes sogar Musher aus Norwegen und Finnland, um die Nachfrage zu decken.«

»Außerdem sind nicht alle der Vermissten im Winter verschwunden«, gibt Sigge zu bedenken.

»Das hat nicht unbedingt etwas zu sagen, viele Musher lassen im Sommer ihre Four Wheeler wie einen Schlitten von ihren Hunden ziehen«, sage ich laut mehr zu mir selbst. »Aber ich denke, wir sind uns einig, die hätten nicht wirklich einen Grund, ihre Kunden zu töten.«

Arne und Sigge nicken.

»Trotzdem wäre da noch Sten«, gibt Sigge zu bedenken.

»Dieser Typ ist zwar ein echtes Arschloch«, sage ich, »aber ich glaube nicht, dass er unser Mann ist. Er bescheißt vermutlich nur das Finanzamt.«

»Ich leite das mal an die Kollegen weiter, damit sie ihn unter die Lupe nehmen.« Arne schnappt sich einen Block von seinem Schreibtisch und macht sich eine Notiz.

»Kommen wir zu den Einheimischen«, sage ich und schreibe den Begriff EINHEIMISCHE mit Großbuchstaben auf das Blatt. »Welche Gründe könnte diese Gruppe haben?«

»Viele hier leben von den Touristen. Zimmervermietungen, egal ob Hotels oder Privatzimmer, hinzu kommen Supermärkte, Geschäfte, Restaurants, Werkstätten, Tankstellen, Kulturstätten … Alle profitieren davon«, zählt Sigge auf.

»Aber was ist mit den Einheimischen, die nicht hier wohnen und nur in den Ferien oder an Wochenenden zu ihren Ferienhäusern kommen?«, frage ich. »Sie könnten sich von dauerhaft hier Lebenden gestört fühlen.«

»Da ist was dran«, kommentiert Arne meine Überlegung.

Ich mache ein großes Fragezeichen hinter EINHEIMISCHE. Eigentlich wollte ich als nächstes Wort RENTTIERZÜCHTER an die Wand schreiben, entscheide mich aber anders und schreibe in großen Buchstaben SAMI.

»Was hat Leyla dir alles an den Kopf geworfen? Touristen zertrampeln das Futter ihrer Tiere, lassen ihren Müll zurück, verscheuchen oder erschrecken die Rentiere, campen wild und sind oft für lokale Brände verantwortlich, weil sie zu sorglos mit Feuer umgehen, die Verbotszeiten für Feuermachen nicht kennen oder sich nicht daran halten. Habe ich was vergessen?«, höre ich Sigge sagen.

Ich greife meine Tasse und trete drei Schritte zurück für einen besseren Überblick. Während ich an meinem Kaffee nippe, pendelt mein Blick zwischen meinen Aufzählungen und den Fotos auf der Pinnwand hin und her.

»Aber das alles machen die Einheimischen ja auch«, meint Arne.

Ich drehe mich Arne zu. »Was hast du gerade gesagt?«

»Ich meinte nur, dass die Einheimischen …«

»Das ist es«, falle ich ihm ins Wort und wende mich wieder der Pinnwand zu. Ich deute mit meinem Finger auf die Pinnwand mit den Opfern und auf das Wort EINHEIMISCHE.

»Was ist was?«, fragen beide wie aus einem Munde.

»Wir …«, beginne ich langsam. »Neunzig Prozent der Menschen, die hier leben, wohnen, arbeiten, die ihre Wochenenden und Ferien hier verbringen, wir sind alle keine Einheimischen«, sage ich ganz ruhig.

In Arne und Sigges Blick ist deutliches Unverständnis zu erkennen.

»Klar sind wir Einheimische«, erwidert Arne leise.

»Oder zumindest Schweden«, fügt Sigge hinzu.

»In den Augen der Sami sind wir alle nur Zugezogene«, widerspreche ich, »oder Eindringlinge.«

»Das ist es, was du glaubst?« Arne schaut mich mit großen Augen an.

»Nicht ich, aber unser Täter glaubt das, und deshalb muss er aus den Reihen der Sami kommen.«

Beide schweigen betroffen.

»Erinnert ihr euch, was Leyla und Olvin mir an den Kopf geworfen haben? Sie haben uns alle Motive genannt. Und Leyla kennt und deckt den Täter.«

»Sie hasst uns, weil wir keine Sami sind?«, fragt Sigge ungläubig.

»Keiner dieser vermissten Männer war ein Sami«, stellt Arne fest.

»Du sagst es«, pflichte ich ihm bei. »Alle waren Touristen oder Zugezogene. Vielleicht dreht sich alles nur darum. Es wäre ein erstklassiges Motiv. Unser Täter muss ein Sami sein«, schlussfolgere ich.

Arne schüttelt den Kopf. »Ich kann und will das nicht glauben.«

»Wenn Leylas Bruder dahintersteckt, deckt sie ihn, deswegen diese Geheimniskrämerei«, sage ich.

»Und warum macht er so lange Pausen?«, fragt Sigge.

»Das ist eine berechtigte Frage«, sage ich nachdenklich. »Möglicherweise verschwindet dieser Isku nach einem Mord, er könnte unbemerkt nach Norwegen, Finnland oder Russland ziehen. Die Grenzübergänge sind alle offen und unbewacht. Das Gebiet, in dem die Sami sich bewegen, umfasst ja den ganzen Norden des Kontinents.«

Das Telefon klingelt, und Sigge nimmt den Anruf entgegen. »Du spinnst«, platzt es aus ihm heraus, dann drückt er die Lautsprechertaste. »Das ist Solveig. Sie soll euch selbst sagen, was sie über Leyla herausgefunden hat. Solveig, kannst du es bitte noch mal erzählen, Arne und Anelie hören mit.«

»Hey«, hören wir Solveigs Stimme aus dem Telefon. »Ich habe die Klinik gefunden, in die Leyla Hivju im Frühjahr 2000 eingewiesen worden ist. Sie war damals gerade 16 Jahre alt und schwanger.«

»Schwanger?«, wiederholen Arne und ich überrascht.

»Ja. Sie hat das Kind bekommen, und es wurde zur Adoption freigegeben. Und jetzt wird's leider undurchsichtig. 2007 hat es einen schweren Brand in der Klinik gegeben, bei dem große Teile des Archivs zerstört worden sind. Es war eindeutig Brandstiftung. Die Akten waren damals noch nicht komplett digitalisiert worden, Leylas Akten sind dabei zum größten Teil verloren gegangen. Ich hatte glücklicherweise eine Krankenschwester am Telefon, die sich noch gut an Leyla erinnern konnte, und sie hat mir das erzählt.«

»Von wem war Leyla damals schwanger?«, will ich wissen.

»Das konnte ich noch nicht in Erfahrung bringen. Ich weiß auch nicht, wer das Kind adoptiert hat, nur dass es ein Junge gewesen ist.«

»Er müsste dann jetzt ungefähr 18 Jahre alt sein«, stelle ich fest. »Warum war Leyla eigentlich in der Psychiatrie?«

»Das wollte man mir nicht sagen. Datenschutz«, erwidert Solveig.

»Können wir die Krankenakten einsehen?«, hake ich nach.

»Unter den gegebenen Umständen habe wir keine Chance. Leyla ist ja nicht dringend tatverdächtig, oder?«

»Doch ist sie. Kannst du bitte bei Leif einen Haftbefehl gegen sie beantragen? Sag ihm, dass sie weiß, wer unser Täter ist. Möglicherweise ist es ihr Bruder.«

»Hast du irgendetwas Handfestes, mit dem ich Leif überzeugen kann?«

»Nein, aber versuch's trotzdem«, bitte ich sie.

»Ich gebe mein Bestes«, verspricht Solveig. »Ihr hört von mir.«

»Was haltet ihr davon?«, frage ich Arne und Sigge. »Niemand weiß, wo Leylas Bruder steckt und was es mit diesem Kind auf sich hat«, bringe ich es auf den Punkt.

»Könnte dieser Olvin ihr Sohn sein?«, überlegt Sigge laut.

Ich zucke mit den Schultern. »Das Alter würde passen. Was meinst du, Arne?«

»Ich kenne Olvin nicht«, antwortet er. »Aber wenn er ihr Sohn ist, haben sie das verflucht gut verheimlicht!«

»Ich habe jetzt genug von diesem Theater, ich hole Leyla auf der Stelle zum Verhör her«, entscheide ich. »Und wenn sie nicht redet, nehmen wir sie in Beugehaft.«

»Ich begleite dich«, sagt Sigge.

Wir wollen gerade aufbrechen, als das Telefon erneut klingelt.

Arne hebt ab, und wir verharren für einen Moment, bis er das Telefonat beendet hat.

»Das war das Krankenhaus in Gällivare«, informiert er uns. »Michael und Luca Grimm sind wach und wären vernehmungsfähig.«

»Endlich.« Erleichtert wende ich mich an Sigge. »Wir teilen uns auf. Du fährst jetzt nach Gällivare und sprichst mit den beiden. Arne, du hältst hier die Stellung, falls Solveig sich meldet, und ich schaffe Leyla her.«

Alle nicken, Sigge und ich verlassen gemeinsam die Polizeiinspektion. Sigge nimmt unseren Dienstwagen, ich mein eigenes Auto, dann trennen sich unsere Wege. Ich mache mich auf den Weg zu Leylas Haus.

Sie wohnt am Siedlungsrand in Vaikijaur, was mich etwa zwanzig Minuten Autofahrt kostet. Als ich vor ihrem Haus eintreffe, parkt ihr Auto unter dem vorgebauten Carport nebenan. Ich vermute, sie ist zu Hause, aber auf mein Klingeln, Klopfen und Rufen öffnet niemand die Tür. Entweder ist sie tatsächlich nicht daheim, oder sie stellt sich tot. Ich lasse nicht locker und versuche minutenlang mein Glück. Ohne Erfolg. Langsam gehe ich zu meinem Wagen zurück, steige ein und fahre gerade los, als mein Mobiltelefon klingelt. Es ist Daniel.

»Warte kurz«, sage ich zu ihm, »ich fahre rechts ran.«

Als mein Wagen am Straßenrand steht, erzähle ich ihm von der neuesten Entwicklung. Während ich mit ihm telefoniere, kann ich im Rückspiegel Leylas Haus beobachten und lasse es nicht aus den Augen. Mein Instinkt sagt mir, dass sie zu Hause ist. Daniel hat wunderbare Neuigkeiten, er wird heute zurückkommen und in Kürze aufbrechen. Im Rückspiegel entdecke ich, dass Leyla tatsächlich ihr Haus verlässt und schnell zu ihrem Wagen geht. Sie hat offensichtlich nur darauf gewartet, dass ich wieder verschwinde.

»Sie ist doch zu Hause«, fluche ich.

»Leyla?«, fragt Daniel durch den Hörer.

»Ja, sie hat sich gerade aus ihrem Haus geschlichen und ist zu ihrem Auto gegangen«, flüstere ich unwillkürlich. »Daniel, ich lege jetzt auf, ich muss ihr folgen.«

»Ruf mich in spätestens zwei Stunden an, damit ich weiß, dass es dir gut geht«, schärft er mir ein. »Versprichst du mir das?«

»Versprochen!« Damit drücke ich ihn weg und hänge mich mit gebührendem Abstand an Leylas Auto, um ihr zu folgen. Zum Glück habe ich nicht den Dienstwagen genommen, so besteht die große Chance, dass Leyla mich nicht erkennt. Ich fasse an mein Holster und stelle erleichtert fest, dass ich auch meine Dienstwaffe dabei habe. Die werde ich vielleicht brauchen, um Leyla zu verhaften. Ich traue dieser Frau keinen Millimeter über den Weg. Hoffentlich ist sie allein, wenn ich sie festnehmen werde, denke ich. Denn sollten Isku oder Olvin auftauchen, habe ich keine Chance. Ich werde sehr vorsichtig vorgehen müssen. Ich befürchte, Leyla wird sich nicht widerstandslos festnehmen lassen. In ihren Augen bin ich ein Nichts, mit Respekt kann ich bei ihr nicht rechnen. Ich lasse mich noch weiter zurückfallen, um den Anstand zu vergrößern. Die Straße ist leer, kein anderes Auto ist weit und breit unterwegs. Ich würde ihr sofort auffallen, wenn ich zu nahe an ihr dranbleibe.

»Wo fährst du hin?«, überlege ich laut und habe eine ungute Ahnung, welches Ziel sie ansteuert.

Mit einer Hand wähle ich Arnes Nummer.

»Anelie, hast du sie?«, schallt es aus meiner Freisprechanlage. Ich erkläre ihm kurz die Situation.

»Anelie, lass uns warten, bis Sigge wieder hier ist. Folge ihr nicht alleine«, sagt er beunruhigt. »Das ist zu …«

»Nein, dann hauen sie vielleicht über die grünen Grenzen ab«, unterbreche ich ihn. »Ich werde vorsichtig sein und mich in spätestens zwei Stunden bei dir melden. Okay? Und ruf mich sofort an, wenn du etwas von Sigge oder Solveig gehört hast.«

»Anelie, fahr nicht alleine …«

»Bis nachher.« Damit beende ich das Gespräch und lege mein Telefon auf die Ablage in der Mittelkonsole, um den Akku zu laden.

Die Batterieanzeige leuchtet bereits im roten Bereich. Ich lehne mich zurück und gleite langsam über die Straße. In der Ferne kann ich nur noch die Rücklichter von Leylas Wagen sehen. Aber das genügt, um sie nicht aus den Augen zu verlieren. Ich spüre, dass wir nahe an der Lösung dieser Fälle sind.

38

Die Fahrt nach Gällivare wird ungefähr neunzig Minuten dauern, und so hat Sigge genug Zeit, über das heutige Meeting nachzudenken. Anelie hat vollkommen recht, unser Täter muss aus den Reihen der Sami kommen, denkt er und muss unwillkürlich an eine Sendung im Fernsehen denken, die erst vor wenigen Wochen ausgestrahlt wurde. In einem dort gezeigten Interview mit einen Journalisten hatte der Sprecher der Sami eine Forderung gestellt: »Wir Sami sind das älteste Volk Europas und bewohnen seit Tausenden von Jahren den hohen Norden Skandinaviens. Dieses Land gehört nicht euch, sondern uns. Wir möchten alle Lizenzen für Tourismus, Jagd, Fischerei, Wasser, Wind, Holz, Minen und Bodennutzung selbst verwalten und fordern die schwedische Regierung auf, uns alle diese Rechte zu übereignen. Die daraus erzielten Gewinne gehören nicht Schweden, sondern uns.«

Sigge erinnert sich an die finstere Stimmung, die während dieses Interviews geherrscht hatte, und an die feindseligen Blicke der Beteiligten. Es wird nicht einfach werden, in diesem abweisenden Milieu zu ermitteln, ahnt Sigge, hoffentlich bekommt Anelie doch noch etwas aus Leyla heraus. Er ist sehr von Anelie beeindruckt. Das war er schon, als er ihre Akte gelesen hat, aber jetzt, seit er mit ihr zusammenarbeitet, ist sein Respekt noch einmal gestiegen. Ihm imponiert die Art, wie sie denkt, wie sie ermittelt, wie sie kombiniert. Außerdem ist sie eine gute Vorgesetzte ohne Chefallüren, und er mag Anelie auch persönlich als Mensch. Sollte Ylva sich anders entscheiden und die Polizeiinspektion in Jokkmokk bestehen lassen, will er seine Versetzung beantragen. Arne geht in einigen Monaten in Rente, so dass der Posten frei wird. Diese Entscheidung fühlt sich gut an, er kann es sich gut vorstellen, in den Polarkreis zu ziehen.

Bis auf einige Rentiere und zwei Elche, die vor seinem Fahrzeug im Scheinwerferlicht die Straße überqueren und ihn zum Bremsen zwingen, verläuft die Fahrt störungsfrei, und er kommt schnell voran. Sigge parkt direkt vor dem Krankenhaus auf einem Parkplatz, der extra für Polizeifahrzeuge reserviert ist. Er schnappt sich seine Mappe, verschließt sein Fahrzeug und ist nach wenigen Schritten am Empfang.

»Hey, ich bin Sigge Nordstöm, Polizei Jokkmokk. Euer Stationsarzt hat uns informiert, dass die Patienten Michael und Luca Grimm vernehmungsfähig sind. Kannst du mir sagen, wo ich die beiden finde?«

»Die beiden sind im zweiten Stock, Zimmer 21. Aus dem Fahrstuhl heraus nach links«, antwortet ihm eine hübsche, junge Frau am Empfang mit einer sehr melodischen Stimme.

»Danke.« Sigge lächelt zurück und macht sich auf den Weg dorthin.

Auf dem Rückweg wird er sie ansprechen, beschließt er. Bei Zimmer 21 angekommen, begrüßt er den Polizisten, der vor der Tür sitzt und Wache hält. Sigge zeigt ihm seinen Dienstausweis, dann klopft er an die Tür und tritt ein.

»Hey, ich bin Sigge Nordström von der Polizei in Jokkmokk«, stellt Sigge sich auf Englisch vor.

Im Zimmer stehen zwei Betten und eine kleine Sitzecke,

aus der sich Janine Grimm sofort erhebt und auf ihn zukommt.

»Hello, Sigge.« Janine strahlt über das ganze Gesicht und umarmt ihn herzlich.

Sigge kann ihr Glück und ihre Freude körperlich spüren, als sie ihn an sich drückt.

»Wir freuen uns sehr, dich zu sehen«, sagt sie, nimmt seine Hand und führt ihn ans Bett des älteren Deutschen. »Das ist Michael, mein Mann.« Sigge schüttelt Michaels Hand, Janine zieht ihn weiter ans nächste Bett. »Und das unser Sohn Luca.«

»Hey, nennt mich bitte Sigge«, sagt er und schüttelt Luca ebenfalls die Hand. »Wir sind wirklich sehr froh, dass es euch wieder gut geht.«

Michael Grimm richtet sich etwas in seinem Bett auf, was ihm aber noch sichtlich schwerfällt, und streckt Sigge erneut seine Hand entgegen.

»Vielen Dank«, sagt er und ergreift Sigges Hand, um sie dann mit beiden Händen festzuhalten. »Danke, dass ihr uns gerettet habt. Ich weiß nicht, was ich sagen soll.« Er lässt Sigges Hand nicht los. »Meine Frau hat uns erzählt, was ihr alles für uns getan habt. Sie und Anelie, Ihre Kollegen und Ihre Helfer aus Jokkmokk, Sie alle haben Himmel und Hölle in Bewegung gesetzt, um uns zu finden. Wir stehen tief in Ihrer aller Schuld.«

Michaels Augen füllen sich mit Tränen, er lässt ihnen freien Lauf. Sigge kann sehen, dass Luca und Janine ebenfalls weinen. Er ist selbst tief berührt und sucht nach den richtigen Worten.

»So sind wir hier im Norden«, sagt er mit einem Lächeln, »wir helfen uns gegenseitig, so gut wir können. Doch bei eurer Rettung hat Anelie den Unterschied ausgemacht. Ihr Instinkt und ihre Beharrlichkeit waren unglaublich. Anelie hat nicht einen Moment daran gezweifelt, dass wir euch rechtzeitig finden werden. Es schien fast, als wolle sie dem Schicksal ihren Willen aufzwingen.«

»Anders kann es nicht gewesen sein«, erwidert Michael mit gesenkter Stimme.

»Ihr seid jetzt berühmt, und die Medien werden über euch herfallen«, sagt Sigge, »bei uns in Schweden, aber vor allem in Deutschland. Zeitungen und Talkshows … da wird euch noch ein ganz schöner Trubel bevorstehen.«

Janine bringt Sigge einen Stuhl und stellt ihn zwischen die beiden Betten.

»Danke.« Sigge nimmt Platz.

»Wir haben schon darüber gesprochen und einige Entscheidungen getroffen«, sagt Michael und holt tief Luft. »Erstens, es sind schon viele Anfragen bei Janine eingegangen. Keine Ahnung, woher diese Menschen ihre Telefonnummer haben. Aber wir werden nur zwei Interviews geben, eines der größten schwedischen und der größten deutschen Zeitung. Wir werden eindeutig klarstellen, was für tolle Menschen ihr alle seid und in welchem tollen Land ihr lebt. Wir werden auch im Februar zum Wintermarkt wiederkommen, wir drei, dazu unsere Tochter und Lucas Freundin. Und wir wollen auch unseren nächsten Sommerurlaub hier verbringen. Alles, was wir hier erlebt haben, hat uns darin bestärkt. Es hat uns nicht abgeschreckt, ganz im Gegenteil.«

Jetzt strahlt Sigge von einem Ohr zum anderen. »Das ist großartig, das ist das beste Dankeschön, das ihr uns geben könnt!«

Er wartet einen Moment, bevor er mit der Befragung beginnt. »Michael, Luca«, sagt er schließlich, »ist es für euch okay, wenn ich euch einige Fragen zum Geschehen stelle? Seid ihr schon in der Lage dazu?«

Beide nicken.

»Gut«, sagt Sigge und wendet sich zuerst Michael zu. »Willst du mir erzählen, was passiert ist und woran du dich erinnerst? Lass dir Zeit, jedes Detail könnte wichtig sein.«

»Als wir Samstag auf unserer Schneemobiltour unterwegs waren«, beginnt Michael stockend zu erzählen, »bei der Anelie uns mit der Drohne gesehen hat, sind wir auf dem Rückweg an einer Hütte vorbeigekommen. Sie sah hinter den Bäumen mit all dem Schnee drumherum so romantisch aus. Also sind wir näher ran und haben ein paar Fotos gemacht. Luca hatte eine große Falle an der Wand entdeckt und meinte noch: Schau, Paps, bestimmt 'ne alte Bärenfalle. Er hat sie von der Wand genommen und hochgehalten, und ich habe ein paar Bilder gemacht. Luca ist dann noch ein wenig herumgelaufen, so gut das in dem tiefen Schnee eben möglich war. Dann musste er pinkeln, und dabei muss ihm sein Handy aus der Jackentasche gefallen sein, ohne dass er es bemerkt hat. Da es zu dämmern begann, sind wir schnell zu unserem Auto gefahren, haben die Schneemobile auf den Hänger geladen und sind danach wieder nach Jokkmokk zurückgekehrt. Wir haben die Schneemobile samt Hänger an Sören zurückgegeben und sind ins Hotel. Dort hat Anelie uns angerufen und uns erzählt, dass dieser Drohnenflug nur eine Übung gewesen sei. Und dann hat Luca den Verlust seines Handys bemerkt. Natürlich war ich etwas wütend über Lucas Schusseligkeit gewesen, aber es war ja nicht mehr zu ändern. Da die Hütte der letzte Ort gewesen ist, an dem er das Handy benutzt hat, haben wir gleich vermutet, dass er es dort verloren hat. Um am gleichen Abend noch mal dorthin zu fahren, war es zu spät, also sind wir zum Abendessen gegangen.«

»Und dort seid ihr auf Sten getroffen«, unterbricht Sigge zum ersten Mal Michaels Redefluss.

»Ja, genau. Wir hatten uns verabredet, um den kommenden Morgen und die Schlittenhundetour mit ihm zu besprechen, die wir als krönenden Abschluss unseres Aufenthaltes geplant hatten. Ich habe diesem Sten dann erzählt, dass wir Lucas Handy verloren haben und am nächsten Morgen noch mal zu dieser Hütte fahren müssten, um es zu holen. Ich hatte ihn gefragt, ob er uns mit seinen Hunden dahin bringen könnte, aber er wollte das nicht, weil wir nur zwei Stunden gebucht hatten und dieser Trip viel länger dauern würde. Er hatte wohl keine Zeit für eine längere Tour. Ich hatte eigentlich vor, ihm eine Entschädigung zu bezahlen, aber er war sehr unfreundlich und ist ziemlich ausfallend geworden, so dass ich mich geweigert habe, ihn trotz der Absage zu bezahlen.«

»Sten hat gewusst, wohin ihr hinwolltet?«, fragt Sigge vorsichtig nach.

»Ja, ich habe ihm genau beschrieben, wo wir das Handy vermutlich verloren hatten und holen wollten.«

Sigge muss sich jetzt wirklich zusammenreißen. Dieses Arschloch!, denkt er wütend. Bei Anelie hatte Sten noch behauptet, nichts zu wissen. Zorn brodelt in ihm hoch. *Wir hätten die beiden noch am selben Tag finden können, hätte Sten*

Anelie zurückgerufen oder wäre einfach nur an sein Handy gegangen. Sigge atmet tief durch. Sobald er zurück in Jokkmokk ist, wird er sich Sten vorknöpfen. »Ihr seid dann also am nächsten Morgen aufgebrochen, um Lucas Handy zu holen«, setzt er die Befragung fort.

»Ja, gleich nach dem Frühstück habe ich wie immer pünktlich mit meiner Frau telefoniert, und dann sind wir los.«

»Was ist dann passiert?«

»Wir sind wieder dorthin gefahren, haben das Auto in einem kleinen Feldweg geparkt«, fährt Michael fort.

»War dieser Feldweg, wo du dein Auto geparkt hast, vom Schnee geräumt?«, will Sigge wissen.

»Ja. Wir haben dann unsere Schneeschuhe angezogen und sind auf einer Schneemobilspur, die in die gleiche Richtung führte, losgelaufen.«

»Da gab es schon eine Schneemobilspur? Bis zur Hütte?«

Michael nickt. »Ja, die ging tatsächlich ziemlich gerade zu dieser Hütte. Gut für uns. So kamen wir schnell voran.«

»Was ist dann passiert?«

»Als wir an der Hütte ankamen, hat Luca sofort nach seinem Handy gesucht. Ich bin währenddessen zur Hütte gelaufen, um einen Blick durch das Fenster zu werfen. Ich wollte sehen, ob jemand da ist, weil Rauch aus dem Kamin aufgestiegen ist.«

»Stand da ein Schneemobil bei der Hütte?«, fragt Sigge.

»Ich habe keines gesehen«, antwortet Michael.

Auch Luca schüttelt verneinend den Kopf.

»Und dann?«

»Ich schaue durch das Fenster, als ich Lucas entsetzlichen Schrei höre. Es war grauenvoll.«

Sigge kann sehen, wie Michael diesen Moment erneut durchlebt und ihm die Tränen in die Augen schießen. Michaels Verzweiflung über seine eigene Hilflosigkeit ist mit Händen greifbar, und er braucht einen Augenblick, bis er weitererzählen kann. Er holt tief Luft. »Ich will zu meinem Sohn laufen, um ihm zu Hilfe zu kommen, als mich ein Schlag auf dem Kopf trifft. Mehr weiß ich nicht mehr. Ab da habe ich keinerlei Erinnerung mehr.«

Er weiß nicht, wer ihn niedergeschlagen hat, schießt es Sigge enttäuscht durch den Kopf und wendet sich Luca zu. »Kannst du mir erzählen, was dir passiert ist, Luca?«

Luca schluckt. »Ich bin zu der Stelle gegangen, an der ich mein Handy vermutet hatte. Und es lag tatsächlich auf dem Schnee.«

»Auf dem Schnee?«, fragt Sigge ungläubig.

»Ja, ich habe mich auch gewundert, dass es nicht im Schnee versunken war. Also wollte ich dorthin, mache einen Schritt nach vorne und trete auf irgendetwas Festes. Es tut einen lauten Knall, und ich sehe zwei Metallteile, die sich wie Klauen in meine Wade schlagen. Es war die Hölle, ich habe noch nie in meinem Leben einen so brutalen Schmerz gespürt.« Lucas Gesicht spricht Bände, und Sigge kann erkennen, dass auch Luca diesen furchtbaren Augenblick erneut durchlebt. »Ich habe versucht, diese Falle wieder aufzudrücken, aber ich habe es nicht geschafft. Ich war so damit beschäftigt, dass ich gar nicht bemerkt habe, dass es nicht mein Vater gewesen ist, der auf mich zugekommen ist. Ich habe dann nur diese seltsamen Schuhe gesehen und begriffen, das ist nicht Papa.« Luca greift nach der Flasche Wasser, die neben seinem Bett auf dem kleinen Tisch steht, und nimmt einen großen Schluck. »Also, ich dann meinen Kopf hebe, bekomme ich etwas ins Gesicht gesprüht. Es hat gebrannt wie Feuer, und dann ist da etwas in meinem Kopf explodiert und …« Er bricht ab.

»Du hast auch einen Schlag auf den Kopf bekommen, der dich bewusstlos gemacht hat?«, fragt Sigge.

Luca nickt langsam. Sigge ist total ernüchtert. Er hatte gehofft, eine genaue Täterbeschreibung zu bekommen. Aber der hatte das offensichtlich zu verhindern gewusst. »Wir werden diesen Dreckskerl trotzdem fassen«, sagt Sigge gepresst und bemüht sich, seine Enttäuschung vor den beiden zu verbergen. »Darauf gebe ich euch mein Wort.«

Sigge schaut erst Luca und dann Michael fest in die Augen. Er will diesen Kerl unbedingt zur Strecke bringen.

»Das war kein Kerl«, hört er Luca leise sagen.

Sigge sitzt wie versteinert auf seinem Stuhl. Wie in Zeitlupe wendet er sich erneut Luca zu, dessen Worte in seinem Kopf wie Donnerschläge nachhallen. »Was hast du gesagt?«

»Das war kein Kerl«, wiederholt Luca laut. »Die Person mit dem Pfefferspray und die mich niedergeschlagen hat, dass war eine Frau. Das konnte ich genau erkennen, bevor ich das Pfefferspray ins Gesicht bekommen habe.« Lucas Worte fühlen sich wie Messerstiche in Sigges Bauch an. Schlagartig wird ihm klar, in welcher Gefahr Anelie jetzt schwebt. Zitternd springt von seinem Stuhl auf. »Danke für eure Aussagen. Ihr habt mir sehr geholfen. Ich weiß jetzt, wen wir suchen«, stammelt er aufgewühlt. »Ich muss sofort los. Ich melde mich so schnell wie möglich wieder bei euch.«

Sigge spurtet zu seinem Auto. Er hat keinen Blick mehr für das hübsche Mädchen am Empfang. Mit wenigen Schritten erreicht er seinen Wagen, springt hinein, startet den Motor und gibt Gas. Dann nimmt er sein Mobiltelefon und ruft Anelie an. Er lässt es lange läuten, aber sie nimmt den Anruf nicht an. Verzweifelt ruft Sigge in der Polizeiinspektion an, während er das Ortsschild von Gällivare hinter sich lässt und das Gaspedal durchdrückt.

»Arne, ist Anelie bei dir?«, fragt Sigge atemlos durchs Telefon.

»Nein«, hört er Arne antworten. »Sie ist noch hinter Leyla her. Warum?«

»Es ist Leyla«, schreit Sigge ins Telefon. »Leyla hat das alles getan, sie ist unser Täter!« Sigges Stimme überschlägt sich. »Ich habe versucht, Anelie anzurufen, aber sie geht nicht ran.«

»Ich warte auf ihren Anruf«, sagt Arne erschrocken, »sie wollte sich schon vor zehn Minuten bei mir melden.«

»So eine verdammte Scheiße!«, flucht Sigge. »Ich bin auf dem Rückweg, ich komme so schnell ich kann. Ruf mich sofort an, wenn sie sich gemeldet hat.«

Damit beendet Sigge das Gespräch und beschleunigt noch einmal. Er kann sich nicht erinnern, jemals so durch die Nacht gerast zu sein. Hoffentlich springt kein Tier auf die Fahrbahn, betet er still zum Himmel. In der Ferne glaubt er zwei Rücklichter zu sehen, aber egal wie schnell er fährt, er kommt diesem Fahrzeug keinen Meter näher, ganz im Gegenteil.

39

Mittlerweile hat heftiger Schneefall eingesetzt. Irgendwo habe ich einmal gelesen, dass es bei extremer Kälte nicht schneien würde, der Arctic Circle weiß davon wohl noch nichts und demonstriert mir das genaue Gegenteil. Die Temperaturanzeige in meinem Auto leuchtet mit tiefroten Zahlen und zeigt minus 29 Grad. So kenne ich den Polarkreis im Januar, diese milden Temperaturen während der letzten Tage waren äußerst ungewöhnlich.

Ich habe mich auf der langen, geraden Straße sehr weit zurückfallen lassen müssen, um keinen Verdacht zu erwecken, so dass ich Leylas in einer Parkbucht geparkten Wagen erst entdecke, als ich daran vorbeifahre. Dabei konnte ich im Augenwinkel sehen, dass ein Schneemobil gestartet worden ist. Leyla muss es hier im Wald geparkt haben, damit habe ich nicht gerechnet. Wenigstens weiß ich, wohin sie wahrscheinlich fahren wird. Ich muss dreihundert Meter weiterfahren, bevor ich wenden und zurückfahren kann. Ich parke meinen Wagen genau hinter ihrem und blockiere ihn so, dass Leyla ohne mich nicht mehr von hier wegkommen kann.

Dieser Weg führt zu der kleinen Hütte, denke ich wütend, während ich meine Schneeschuhe aus dem Kofferraum hole, hineinschlüpfe und losgehe. Inzwischen schneit es so heftig, dass ihre Spuren unter dem Neuschnee schnell verschwinden, obwohl sie erst vor wenigen Minuten hier weggefahren ist. Es ist mühsam, ich komme nur sehr langsam voran und muss zwischenzeitlich meine Angst bekämpfen, mich zu verlaufen, da ich Leylas Spur unter dem Neuschnee nur noch erahnen kann. Trotz der schlechten Sicht verzichte ich darauf, meine Stirnlampe zu benutzen, ich will nicht frühzeitig entdeckt werden und den Akku schonen.

Wäre nur Daniel an meiner Seite, er würde die Spuren problemlos sehen, denke ich. Ein Schreck schießt mir in die Glieder. Verdammt, ich habe vergessen, Daniel und Arne anzurufen, fällt mir siedend heiß ein. Ich wühle durch alle Jackentaschen auf der Suche nach meinem Handy, kann es aber nicht finden. Ob ich es verloren habe? Ich denke nach, dann fällt es mir siedend heiß ein. Ich habe es im Auto zum Laden liegen gelassen. Ich spiele kurz mit dem Gedanken umzukehren, aber jetzt habe ich bestimmt schon die Hälfte des Weges geschafft. Wenn ich noch einmal zum Auto gehe, wird mich das eine weitere Stunde kosten, und dann werde ich nicht nur vollkommen erschöpft sein, sondern Gefahr laufen, Leyla zu verpassen. Zwar habe ich ihr Auto blockiert, aber sie hat immerhin noch ihr Schneemobil.

Mir ist nicht wohl bei dem Gedanken, ohne mein Telefon weiterzugehen, denn ich ahne, dass sich alle Sorgen machen werden, wenn sie mich nicht erreichen können. Trotzdem entscheide ich mich nach einem kurzen Abwägen meiner Optionen weiterzugehen. Ich muss Leyla schleunigst einholen. Sobald ich bei ihr bin, werde ich ihr Handschellen anlegen und sie dann zurück zum Auto bringen und dafür ihr Schneemobil benutzen. Und wenn alles so läuft, wie ich es mir vorstelle, sollten wir in gut zwei Stunden wieder wohlbehalten in Jokkmokk sein.

Ich ärgere mich über mich selbst, während ich meinen Weg fortsetze. Ich kann jetzt schon Daniels Stimme hören, wie er mich für diesen sträflichen Leichtsinn schimpfen wird. Hier draußen allein gehe ich ein ziemliches Risiko ein, aber jetzt kann ich es nicht mehr ändern und verdränge den Gedanken daran.

Dreißig Minuten später habe ich mein Ziel fast erreicht. Ich bleibe in Deckung und schaue mich vorsichtig um. Gott sei Dank hat der Schneefall im Moment etwas nachgelassen. In etwa fünfzig Meter Entfernung sehe ich die Hütte. Ein kleines Stück weiter leuchtet eine blaue Samitracht zwischen den Bäumen hervor.

Ich schleiche in gebückter Haltung langsam näher, bis ich Leyla entdecke, die mit Olvin redet. Er trägt Samitracht und sitzt auf einem Schlitten, vor dem ein Rentier gespannt ist. Vermutlich trainiert Olvin für das Rentierschlittenrennen, das immer während des Wintermarktes auf dem zugefrorenen Talvatis-See ausgetragen wird. Da ich zu weit entfernt bin und die beiden leise reden, kann ich nicht hören, worum es geht. Aber irgendwann setzt sich Olvin auf dem Rentierschlitten in Bewegung und fährt davon. Ich sehe ihm nach, bis er aus meinem Blickfeld verschwunden ist.

Als ich wieder zur Hütte schaue, ist auch von Leyla nichts mehr zu sehen. Ich vermute, dass sie hineingegangen ist. Mir fällt der Rauch auf, der aus dem Kamin aufsteigt. Ich schlüpfe aus meinen Schneeschuhen, dann nähere ich mich in einem großen Bogen so leise wie möglich der Hütte und schleiche mich zur Tür. Ich ziehe meine Waffe aus dem Holster, halte sie in meiner rechten Hand an meinen Bauch gedrückt, öffne ohne Hast die Tür und stoße sie auf. Ein Blick genügt mir, um festzustellen, dass Leyla nicht da ist. Ich drehe mich langsam um und spüre, wie eine Gänsehaut meinen gesamten Körper überzieht. Ich blicke in Leylas rundes Gesicht und kann ihrer Faust nicht mehr ausweichen. Sie trifft mich direkt am Kinn, und ich gehe zu Boden. Mit einem einzigen Faustschlag hat sie mich in die Besinnungslosigkeit geschickt.

Ich weiß nicht, wie lange ich bewusstlos gewesen bin, aber als ich wieder zu mir komme, sitze ich auf einem Stuhl in der halbdunklen Hütte. Meine Hände sind mit meinen Handschellen auf dem Rücken gefesselt. Leyla steht neben dem kleinen Ofen und hantiert mit einer alten Kaffeekanne.

»Warum hast du das gemacht, Leyla?«, frage ich sie.

»Du bist auf meinem Land, du hast hier nichts zu suchen«, antwortet sie ruhig.

»Leyla, ich bin Polizistin. Du wirst mir jetzt die Handfesseln abnehmen und mich auf das Polizeirevier begleiten. Und dort reden wir.« Meine Worte kommen ruhig, aber fordernd.

Sie sieht mich nachdenklich an. »Warum sollte ich das tun? So wie ich diese Situation hier einschätze, bist du nicht in der Position, irgendetwas zu fordern. Im Gegenteil.«

»Wir wissen, dass der Täter aus euren Reihen kommt, und es ist sinnlos zu versuchen, ihn weiterhin zu decken. Außerdem werden meine Kollegen jeden Moment hier sein.«

Dieses schon einmal gezeigte maliziöse Lächeln umspielt erneut Leylas Mundwinkel. »Ihr wisst gar nichts, ihr tappt hilflos durch die Dunkelheit. Dachtest du wirklich, du könntest dich unbemerkt einer Sami nähern. Ihr Touristen glänzt nur durch Dummheit und Unfähigkeit.«

»So wie all die verschwundenen Männer?«

Leyla mustert mich wie ein Insekt, das sie gleich zwischen ihren Fingern zerquetschen wird. »Was gehen die mich an? Sie haben bekommen, was sie verdient haben.«

»Den Tod?«

Leyla zuckt gleichgültig mit den Schultern und schenkt sich Kaffee aus der alten Blechkanne in eine Holztasse. »Du willst keinen, oder?«, fragt sie mit einem hämischen Tonfall.

»Steckt dein Bruder hinter all dem? Hat Isku etwas mit dem Verschwinden dieser Männer zu tun?«, frage ich weiter, ohne auf ihren Kommentar einzugehen.

Leyla stellt ihre Holztasse ab, kommt langsam näher und schlägt mir völlig unvermittelt mit der flachen Hand ins Gesicht. Meine Nase beginnt zu bluten.

»Erwähne nie mehr diesen Namen, hast du verstanden!« Sie richtet sich wieder auf, geht zurück zum Ofen und nimmt seelenruhig ihre Tasse. Ihre kalten Augen starren mich unverwandt an. Ein Moment des Schweigens hängt zwischen uns. Mir ist, als würde die Zeit einfrieren. Obwohl ich meine Jacke noch anhabe, fröstelt mich. Die Energie, die Leyla ausstrahlt, lässt die Temperatur hier drinnen unter den Gefrierpunkt fallen. Ich habe das Gefühl, dass das personifizierte Böse vor mir steht.

In meinem Kopf jagt ein Gedanke den nächsten. Leyla hasst ihren Bruder, daran habe ich keinen Zweifel mehr. Aber welche Rolle spielt er hier? Schweigend starren wir uns gegenseitig an. In Leylas kalten Augen finde ich nur Feindseligkeit. Angst kriecht in mir hoch. Ich bin hier in ihrer Gewalt, niemand weiß, wo ich stecke, ich bin ihr völlig ausgeliefert. »Was hast du jetzt vor?«

»Du willst doch unbedingt all diese Männer finden, oder?«

Ich nicke.

»Dann werde ich dich zu ihnen bringen.«

Ich starre sie entgeistert an.

Leyla zieht eine Grimasse. »Du wirst den gleichen Weg gehen wie sie.«

Panik flutet meinen Körper. Schlagartig formt sich aus allen Puzzleteilen das Bild. Mein Entsetzen kennt keine Grenzen mehr. »Du?«, stoße ich hervor. »Du hast sie auf dem Gewissen?« Ich kann die Worte, die über meine Lippen dringen, kaum glauben. »Du bist unser Täter?«

Leyla kommt zu mir, beugt sich zu mir herunter, so dass ich ihren Atem spüren kann. »Ich wurde so nicht geboren«, spuckt sie heraus. Ich weiche unwillkürlich zurück, doch Leyla packt meine Haare und zieht mich mit einem Ruck zu sich. »Ich wollte das nicht. Er hat mich dazu gemacht. Jetzt bin ich, was ich bin. Ich kann nicht anders.«

Das Letzte, was ich aus den Augenwinkeln sehe, ist der Knauf meiner Waffe, bevor dieser hart meine Schläfe trifft.

40

Die erste Hälfte der Strecke liegt hinter ihm, Daniel befindet sich bereits auf der Heimfahrt, wenn alles gut läuft, sollte er in neunzig Minuten zu Hause ankommen. Gällivare hat er bereits passiert, er befindet sich quasi auf der Zielgeraden. Nach seiner Rückkehr wird er als Erstes den Hot Tub anheizen, dann ein leckeres Abendessen kochen und danach werden Anelie und er im 42 Grad warmen Wasser entspannt den Abend ausklingen lassen. Schon der Gedanke daran lässt seine Vorfreude explodieren. Wenn es doch nur schon so weit wäre, er kann es kaum erwarten, endlich Anelies Wärme zu spüren.

Noch bis tief in die letzte Nacht war nicht klar gewesen, ob er heute tatsächlich wegkommen würde. Er war bis zwei Uhr aufgeblieben, um die Sprengung, die jede Nacht um halb zwei in der Mine stattfindet, zu überwachen. In den vergangenen Tagen hatte es immer wieder Probleme gegeben, aber heute Nacht ist glücklicherweise endlich alles fehlerlos verlaufen, und die Abbauration für den Tag war wie geplant im Stollen gelandet, 80 000 Tonnen Gestein, aus denen vor allem Eisenerz gewonnen wird. Wären erneut Schwierigkeiten aufgetreten, hätte er einen weiteren Tag in Kiruna bleiben müssen. Zehn freie Tage stehen ihm bevor, er hat sie bitter nötig. Dass er diese Nacht nur vier Stunden Schlaf bekommen hat, macht ihm nichts aus. Er ist daran gewöhnt, und wenn er erst mal wieder in seinem eigenen Bett neben der Liebe seines Lebens liegt, wird er wunderbar schlafen und sich erholen. Langsam gleitet sein Wagen über die vereiste Fahrbahn.

Ein Gedanke geistert ihm durch den Kopf, weil die Kollegen sich am Morgen beim Frühstück darüber unterhalten haben. Es ging wie so oft um die neuen Pläne der Regierung, eine Mine ganz in der Nähe von Randijaur zu eröffnen. Lange galt Lappland als wertlose Region, das hat sich geändert, seit die Erzpreise explodiert sind. Schweden hat bereits fünfzehn große Minen, dreißig neue sollen dazukommen.

Eine der geplanten Minen würde nur vierzehn Kilometer Luftlinie von seinem Blockhaus entfernt liegen, was einen unschätzbaren Vorteil für ihn persönlich bedeuten würde. Würde er in dieser Mine arbeiten, könnte er jeden Abend nach Hause fahren und müsste nicht mehr eine ganze Woche lang wegbleiben. Aber die Sache hat einen bitteren Beigeschmack. Daniel kennt die Folgen, die eine Mine für Natur und Anwohner mit sich bringt. In Kiruna sind die Konsequenzen unübersehbar, der ganze Ort muss innerhalb der nächsten zehn bis fünfzehn Jahre Stück für Stück umziehen, weil die Abbruchkante unaufhaltsam näher rückt und der Boden unter dem alten Stadtzentrum schon jetzt nicht mehr sicher ist. Bei jeder Sprengung entstehen Hohlräume, in die Erde und Gestein nachrutschen und die Erdoberfläche absacken lassen. Tausende Menschen müssen mit ihren Häuser umziehen, dazu Firmen, Geschäfte, Restaurants, sogar die Eisenbahntrasse, das Krankenhaus, die Feuerwache und die Nationalstraße müssen verlegt werden. Der schwedische Staatskonzern, der die Mine betreibt, bezahlt die Umsiedlung ohne großes Zögern, im Vergleich zum Gewinn sind diese Kosten Peanuts.

Die erzwungene Umsiedlung ist aber nur ein negativer Aspekt, den eine Mine mit sich bringt. Abgesehen vom Lärm, Staub und Verkehr gibt es drastische Folgen für die Natur. Eine Mine beansprucht eine etwa 15 Quadratkilometer große Fläche, Platz, den die Sami eigentlich als Weide für ihre Rentiere brauchen. Das Land muss sich erholen, wenn eine Herde dort gewesen ist, weil alles zertrampelt und abgefressen wurde. Je weiter sich die Minen ausdehnen, umso so mehr schrumpfen die Weideflächen.

Abgesehen von den Minen kommen die wirtschaftlichen Interessen an den unendlichen Waldflächen dazu, die seit Jahrhunderten von den Samen und ihren Rentierherden genutzt werden. Die mächtige Forst- und Papierindustrie hat ganz andere Vorstellungen von der Zukunft der Wälder Lapplands als die Sami, denen sie als Weidegründe für ihre Rentiere dienen. Und die Energiekonzerne bedienen sich beliebig aus dem riesigen Wasserreservoir der Seen. So wird es auf einmal eng in diesem weiten Land und immer schwieriger für die Sami mit und von der Natur zu leben. Die Sami haben gegen die neuen Minenpläne geklagt, im März will das Gericht in Stockholm sein Urteil fällen.

Daniel weiß nicht, was er sich wünschen soll. Er hat sowieso keinen Einfluss auf diese Entscheidung, und seine Erfahrung sagt ihm, dass die Mine wahrscheinlich kommen wird. Schließlich ruht da ein großer Schatz in der Erde, der Begehrlichkeiten weckt; Rohstoffe wie Erz, Kupfer, Nickel, Uran und Gold sind Milliarden wert.

Er wirft einen Blick auf die Uhr im Armaturenbrett. Anelie sollte ihn längst wie versprochen angerufen haben. Wahrscheinlich hat sie es vergessen, wie er aus leidvoller Erfahrung weiß. Der Gedanke, dass sie ohne die Begleitung ihres Kollegen Leyla verfolgt, um sie festzunehmen, bereitet ihm Kopfzerbrechen. Er kennt Leyla, ihre Einstellung und ihr aggressives Verhalten, das sie bei Versammlungen in Jokkmokk oft genug an den Tag gelegt hat, wenn es um Entscheidungen gegangen ist, die Sami und Nicht-Sami gleichermaßen betreffen wie der jüngste Streitpunkt, die Vergabe der kommunalen Jagd- und Fischereilizenzen. Die Sami wollen allein über die Jagd- und Fischereirechte entscheiden, was alle anderen Bewohner definitiv benachteiligen würde. Leyla ist ihm bei den Diskussionen besonders unangenehm aufgefallen. Anelie lebt noch nicht lange genug in Lappland, um die Menschen von hier wirklich zu kennen und zu verstehen, ganz zu schweigen von der Wildnis, die neben ihrer unvergleichlichen Schönheit große Gefahren birgt, vor allem im Winter.

Wer hier geboren wird, wächst von Kindesbeinen an mit allen Facetten der Wildnis auf. Kinder lernen hier schneller Schneemobil fahren als laufen, sie können normalerweise schon in jungen Jahren die Festigkeit des Eises auf den gefrorenen Seen richtig einschätzen, Tierspuren lesen und jagen, Feuer machen, Lager bauen, eben alles, was zu einem Outdoor-Leben dazu gehört. Anelie ist, was das betrifft, noch eine blutige Anfängerin. Auch wenn er ihr schon viel über das Leben in Lappland gezeigt und nahegebracht hat, ist sie noch meilenweit davon entfernt, allein auf sich gestellt in der Wildnis zurechtzukommen. Hoffentlich geht sie kein unnötiges Risiko ein, schickt er als Stoßgebet zum Himmel. Er würde es sich nie verzeihen, wenn ihr hier im tiefsten Norden irgendetwas zustoßen würde.

Sein Mobiltelefon klingelt und reißt ihn aus seinen Gedanken. »Anelie?«

»Sorry, ich bin's nur«, hört er Livs Stimme durch die Freisprechanlage. »Ich kann Anelie gerade nicht erreichen und wollte euch nur darüber informieren, dass ich heute Abend bei den Leuten zum Essen eingeladen bin, deren Haus ich ersteigert habe. Ich weiß noch nicht, wann ich zurück sein werde. Könnte später werden. Es gibt ja was zu feiern.«

»Alles klar«, antwortet Daniel aufgeschreckt und drückt sie weg.

Warum kann sie Anelie nicht erreichen? Sofort versucht er selbst, sie anzurufen, und lässt es sehr lange klingeln. Nach einiger Zeit bricht die Verbindung ab, Anelie geht nicht an ihr Telefon. Daniels Unruhe steigt von Minute zu Minute. Er greift erneut nach seinem Telefon und ruft in der Polizeiinspektion in Jokkmokk an, vielleicht ist sie ja schon wieder dort.

»Polizei Jokkmokk, Arne«, hört er es aus seiner Freisprechanlage klingen.

»Hey, Arne, Daniel hier. Ist Anelie wieder zurück?«

Arne braucht viel zu lange mit einer Antwort. Daniel spürt sofort, dass etwas nicht stimmt.

»Hey, Daniel.« Arne stockt, bevor er langsam weiterspricht. »Anelie verfolgt Leyla, aber wir wissen nicht genau, wo sie sich gerade befindet.«

»Habt ihr Kontakt zu ihr?«

»Nein, sie wollte sich bei mir melden, aber bislang hat sie nicht angerufen.«

Daniel kann förmlich spüren, dass Arne mit sich kämpft.

»Arne, gibt es etwas, was ich wissen sollte?«, bohrt Daniel nach.

»Sigge konnte die beiden deutschen Touristen befragen und …«

»Arne, was ist los?«, unterbricht Daniel ihn scharf.

»Leyla … sie ist unser Täter … und Anelie weiß noch nichts davon.«

Diese Information trifft Daniel wie ein Schlag in den Magen.

»Wo ist dein Kollege?«, will Daniel wissen.

»Auf dem Rückweg von Gällivare«, antwortet Arne.

Daniel drückt das Gaspedal bis zum Bodenblech durch. »Was war das Letzte, was Anelie dir am Telefon gesagt hat?«

»Dass sie glaubt, dass Leyla möglicherweise zu dieser Hütte unterwegs ist«, sagt Arne, »Sigge muss bald wieder hier sein. Ich werde ihn sofort dorthin schicken«.

»Dann kommt er bei mir zu Hause vorbei. Er soll in einer Stunde an unserem Parkplatz sein, und Arne, ich werde nicht auf ihn warten.«

Daniel legt auf und konzentriert sich darauf, so schnell wie nur möglich nach Hause zu kommen. Er weiß, dass Anelie Leyla da draußen heillos unterlegen ist. Er muss dorthin. Sieben Kilometer vor Jokkmokk biegt er nach rechts ab in Richtung Randijaur. Er fährt zügig durch Vaikijaur und gibt wieder Vollgas. Eine halbe Stunde später biegt er auf seinen Parkplatz ein. Er lässt den Motor seines Jeeps laufen, springt aus dem Wagen und sprintet über das Eis zu seinem Blockhaus. Dort reißt er die Eingangstür auf und stürzt hinein. Während er beim Ausziehen seine alte Kleidung einfach fallen lässt, suchen seine Augen schon die Thermounterwäsche und alles andere, was er für eine kalte Nacht dort draußen brauchen wird. Innerhalb weniger Minuten ist er fertig. Er zieht seine Baffin-Winterstiefel an, packt sich Mütze und Handschuhe, setzt seine Stirnlampe auf und verstaut den frischen Akku in der Innentasche seiner Thermojacke, schlüpft in eine noch dickere Winterjacke und greift nach dem Notfallrucksack, der immer fertig gepackt und griffbereit am Ausgang steht. Darin befindet sich auch ein sündhaft teurer Schlafsack, der eine Wohlfühlzone von minus 75 Grad hat. Daniel hat ihn schon vor Jahren bei einem Spezialanbieter für längere Ausflüge oder Notfälle gekauft.

Draußen hat es zu schneien begonnen, was er mit lautem Fluchen quittiert. Er startet sein Schneemobil und verzichtet auf ein Warm-up. Er fährt es mit Halbgas über den See auf den Parkplatz und hat es in wenigen Minuten auf den Hänger geladen und festgezurrt. Dann fährt er den Jeep zurück und hängt alles an seine Anhängerkupplung. Zurück im Wagen sieht er auf die Uhr, vor 58 Minuten hat er mit Arne telefoniert. Langsam fährt er nach vorne zur Straße, um auf Anelies Kollegen zu warten. Er hat das Gefühl, die Zeit zerrinnt ihm zwischen den Fingern.

41

Sigge springt aus dem Wagen und ist mit zwei Sprüngen an der Tür der Polizeiinspektion, die Arne ihm schon aufhält. Er hastet zum Waffenschrank, schnappt sich seine Dienstwaffe und ein weiteres Magazin. Mit wenigen Schritten ist er wieder draußen an seinem Fahrzeug, an dem Arne gerade den elektrischen Stecker des Anhängers mit dem Schneemobil befestigt.

»Bringt sie wieder heil zurück«, hört er Arne mit leiser Stimme sagen.

Sigge schweigt, es gibt nichts, was es sagen könnte, er macht sich selbst sehr große Sorgen um Anelie. Wieder fährt er so schnell er kann. Arne hat ihn schon auf seiner Rückfahrt von Gällivare nach Jokkmokk telefonisch über alles instruiert. Er weiß, dass Daniel an der Ausfahrt auf ihn warten wird und dass er nicht zu spät kommen darf. Nur wenige Minuten bevor er den Parkplatz bei Daniel erreicht, rast er in eine regelrechte Schneewand.

»Verfluchte Scheiße, nein, nein, nein«, hört er sich laut ausrufen und nimmt den Fuß vom Gas.

Mit halber Geschwindigkeit fährt er um die letzte Kurve auf die Gerade.

Du hast noch eine Minute, denkt Daniel, während seine Augen die Kurve fixieren, aus der Anelies Kollege auftauchen müsste. Er hat schon seine Hand auf dem Automatikhebels seines Jeeps, als er ein Fahrzeug im dichten Schneefall auftauchen sieht. Er lässt den Motor laufen, steigt aus und wartet am Straßenrand. Sigge hält genau neben Daniel, lässt das Fenster herunter und streckt seine rechte Hand hinaus.

»Hey, Daniel, ich bin Sigge«, begrüßt er Daniel.

»Hey, Sigge, ich fahre voraus.«

Ohne eine weiteres Wort zu verlieren, springt Daniel in seinen Jeep, fährt auf die Straße und beschleunigt. Nach nur wenigen Fahrminuten wird Sigge bewusst, dass er niemals so schnell durch diesen Schneefall fahren könnte, hätte er nicht die Rückleuchten von Daniels Wagen als Orientierung.

Sigge hat Daniel bislang noch nicht persönlich kennengelernt, aber einige Geschichten über ihn gelesen und noch mehr gehört. Daniels Ruf als herausragender Jäger und Aufspürer verirrter Touristen ist weit über Jokkmokks Grenzen hinaus bekannt. Sigge hat auch in einem Artikel gelesen, wie Daniel damals diesen Monsterbären zur Strecke gebracht hat. Und Arne hat ihm bei seiner Instruktion am Telefon klar und deutlich gesagt, dass er Daniel uneingeschränkt in allem vertrauen könne. Er hätte jedoch niemals geglaubt, dass er dieses Vertrauen so schnell brauchen würde. Ihm ist völlig unklar, wie Daniel, der vor ihm herfährt, bei diesem Schneefall überhaupt etwas sehen kann.

Nach einer Dreiviertelstunde Fahrt verlangsamt Daniel das Tempo und biegt schließlich in den Parkplatz ein, auf dem Sigge erst vor wenigen Tagen die Rettung der beiden deutschen Touristen koordiniert hat. Bevor er die Verzurrungen seines Schneemobils gelöst hat, hat Daniel sein Schneemobil bereits gestartet und abgeladen, daher kann er Sigge zu Hilfe eilen, und gemeinsam laden sie auch dessen Schneemobil ab.

»Wie wollen wir vorgehen?«, will Sigge wissen.

Er kann trotz der dicken Winterbekleidung erkennen, dass Daniel zwar etwas kleiner, aber mindestens genauso muskulös ist wie er selbst.

»Ich übernehme die Führung«, sagt Daniel. »Bleib einfach an mir dran und tue, was ich tue.«

Da Daniel keinen Helm aufsetzt, sondern nur eine Fellmütze und eine Schneebrille überzieht, verzichtet Sigge ebenfalls auf seinen Helm. Mit einem Satz ist Daniel auf seinem Skooter und fährt los.

Der Schneefall ist jetzt so heftig, dass Sigge Mühe hat, Daniel nicht aus den Augen zu verlieren. Er ist selbst ein erfahrener Jäger und seit seiner Jugend mit der Wildnis vertraut, doch es ist ihm ein absolutes Rätsel, wie sich Daniel hier orientieren kann. Die Sicht beträgt keine fünf Meter, dieser Kerl scheint aber wie unsichtbar gelenkt und genau zu wissen, was er tut und wohin er muss.

Ich wette, alle Geschichten über ihn stimmen, geht Sigge durch den Kopf, und er muss sich eingestehen, dass er hier ohne Daniel vollkommen planlos wäre und Anelie keine Hilfe sein könnte. So folgt er ihm in den Wald und hat das Gefühl, von Schnee und Dunkelheit verschluckt zu werden.

Nach einer halbstündigen Fahrt drosselt Daniel das Tempo. Sigge sieht, dass er das Licht seines Schneemobils ausschaltet, und beeilt sich, es ihm gleichzutun. Der Schneefall hat etwas nachgelassen, die Sicht beträgt jetzt ungefähr fünfzig Meter. Im Schritttempo fahren sie weiter, bis sie plötzlich das Rücklicht eines Schneemobils entdecken, das mit laufendem Motor vor der Hütte steht. Daniel stoppt, und Sigge hält neben ihm. Ohne ein Wort zu reden, schauen sie sich um. Wie es scheint, ist Leyla allein.

»Ich kümmere mich um Leyla«, flüstert Sigge. »Such du Anelie.«

Sigge hat seinen Satz noch nicht beendet, als Leyla aus der Hütte kommt und auf das Schneemobil steigen will. Sofort beschleunigt Sigge seinen Skooter, schaltet das Licht ein und ruft laut: »Polizei, sofort stehen bleiben!«

Leyla dreht ihren Kopf in seine Richtung, springt mit einem Satz auf ihr Schneemobil, gibt Gas und flüchtet in den Wald. Sigge folgt ihr, und beide verschwinden einen Hügel hinauf in die Dunkelheit.

Währenddessen ist Daniel bei der Hütte angekommen, springt von seinem Schneemobil und reißt die Tür auf. Der Scheinwerferkegel seiner Stirnlampe leuchtet das Innere vollständig aus, niemand ist hier. Er macht auf dem Absatz kehrt und marschiert mit großen Schritten vor die Hütte. Er weiß aus Anelies Erzählungen, dass die Grube mit der Falltür etwa fünfzig Meter von der Hütte entfernt sein muss. Da er aber die genaue Stelle nicht kennt und der Schnee fast alle Spuren verdeckt hat, will er die Hütte in einem 50-Meter-Radius umrunden. Nach nur wenigen Schritten entdeckt er im Schnee die Spuren der Klappe. Mit schnellen Armbewegungen hat er sie vom Schnee freigelegt. Der Riegel der Falltür ist mit einem Brett vernagelt. Daniel hastet zu seinem Schneemobil und kommt mit der kleinen Handaxt zurück, die er immer bei sich hat. Fieberhaft lockert er eine Seite des Bretts, um mit seinen

Fingern darunter zu kommen. Dann reißt er mit einem Ruck das Brett weg, löst den Riegel, öffnet mit einem Schwung die Klappe und bleibt wie erstarrt stehen.

42

Sigge ist Leylas Spur durch die dicht stehenden Bäume den Hügel hinauf in den Wald gefolgt. Als er den höchsten Punkt erreicht hat und es wieder bergab geht, kann er zwar ihre Spur im Schnee noch erkennen, aber von den Lichtern ihres Schneemobils ist nichts mehr zu sehen. Vorsichtig folgt er weiter der Fahrspur. Er weiß, dass er Leyla nicht unterschätzen darf, und ist auf der Hut. Plötzlich entdeckt er die Umrisse ihres Schneemobils im Scheinwerferlicht, das schräg zwischen zwei Bäumen steht. Er schaltet zusätzlich seine Stirnlampe ein und nähert sich langsam. Das Letzte, was er sieht, bevor eine Kugel ihn von seinem Schneemobil reißt, ist Leyla, die hinter ihrem Skooter kniend, eine Waffe auf ihn gerichtet hat. Der Schuss zerreißt die Stille.

Sigge fällt rückwärts von seinem Schneemobil und landet dahinter im tiefen Schnee. Er kann fühlen, wie das warme Blut aus seiner linken Schulter in seine Kleidung läuft. Das Atmen fällt ihm schwer, seine ganze linke Seite schmerzt höllisch. Trotzdem streift er seinen rechten Handschuh ab, greift mit seiner Hand unter seinen Anorak an sein Holster, löst mit seinen Fingern die Sicherheitsschlaufe, zieht seine Waffe heraus, spannt mit letzter Kraft den Hahn und wartet.

Dann hört er das Knirschen des Schnees, Schritte, die näher kommen, und bleibt völlig regungslos liegen. Er hält seine rechte Hand mit der Waffe unter seinem Anorak verborgen, und er versucht erst gar nicht, diese noch herauszuziehen.

Leyla taucht auf und geht langsam um sein Schneemobil herum. Sie hält eine Waffe in der Hand. Für einen Moment ruht ihr kalter Blick auf Sigge. Dann hebt sie wortlos ihren Arm und richtet die Waffe erneut auf ihn. Sigge hat keine Wahl, er drückt ab. Dumpf knallend brechen die beiden Schüsse, die er durch seinen Anorak hindurch abgibt. Er kann sehen, wie Leyla in Brust und Hals getroffen wird und nach hinten fällt.

Die Zeit verrinnt quälend langsam, Sigges ganze linke Seite scheint völlig taub zu sein. Er weiß nicht, wie lange er hier schon liegt, als er ein Schneemobil herannahen hört. Dann schweift ein Lichtkegel über ihn. Es ist Daniel, der sich über ihn beugt. Er hilft Sigge, sich aufzusetzen, lehnt ihn gegen das Schneemobil und öffnet den Reißverschluss an Sigges Anorak.

»Ist Anelie in Ordnung?«, krächzt Sigge leise. Sein Mund ist trocken wie Stroh, er kann kaum sprechen.

Daniel nimmt seinen Rucksack ab, zieht ein Reserveunterhemd heraus und zerreißt es in mehrere Teile.

»Das wird jetzt wehtun«, sagt Daniel, während er das erste Stück Stoff genau in das Einschussloch stopft.

Sigge stöhnt laut auf. Daniel faltet das zweite Stück zusammen und presst es auf Sigges Wunde.

»Fest draufdrücken«, sagt er, während er das dritte Stück um Sigges Schulter wickelt und dann den Anorak wieder komplett schließt.

Dann wendet er sich Leyla zu, versucht ihren Puls zu fühlen, doch ein Blick in ihre toten Augen verrät ihm, dass es hier für ihn nichts mehr zu tun gibt.

»Anelie war nicht dort«, beantwortet er endlich Sigges Frage.

Er öffnet seinen Anorak, fischt sein Mobiltelefon heraus und ruft Arne an, um Hilfe anzufordern.

»Hey, Arne, Daniel hier. Ich brauche zwei Krankenwagen an den Parkplatz, an dem die Rettungsaktion für die beiden Deutschen koordiniert wurde. Die sollen sich beeilen, Sigge hat eine Schussverletzung an der linken Schulter, Leyla ist tot.«

Sigge weiß, dass Arne Daniel nach Anelie gefragt hat, denn er hört wie Daniel antwortet: »Nein, habe sie nicht gefunden.«

Daniel packt sein Handy wieder weg und wendet sich Sigge zu. »Tut mir leid, aber es geht nicht anders.«

Er hebt Sigge an, als wäre dieser ein Kind und setzt ihn vor sich auf sein Schneemobil. Sigge kann sich nur mit Mühe aufrecht auf dem Sitz halten. Daniel steigt hinter ihm aufs Schneemobil, umfasst Sigge mit den Armen und greift den Lenker. So kann er verhindern, dass Sigge seitlich vom Schneemobil fällt. In dieser Haltung, auf dem Schneemobil stehend, fährt er zurück zum Parkplatz. Dort angekommen, startet er Sigges Wagen und stellt die Heizung auf Maximum. Dann hilft er Sigge vom Schneemobil, führt ihn vorsichtig zum Wagen und setzt ihn auf den Beifahrersitz.

»Du musst wach bleiben, Sigge, und du musst das hier fest gegen deine Schulter pressen«, sagt Daniel, während er ihm ein Päckchen Kompressen aus dem Verbandskasten auf die Schulterwunde legt. »Kommst du klar? Ich hole jetzt Leyla.«

»Daniel, wenn wir Anelie nicht finden können, ist das meine Schuld«, schluchzt Sigge. »Ich habe Leyla erschossen, und sie ist die Einzige, die weiß, wo Anelie ist.«

Daniel sieht, das Sigge einige Tränen der Verzweiflung übers Gesicht laufen.

»Du hast aus Notwehr geschossen, um dein Leben zu verteidigen. Dich trifft keine Schuld«.

Daniel reguliert die Heizung auf normal, schließt die Beifahrertür und geht. Sigge schaut den verschwindenden Lichtern von Daniels Schneemobil hinterher. Er macht sich größte Vorwürfe, die Sorge um Anelie schmerzt ihn mehr als seine Schusswunde.

43

Als Daniel eine Stunde später mit Leylas Leichnam zum Parkplatz zurückkommt, sind die Krankenwagen bereits eingetroffen, und zwei Rettungssanitäter versorgen Sigge. Die beiden anderen Sanitäter nehmen sich Leylas Leichnam an. Daniel schaut noch einmal zu Sigge, der auf der Trage liegt und zum Rücktransport bereit ist.

»Wie geht es dir?«, fragt Daniel, während er Sigge die Waffen überreicht, die noch neben Leyla und Sigges Schneemobil im Schnee lagen.

»Ich habe vorsichtshalber alle Patronen aus beiden Waffen entfernt.«

»Daniel, bitte«, fleht Sigge, »du musst sie finden«.

Daniel nickt stumm. Die Sanitäter schieben Sigges Trage in den Wagen, verschließen die Türen und fahren los. Daniel bleibt alleine in der Dunkelheit zurück. Er rührt sich nicht, sondern hört tief in sich hinein. Er ist sich ganz sicher, dass Anelie noch am Leben ist, er würde es spüren, wenn es nicht so wäre. Er weiß, dass Arne eine große Suchaktion starten und alles Menschenmögliche tun wird, um Anelie zu finden. Er weiß aber auch, dass das für Anelie zu spät wäre. Daniel gibt sich keinerlei Illusionen hin. Momentan herrschen hier minus 33 Grad, wenn Anelie irgendwo liegt und eingesperrt ist, wird sie in wenigen Stunden erfroren sein.

Es drängt ihn noch einmal zu dieser Hütte zurück. Sein Gefühl sagt ihm, dass er dort etwas übersehen hat, was ihn zu Anelie führen kann. Bevor er erneut aufbricht, holt er einen Kanister mit Benzin aus dem Kofferraum seines Wagens und füllt den Tank des Schneemobils randvoll. Dann macht er sich auf den Weg, den er heute bereits so viele Male gefahren ist. Schon während der anderen Fahrten hat er sich sein Gehirn zermartert, wo Leyla Anelie hingebracht haben könnte, aber bislang hat er keine Idee, wo er in diesem riesigen Areal nach ihr suchen soll.

Als er erneut die Hütte erreicht, bleibt er mit 20 Meter Abstand davor stehen und schaltet den Motor aus. Die Kälte beißt trotz Schneebrille in seinen Augen, jeder Atemzug schmerzt heftig in seiner Brust. Er schenkt all dem keine Beachtung. Daniel bleibt auf seinem Schneemobil sitzen und lässt den Lichtkegel seiner Stirnlampe immer wieder langsam von links nach rechts und wieder zurück durch die Dunkelheit gleiten. Sein Instinkt sagt ihm, dass hier irgendwo der entscheidende Hinweis sein muss, er darf ihn jetzt nur nicht übersehen. Erinnerungsfetzen tauchen in ihm auf. Das letzte Mal, als er hier in diesem Areal unterwegs gewesen war, musste er gegen einen Bären um sein Leben kämpfen. Das war ungefähr zwei Kilometer von hier entfernt gewesen. Er kann nicht sagen, warum er in letzter Zeit so häufig an diese alte Geschichte denken muss, vielleicht weil Anelie ihn mit ihren Fragen wieder daran erinnert hat. Hätte dieser Bär damals nicht diese Verletzung an der Hinterhand gehabt, wäre ihm kaum genug Zeit geblieben, um die drei Schüsse abzufeuern, die es gebraucht hatte, um das rasende Tier zu töten. Jetzt ist er wieder hier, doch diesmal kämpft er um Anelies Leben.

Daniel startet den Motor seines Skooters und fährt langsam auf die Hütte zu. Er will noch einmal einen Blick hineinwerfen. Auf der Türschwelle bleibt er wie angewurzelt stehen. Seine Gedanken rasen, sein Gehirn spuckt ein Bild nach dem anderen aus.

Der Bär.

Leylas Blut im Schnee.

Anelie, wie er die Grube öffnet.

Sigge, schwer verletzt.

Die Hütte im Lichtkegel seiner Stirnlampe.

Plötzlich wird es vollkommen ruhig in seinem Kopf. Daniel wendet sich nach links, geht langsam ein wenig um die Hütte herum, verharrt und betrachtet das, was er dort im Lichtkegel seiner Stirnlampe an der Wand der Hütte hängen sieht. Es ist eine sehr große, alte Bärenfalle. Ohne sich zu rühren, starrt Daniel diese Falle an, als wolle sie ihm etwas sagen.

Sein Geist ist glasklar, sein Verstand arbeitet messerscharf. Was, wenn dieser Bär damals hier in diesem Areal in eine solche Falle geraten ist, stellt er sich vor. Die Verletzung an der Hinterhand war gravierend gewesen, vor allem nachdem der Bär sich selbst daraus befreit hatte, indem er sein Hinterbein mit Gewalt aus der Falle herausgezogen hatte. Mit dieser Wunde konnte er keine großen Wege mehr zurücklegen, geschweige denn nach Russland zurückkehren, woher er gekommen sein musste.

Wohin genau hast du dich immer zurückgezogen?, überlegt Daniel. Wenn es eine Falle von Leyla gewesen war, in die der Bär geraten war, dann könnte Leyla auch dessen Rückzugsort gekannt haben. Sie war erfahren genug, um eine Bärenhöhle aufzuspüren. Vermutlich hatte sie nur den blutigen Spuren folgen müssen.

Daniel schließt seine Augen und atmet ruhig und gleichmäßig. Sein Instinkt sagt ihm, dass Leyla diesen Ort kannte und Anelie genau dort sein muss. Seine Erinnerungen schweifen zurück zu dem Morgen des dritten Tages, als er diesen Bären nach zweitägiger Verfolgung endlich in diesem steinigen Areal stellen konnte. Alles war voller Reviermarkierungen gewesen. Er sieht vor seinem inneren Auge erneut, wie der Bär um einen großen Felsen herumkommt. Genau dorthin muss er zurück.

Mit wenigen Schritten ist er wieder bei seinem Schneemobil und bricht auf. Obwohl es mittlerweile wieder heftig schneit, fährt er zielsicher durch die Nacht und durch das unwegsame Gelände. Er braucht keine zwanzig Minuten, um sein Ziel zu erreichen. Die Sicht beträgt keine zehn Meter, doch Daniel weiß genau, auf welche Zeichen er achten muss und welche Bereiche als dauerhafter Unterschlupf für einen Bären infrage kommen. Er stoppt, steigt vom Skooter, legt den Notfallrucksack an, greift nach der Schneeschaufel und dem kleinen Beil, schlüpft in seine Schneeschuhe und macht sich auf die Suche. Er kommt nur sehr langsam in diesem unwegsamen Gelände voran. Der dichte Schneefall hat mögliche Spuren längst unter sich begraben, doch Daniel ist hoch konzentriert. Ihm entgeht nicht das Geringste.

Stück für Stück, Meter für Meter durchsucht er im Lichtkegel seiner Stirnlampe das komplette Areal, bis sein Blick auf einen alten, umgestürzten Baum fällt. Daniel kommt näher und erkennt, dass dieser dicke Stamm einen kleinen, durch den Schnee kaum noch sichtbaren Eingang verdeckt. Auch wurden Äste an diesem Baum erst kürzlich weggebrochen.

Mit wenigen Schaufeln hat er genügend Schnee weggeräumt, um in die dahinter liegende Höhle zu gelangen. Er kriecht durch den Eingang, dahinter ist sie hoch genug, so dass er fast aufrecht stehen kann. Ein eigenartiger Geruch schlägt ihm entgegen, je tiefer er in die Höhle eindringt. Der Geruch könnte von einem anderen Bären stammen, der hier Winterschlaf hält. Deshalb ist Daniel bis in die letzte Faser seines Körpers unter Spannung. Langsam geht er weiter, bis die Höhle nach wenigen Metern einen scharfen Knick nach links macht.

Seine Stirnlampe erleuchtet die Haupthöhle, wo Anelie in der Mitte regungslos auf dem steinigen Boden liegt. Sofort ist Daniel bei ihr, hebt vorsichtig ihren blutverkrusteten Kopf und fühlt ihren Puls am Hals. Er kann sofort spüren, dass ihr Herz noch schlägt. Anelie ist am Leben, auch wenn ihre Körpertemperatur bedenklich tief gefallen sein muss. Gesicht, Hals, Hände, alles ist eiskalt. Sanft lässt er ihren Kopf zurück auf den Boden gleiten und macht sich an die Arbeit.

Er schlüpft aus seiner Jacke, breitet sie auf dem Boden aus, holt den Schlafsack aus seinem Rucksack, schüttelt ihn auf, damit Luft in die Füllung gelangen kann, öffnet ihn und legt ihn über die Jacke. Dann durchsucht er vorsichtig Anelies Taschen, findet den Schlüssel für ihre Handschellen und befreit sie davon. Behutsam zieht er Anelie alle Kleidungsstücke bis auf ihre Unterwäsche aus, hebt sie vorsichtig in den Schlafsack und verschließt den Reißverschluss, so dass von Anelie bis auf eine kleine Öffnung für Mund und Nase zum Atmen nichts mehr zu sehen ist. Er leert seinen Rucksack vollständig, greift sich die kleine Axt und läuft zurück zum Eingang und hinaus ins Freie. Dort füllt er den Rucksack randvoll mit Schnee und schlägt mit der Axt so viele Äste von dem alten, trockenen Baum, wie er tragen kann.

Nachdem er alles zurück in die Höhle gebracht hat, baut er aus herumliegenden Steinen eine Feuerstelle, reibt mit der Axt kleine Späne von einem der Äste und entzündet diese mit seinem Magnesium-Feuerstarter. Er zerhackt einige Äste der Länge nach in dünne Stücke und stapelt alles von innen nach außen. Noch kämpft die Hitze des Feuers gegen die drückende Kälte der Höhle, aber sie wird die Oberhand gewinnen, weiß Daniel. Während das Feuer immer größer lodert, leuchtet er an die Decke, um sich zu vergewissern, dass der Rauch des Feuers seinen Weg nach draußen findet. Dann füllt er einen kleinen Kochtopf aus seinem Essgeschirr mit Schnee aus dem Rucksack, stellt ihn ans Feuer und macht sich erneut auf den Weg nach draußen, um weitere Ladungen Holz zu holen. Er ist sich im Klaren darüber, dass sich Sigge und Arne große Sorgen machen, aber er kann sie nicht mehr anrufen. Der Akku seines Handys ist längst leer.

Daniel arbeitet schnell und präzise, jeder Handgriff sitzt, er weiß genau, was er zu tun hat, um Anelie zurück ins Leben zu holen. Immer wieder füllt er den Topf am Feuer mit Schnee aus dem Rucksack, bis dieser voller Wasser ist. Mit einem feuchten Lappen wäscht er vorsichtig Blut und Dreck aus ihrem Gesicht. Dann platziert er alles in Griffnähe, entkleidet sich bis auf seine Unterhose und kriecht zu Anelie in den Schlafsack. Er zieht sie eng an seinen Körper, um sie mit seiner Körperwärme aufzuwärmen, und reibt ihre Hände, um ihr Blut wieder zum Zirkulieren zu bringen.

So liegt er bei ihr und hält sie in seinen Armen. Nach ungefähr einer Stunde kann er spüren, dass ihre Körpertemperatur angestiegen ist. Das Feuer verbreitet inzwischen auch eine behagliche Wärme in der Höhle. Er nimmt einen Schluck warmes Wasser in seinen Mund, beugt sich über Anelie und lässt es behutsam in ihren Mund tropfen. Zärtlich streichelt er über ihr Gesicht, Tränen der Freude laufen über seine Wangen. Er liebt Anelie unendlich, sie zu verlieren, hätte sein Herz gebrochen. Anelie macht eine leichte Bewegung und holt ihn aus seinen Gedanken. Sie öffnet langsam ihre Augen, blinzelt ihn mit verschwommenem Blick an, dann werden ihre Augen ganz klar.

»Hallo, mein Herz«, flüstert Daniel zärtlich. »Jetzt wird alles gut, du bist in Sicherheit.«

»Leyla«, presst Anelie mühsam hervor.

»Pscht.« Daniel streichelt ihr zärtlich und vorsichtig über den Kopf. »Mach dir keine Sorgen. Sie ist keine Gefahr mehr.«

Anelie schläft wieder ein. Er wird sie noch eine Weile ausruhen lassen, bevor er sie zurückbringen kann.

44

Arne sitzt an Sigges Krankenbett. Da das Wetter für eine Verlegung nach Gällivare oder Lulea zu schlecht war, hat Dr. Kimbawa es gewagt und die Kugel aus Sigges Schulter geholt. Sigge ist noch schwach, aber außer Lebensgefahr. Er wird bis morgen früh durchschlafen, trotzdem will Arne die Nacht an dessen Bett verbringen. Er wird hier bei Sigge wachen, wenigstens das möchte er tun. Zu Hause würde er kein Auge zubekommen, die Sorge um Anelie kreist unentwegt durch seinen Kopf. Er hat Ylva und Leif über alle Vorfälle informiert und für morgen eine große Suchaktion organisiert. Selbst Ylva war betroffen, ihre Stimme hatte gezittert, als sie den Einsatz zweier Helikopter vorgeschlagen hatte. Doch Arne musste ihr klarmachen, dass ein Hubschraubereinsatz bei diesem Schneefall unmöglich ist. Er weiß, dass Anelie die Nacht bei diesen Temperaturen kaum überstehen kann, sollte Daniel sie nicht finden. Doch Arne kennt ihn, seit dieser ein kleiner Junge war, und sein Vertrauen in ihn ist unerschütterlich. Dass Daniel sich noch nicht gemeldet hat, muss nichts bedeuten. Bei minus 30 Grad reicht ein voller Akku mit Glück für einen einzigen Anruf. Daniel wird sich melden, sobald er kann.

Arne lehnt sich in seinem Sessel zurück und schließt die Augen, um ein wenig zu dösen. Er ist selbst noch nicht wieder ganz gesund, und das alles hat ihn extrem viel Kraft gekostet. Wider Erwarten schläft er ein und bemerkt nicht einmal, dass eine Schwester ihn mit einer Decke zudeckt.

45

Daniel klettert vorsichtig aus dem Schlafsack und zieht sich wieder an. Dann holt er noch einmal neues Feuerholz und kocht einen Fichtennadeltee. Der Tee wird Anelie guttun, sobald sie aufwacht. Noch liegt sie ganz ruhig im Schlafsack und schläft tief und fest. Er möchte nicht, dass sie zu früh erwacht, er muss noch einige Vorbereitungen treffen, um von hier wegzukommen. Auch wenn es draußen immer noch stark schneit, will er Anelie so schnell wie möglich nach Jokkmokk bringen. Der Schlag an ihrer Schläfe sieht schlimm aus und hat eine starke Schwellung hinterlassen. Diese Wunde muss dringend von einem Arzt versorgt werden. Außerdem will er nicht, dass Anelie sieht, was er entdeckt hat. In der hintersten Ecke der Höhle liegen mehrere Skelette und teilweise angefressene, mumifizierte Leichen.

Er legt Feuerholz nach, dann schlüpft er in Anelies Anorak, der ihm zwar viel zu klein ist, aber jetzt ausreichen muss, solange Anelie auf seiner Jacke liegt. Er zieht Mütze, Stirnlampe und Handschuhe über, steigt in seine Schneeschuhe und macht sich auf den Weg zu seinem Schneemobil. Er muss zuerst einen Winterweg anlegen, bevor er Anelie zum Auto bringen kann.

Als er sein Schneemobil erreicht, ist es ungefähr drei Uhr nachts. Er befreit den Skooter vom Neuschnee, startet ihn und sucht dann den besten und sichersten Weg bis zur Höhle. Von dort aus fährt er denselben Weg zurück zur Hütte. Diese

Strecke absolviert er in der Folge dreimal hin und her, bis der Schneeuntergrund stark genug komprimiert ist und er Anelie gefahrlos aus diesem Gelände transportieren kann. Ab der Hütte stellt der weitere Weg zum Parkplatz kein Problem mehr dar. Dieses Präparieren kostet Zeit, ist aber unverzichtbar.

Als Daniel nach einer Stunde Arbeit zurück in die Höhle kommt, schläft Anelie zum Glück immer noch. Sachte hebt er ihren Kopf und Oberkörper an, um ihr Tee einzuflößen. Anelie wacht auf. Trotz ihrer Verletzung kann Daniel das Glänzen ihrer smaragdgrünen Augen sehen.

»Hallo, mein Herz.«

Daniel sieht, wie schwer Anelie das Reden fällt. »Mein Kopf tut so weh«, stöhnt sie leise und versucht an ihre Schläfe zu fassen.

Daniel hält sie sanft davon ab. »Trink noch einen Schluck Tee.« Er hält ihren Kopf, während sie an dem Becher nippt. »Schatz, wir brechen auf. Ich ziehe dir jetzt deine Jacke an, du bleibst allerdings im Schlafsack. Ich bringe dich so von hier weg. Das wird anstrengend, aber du schaffst das. Bleib ganz ruhig. Ich bin bei dir, dir wird nichts passieren.«

Anelie signalisiert ihm mit ihren Augen ein *Ja*.

Daniel öffnet den Schlafsack nur so weit, dass er ihr den Anorak anziehen kann. Er setzt ihr behutsam seine Fellmütze auf und verschließt den Schlafsack, so dass nur eine kleine Öffnung zum Atmen offen bleibt. Dann schlüpft er in seine Jacke, stülpt sich die Kapuze über, zieht Stirnlampe, Schneebrille, Handschuhe an und setzt den Rucksack auf.

»Bereit?«

»Ja«, hört er Anelie flüstern.

Daniel geht auf die Knie, fasst mit beiden Armen unter den Schlafsack und trägt Anelie aus der Höhle, wo sein Schneemobil mit laufendem Motor wartet. Dort setzt er sie vor sich im Damensitz auf den Sattel, steigt aufs Schneemobil, greift den Lenker und stabilisiert sie links und rechts mit seinen Armen. Im Stehen manövriert er den Skooter vorsichtig bis zur Hütte. Ohne anzuhalten, fährt er daran vorbei und erreicht vierzig Minuten später den Parkplatz.

Er trägt Anelie zum Wagen, setzt sie auf den Beifahrersitz und kippt die Rückenlehne vorsichtig nach hinten, so dass sie in einer halbliegenden Position bequem sitzen kann. Schneemobil und Trailer wird er hier zurücklassen und später holen, ohne sie wird er schneller vorankommen. Gegen sechs Uhr morgens erreicht Daniel das Krankenhaus in Jokkmokk und trägt Anelie auf seinen Armen in die Notaufnahme, wo ihm sofort zwei Rettungssanitäter mit einer Rollliege entgegeneilen. Gemeinsam schälen sie Anelie aus dem Schlafsack und ihrem Anorak. Sie decken Anelie noch mit einer Heizdecke zu und bringen sie in den Untersuchungsbereich.

Daniel drückt Anelies Hand. »Alles wird gut, mein Herz.«

Hier nimmt Dr. Kimbawa Anelie in Empfang. Daniel spürt große Erleichterung, er ist müde und würde sich gerne ausruhen, doch zuerst muss er nach Sigge sehen. Er fragt die Frau am Empfang, auf welchem Zimmer Sigge liegt. Daniel klopft leise an die Tür und öffnet sie einen Spalt. Sigge liegt in seinem Bett, Arne sitzt davor in einem Sessel, beide schlafen.

Arne hebt verschlafen den Kopf. »Daniel«, ruft er laut. Er schießt wie der Blitz aus seinem Sessel und läuft ihm entgegen. »Was ist mit Anelie? Hast du sie gefunden?«

»Ja«, antwortet Daniel ruhig. »Ja, ich habe sie gefunden, sie ist am Leben.«

Arne umarmt ihn heftig, Daniel spürt, dass er am ganzen Körper zittert.

»Wo ist sie, wie geht es ihr?«, will Arne wissen.

»Sie ist hier und wird gerade behandelt. Sie hat eine ziemlich üble Verletzung an der Schläfe, wahrscheinlich auch eine schwere Gehirnerschütterung.«

»Wie zur Hölle konntest du sie finden, noch dazu bei diesem Wetter?«, fragt Arne, während Tränen der Erleichterung über sein Gesicht rinnen.

Daniel greift sich einen Stuhl und setzt sich neben Arne an Sigges Bett, der inzwischen auch wach ist. Dann erzählt er den beiden mit wenigen Worten, wie und wo er Anelie gefunden und wie er sie gerettet hat.

»Aber was ist mit dir, Sigge?«, will Daniel dann wissen.

»Die Kugel ist raus, sie hat zum Glück nichts Wichtiges getroffen«, sagt Sigge mit schwacher Stimme. »Ich kann dir gar nicht sagen, wie froh ich bin, dass du Anelie gefunden hast. Ich hätte es nicht überlebt, wenn du nicht …«

»Alles gut, Sigge«, fällt Daniel ihm sanft ins Wort. »Jetzt ist es ja vorbei.«

»Dann werde ich mal sofort die geplante Suchaktion abblasen«, sagt Arne erleichtert und greift nach seinem Handy.

»Ja«, hält Daniel ihn zurück, »aber sie müssen ein Team schicken, das dort die Spuren sichert und die Knochen einsammelt, die in der Höhle liegen.«

Arne und Sigge starren Daniel fassungslos an.

»In der hintersten Ecke der Höhle liegen mehrere Skelette

und Leichen«, berichtet Daniel. »Würde mich nicht wundern, wenn das die vermissten Männer sind, die Leyla dorthin geschafft hat, damit der Bär ihr hilft, die Spuren zu verwischen.«

»Könntest du unsere Leute später zur Höhle bringen und ihnen alles zeigen?«, fragt Arne.

»Natürlich. Aber jetzt muss ich nach Anelie sehen«, antwortet Daniel und verabschiedet sich von den beiden. »Was für ein Teufelskerl!«, murmelt Arne, nachdem Daniel die Tür hinter sich geschlossen hat.

»Ja, er ist wirklich unglaublich«, stimmt ihm Sigge zu. Er legt sich zurück in sein Bett. Jetzt kann er schlafen. Anelie ist am Leben, nur das zählt.

46

Die Tage fliegen dahin. Die Wunde an meiner Schläfe ist fast verheilt, die Folgen der Gehirnerschütterung sind abgeklungen. Einzig im Schlaf holt mich das Erlebte noch ein. Die Ermittlungen sind abgeschlossen, die Skelette und Leichen längst aus der Höhle geborgen und identifiziert. Sie konnten alle den vermissten Männern zugeordnet werden. Damit sind die alten Vermisstenfälle endgültig aufgeklärt. Was den Schädel betrifft, den wir im Erdloch gefunden haben, bin ich einen Schritt weiter. Er gehört zu Isku, Leylas Bruder.

Auch wenn diese Akten geschlossen sind, ist es der Fall Leyla für mich noch nicht. Ich muss herausfinden, warum sie all diese Männer erst in das Erdloch gesperrt und dann ihre Leichen in die Bärenhöhle geschafft hat. Was war ihr Motiv? Ihre Krankenakten sind vollständig bei dem schweren Brand damals in der psychiatrischen Klinik vernichtet worden. Es würde mich nicht überraschen, wenn Leyla selbst diesen Brand gelegt hätte. Aber das werden wir wohl nie erfahren.

Solveig konnte eine Ärztin ausfindig machen, die zu dieser Zeit in der Psychiatrie gearbeitet und Leyla behandelt hat. Durch Leylas Tod ist Dr. Paula Odell von der ärztlichen Schweigepflicht befreit. Heute bin ich mit ihr in Lulea verabredet, um mit ihr über die Vergangenheit zu reden. Ich hoffe sehr, mehr zu erfahren, um diesen Fall endgültig abschließen zu können.

Nachdem ich Liv am Flughafen Kallax abgesetzt habe, die noch einmal zurück nach Stockholm fliegen muss, um dort alles abschließend für ihren Umzug nach Lappland zu regeln, fahre ich ins Stadtzentrum vom Lulea. Die Ärztin, die längst pensioniert ist, hat mich zu sich nach Hause eingeladen.

Dr. Paula Odell bittet mich in ihr Wohnzimmer. Sie ist eine betagte Dame, die bereits ihren 80. Geburtstag gefeiert hat, wie Solveig mir mit auf den Weg gab. Aber tatsächlich hätte ich sie wesentlich jünger geschätzt. Ohne große Umschweife komme ich zum Grund meines Besuchs und berichte der Ärztin von den Ermittlungen. Dann bitte ich Paula, mir von Leyla zu erzählen.

»Als das Mädchen damals zu uns gebracht wurde, war sie in einem verheerenden Zustand. Im sechsten Monat schwanger, geschwängert von ihrem eigenen Bruder, misshandelt und missbraucht.«

»Isku hat sie vergewaltigt?«, frage ich nach.

Paula nickt. »Als die beiden nach dem Tod der Mutter zu Waisen wurden, hatte man Isku als Vormund eingesetzt. Ein verhängnisvoller Fehler, wie wir heute wissen. Leyla war damals erst 13 Jahre alt, der Bruder zehn Jahre älter. Wie ich in meinen vielen Therapiegesprächen mit Leyla nach und nach erfahren habe, muss eine tiefe Feindschaft zwischen den beiden Geschwistern geherrscht haben. Durch seine Rolle als Vormund bekam Isku Macht über seine kleine Schwester, die er auf grausame Art und Weise ausgenutzt hat. Um sie zu brechen, hat er sie regelmäßig in ein Erdloch gesperrt, sie dort hungern und frieren lassen, um sich im Anschluss an ihr zu vergehen. Meine Haare sträuben sich bei dem Gedanken, was Leyla damals durchmachen musste. Er hat sie gequält, erniedrigt und ihr damit gedroht, sie von Touristen und Zugezogenen vergewaltigen zu lassen, falls sie mit jemandem darüber reden würde. Dieses Martyrium muss fast drei Jahre lang angedauert haben.«

»Und niemand hat etwas davon bemerkt?«, frage ich ungläubig.

Paula zuckt resigniert mit den Schultern. »Ich weiß es nicht. Wenn jemand etwas geahnt haben sollte, dann muss er weggeschaut haben. Niemand hat ihr geholfen.«

»Wir wissen nicht, wer Isku auf dem Gewissen hat. Hat Leyla ihren Bruder erschlagen?«, will ich von Paula wissen.

Paula lässt sich Zeit mit ihrer Antwort. »Leyla hat nie darüber geredet, was ihrem Bruder widerfahren ist. Aber ich bin mir ziemlich sicher, dass sie ihn umgebracht hat, als sie die Gelegenheit dazu hatte. So hat sie sich von ihm befreit. Er hatte sie dazu gezwungen, diese Grube, in die er sie dann gesperrt hat, eigenhändig zu graben.«

Mir kommt ein Bild in den Sinn, wie Leyla ihren Bruder mit der Schaufel erschlägt und in das Erdloch wirft.

»Diese traumatischen Erfahrungen mit ihrem Bruder, seine Brutalität und Dominanz ihr gegenüber, haben diese Psychose ausgelöst«, erklärt mir Paula. »Ist ihr dann später in diesem bestimmten Areal ein Mann begegnet, der nicht zu ihrer Sippe gehörte, war dessen Schicksal besiegelt. Sie hat die Rollen getauscht und ihren Opfern das zugefügt, was ihr widerfahren ist.«

»Durch das, was Isku ihr angetan hat, wurde sie selbst zur Täterin«, sage ich bedrückt.

Mich schaudert bei dem Gedanken an all die unschuldigen Opfer, die deswegen auf so grausame Art ihr Leben lassen mussten. Sie waren nur zur falschen Zeit am falschen Ort.

»Was ist mit dem Kind?«, frage ich weiter.

»Sie wollte es anfangs nicht und hat es zur Adoption freigegeben«, erzählt Paula, »aber viele Jahre später hat Leyla mich kontaktiert. Sie wollte ihren Sohn kennenlernen und hat alles versucht, ihn ausfindig zu machen. Das war kurz vor dem Brand, da waren alle Unterlagen noch vorhanden, auch die zur Adoption. Kurz danach kam es dann zu diesem furchtbaren Feuer.«

Ob auch da Leyla ihre Finger im Spiel hatte?, schießt mir durch den Kopf.

»Der Brandstifter wurde nie gefunden«, fährt die Ärztin fort. »Jahre später hat Leyla mich noch einmal besucht und mir ein Foto gezeigt, auf dem sie mit ihrem Sohn zu sehen war. Ich hatte sie gebeten, mir dieses Foto als Erinnerung dazulassen, was sie nur sehr widerwillig getan hat.«

Ich werde hellhörig. »Hast du dieses Foto noch?«

Paula steht auf und geht zu einer Kommode.

»Ganz sicher, ich weiß nur nicht genau wo. Das ist alles so lange her.«

Sie öffnet ein Schubfach, beginnt darin zu kramen und holt einige Fotos heraus. »Ah, da ist es ja.«

Sie kommt zu mir und reicht mir das Foto.

»Ich kenne den Jungen«, sage ich, auch wenn es mich seltsamerweise nicht überrascht. »Das ist Olvin.«

Wir reden noch eine ganze Weile über den Fall.

»Eine Serienmörderin ist eher die Ausnahme, oder?«, fragt Paula.

»Man geht davon aus, dass lediglich ein Viertel aller Serientäter weiblich sind«, antworte ich. »Aber das ist nur eine Annahme. Da man in erster Linie Männer als Täter verdächtigt, können Frauen oft viel länger unentdeckt morden.«

»So wie bei Leyla«, sagt Paula leise. »Ich wusste, dass sie eine instabile Persönlichkeit bleiben würde, aber ich hätte es nie für möglich gehalten, dass sie zu solchen Taten fähig ist.«

Paula will auch alles über meine Rettung erfahren. Dann breche ich auf, um zu gehen und bedanke mich herzlich für ihre Zeit.

»Darf ich dir zum Schluss eine persönliche Frage stellen?«, fragt Paula zum Abschied.

Ich nicke.

»Konntest du alles gut verarbeiten?«, fragt Paula. »Hast du professionelle Hilfe bekommen?«

Ich erzähle ihr von meinen Gesprächen mit unserer Polizeipsychologin, die Leif extra nach Jokkmokk geschickt hat, um mir bei der Verarbeitung zu helfen.

»Es ist mir anfangs nicht leichtgefallen, das alles zu erzählen und noch mal durchleben zu müssen«, gebe ich offen zu. »Aber es hat mir geholfen. Die Albträume lassen nach.«

Ich verabschiede mich von Paula und fahre ins Polizeipräsidium, um dort Solveig zu treffen und ihr von meinem Gespräch mit Paula zu berichten.

Während ich in ihrem Büro sitze, klingelt Solveigs Telefon. Sie reicht den Hörer an mich weiter. »Das ist Ylva, sie will mit dir sprechen.«

»Hey, Ylva.«

»Hey, Anelie«, sagt Ylva durch den Hörer. »Wie ich erfahren habe, bist du gerade im Haus.«

»Ja.«

»Kannst du bitte zu mir ins Büro kommen?«, fragt sie durchs Telefon.

»In zehn Minuten?«, schlage ich vor.

»Gut. Ich würde gerne mit dir über deine Zukunft reden.«

NACHWORT

Sie fragen sich vielleicht, wer Madita Winter ist, wie eine Deutsche dazu kommt, in den Polarkreis zu ziehen, und wie es sich dort oben lebt. Ich möchte Ihnen ein Geheimnis verraten: Hinter Madita Winter verbirgt sich ein Autorenpaar, das tatsächlich in der Abgeschiedenheit der nordschwedischen Wildnis lebt und seine Anonymität zu schätzen weiß. Doch der Reihe nach.

Ich hatte nie eine Reise in den Polarkreis im Sinn gehabt, weil ich immer sonnige Gefilde vorgezogen hatte. Aber das Schicksal hatte wohl anders entschieden, als ich zufällig Stefan kennenlernte. Ihn hatte es acht Jahre zuvor nach Nordschweden gezogen, wo er ein altes Blockhaus inmitten dieser grandiosen Natur auf einer Halbinsel aufwendig restauriert und seinen Lebensmittelpunkt dorthin verlagert hatte.

So kam ich im Januar 2018 zum ersten Mal nach Lappland, der Liebe wegen. Nach einem halben Jahr Fernbeziehung entschied ich mich, ganz zu Stefan in den Polarkreis zu ziehen – gegen den Rat vieler Freunde, die meinten, Lappland sei zu kalt, zu hart, zu einsam und zu dunkel für einen Sonnenmenschen und ein Stadtkind wie mich. Auch ich wusste nicht, ob ich meine Entscheidung irgendwann bereuen würde. Aber es erging mir mit Lappland wie mit Stefan, es war Liebe auf den ersten Blick.

Als ich im Sommer 2018 in den Polarkreis umzog, wartete Lappland mit einer Bullerbü-Idylle und wohligen 27 Grad

Lufttemperatur auf. Die Sonne schien 24 Stunden von einem wolkenlosen Himmel, die Farben schienen zu explodieren. Es gab Wälder, so weit das Auge reichte, dazwischen mystische Moore, riesige Findlinge und eine schier unendliche Seenlandschaft. Das überbordende Grün spiegelte sich im Wasser wider, Myriaden von Blaubeeren warteten darauf, geerntet zu werden – nicht nur von uns; Bären lieben Blaubeeren.

Aber mit Stefan an meiner Seite, einem ehemaligen Elitesoldat, erfahrenen Jäger und versierten Spurenleser, fühlte ich mich sicher inmitten dieser nahezu unberührten Wildnis. Wir unternahmen viele Ausflüge zu Fuß oder mit den Kanus. So lernte ich nach und nach Lappland in seiner ganzen Vielfalt und atemberaubenden Schönheit kennen. Bald traute ich mir auch Streifzüge allein zu, trotz der Bären.

Die angeblich so unterkühlten Nordschweden empfingen mich mit großer Herzlichkeit und noch größerer Hilfsbereitschaft, eine Eigenschaft, die in Lappland mit seinen Extremen so selbstverständlich wie lebensnotwendig ist.

Kaum hatte ich mich eingelebt, brach im Oktober fast über Nacht der Winter herein, der acht Monate dauern sollte. Der erste Schnee fiel die nächsten Tage ohne Unterlass, die Temperaturen sanken rapide in den Minusbereich, und ich bekam die Gelegenheit, die wahre Seite des Polarkreises kennenzulernen. Minus 30 Grad wurden zu einem Dauerzustand. Schnee, Kälte und Eis verwandelten die Landschaft in ein magisches Winterwunderland, an dem ich mich nie sattsehen konnte. Die Seen froren zu, die Wälder verschwanden unter weißem Zuckerguss, die Bären in ihren Höhlen. Dazu gab es entweder ergiebigen Schneefall oder blauen Himmel mit strahlendem

Sonnenschein – ein echter Bilderbuchwinter. Zu meiner großen Überraschung gefiel mir diese Jahreszeit noch viel mehr als der kurze Sommer.

Auch jetzt unternahmen wir viele Ausflüge in die magische Winterlandschaft, auf Skiern, mit Schneeschuhen oder dem Schneemobil. Abends saßen wir warm eingepackt auf dem zugefrorenen See oder genossen ein 40 Grad heißes Bad im Freien im Hot Tub und bestaunten die Nordlichter.

Als Autorin und Krimileserin inspirierte mich dieses wilde Land, und auf meinen Streifzügen durch die Wildnis verspürte ich dieses wohlige Gruseln, wenn ich meiner Phantasie freien Lauf ließ. Ich hatte zuvor im Internet von einem Serienkiller gelesen, der im australischen Outback Jagd auf Touristen gemacht hatte. Warum diese Geschichte nicht hierher in den Polarkreis verlagern?, kam mir in den Sinn. Die Idee, Lappland als Kulisse für einen Kriminalroman zu verwenden, war geboren.

Stefan und ich sponnen die Geschichte gemeinsam weiter. Mit seiner Kenntnis der hiesigen Gegebenheiten, seiner Erfahrung als Fährtenleser und Jäger wurde er zum perfekten Co-Autor. So nutzten wir die langen Abende, um *MORDLICHTER* zu kreieren und zu schreiben. Wir mussten nur noch originalgetreu beschreiben, was wir Tag für Tag in Lappland erlebten.

Wir hoffen, wir konnten Sie mit unserem Buch in ein faszinierendes Land voller Extreme und Magie entführen, das Sie unbedingt einmal mit eigenen Augen sehen sollten.

Und da es noch viel mehr von Lappland und dem Polarkreis zu erzählen gibt, schreiben wir bereits an weiteren Abenteuern für unsere Protagonisten. Und wenn Sie, liebe Leserinnen und Leser, gewisse Ähnlichkeiten zwischen Madita und *Anelie* sowie Stefan und *Daniel* vermuten, dann könnten Sie damit möglicherweise richtigliegen.

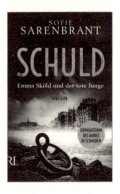

Sofie Sarenbrant
Schuld – Emma Sköld und der tote Junge
Thriller
Aus dem Schwedischen von Hanna Granz
445 Seiten. Klappenbroschur
ISBN 978-3-352-00927-3
Auch als E-Book lieferbar

Von Schuld und Lügen

Emma Sköld hat Ärger. Ausgerechnet sein Heiratsantrag führt dazu, dass sie sich von Nyhlén trennt, ihrem Freund und Kollegen. Dann geschieht ein rätselhafter Mord ganz in ihrer Nachbarschaft. Ein junger Mann ist offenbar von einem Einbrecher ermordet worden. Oder steckt mehr dahinter? Die Frau, die den Toten fand, verstrickt sich erst in Widersprüche, dann verschwindet sie ganz von der Bildfläche. Obendrein hat Emma das Gefühl, dass sie verfolgt wird. Jemand hat ihren Laptop gestohlen und versucht, sie mit einem SUV von der Straße zu drängen. Ein zweiter Mord lässt dann alles noch verwirrender erscheinen.

Der neue Thriller von Sofie Sarenbrant, die in Schweden als Krimiautorin des Jahres ausgezeichnet wurde.

Regelmäßige Informationen erhalten Sie über unseren Newsletter.
Jetzt anmelden unter: www.aufbau-verlage.de/newsletter

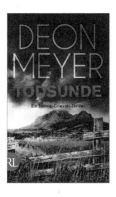

Deon Meyer
Todsünde
Ein Bennie-Griessel-Thriller
Aus dem Afrikaans von Stefanie Schäfer
477 Seiten. Gebunden mit Schutzumschlag
ISBN 978-3-352-00966-2
Auch als E-Book lieferbar

Gefährliche Gier.

Bennie Griessel und sein Partner Vaughn Cupido sind in Schwierigkeiten. Aus disziplinarischen Gründen werden sie auf einen Posten ins vermeintlich ruhige Städtchen Stellenbosch abgeschoben. Doch kaum angekommen halten sie zwei Fälle in Atem. Ein Student, der sich bei ihren Nachforschungen als genialer Hacker erweist, verschwindet spurlos. Wenig später wird ein zweiter Vermisstenfall gemeldet. Der skrupellose Geschäftsmann Jasper Boonstra, der viele Menschen um ihr Geld betrogen hat, ist ebenfalls verschwunden. Und dann wird auch noch ein hochrangiger Polizist in Kapstadt erschossen – und Bennie ahnt, dass die Fälle irgendwie zusammenhängen.

Hochspannend und mit einem unverwechselbaren Ton – Deon Meyer schreibt raffinierte Thriller mit herausragenden Charakteren

Regelmäßige Informationen erhalten Sie über unseren Newsletter.
Jetzt anmelden unter: www.aufbau-verlage.de/newsletter

**Denise Rudberg
Der Stockholm-Code - Die erste Begegnung**
Roman
Aus dem Schwedischen von Hanna Granz
352 Seiten. Broschur
ISBN 978-3-7466-3709-9
Auch als E-Book lieferbar

Drei junge Frauen, ihr besonderes Talent und ein geheimer Code. Stockholm, 1940: Iris, Elisabeth und Signe arbeiten fieberhaft daran, die verschlüsselten Nachrichten der Deutschen zu decodieren. Iris, die vom Geheimdienst in Gewahrsam genommen, aber wieder freigelassen wurde, befindet sich unter ständiger Beobachtung, denn ein schrecklicher Verdacht steht im Raum: Hat sie Verbindungen zu Deutschland? Als herauskommt, dass jemand geheime Informationen an die Deutschen weitergibt, spitzt sich die Lage zu. Denn eigentlich können nur die drei Freundinnen dieses Wissen haben. Eine spannende und emotionale Geschichte über den Mut dreier Frauen, die erkennen, dass sie zusammen stärker sind als allein – von einer schwedischen Bestsellerautorin

Regelmäßige Informationen erhalten Sie über unseren Newsletter.
Jetzt anmelden unter: www.aufbau-verlage.de/newsletter

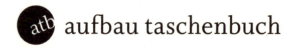

Craig Russell
Der geheimnisvolle Mr. Hyde
Thriller
Aus dem Englischen von Wolfgang Thon
413 Seiten. Klappenbroschur
ISBN 978-3-352-00929-7
Auch als E-Book lieferbar

Dunkel und atmosphärisch – die andere Geschichte des Mister Hyde

Edinburgh im 19. Jahrhundert. Edward Hyde, angesehener und zugleich gefürchteter Superintendent der Polizei, hat ein Geheimnis: Er leidet an Epilepsie und weiß oft nicht, wie er in eine bestimmte Situation geraten ist. Als er vor einem Toten steht, der nach einem keltischen Ritual ermordet worden ist, beschließt er, sich seinem einzigen Freund, dem Arzt Dr. Samuel Porteous, zu offenbaren. Doch dann wird auch Porteous ermordet – auf eine ähnlich mysteriöse Art und Weise. Hyde findet heraus, dass sein Freund nur zwei Patienten heimlich sah: ihn und jemanden, den er »das Biest« nannte. Hyde ahnt, dass er den Mörder finden muss, um sich selbst zu erlösen.

»Stephen King trifft Robert Louis Stevenson ... eine Geschichte, die einem garantiert einen Schauer einjagt.« David Hewson

Regelmäßige Informationen erhalten Sie über unseren Newsletter.
Jetzt anmelden unter: www.aufbau-verlage.de/newsletter